외국어 번역 고소설 선집 8

영웅소설

— 백학선전·홍길동전·임경업전·조웅전 —

역 주 자

이진숙 세명대학교 산학협력단 연구원
김채현 명지대학교 방목기초교육대학 객원조교수
이상현 부산대학교 인문학연구소 HK교수

이 책은 2011년도 정부(교육과학기술부)의 재원으로 한국학중앙연구원(한국학진흥사업단)의 지원을 받아 수행된 연구임(AKS-2011-EBZ-2101)

외국어 번역 고소설 선집 8

영웅소설

— 백학선전·홍길동전·임경업전·조웅전 —

초판인쇄 2017년 11월 20일
초판발행 2017년 11월 30일

역 주 자 이진숙·김채현·이상현
감 수 자 정출헌·권순긍·박상현·한재표·강영미
발 행 인 윤석현
발 행 처 도서출판 박문사
책임편집 최인노
등록번호 제2009-11호

우편주소 서울시 도봉구 우이천로 353 성주빌딩 3층
대표전화 02) 992 / 3253
전 송 02) 991 / 1285
홈페이지 http://www.jncbms.co.kr
전자우편 bakmunsa@hanmail.net

ISBN 979-11-87425-70-0 94810 정가 33,000원
979-11-87425-62-5 94810(set)

외국어 번역 고소설 선집 8

영웅소설

— 백학선전·홍길동전·임경업전·조웅전 —

이진숙·김채현·이상현 역주

정출헌·권순긍·박상현·한재표·강영미 감수

박문사

머리말

한국에서 외국인 한국학에 대한 연구는 지금까지 주로 외국인의 '한국견문기' 혹은 그들이 체험했던 당시의 역사현실과 한국인의 사회와 풍속을 묘사한 '민족지(ethnography)'에 초점이 맞춰져 왔다. 하지만 19세기 말~20세기 초 외국인의 저술들은 이처럼 한국사회의 현실을 체험하고 다룬 저술들로 한정되지 않는다. 외국인들에게 있어서 한국의 언어, 문자, 서적도 매우 중요한 관심사이자 연구영역이었기 때문이다. 그들 역시 유구한 역사를 지닌 한국의 역사·종교·문학 등을 탐구하고자 했다. 우리가 이 책에 담고자 한 '외국인의 한국고전학'이란 이처럼 한국고전을 통해 외국인들이 한국에 관한 광범위한 근대지식을 생산하고자 했던 학술 활동 전반을 지칭한다. 우리는 외국인의 한국고전학 논저 중에서 근대 초기 한국의 고소설을 외국어로 번역한 중요한 자료들을 집성했으며 더불어 이를 한국어로 '재번역' 했다. 우리가 『외국어 번역 고소설 선집』 1~10권을 편찬한 이유이자 이 자료집을 통해 독자들이자 학계에 제공하고자 하는 바는 크게 네 가지로 요약된다.

첫째, 무엇보다 외국인의 한국고전학 논저 중에서 가장 큰 비중을 차지하는 사례가 바로 '외국어 번역 고소설'이기 때문이다. 한국의 고소설은 '시·소설·희곡 중심의 언어예술', '작가의 창작적 산물'이라는 근대적 문학개념에 부합하는 장르적 속성으로 인하여 외국인들에게 일찍부터 주목받았다. 특히, 국문고소설은 당시 한문 독자층을 제외한 한국 민족 전체를 포괄할 수 있는 '국민문학'으로 재조명되며,

그들에게는 지속적인 번역의 대상이었다. 즉, 외국어 번역 고소설은 하나의 단일한 국적과 언어로 환원할 수 없는 외국인들 나아가 한국인의 한국고전학을 묶을 수 있는 매우 유효한 구심점이다. 또한 외국어 번역 고소설은 번역이라는 문화현상을 실증적으로 고찰해볼 수 있는 가장 구체적인 자료이기도 하다. 두 문화 간의 소통과 교류를 매개했던 번역이란 문화현상을 텍스트 속 어휘 대 어휘라는 가장 최소의 단위로 살필 수 있기 때문이다.

둘째, 이 선집을 순차적으로 읽어나갈 때 발견할 수 있는 '외국어번역 고소설의 통시적 변천양상'이다. 고소설을 번역하는 행위에는 고소설 작품 및 정본의 선정, 한국문학에 대한 인식 층위, 한국관, 번역관 등이 의당 전제될 수밖에 없다. 따라서 외국어 번역 고소설 작품의 계보를 펼쳐보면 이러한 다양한 관점을 포괄할 수 있는 입체적인 연구가 가능해진다. 시대별 혹은 서로 다른 번역주체에 따라 고소설의 다양한 형상을 발견할 수 있다. 예컨대 민속연구의 일환으로 고찰해야 할 설화, 혹은 아동을 위한 동화, 문학작품, 한국의 대표적인 문학정전, 한국의 고전 등 다양한 층위의 고소설 인식을 살펴볼 수 있다. 이러한 인식에 맞춰 그 번역서들 역시 동양(한국)의 이문화와 한국인의 세계관을 소개하거나 국가의 정책에 도움을 주고자 하는 한국에 관한 지식을 제공하기 위해서 출판되는 양상을 살필 수 있다.

셋째, 해당 외국어 번역 고소설 작품에 새겨진 이와 같은'원본 고소설의 표상' 그 자체이다. 외국어 번역 고소설의 변모양상과 그 역사는 비단 고소설의 외국어 번역사례로 국한되는 것이 아니다. 당대 한국의 다언어적 상황, 당시 한국의 국문·한문·국한문 혼용이 혼재되었던 글쓰기(書記體系, écriture), 한국문학론, 문학사론의 등장과 관련해서도 흥미로운 연구지점을 제공해주기 때문이다. 예를 들어 본다면, 고소설이 오늘날과 같은 '한국의 고전'이 아니라 동시대적으로 향유되는 이야기이자 대중적인 작품으로 인식되던 과거의 모습 즉, 근대 국민국가 단위의 민족문화를 구성하는 고전으로 인식되기 이전, 고소설의 존재양상을 발견할 수 있다. 이 원본 고소설의 표상은 한국 근대 지식인의 한국학 논저만으로 발견할 수 없는 것으로, 그 계보를 총체적으로 살필 경우 근대 한국 고전이 창생하는 논리와 그 역사적 기반을 규명할 수 있다.

넷째, 외국어 번역 고소설 작품군을 통해 '고소설의 정전화 과정'을 살펴보는 것이다. 20세기 근대 한국어문질서의 변동에 따라 국문 고소설의 언어적 위상 역시 변모되었다. 그리고 그 흔적은 해당 외국어 번역 고소설 작품 속에 오롯이 남겨져 있다. 고소설이 외국문학으로 번역의 대상이 된다는 사실은, 이본 중 정본의 선정 그리고 어휘와 문장구조에 대한 분석이 전제됨을 의미하기 때문이다. 사실 고소설 번역실천은 고소설의 언어를 문법서, 사전이 표상해주는 규범화된 국문 개념 안에서 본래의 언어와 다른 층위의 언어로 재편하는 행위이다. 하나의 고소설 텍스트를 완역한 결과물이 생성되었다는 것은, 고소설 텍스트의 언어를 해독 가능한 '외국어=한국어'로 재편하는 것에 다름 아니다.

즉, 우리가 편찬한 『외국어 번역 고소설 선집』에는 외국인 번역자만의 문제가 아니라, 번역저본을 산출하고 위상이 변모된 한국사회, 한국인의 행위와도 긴밀히 관계되어 있다. 근대 매체의 출현과 함께 국문 글쓰기의 위상변화, 즉, 필사본·방각본에서 활자본이란 고소설 존재양상의 변모는 동일한 작품을 재번역하도록 하였다. '외국어 번역 고소설'의 역사를 되짚는 작업은 근대 문학개념의 등장과 함께, 국문고소설의 언어가 문어로서 지위를 확보하고 문학어로 규정되는 역사, 그리고 근대 이전의 문학이 '고전'으로 소환되는 역사를 살피는 것이다. 우리의 희망은 외국인의 한국고전학이란 거시적 문맥 안에서 '외국어 번역 고소설' 속에서 펼쳐진 번역이라는 문화현상을 검토할 수 있는 토대자료집을 학계와 독자에게 제공하는 것이다.

물론 우리가 편찬한 『외국어 번역 고소설 선집』이 이러한 목표에 얼마나 부합되는 것인지를 단언하기는 어렵다. 이에 대한 평가는 우리의 몫이 아니다. 이 자료 선집을 함께 읽을 여러 동학들의 몫이자 함께 해결해나가야 할 과제라고 말할 수 있다. 이들 외국어 번역 고소설을 축자적 번역의 대상이 아니라 문명·문화번역의 대상으로 재조명될 수 있도록 연구하는 연구자의 과제를 들 수 있을 것이다. 더불어 당대 한국의 이중어사전, 해당 언어권 단일어 사전을 통해 번역용례를 축적하며, '외국문학으로서의 고소설 번역사'와 고소설 번역의 지평과 가능성을 모색하는 번역가의 과제를 이야기할 수도 있을 것이다.

목차

영웅소설

백학선전

미국외교관 알렌의 〈백학선전 영역본〉(1889)

- 직녀와 견우, 천상의 두 연인의 시련

H. N. Allen, "Ching Yuh and Kyain Oo - The Trials of Two Heavenly Lovers", *Korean Tales,* New York & London: The Nickerbocker Press., 1889.

알렌(H. N. Allen)

▌해제▐

알렌의 *Korean Tales*에서 <백학선전 영역본>은 설화와 고소설 사이에 수록되어 있어 양자의 연결고리의 역할을 담당한다. 무엇보다 <백학선전 영역본>의 가장 큰 번역특징은 제목과 서두에 삽입된 '견우직녀 설화'라고 할 수 있다. 알렌은 <백학선전>에 '견우직녀 설화'를 삽입한 것이 아니라, 오히려 '견우직녀 설화'를 말해줄 수 있는 이야기로 <백학선전>을 선택한 셈이다. 또한 저본은 경판 24장본 <백학선전>을 번역한 것으로 보이지만, 알렌은 한국의 사랑, 가정생활과 같은 한국문화를 이야기하기 위해 원전의 내용을 상당히 변모시켰다. 즉, 七月七夕란 세시풍속이란 공통점으로, 견우직녀 설화와 <백학선전>을 함께 엮고, 원본에 없는 장 구분을 통해 두 남녀 주인공에게 초점을 맞췄다. 또한 견우직녀 설화와 관련된 조은하 모친의 태몽을 대폭 확장했으며, 조은하가 가달을 물리치는 군담적인 면들을 대폭 축약했으며, 유백로와 조은하 부부의 자녀들에 대한 이야기(후일담)의 배제는 이러한 알렌의 지향점을 잘 보여준다. 이로 인해 사실 <백학선전 영역본>은 영웅소설 혹은 군담소설이란 측면보다는 한 편의 애정소설로 변모된다. 원본에 대한 상당한 축약이며 또한 변개양상을 보여주지만, 쿠랑은 알렌의 이 영역본을 결코 부정적으로 이야기하지 않았다. 그 이유는 알렌이 설화란 지평에서 고소설을 번역했으며, 그가 체험했던 한국문화의 지평에서 변개를 수행했기 때문이다. 이러한 알렌의 번역물들은 적어도 동시기 쿠랑의 번역지평에는 부합되는 것이었다. 왜냐하면 서구 독자의 취향과 시장을 염두에 둔 홍종우, 로니의 불역본과 달리, 알렌의 텍스트 변용과 그 지향점은 어디까지나 진실하며 진정한 한국의 모습을, 서구에 알리는 것에 있었기 때문이다.

참고문헌

구자균,「Korea Fact and Fancy의 書評」,『亞細亞硏究』6(2), 1963.
이상현,「서구의 한국번역, 19세기 말 알렌(H. N. Allen)의 한국 고소설 번역— '민족지'로서의 고소설, 그 속에 재현된 한국의 문화」, 부산대 점필재연구소 고전번역학센터 편,『한국 고전번역학의 구성과 모색』, 점필재, 2013.

이상현, 「알렌 <백학선전>영역본 연구 -모리스 쿠랑의 고소설 비평을 통해 본 알렌 고소설영역본의 의미」, 『비교한국학』20, 2012.

이진숙, 김채현, 「게일의 미간행 육필 <백학선전> 영역본 고찰」, 『열상고전연구』 54, 2016.

조희웅, 「韓國說話學史起稿—西歐語 資料(第Ⅰ·Ⅱ期)를 중심으로」, 『동방학지』53, 1986.

PRELUDE.

서막

Ching Yuh and Kyain Oo were stars attendant upon the Sun. They fell madly in love with each other, and, obtaining the royal permission, they were married. It was to them a most happy union, and having reached the consummation of their joys they lived only for one another, and sought only each other's company. They were continually in each other's embrace, and as the honey-moon bade fair to continue during the rest of their lives, rendering them unfit for the discharge of their duties, their master decided to punish them. He therefore banished them, one to the farthest edge of the eastern heavens, the other to the extreme opposite side of the great river that divides the heavenly plains (the Milky Way).

직녀와 견우는 태양을 섬기는[1] 별이었다. 그들은 미친 듯이 서로

1 태양을 섬기는(upon the Sun): 지구에서 바라보았을 때, 관념적으로 견우성과 직

사랑에 빠졌고 왕의 허락을 받아 결혼을 하였다. 그들은 그 결합에 매우 행복해 했고, 기쁨의 완성에 도달한 이후 오로지 서로만을 위해 살며 둘이서만 있기를 원했다. 그들은 계속해서 상대방의 품을 떠나지 않았으며 나머지 삶도 계속 신혼기처럼 보내려다 맡은 바 직무를 제대로 수행하지 못하였다. 이에 왕은 그들을 벌하고자 결심하고, 한 사람은 동쪽 하늘의 가장 먼 가장가지로 다른 한 사람은 하늘 평원을 가르는 큰 강(은하수)의 건너편 가장 먼 곳으로 추방하였다.

They were sent so far away that it required full six months to make the journey, or a whole year to go and come. As they must be at their post at the annual inspection, they therefore could only hope to journey back and forth for the scant comfort of spending one short night in each other's company. Even should they violate their orders and risk punishment by returning sooner, they could only see each other from either bank of the broad river, which they could only hope to cross at the season when the great bridge is completed by the crows, who carry the materials for its construction upon their heads, as any one may know, who cares to notice, how bald and worn are the heads of the crows during the seventh moon.

그들은 가는데 꼬박 여섯 달이, 오고 가는데 일 년이 걸리는 아주 먼 곳으로 보내졌다. 매년 감사 때 그 자리를 지켜야 하기에 그들이

녀성이 태양을 모신다고 생각한 것이다. 여기에서 '태양'은 옥황상제에 비견되는 개념이다.

왕복 여행을 통해 얻는 것은 상대방의 품에서 보내는 고작 짧은 하루 밤의 아쉬운 만족뿐이었다. 설혹 명령을 어기고 벌을 받을 각오로 더 빨리 되돌아온다 하더라도 그들은 넓은 강둑의 양편에 서서 서로를 바라볼 수밖에 없었는데, 까마귀들이 큰 다리를 완성하는 계절이 되어야만 그 강을 건널 수 있었기 때문이다. 까마귀[2]는 다리를 놓기 위해 필요한 자재를 머리에 이고 나르느라, 주의해서 보면 누구라도 알 수 있듯이, 음력 7월 동안 머리가 참으로 많이 벗겨지고 닳는다.[3]

Naturally this fond couple are always heart-broken and discouraged at being so soon compelled to part after such a brief but long-deferred meeting, and 't is not strange that their grief should manifest itself in weeping tears so copious that the whole earth beneath is deluged with rains.

당연히 이 사랑하는 짝은 그토록 오랜 기다림 후에 가지는 짧은 만남 그리고 곧 이은 강제된 이별로 언제나 가슴이 찢어지고 낙심하여, 슬픔을 눈물로 펑펑 쏟아 내어, 그 아래의 온 세상이 비로 범람하는 것은 이상하지 않다.

---

2 까마귀: 다리를 놓는 새로 까마귀를 설정한 이유는 고전에서 까마귀가 태양과 관련 있기 때문인 듯하다. 원전에서의 '오작'은 본래 까막까치(까마귀와 까치)를 이른다.

3 까마귀는 다리를 놓는데 필요한 자재를 머리에 이고 나르느라 그 머리가 7월 달 동안 참으로 많이 벗겨지고 헤진다: 본래 까마귀가 음력 7월에 털갈이를 하면서 머리털이 벗겨지는 것에 대한 설화적 근거이다. 그런데 견우와 직녀가 다리를 건너기 위해 까막까치 머리를 밟아서 까막까치의 머리가 벗겨졌다고 보게 하는 본이 우세한 것을 상기한다면, 까마귀가 자재를 머리에 이고 나르느라 머리가 벗겨졌다는 알렌의 해석은 독특하다고 여겨진다.

This sad meeting occurs on the night of the seventh day of the seventh moon, unless prevented by some untoward circumstance, in which case the usual rainy season is withheld, and the parched earth then unites in lamentation with the fond lovers, whose increased trials so sadden their hearts that even the fountain of tears refuses to flow for their relief.

이 슬픈 만남은 음력 7월 7일 밤에 어떤 특별한 상황이 발생하지 않으면 이루어진다. 그러나 만약 그들이 만나지 못하게 되면 비가 와야 할 우기에 비가 오지 않고 땅은 메마르고 갈라져 사랑하는 두 연인의 슬픔에 동참한다. 시련이 더해지자 연인들은 더 슬퍼졌고 심지어 눈물샘도 위로의 눈물을 흘리기를 거부한다.[4]

Ⅰ.

You Tah Jung was a very wise official, and a remarkably good man. He could ill endure the corrupt practices of many of his associate officials, and becoming dissatisfied with life at court, he sought and obtained permission to retire from official life and go to the country. His marriage had fortunately been a happy one, hence he was the more content with the somewhat solitary life he now began to lead. His wife was peculiarly gifted, and they were in perfect sympathy with each other, so that they longed not for the society of

4 견우성과 직녀성이 만나고 만나지 못하는 경우에 따라 발생하는 홍수와 가뭄을 설명한 단락들이다.

others. They had one desire, however, that was ever before them and that could not be laid aside. They had no children; not even a daughter had been granted them.

유태종(You Tah Jung)[5]은 매우 현명한 관리이자 눈에 띄게 좋은 사람이었다.[6] 그는 여러 동료 관리들의 부패 행위를 참을 수 없었다. 조정대신으로서의 삶에 불만을 품게 된 그는 공직에서 물러나 시골로 갈 수 있게 해달라는 허락을 구하고 받았다.[7] 결혼 생활은 다행히 행복하여[8], 그는 이제 막 영위할 다소 적적한 삶에 더 만족하게 되었다.

---

5 알렌의 인명에 대한 음역을 발음하면 'You Tah Jung'은 유타중, 'Pang Noo'는 '방누' 또는 '백노', 'Nam Juh Oon'은 '남주운', 'Uhm Hah'는 '운하' 등에 더 가깝지만 당시에 인명을 영문으로 표기하는 것이 불안정했다는 점을 고려하여 이 영역문에서 모든 인명은 원문을 따라 표기한다.

6 <백학선전>은 "화설 딕명 시졀의 나명 쏘히"로 시작한다. 원본의 시공간적 배경과 관련하여 알렌은 서울(Seoul)을 제외한 남경, 서남 땅 등의 지명에 대한 번역을 생략했다. 그 이유는 이야기의 배경을 중국이 아닌 당시의 한국으로 설정하려고 한 측면과 긴밀히 관련된다. 쿠랑은 『한국서지』에서 <백학선전>은 중국인을 주인공으로 한 국문소설로 분류하였다. 그렇지만 알렌은 이 소설 속에서 재현되는 것을 그가 *Korean Tales* I~II장에서 제시한 한국, 서울이라는 시공간으로 제한하고 한국인의 삶이라고 읽었다. 그 지향점이 잘 반영된 부분은 <백학선전>의 마지막 대목에서 논공행상이 돌아가는 장면에 대한 변용으로 볼 수 있다. <백학선전> 원본에서 유백로는 연왕으로 그의 부친은 태상왕으로 봉해진다. 하지만 이러한 설정은 소설적 시공간이 중국이기에 가능한 부분이다. 마지막 부분에 다시 살펴볼 수 있듯이 알렌은 유백로는 지방관으로, 그 부친인 유태종은 본래 직위에 복귀시키는 것으로 옮긴다.

7 유태종은~허락을 구하고 받았다(You Tah Jung ~to the country): 원문은 대명 시절의 남경 땅에 이부상서 유태종이 자손이 없어 벼슬을 하직하고 낙향함으로 되어있다. 이에 반해 알렌 영역문에서는 소설적 시공간, 구체적인 관직명이 생략되어 있다. 원문과 중요한 차이점은 유태종이 자손이 없어 관직을 그만둔 것이 아니라 타락한 관리들로 인해 이에 관리로서의 삶에 회의를 느껴 벼슬을 하직하고 낙향한 것으로 설정한다.

8 유씨 부부의 금술이 좋았다는 영역문의 진술은 원문에 없는 내용으로 알렌이 첨가하였다.

그의 아내는 특히 재주가 뛰어났고, 부부는 마음이 서로 잘 맞아 다른 사람과의 교제를 바라지 않았다. 그러나 그들에겐 결코 포기할 수 없는 한 소망이 있었다. 자식이 없었고, 심지어 딸조차도 그들에게 허락되지 않았다.

As You Tah Jung superintended the cultivation of his estate, he felt that he would be wholly happy and content were it not for the lack of offspring. He gave himself up to the fascinating pastime of fishing, and took great delight in spending the most of his time in the fields listening to the birds and absorbing wisdom, with peace and contentment, from nature. As spring brought the mating and budding season, however, he again got to brooding over his unfortunate condition. For as he was the last of an illustrious family, the line seemed like to cease with his childless life. He knew of the displeasure his ancestors would experience, and that he would be unable to face them in paradise; while he would leave no one to bow before his grave and make offerings to his spirit. Again he bemoaned their condition with his poor wife, who begged him to avail himself of his prerogative and remove their reproach by marrying another wife. This he stoutly refused to do, as he would not risk ruining his now pleasant home by bringing another wife and the usual discord into it.

유태종은 소유지의 개간을 감독하면서 자식만 있으면 매우 행복하고 만족스러울 것이라고 생각했다. 그는 낚시라는 매력적인 여가 생활에 빠졌으며, 대부분의 시간을 들판에서 새소리를 들으며 자연이 주는 지혜에서 평화와 만족을 얻으며 큰 기쁨을 느꼈다.[9] 그러나 짝짓기를 하고 꽃이 피는 계절인 봄이 되자 그는 다시 자신의 불행한 처지를 곰곰이 생각했다. 명문가의 마지막 후손인 그에게 자식이 없으면 그의 가문이 끝이 날 것만 같았다. 그의 묘 앞에 절을 하고 그의 영혼에 제물을 바칠 자식을 그가 남기지 못하면, 조상들이 불쾌해 할 것이고 그들을 뵐 면목이 없다는 것을 알았다.[10] 다시 그는 불쌍한 아내와 함께 그들의 처지를 한탄했다. 아내는 남편에게 그의 특권을 이용해 다른 아내를 맞이하여 자식 없는 수치를 면하라고 간청했다. 그는 단호히 아내의 제안을 거부했다. 다른 아내를 맞이하면 가정불화가 발생하기가 쉬운데 지금의 행복한 집을 망칠 수 있는 그런 위험을 무릅쓰고 싶지 않았다.[11]

Instead of estranging them, their misfortune seemed but to bind this pair the closer together. They were very devout people, and they prayed to heaven continually for a son. One night the wife fell asleep while praying, and dreamed a remarkable dream. She fancied that

9 자연을 사랑하는 한국인의 모습이 첨가되어 있다.

10 무자식과 관련하여 유태종의 고민이 그의 맘속의 언어로 제시되어 서구인이 양반 댁 남성의 심정을 읽을 수 있게 하였다.

11 원문에서 조은하의 모친이 조성노에게 '어진 숙녀를 턱ᄒᆞ여 자손을 보소셔"라고 하는 부분을 알렌은 이를 유태종의 부인이 유태종에게 권한 것으로 앞 당겨 서술한다. 서구독자들은 축첩이 관행적으로 수용되던 당시의 모습, 아이를 낳지 못하는 부인이 남편에게 축첩을 권하는 대목, 그리고 그것을 거절하는 유태종의 모습 등을 통해 당시의 양반들의 삶을 엿볼 수 있다.

she saw a commotion in the vicinity of the North Star, and presently a most beautiful boy came down to her, riding upon a wonderful fan made of white feathers. The boy came direct to her and made a low obeisance, upon which she asked him who he was and where he came from. He said:

"I am the attendant of the great North Star, and because of a mistake I fell into he banished me to earth for a term of years, telling me to come to you and bring this fan, which will eventually be the means of saving your life and my own."

불행은 이 부부를 소원하게 하기는커녕 더 가까이 함께 결합하는 듯 했다. 매우 신심이 깊은 그들은 계속해서 아들을 갖게 해달라고 하늘에 기도했다. 어느 날 밤 아내는 기도하는 도중 잠이 들었다 놀라운 꿈을 꾸었다. 그녀는 꿈에서 북극성 주변에 소동이 난 것을 보았다고 상상했다. 꿈에서 용모가 매우 수려한 소년이 흰 깃털로 만든 멋진 부채를 타고 내려 왔다.[12] 소년은 그녀에게 곧장 오더니 엎드려 절을 하였고, 이에 그녀는 그가 누구인지 어디서 왔는지를 물었다. 그는 말했다.

"나는 대북극성을 모시는 자입니다. 제가 잘못한 일이 있어 대북극성께서 나를 일정 기간 땅으로 추방하면서 말하길, 이 부채를 들고 당신에게 가면 언젠가 부채가 당신과 나의 목숨을 구해 줄 것이라

12 원문에서 진씨부인의 태몽 속에서는 '옥동자 빅학을 타고 나려와'로 되어 있지만 알렌은 이를 소년이 흰 깃털로 만든 멋진 부채를 타고 내려오는 것으로 변용한다. 또한 원문에서 선녀가 하강하여 출산을 돕고 유백로의 배필이 서남땅에 사는 조은하 임을 알려주지만 알렌은 이를 누락한다. 이는 이후 조은하의 존재를 몰랐을 때만 발생 가능한 사건의 갈등을 개연성 있게 풀기 위한 장치로 보인다.

고 했습니다."

In the intensity of her joy she awoke, and found to her infinite sorrow that the beautiful vision was but a dream. She cherished it in her mind, however, and was transported with joy when a beautiful boy came to them with the succeeding spring-tide. The beauty of the child was the comment of the neighborhood, and every one loved him. As he grew older it was noticed that the graces of his mind were even more remarkable than those of his person. The next ten years were simply one unending period of blissful contentment in the happy country home. Tley called the boy Pang Noo (his family name being You, made him You Pang Noo). His mother taught him his early lessons herself, but by the expiration of his first ten years he had grown far beyond her powers, and his brilliant mind even taxed his intelligent father in his attempts to keep pace with him.

그녀는 강렬한 기쁨을 느끼며 깨어났지만, 그 아름다운 모습이 한갓 꿈이라는 것을 알고는 끝없는 슬픔을 느꼈다. 그러나 그녀는 그 꿈을 마음속에 소중히 간직하고 있었고, 이듬해 봄 준수한 남아가 태어나자 기뻐 어쩔 줄을 몰랐다. 그 아이의 아름다움은 이웃에 자자했고 모든 이가 그를 사랑했다. 자라면서 그의 정신의 기품은 외면보다 훨씬 더 크다는 것이 드러났다. 그 다음 10년은 한마디로 말해 시골의 행복한 집에서 누리는 끝없는 축복과 만족의 시간이었다. 그들은 아이를 백로라고 불렀다(성이 유라 유백로였다). 어머니가 그의 초기 교육을 직접 담당했지만, 10살이 다 될 즈음 그의 능력은 어머니를 훨씬 능가했다. 아이의 머리가 매우 명석하였으므로 심지어 학식 있는 그의 아버지조차 그런 아들을 상대하기가 벅찼다.[13]

About this time they learned of a wonderful teacher, a Mr. Nam Juh Oon, whose ability was of great repute. It was decided that the boy should be sent to this man to school, and great was the agitation and sorrow at home at thought of the separation. He was made ready, however, and with the benediction of father and caresses of mother, he started for his new teacher, bearing with him a wonderful feather fan which his father had given him, and which had descended from his great-grandfather. This he was to guard with especial care, as, since his mother's remarkable dream, preceding his birth, it was believed that this old family relic, which bore such a likeness to the fan of the dream, was to prove a talisman to him, and by it evil was to be warded off, and good brought down upon him.

13 유씨 부부가 유백로를 직접 교육시키는 것은 원문에 없는 내용으로 알렌이 첨가한 내용이다. 양반 사대부의 가정생활을 보여주기 위해 알렌은 유태종에 대한 서술을 전체적으로 확장한 면이 있다. 이 속에는 양반들의 부부생활, 혼속, 가정교육과 같은 가정의 모습들을 담고 있다. 알렌은 *Korea Tales* II장에서 "길가에서" 한국의 "가정생활을 알 수 없"으며, "귀족들의 훌륭한 벽에 이르는 대문을 통과할 수 있고, 수많은 안뜰을 지나갈 수 있는 혜택을 받은 이도 그들의 가정생활을 알기 어렵다"고 말했다. 왜냐하면 여성들은 그들만의 공간에만 있어 볼 수가 없고, 서구인들이 접촉할 수 있는 사람들은 남성들에 한정되었기 때문이었다(20쪽). 이는 양반들의 가정생활을 아는 것에 대한 어려움을 말한 것이다. 알렌의 유태종을 통해 양반의 가정생활을 보여주고자 한 것으로 보인다.

이즈음에 부부는 학문적 명성이 매우 높은 남치운이라는 훌륭한 선생에 대해 알게 되었다. 아이를 남선생에게 보내 교육시키기로 결정하자, 집에서는 아이와 헤어진다는 생각에 매우 걱정하고 슬퍼했다. 그러나 때가 되어 백로는 아버지의 축복과 어머니의 보살핌 속에 새로운 선생을 찾아 출발했고, 아버지가 준 집안 대대로 내려오는 가보인 멋진 깃털 부채를 가지고 갔다. 백로는 이 부채를 각별히 조심해서 간직해야 했다. 어머니가 그를 낳기 전 신기한 꿈을 꾼 이 후 꿈속의 부채와 그 모습이 매우 흡사한 유씨 가문의 이 오래된 유품은 악을 막고 복을 가져다줄 백로의 부적으로 여겨졌기 때문이다.[14]

Ⅱ.

Strange as it may seem, events very similar in nature to those just narrated were taking place in a neighboring district, where lived another exemplary man named Cho Sung Noo. He was a man of great rank, but was not in active service at present, simply because of ill-health induced by constant brooding over his ill-fortune; for, like You Tah Jung, he was the last of an illustrious family, and had no offspring. He was so happily married, furthermore, that he had never taken a second wife, and would not do so.

이상하게 들리지만 전술한 내용과 그 성격이 매우 유사한 사건이

14 원문에서는 '이 부치는 선세붓터 유젼ᄒᆞ는 보비라. 범연이 알지 말나'라고만 되어 있다. 알렌은 이를 유씨 가문의 家寶인 백학선이 유백로의 모친이 태몽에서 본 부채와 매우 유사한 것이란 점을 첨가하고 있다.

조성노라는 이름의 또 다른 모범적인 사람이 살고 있는 이웃 지역에서도 일어나고 있었다. 조성노는 고위 관직에 있었으나, 현재는 그 직함만 유지하고 있었다. 이는 자신의 불행을 계속해서 생각하느라 그의 건강이 악화되었기 때문이다. 그는 유태종과 마찬가지로 명문가의 마지막 후손이지만 아직 대를 이을 자식이 없었다. 게다가 그는 아내와의 결혼 생활에 매우 만족하여 후처를 들인 적도 없고 그럴 의향도 없었다.[15]

About the time of the events just related concerning the You family, the wife of Cho, who had never neglected bowing to heaven and requesting a child, dreamed. She had gone to a hill-side apart from the house, and sitting in the moonlight on a clean plat of ground, free from the litter of the domestic animals, she was gazing into the heavens, hoping to witness the meeting of Ching Yuh and Kyain Oo, and feeling sad at thought of their fabled tribulations. While thus engaged she fell asleep, and while sleeping dreamed that the four winds were bearing to her a beautiful litter, supported upon five rich, soft clouds. In the chair reclined a beautiful little girl, far lovelier than any being she had ever dreamed of before, and the like of which is never seen in real life. The chair itself was made of gold and jade. As the procession drew nearer the dreamer exclaimed:

"Who are you, my beautiful child?"

---

15 영역문의 Strange as it ~neighboring district'과 'like You Tah Jung'에서 알 수 있듯이 알렌은 조성노가 유태종과 유사한 처지에 있다는 논평을 첨가한다.

유씨 가문과 관련된 사건이 발생할 즈음, 아이를 가질 수 있게 해달라며 하늘에 기도하는 것을 결코 게을리 하지 않았던 조성노의 부인은 꿈을 꾸었다. 그녀는 집에서 떨어진 언덕으로 가 가축들의 오물이 없는 깨끗한 땅바닥에 달빛을 받으며 앉아 있었다. 그녀는 직녀와 견우 두 사람이 만나는 것이 보고 싶어 하늘을 올려보다가 전설 속 그들의 시련을 생각하며 슬퍼졌다.[16] 그러는 동안 그녀는 이내 잠이 들었고 꿈에서 온 사방의 바람이 풍성하고 부드러운 오색구름 위에 놓인 아름다운 의자를 그녀에게 전해주는 꿈을 꾸었다.[17] 의자에는 예쁜 작은 여자 아이가 앉아 있었는데, 지금까지 꿈에서 봤던 그 어떤 존재보다 더 아름다웠고, 현실에서는 이와 유사한 아이를 결코 본 적이 없었다. 의자는 황금과 옥으로 만들어졌다. 그 행렬이 더 가까이 다가왔을 때에 그녀는 꿈속에서 소리쳤다.

"예쁜 아가, 너는 누구니?"

"Oh," replied the child, "I am glad you think me beautiful, for then,

---

16 그녀는~생각하며 슬퍼졌다(she was~fabled tribulations): 이는 원문 <백학선전>에 없는 부분으로 알렌이 백학선전과 견우직녀 설화를 연결시키기 위해 첨가시킨 부분이다.

17 원문에서 "일일은 부인이 곤뇌ᄒᆞ여 잠간 조을 ᄉᆡ 오운이 남방으로 이러나며 풍악소릐 들니거ᄂᆞᆯ 슌시 귀경코져 ᄒᆞ여 사창을 열고 바라본즉 여러 션녜 금덩을 옹위ᄒᆞ여 슌시 압ᄒᆡ 이르러 지ᄇᆡ왈 우리는 샹졔 시녜러니 칠월칠석의 은하슈 오작교를 그ᄅᆞᆺ 노ᄒᆞᆫ 죄로 인간의 ᄂᆡ치시ᄆᆡ 일월성신이 이리로 지시ᄒᆞ여 이르러스니 부인은 어엿비 여기소셔. 이 낭ᄌᆞ의 ᄇᆡ필은 남경ᄯᅡ 뉴시오니 쳔정ᄇᆡ우를 일치 말나 ᄒᆞ고 맛치며 낭ᄌᆡ 방 즁으로 드러가너ᄂᆞᆯ 부인이 감격ᄒᆞ여 방즁을 쇄소코져 ᄒᆞ다가 문득 ᄭᆡ다르니 침상일몽이라"로 그다지 길지 않는 대목이다. 그러나 전체적으로 위의 해당 영문에서 확인할 수 있듯이 알렌은 조은하의 모친의 태몽을 견우직녀 설화와 연계시키기 위해 이 부분을 대폭 확장한다. 그러나 알렌은 유백로의 태몽과 마찬가지로 원문에서는 '이 낭ᄌᆞ의 ᄇᆡ필은 남경ᄯᅡ 뉴시오니 쳔정ᄇᆡ우를 알치 말나'라는 부분을 누락한다.

may be, you will let me stay with you."

"I think I should like to have you very much, but you haven't yet answered my question."

"Well," she said, "I was an attendant upon the Queen of Heaven, but I have been very bad, though I meant no wrong, and I am banished to earth for a season; won't you let me live with you, please?"

"I shall be delighted, my child, for we have no children. But what did you do that the stars should banish you from their midst?"

> "오," 아이는 대답했다. "예쁘게 봐주셔서 기뻐요. 그래야 당신의 집에 머물 수 있을 테니까요."
>
> "너를 가지고 싶다만, 아직 내 질문에 답을 하지 않았잖니?"
>
> "저……" 그녀는 말했다. "나는 하늘 여왕의 시녀였지만, 본의 아니게 아주 나쁜 일을 저질러 한동안 지상으로 추방을 가게 되었습니다. 당신과 함께 살 수 있도록 허락해 주시지 않겠습니까?"
>
> "얘야, 우리에겐 아이가 없으니 그러면 나도 기쁠 거야. 그렇지만 네가 무슨 일을 했기에 별들이 무리에서 너를 추방해야 했니?"

"Well, I will tell you," she answered. "You see, when the annual union of Ching Yuh and Kyain Oo takes place, I hear them mourning because they can only see each other once a year', while mortal pairs have each other's company constantly. They never consider that while mortals have but eighty years of life at most, their lives are without limit, and they, therefore, have each other to a greater extent than do the mortals, whom they selfishly envy. In a spirit of mischief I determined to teach this unhappy couple a lesson; consequently, on the last seventh moon, seventh day, when the bridge was about completed and ready for the eager pair to cross heaven's river to each others' embrace, I drove the crows away, and ruined their bridge before they could reach each other. I did it for mischief, 't is true, and did not count on the drought that would occur, but for my misconduct and the consequent suffering entailed on mortals, I am banished, and I trust you will take and care for me, kind lady."

"저, 말할게요."

그녀는 대답했다.

"아시다시피, 해마다 직녀와 견우가 만날 때, 나는 인간은 평생 함께 살아가는데 자신들은 일 년에 한 번 밖에 만나지 못해 애통하다는 그들의 말을 들었어요. 인간은 길어야 겨우 80년 밖에 살지 못하지만 그들의 삶은 영원하니 인간보다 더 많이 만날 수 있는데도, 그런 것도 모르고 인간을 질투하다니 그들은 참으로 이기적이지요. 장난기 어린 마음에 나는 이 불행한 연인에게 한 수 가르쳐야겠다고 결심했어요. 그래서 지난 음력 7월 7일에 다리가 거의 완성되어 열정적인 두 사람이 하늘 다리를 건너 포옹하려는 순간, 까마귀들을 흩어 다리를 망가트리고 그들이 만날 수 없게 했어요.[18] 정말이지 그건 장

18 장난기 어린 마음에~없게 했어요(In a spirit of~reach each other): 원문의 "우리는 샹제 시녜러니 칠월칠셕의 은하슈 오작교를 그흣 노흔 죄로 인간의 닉치시미

난이었고, 이로 인해 가뭄이 들 수 있다는 것을 미처 헤아리지 못했어요. 여하튼 나의 잘못으로 인간들이 고통을 받았으므로 나는 추방되었어요.[19] 착한 부인, 나는 당신이 나를 받아주고 돌봐줄 것이라 믿습니다."

When she had finished speaking, the winds began to blow around as though in preparation for departure with the chair, minus its occupant. Then the woman awoke and found it but a dream, though the winds were, indeed, blowing about her so as to cause her to feel quite chilly. The dream left a pleasant impression, and when, to their

일월셩신이 이리로 지시ᄒᆞ여 이르러스니"을 알렌이 변개한 부분이다. 먼저 원문에서는 시녀가 조성노 부인에게 말을 하지만, 번역문에서는 조은하로 태어날 꿈 속의 아이가 직접 그 부인에게 말을 걸며 인간세계로 오게 된 경위를 설명하고 있다. 원문에서는 단순히 상제 시녀가 칠월칠석의 은하수 오작교를 잘못 놓은 죄로 인간 세계로 추방되었다라고만 되어 있다. 알렌 영역본의 일반적인 번역 경향이 내용을 간소화하는 데 반해 그는 이 부분에서 원문을 대폭 확장시키고 있다. 이를 위해 알렌은 이 부분에 앞서 태몽을 꾸게 되는 동기가 조은하의 모친이 은하수를 보며 견우와 직녀를 생각하는 것이었다고 첨언하고, 이 부분에서는 견우와 직녀에게 교훈을 가르쳐주기 위해 둘의 만남을 방해했다고 첨언한다.

19 이로 인해~고통을 주었기에(did not count~entailed on mortals): 알렌은 칠월칠석날 아이(조은하 전신)가 견우와 직녀가 만나지 못하도록 오작교를 흩뜨렸기 때문에 이로 말미암아 비가 오지 않아 가뭄을 맞게 되었다고 첨언하고 있다. 이는 두 연인들이 만나자마자 헤어져야 하기 때문에 눈물을 흘리기에 비가 되는데, 해후가 실패할 경우 가뭄이 온다는 서두에 배치된 '견우직녀 설화'의 내용에 의거한 변용이다. 즉 원본의 짧은 구절이 <백학선전>을 '견우직녀 설화'와 함께 편성하게 위해 확장된 번역을 취하고 있는 이유이다. 알렌이 <백학선전>이라는 고소설에만 주목했다면, 그는 이러한 번역양상을 보여주지 않았을 것이다. 부채를 고소설의 제목으로 배치한 희귀한 사례라고 할 수 있는 <백학선전>의 특성을 알렌은 이 영역본에서 소거시킨 셈이다. 한국인의 생활과 풍속을 보여준다는 저술 목적에 부응되는 것은 부채(소재)라기보다는 인물들이란 사실을 염두에 두고 있었기 때문으로 보인다.

intense joy, a daughter was really born to them, the fond parents could scarcely be blamed for associating her somewhat with the vision of the ravishing dream.

그녀가 말을 마치자 바람이 마치 의자 위의 사람은 두고 의자만 가지고 떠날 채비를 하는 듯 불기 시작했다. 그때 여인은 깨어나 그것이 단지 꿈이라는 것을 알았지만, 실제로 바람이 불고 있어 그녀는 상당한 추위를 느꼈다. 그 꿈은 행복한 인상을 남겼다. 매우 기쁘게도 딸이 태어났을 때, 사랑하는 양친이 그 황홀한 꿈속의 장면과 아이를 조금 관련짓는다고 해도 비난받지 않았다.

The child was a marvel of beauty, and her development was rapid and perfect. The neighbors were so charmed with her, that some of them seemed to think she was really supernatural, and she was popularly known as the "divine maiden," before her first ten years were finished.

아이의 아름다움은 감탄스러울 정도이고, 아이의 성장은 빠르고 완벽했다. 이웃 사람들은 아이의 매력에 푹 빠져 어떤 이는 아이를 정말 하늘에서 온 존재로 생각했다. 그녀는 10세가 되기 전 '천상의 처자'로 널리 알려졌다.

It was about the time of her tenth birthday that little Uhn Hah had the 'interesting encounter upon which her whole future was to hinge.

어린 은하가 그녀의 미래를 결정할 흥미로운 만남을 가지게 된 것은 바로 그녀의 10번째 생일 무렵이었다.

It happened in this way: One day she was riding along on her nurses' back, on her way to visit her grandmother. Coming to a nice shady spot they sat down by the road-side to rest. While they were sitting there, along came Pang Noo on his way to school. As Uhn Hah was still but a girl she was not veiled, and the lad was confronted with her matchless beauty, which seemed to intoxicate him. He could not pass by, neither could he find words to utter, but at last he bethought him of an expedient. Seeing some oranges in her lap, he stepped up and spoke politely to the nurse, saying,

"I am You Pang Noo, a lad on my way to school, and I am very thirsty, won't you ask your little girl to let me have one of her oranges?"

Uhn Hah was likewise smitten with the charms of the beautiful lad, and in her confusion she gave him two oranges. Pang Noo gallantly said,

"I wish to give you something in return for your kindness, and if you will allow me I will write your name on this fan and present it to you."

이야기는 이러했다. 어느 날 은하는 유모의 등에 업혀 할머니를 방문하러 가는 길이었다. 그늘이 있는 멋진 곳에 이르자 그들은 쉬려고 길가에 앉았다. 그들이 거기 앉아 있는 동안, 길을 따라 온 것은 바로 학교에 가는 중이었던 백로였다. 나이가 아직 어린 은하가 베일로 얼굴을 가리지 않았으므로 소년은 은하의 절세 미모를 직면하고 그 미모에 도취된 듯했다. 지나쳐 갈 수도, 그렇다고 어떤 말을 해야 할 지도 모르고 있다 그는 마침내 한 가지 방책을 생각했다. 그는 유모의 무릎에 있는 오렌지를 보고 한 발짝 다가가서 정중하게 말했다.

"나는 유백로라는 사람으로 학교에 가는 중이오. 목이 너무도 말라 그러하니 아기씨에게 오렌지를 줘도 되는지 물어봐 주지 않겠소?"

은하도 준수한 소년의 매력에 사로잡혀 혼란스러워하며 오렌지 두 개를 백로에게 주었다. 백로는 정중하게 말했다.

"당신의 친절에 대한 보답으로 뭔가를 주고 싶은데 괜찮다면 당신의 이름을 이 부채에 써서 주고 싶습니다."

Having obtained the name and permission, he wrote:

"No girl was ever possessed of such incomparable graces as the beautiful Uhn Hah. I now betroth myself to her, and vow never to marry other so long as I live."

He handed her the fan, and feasting his eyes on her beauty, they separated. The fan being closed, no one read the characters, and Uhn Hah carefully put it away for safe keeping without examining it sufficiently close to discover the written sentiment.

백로는 은하의 이름과 허락을 얻어 다음과 같이 적었다.

"어떤 소녀도 아름다운 은하에 비견할만한 우아함을 지니지 못했다. 지금 나는 그녀와 정혼을 했으니, 평생 동안 절대로 다른 이와 결혼하지 않을 것을 맹세한다."[20]

백로는 은하에게 부채를 건네주며 두 눈으로 그녀의 아름다움을 마음껏 취했고, 두 사람은 헤어졌다. 부채가 접혀 있었으므로 어느 누구도 글자를 읽지 않았다. 은하는 부채를 잘 간직하고자 조심해서 받아만 두었을 뿐 꼼꼼히 살피지 않아 부채에 적힌 글의 감정을 알지 못하였다.

Ⅲ.

Pang Noo went to school and worked steadily for three years. He learned amazingly fast, and did far more in three years than the brightest pupils usually do in ten. His noted teacher soon found that the boy could even lead him, and it became evident that further stay at the school was unnecessary. The boy also was very anxious to go and see his parents. At last he bade his teacher good-by, to the sorrow of both, for their companionship had been very pleasant and profitable, and they had more than the usual attachment of teacher and pupil for each other. Pang Noo and his attendant journeyed leisurely to their home, where they were received with the greatest delight. His mother had not seen her son during his schooling, and even her fond pride was hardly prepared for the great improvement the boy had made, both in body and mind, since last she saw him. The

20 이 정표의 글은 알렌이 첨가했다.

father eventually asked to see the ancestral fan he had given him, and the boy had to confess that he had it not, giving as an excuse that he had lost it on the road. His father could not conceal his anger, and for some time their pleasure was marred by this unfortunate circumstance. Such a youth and an only son could not long remain unforgiven, however, and soon all was forgotten, and he enjoyed the fullest love of his parents and admiration of his friends as he quietly pursued his studies and recreation.

백로는 학교에 가서 3년 동안 꾸준히 공부했다. 그의 배움은 놀랄 정도로 빨랐다. 아무리 똑똑한 학생이라도 통상 10년이 걸리는 것을 그는 3년 내에 더 많이 배웠다. 그의 저명한 선생은 이 아이가 심지어 자기보다 더 뛰어나다는 것을 알았고, 아이가 학교에 남아 더 공부하는 것이 불필요하다는 것이 명백해졌다. 백로 또한 집으로 가서 부모님을 만나기를 매우 열망했다. 마침내 그는 선생님에게 작별을 고했고, 그들의 우정은 매우 유쾌하고 유익했으므로 두 사람 모두 이별을 슬퍼했다. 그들은 보통의 사제보다 더 깊은 애착을 서로에게 느끼고 있었다. 백로와 그의 하인은 천천히 이동하여 집으로 왔고, 집에서는 크게 기뻐하며 그들을 맞이하였다. 어머니는 아들이 학교에 가 있는 동안 그를 보지 못했다. 이미 아들에 대한 자부심을 가지고 있었지만 그래도 마지막으로 본 이후 아들의 몸과 마음이 모두 이렇게 잘 자랐을 것이라곤 예상하지 못했다. 드디어 아버지는 백로에게 준 가문의 부채를 보자고 했는데, 아들은 길에서 잃어버렸다고 둘러대면서 지금 가지고 있지 않다고 털어놓았다. 아버지는 분노를 숨길 수 없었고, 한동안 이 불행한 상황으로 그들의 기쁨이 가려졌다. 그러나 이와 같은 청년과 외아들을 오랫동안 용서하지 않고 있기란 힘들었으니 곧 모든 것이 잊혔고, 백로는 양친의 아낌없는 사랑과 친구들의 감탄을 받으며 조용히 공부와 여가를 이어갔다.

In this way he came down to his sixteenth year, the pride of the neighborhood. His quiet was remarked, but no one knew the secret cause, and how much of his apparent studious attention was devoted to the charming little maiden image that was framed in his mental vision. About this time a very great official from the neighborhood called upon his father, and after the usual formalities, announced that he had heard of the remarkable son You Tah Jung was the father of, and he had come to consult upon the advisability of uniting their families, as he himself had been blessed with a daughter who was beautiful and accomplished. You Tah Jung was delighted at the prospect of making such a fine alliance for his son, and gave his immediate consent, but to his dismay, his son objected so strenuously and withal so honorably that the proposition had to be declined as graciously as the rather awkward circumstances would allow. Both men being sensible, however, they but admired the boy the more, for the clever rascal had begged his father to postpone all matrimonial matters, as far as he was concerned, till he had been able to make a name for himself, and had secured rank, that he might merit such attention.

이렇게 하여 16세가 된 백로는 이웃의 자랑거리가 되었다. 그의 과묵함은 눈에 띄었지만 어느 누구도 그 비밀스러운 원인, 즉 그가 겉으로 열심히 공부하는 듯 하지만 실상 그의 마음속에 자리 잡은 매력적인 소녀를 생각하느라 많은 시간을 보내는 것을 알지 못했다. 이즈음 이웃의 아주 높은 관직의 관리가 그의 아버지를 방문하였다. 의례적인 형식 절차가 끝난 후에 그는 유태종이 훌륭한 자제가 두고 있다는 말을 들었고 다행히 그에게 아름답고 교양 있는 딸이 있으니 두 집안이 결합할 수 있는지 여쭈고자 왔다고 말했다. 유태종은 아들을 그런 훌륭한 집안과 결합시켜 줄 수 있다는 생각에 크게 기뻐하며 그 자리에서 바로 승낙을 하였다. 그러나 실망스럽게도 아들은 매우 끈질기게 한편으로 매우 공손하게 이 결혼에 반대하여 유태종은 다소 어색한 상황이지만 최대한 품위를 갖추어 그 제안을 거절해야 했다. 그러나 두 남자는 현명한 사람들이라 그 이후 소년을 더 칭찬하게 되었는데, 영리한 그 녀석이 아버지에게 자신과 관련된 모든 혼인 문제를 그가 입신양명하여 그런 관심을 받을 자격이 될 때까지 미루어 달라고 간청했기 때문이다.

Pang Noo was soon to have an opportunity to distinguish himself. A great quaga (civil- service examination) was to be held at the capital, and Pang Noo announced his intention of entering the lists and competing for civil rank. His father was glad, and in due time started him off in proper style. The examination was held in a great enclosure at the rear of the palace, where the King and his counsellors sat in a pavilion upon a raised stage of masonry. The hundreds of men and youths from all parts of the country were seated upon the ground under large umbrellas.

> 백로는 곧 두각을 드러낼 기회를 얻게 되었다. 대과거(great quaga: 공직 시험)가 수도에서 실시되자 백로는 관직 시험에 응시하여 실력을 겨루어 보겠다는 의향을 밝혔다. 그의 아버지는 기뻐하며 때가 되자 그를 제대로 갖추어 입혀 떠나보냈다. 시험은 궁궐 뒤쪽의 넓은 장소에서 열렸고 왕과 대신들은 높은 돌단 위의 전각에 앉아 있었다. 전국 방방곡곡의 수백 명의 장년과 청년들은 큰 우산 아래의 바닥에 자리를 잡았다.

Pang Noo was given a subject, and soon finished his essay, after which he folded it up carefully and tossed the manuscript over a wall into an enclosure, where it was received and delivered to the board of examiners. These gentlemen, as well as His Majesty, were at once struck with the rare merit of the production, and made instant inquiry concerning the writer. Of course he was successful, and a herald soon announced that Pang, the son of You Tah Jung had taken the highest honors. He was summoned before the King, who was pleased with the young man's brightness and wisdom. In addition to his own rank, his father was made governor of a province, and made haste to come to court and thank his sovereign for the double honor, and to congratulate his son.

백로는 시험의 주제를 받자 곧 글을 다 적은 후 조심스럽게 시험지를 접어 벽 너머 한 곳으로 던졌고, 이것은 심사위원회에 전달되었다. 임금뿐만 아니라 이 신사들은 보기 드물게 뛰어난 그 글에 충격을 받았고, 글쓴이가 누구인지 즉각 조사하였다. 당연히 그는 합격하였고 얼마 후 전령은 유태종의 아들 유백로가 장원을 하였다고 공표했다. 백로는 왕 앞에 서게 되었는데 왕은 젊은이가 명민하고 지혜로운 것을 보고 기뻐했다. 아들도 관직을 받았지만 그 아버지 또한 지사직에 임명되었다. 유태종은 두 부자에게 영광을 주셔서 감사하는 인사를 왕에게 드리고 또한 아들을 축하하고자 서둘러 궁으로 왔다.

Pang was given permission to go and bow at the tomb of his ancestors, in grateful acknowledgment for Heaven's blessings. Having done which, he went to pay his respects to his mother, who fairly worshipped her son now, if she had not done so before. During his absence the King had authorized the board of appointments to give him the high rank of Ussa, for, though he was young, His Majesty thought one so wise and quick, well fitted to travel in disguise and spy out the acts of evil officials, learn the collection of the people, and bring the corrupt and usurous to punishment. Pang Noo was amazed at his success, yet the position just suited him, for, aside from a desire to better the condition of his fellow-men, he felt that in this position he would be apt to learn the whereabouts of his lady-love, whose beautiful vision was ever before him. Donning a suitable disguise, therefore, he set out upon the business at hand with a light heart.

백로는 허락을 받고 조상 묘를 찾아가 절을 하며 하늘이 복을 내려 주신 것에 감사했다. 그런 후, 그는 어머니를 찾아가 문안 인사를 드렸고, 예전에도 그랬는지 잘 모르겠지만 이제 그녀는 아들을 숭배하기에 이르렀다. 백로의 부재 동안, 왕은 인사 위원회에 인가하여 그에게 어사(Ussa)라는 높은 관직을 내리게 했다. 비록 백로가 어리다고는 하나 임금은 그가 매우 현명하고 영민하므로 변장을 하고 다니면서 못된 관리들의 잘못된 행위들을 잡아내고, 백성들의 소식을 모으고, 백성을 수탈하는 부패한 자들을 처벌하는데 매우 적합한 인물이라 생각했다. 백로는 그의 성공에 놀랐지만 그 자리는 그에게 딱 맞았다. 물론 그는 백성들의 처지를 향상시키고자 하는 소망도 있었지만 또한 어사가 되면 잊을 수 없는 그 아름다운 연인의 소재지를 찾기가 더 쉬울 것이라 생각했다. 그리하여 적절한 옷으로 변장을 한 후 그는 가벼운 마음으로 눈앞의 임무에 착수했다.

Ⅳ.

Uhn Hah during all this time had been progressing in a quiet way as a girl should, but she also was quite the wonder of her neighborhood. All this time she had had many, if not constant, dreams of the handsome youth she had met by the roadside. She had lived over the incident time and again, and many a time did she take down and gaze upon the beautiful fan, which, however, opened and closed in such a manner that, ordinarily, the characters were concealed. At last, however, she discovered them, and great was her surprise and delight at the message. She dwelt on it much, and finally concluded it was a heaven arranged union, and as the lad had pledged his faith to her, she vowed she would be his, or never marry at all. This thought she nourished, longing to see Pang Noo, and wondering how she should ever find him, till she began to regard herself as really the wife of her lover.

이 모든 시간 동안 은하는 여느 소녀가 그러하듯이 조용하게 성장하고 있었지만, 그녀 또한 이웃의 찬미의 대상이었다. 그녀는 그동안 길가에서 만난 적이 있는 잘생긴 소년에 대한 꿈을 매번은 아니지만 여러 번 꾸었다. 그녀는 거듭해서 그 일을 떠올리며 몇 번이나 아름다운 부채를 꺼내 바라보았지만, 이 부채를 펴고 접을 때 글이 있는 것을 알지 못했다. 드디어 그녀는 글을 발견했고 글의 의미를 알고 너무도 놀라고 기뻤다. 그녀는 여러 번 곰곰이 생각한 후 그것은 하늘이 맺어준 결합이라는 결론에 이르렀고 그 소년이 그녀에게 신의를 맹세했었듯이 그녀도 그 소년의 것이 될 것이고 그가 아니면 다른 사람과는 결코 결혼하지 않겠다고 맹세했다. 그녀는 이 생각을 마음속에 키우며 백로를 만나기를 갈망하고 어떻게 그를 찾을까를 궁리하다 보니 어느새 자신이 연인의 실제 아내가 된 듯 생각하기 시작했다.

About this time one of His Majesty's greatest generals, who had a reputation for bravery and cruelty as well, came to stop at his country holding near by, and hearing of the remarkable girl, daughter of the retired, but very honorable, brother official, he made a call at the house of Mr. Cho, and explained that he was willing to betroth his son to Cho's daughter. The matter was considered at length, and Cho gave his willing consent. Upon the departure of the General, the father went to acquaint his daughter with her good fortune. Upon hearing it, she seemed struck dumb, and then began to weep and moan, as though some great calamity had befallen her. She could say nothing, nor bear to hear any more said of the matter. She could neither eat nor sleep, and the roses fled from her tear-bedewed cheeks. Her parents were dismayed, but wisely abstained from troubling her. Her mother, however, betimes lovingly coaxed her daughter to confide in her, but it was long before the girl could bring herself to disclose a secret so peculiar and apparently so unwomanly. The mother prevailed at last, and the whole story of the early infatuation eventually came forth.

"He has pledged himself to me," she said, "he recognized me at sight as his heaven-sent bride, and I have pledged myself to him. I cannot marry another, and, should I never find him on earth, this fan shall be my husband till death liberates my spirit to join his in the skies."

She enumerated his great charms of manner and person, and begged her mother not to press this other marriage upon her, but rather let her die, insisting, however, that should she die her mother must tell Pang Noo how true she had been to him.

이즈음 임금의 한 대장군은 용감하지만 또한 잔인하기로 이름이 꽤 높았는데,[21] 근처의 시골 사유지에 잠시 머물게 되었다가, 은퇴했지만 여전히 명망이 높은 관리의 딸이 눈에 띄게 뛰어나다는 소리를 듣고, 조 선생의 집을 몸소 방문하여 그의 아들과 조의 딸을 꼭 정혼시키고 싶다고 말했다. 그 일은 자세히 논의되었고 조는 이에 기꺼이 동의하였다. 대장군이 떠나자 즉시 아버지는 딸에게 이 좋은 소식을 알리러 갔다. 그러나 딸은 이 소리를 듣고는 말도 못할 정도로 충격을 받은 듯하더니 마치 그녀에게 큰 재앙이라도 닥친 듯 눈물을 흘리며 슬피 울기 시작했다. 그녀는 아무 말도 할 수 없었고 그 문제에 대해서 더 이상 들으려고 하지 않았다. 그녀는 먹지도 잘 수도 없었고, 장미가 눈물로 젖은 그녀의 뺨에서 떠나갔다. 양친은 크게 놀랐지만 현명하게도 그녀를 괴롭히는 것을 삼갔다. 그러나 어머니는 때때로 딸에게 속을 털어 놓으라고 자애롭게 유도했지만 소녀가 매우 기이하고 분명 숙녀답지 못한 비밀을 털어놓은 것은 한참이 지나서였다. 마침내 어머니의 설득에 소녀는 어린 시절의 사랑 이야기를 들려주었다.

"그는 나에게 맹세했어요. 그는 단박에 나를 하늘이 준 그의 신부로 알았고 나도 그에게 맹세를 했어요. 다른 사람과 결혼할 수 없어요. 이번 생에서 그를 찾지 못한다면 죽음이 나의 영혼을 해방시켜 그의 영혼과 하늘에서 하나가 될 때까지 이 부채를 나의 남편으로 삼을 것예요."

---

21 이즈음 임금의 한 대장군은~ 높았는데(About this time~ cruelty as well): 원문의 '최국냥'의 성명이 번역문에서는 누락되어 있고 이에 반해 알렌은 원본에는 없는 최국냥의 잔혹한 성격을 첨가한다.

은하는 백로의 태도와 인간됨의 여러 장점들을 늘어놓았고, 어머니에게 백로와의 결혼 이외의 다른 결혼을 강요하지 말아 달라고 간청했다. 그럴 거면 차라리 자신을 죽게 하고, 자신이 죽으면 어머니는 백로에게 은하가 진심으로 그에게 충실했다고 반드시 말해야 한다고 주장했다.

The father was in a great dilemma.

"Why did you not tell this to your mother before? Here the General has done me the honor to ask that our families be united, and I have consented. Now I must decline, and his anger will be so great that he will ruin me at the Capitol. And then, after all, this is but an absurd piece of childish foolishness. Your fine young man, had he half the graces you give him, would have been betrothed long before this."

아버지는 이러지도 저러지도 못했다.

"왜 미리 너의 어머니에게 말하지 않았느냐? 대장군이 두 가문을 맺자고 청하는 영광을 나에게 베풀었고 나는 그러자고 했다. 그런데 이제 내가 그 제안을 거절을 하면, 대장군은 크게 노하여 조정에서 나를 파멸시킬 것이다. 결국 너희들의 사랑은 터무니없이 어리석은 어린애의 사랑이 아니냐? 너의 그 잘난 젊은이가 네가 생각하는 그런 훌륭한 사람이 아니라면 그는 오래 전에 다른 사람과 정혼을 했을 것이다."

"No! No!" she exclaimed, "he has pledged himself, and I know he is even now coming to me. He will not marry another, nor can I. Would you ask one woman to marry two men? Yet that is what you ask in this, for I am already the wife of Pang Noo in my heart. Kill me, if you will, but spare me this, I beg and entreat," and she writhed about on her cot, crying till the mat was saturated with her tears.

이 말에 은하가 소리쳤다.

"아니에요! 아니에요! 그는 맹세했고, 지금도 나에게 오고 있는 것을 나는 알아요. 그는 다른 사람과 결혼하지 않을 것이고 나도 그래요. 여자에게 두 남자와 결혼하라고 말할 수 있나요? 나는 마음으로 이미 백로의 아내인데 아버지가 지금 나에게 두 남자와 결혼하라고 하고 있어요. 나를 죽여도 좋지만 다른 사람과 결혼하라고는 하지 마세요. 이렇게 간청합니다."

그녀는 침대에서 이리저리 몸부림치며 자리가 눈물로 젖도록 울었다.

The parents loved her too well to withstand her pleadings, and resigning themselves to the inevitable persecution that must result, they dispatched a letter to the General declining his kind offer, in as unobjectionable a manner as possible. It had the result that was feared. The General, in a towering rage, sent soldiers to arrest Mr. Cho, but before he could go further, a messenger arrived from Seoul with despatches summoning him to the Capitol immediately, as a rebellion had broken out on the borders. Before leaving, however, he instructed the local magistrate[22] to imprison the man and not release him till he consented to the marriage. It chanced that the magistrate was an honest man and knew the General to be a very cruel, relentless warrior. He therefore listened to Cho's story, and believed the strange case. Furthermore, his love for the girl softened his heart, and he bade them to collect what they could and go to another province to live. Cho did so, with deep gratitude to the magistrate, while the latter wrote to the General that the prisoner had avoided arrest and fled to unknown parts, taking his family with him.

부모는 딸을 너무도 사랑하기에 그 애원을 물리칠 수 없었고 이로 인해 생길 불가피한 박해를 받아들이기로 체념하고는, 대장군에게 그 친절한 제안을 거절하는 편지를 최대한 기분 나쁘지 않게 보냈는데, 두려워하던 결과가 발생했다.[23] 대장군은 불같이 화를 내며 조씨를 체포하도록 군사들을 보냈지만, 더 이상의 행동을 취하기 전에 수도에서 전령이 도착하여 국경에서 반란이 일어났으니 즉시 궁으로 소환한다는 급보를 전했다. 그러나 그는 떠나기 전 그 지역의 지방관[24]

22 그 지역의 지방관(the local magistrate): 원문의 '현령'에 해당한다.

23 영역문의 "대장군에게~ 발생했다"에 해당하는 원문은 '이 뜻으로 최국냥의게 전호디 최국냥이 불승분노ᄒᆞ여 장찻 히헐 뜻을 두더라'이다. 알렌은 조은하의 부친이 최국냥 자제와의 파혼으로 들이 닥칠 고난을 예상하여 걱정하는 대목을 첨가한다.

24 원문에서는 최국냥이 형주자사 니관현에게 조성노를 엄형할 것을 명하고, 다시 니관현은 하향현의 전홍노에게 이를 지시한다. 그러나 번역문에서는 최국냥, 니관현, 전홍노의 구체적인 이름은 누락되고 최국냥과 전홍노는 각각 the General, the local magistrate으로 지칭되어 대장군이 지방관에게 바로 지시하는 것으로 나온다.

에게 조를 투옥하고 그가 결혼에 동의할 때까지 그를 풀어주지 말라고 지시했다. 우연히 그 지방관은 정직한 사람으로 대장군이 매우 잔인하고 무자비한 무인이라는 것을 알고 있었다. 그래서 그는 조의 이야기를 듣고 이상한 듯한 그의 말을 믿었다. 게다가, 딸에 대한 아버지의 사랑에 감동한 지방관은 마음이 누그러졌고, 그들에게 최대한 짐을 챙겨서 다른 지방으로 가 살라고 명했다. 조는 지방관에게 진심으로 감사한 후 떠났고, 한편 지방관은 대장군에게 죄수가 체포를 피하여 가족들을 데리고 알 수 없는 곳으로 도망갔다는 편지를 보냈다.

V.

Poor Pang Noo did his inspection work with a heavy heart as time wore on, and the personal object of his search was not attained. In the course of his travels he finally came to his uncle, the magistrate who had dismissed the Cho family. The uncle welcomed his popular nephew right warmly, but questioned him much as to the cause of his poor health and haggard looks, which so ill-became a man of his youth and prospects. At last the kind old man secured the secret with its whole story, and then it was his turn to be sad, for had he not just sent away the very person the Ussa so much desired to see? When Pang learned this his malady increased, and he declared he could do no more active service till this matter was cleared up. Consequently he sent a despatch to court begging to be released, as he was in such poor health he could not properly discharge his arduous duties longer. His request was granted, and he journeyed to Seoul, hoping to find some trace of her who more and more seemed to absorb his every thought and ambition.

불쌍한 백로는 시간이 지나도 은하를 찾는 개인적인 목적을 달성하지 못하자 무거운 마음으로 감찰 임무를 수행하였다.[25] 여행 중에 그는 마침내 조의 가족을 방면한 지방관인 삼촌 집에 오게 되었다. 삼촌은 잘 나가는 조카를 매우 따뜻하게 맞이했지만, 조카가 젊고 전도유망한 사람에게 너무도 어울리지 않게 건강 상태가 나쁘고 살이 빠진 것을 보고는 그 원인이 무엇인지 그에게 자세히 물었다. 마침내 그 인정 많은 노인은 모든 이야기와 비밀을 알게 되었는데, 이번에는 그가 슬퍼할 차례였다. 어사가 그토록 만나고 싶어 하던 바로 그 사람을 그가 방금 멀리 보내지 않았는가? 이를 안 백로는 병이 깊어졌고, 이 문제를 깨끗이 해결하기 전에는 더 이상 공직을 적극적으로 수행하기 힘들다고 선언했다. 이리하여 그는 건강이 악화되어 힘든 직무를 더 이상 제대로 수행할 수 없으니 이에 공직에서 물러나기를 청한다는 전갈을 조정에 보냈다. 조정이 그의 요청을 수락하자 그는 자신의 생각과 야망을 점점 더 많이 차지하는 듯한 그녀의 흔적을 찾기를 희망하며 서울로 향했다.

VI.

In the meantime the banished family, heartsick and travel- worn, had settled temporarily in a distant hamlet, where the worn and

25 원문에서는 유백로가 조은하를 사모하는 마음이 간절하지만 이런 사연을 부모에게 고하지 못하고 무정 세월만 보내었다라는 그의 안타까운 심정을 기술한 부분이 나오지만 영문에서는 이 부분이 누락되어 있다.

discouraged parents were taken sick. Uhn Hah did all she could for them, but in spite of care and attention, in spite of prayers and tears, they passed on to join the ancestor. The poor girl beat her breast and tore her hair in an agony of despair. Alone in a strange country, with no money and no one to shield and support her, it seemed that she too must, perforce, give up. But her old nurse urged her to cheer up, and suggested their donning male attire, in which disguise they could safely journey to another place unmolested.

추방당한 은하의 가족은 마음의 병이 들고 여행에 지쳐 멀리 떨어진 마을에 잠시 머물기로 했는데 그곳에서 지치고 낙담한 은하의 양친은 병에 걸렸다. 은하는 그들을 위해 할 수 있는 모든 것을 했지만 은하의 보살핌과 관심, 기도와 눈물에도 불구하고, 그들은 세상을 떠나 조상과 하나가 되었다. 불쌍한 소녀는 절망과 고통으로 가슴을 치고 머리를 쥐어뜯었다. 낯선 곳에 혼자 남고 돈도 없고 보호하고 지켜줄 어느 누구도 없는 그녀 또한 부득이 삶을 포기해야 할 것 같았다. 그러나 늙은 유모는 그녀에게 힘을 내라고 말하며, 변장을 하면 괴롭힘을 당하지 않고 무사히 다른 곳으로 갈 수 있으니 남장을 하자고 제안했다.[26]

The idea seemed a good one, and it was adopted. They allowed

26 원문에서는 도망길에 나선 조씨가 은하에게 남복을 입혀 길을 나서고 이후 부부가 객사하는 것으로 나온다. 그러나 알렌은 이를 조씨 부부가 사망한 후 여종의 권유에 의해 조은하가 남복을 한 것으로 변용한다.

their hair to fall down the back in a long braid, after the fashion of the unmarried men, and, putting on men's clothes, they had no trouble in passing unnoticed along the roads. After having gone but a short distance they found themselves near the capital of the province—the home of the Governor. While sitting under some trees by the roadside the Governor's procession passed by. The couple arose respectfully, but the Governor (it was Pang Noo's father), espying the peculiar feather fan, ordered one of the runners to seize the women and bring them along. It was done; and when they were arrived at the official yamen, he questioned the supposed man as to where he had secured that peculiar fan.

"It is a family relic," replied Uhn Hah, to the intense amazement of the Governor, who pronounced the statement false, as the fan was a peculiar feature in his own family, and must be one that had descended from his own ancestors and been found or stolen by the present possessor.

은하는 이렇게 하는 것이 좋은 것 같아 남장을 하기로 했다.[27] 그들은 미혼 남자들처럼 머리를 등 뒤로 늘어뜨려 길게 땋고 남자 옷을 입어 눈에 띄는 일 없이 무사히 여행했다.[28] 얼마 지나지 않아 그들

27 여종의 남복을 제안한 것이 아주 좋은 생각이라고 한 영역문의 기술은 원문과 다른, 알렌이 첨가한 부분이다.

28 조은하가 "미혼 남자들처럼 머리를 등 뒤로 늘어뜨려 길게 땋고"라는 부분은 원문에 없는 내용이다. 알렌은 *Things Korean*에서 "소년이 약혼하게 되면 더 이상 처녀들처럼 등 뒤로 길게 늘어뜨릴 필요가 없다. 외국인으로서는 미혼 남녀들

은 그 지방의 수도 즉 지사의 집 근처로 가게 되었다. 그들이 길 가의 나무 아래에 앉아 있는데 지사의 행차가 지나갔다.[29] 두 사람은 일어나 예를 갖추었으나 지사(백로의 아버지)는 특이한 깃털 부채를 알아보고 사령에게 그 여인들을 붙잡아 오라고 시켰다. 그리하여 그들이 관청에 붙잡혀 오자 지사는 남자로 보이는 사람에게 어디서 그 특이한 부채를 얻게 되었는지 물었다.

"가문의 유품입니다."라고 은하가 대답하자 지사는 크게 놀라며 그 말은 거짓이라고 단언했다. 그는 그 부채의 특이한 모양은 바로 그의 가문을 나타내며 이 부채는 조상 대대로 내려오는 가보이기에 현 소지자가 그 부채를 발견했거나 훔쳤음이 틀림없다고 말했다.

However, the Governor offered to pay a good round sum for the fan. But Uhn Hah declared she would die rather than part with it, and the two women in disguise were locked up in prison. A man of clever speech was sent to interview them, and he offered them a considerable sum for the fan, which the servant urged Uhn Hah to

---

이 이렇게 머리를 길게 늘어뜨리면 남자인지 여자인지 구별하기 힘들다."(127쪽)라고 말한다. 알렌은 남장한 조은하를 통해 댕기머리를 한 소년의 형상을 발견했다는 점을 의미한다.

29 원문에서는 조은하의 부모가 사망한 후 그녀는 그들을 매장을 한다. 이후 조은하는 가달이 남경으로 침범한다는 소식을 듣고, 점쟁이에게 황금 십 냥을 주고 길흉을 물어 고향으로 돌아가고자 하다 갑자기 들이닥친 관군에게 체포되는 것으로 나온다. 그러나 알렌은 가달이 침범하는 것과 점쟁이에게 길흉을 묻는 장면을 누락시키고 대신 사건의 개연성을 위해 그들이 유태종이 다스리는 지방 관청 근처를 지나다 행차 중인 유태종의 눈에 띄는 것으로 설정한다. 갑자기 들이닥쳐 조은하를 잡아가는 원본의 장면보다는 알렌의 영역이 더 개연성이 있는 합리적 변용으로 보인다.

take, as they were sadly in want. After the man had departed in disgust, however, the girl upbraided her old nurse roundly for forsaking her in her time of trial.

"My parents are dead," she said. "All I have to represent my husband is this fan that I carry in my bosom. Would you rob me of this? Never speak so again if you wish to retain my love"; and, weeping, she fell into the servant's arms, where, exhausted and overwrought nature asserting itself, sleep closed her eyes.

그러나 지사는 부채를 주면 상당한 금액으로 보상하겠다고 은하에게 제안했다. 그러나 은하가 부채를 주기보다는 차라리 죽겠다고 선언하자, 그는 변장한 두 여인을 감옥에 투옥했다. 지사는 구변이 좋은 사람을 감옥으로 보내 은하가 부채를 주면 많을 돈을 주겠다고 제안했다. 하인은 은하에게 돈이 절실히 필요하니 받자고 강권했다. 그러나 그 남자가 넌더리를 내며 떠난 후 소녀는 이렇게 힘든 시기에 늙은 유모가 자기를 버렸다며 크게 질책했다.

"내 부모는 죽었다."

그녀는 말했다.

"나의 남편임을 나타내 줄 유일한 징표가 바로 가슴에 품고 다니는 바로 이 부채인데, 너는 나에게 이 부채를 빼앗으려고 하느냐? 내가 너를 사랑하길 바란다면 다시는 그런 말을 하지 말라."

그녀는 하인의 팔에 쓰러져 울었고, 지치고 긴장한 나머지 눈을 감고 잠이 들었다.

While sleeping she dreamed of a wonderful palace on high, where she saw a company of women, who pointed her to the blood-red reeds that lined the river bank below, explaining that their tears had turned to blood during their long search for their lovers, and dropping on the reeds they were dyed blood-red. One of them prophesied, however, that Uhn Hah was to be given superhuman strength and powers, and that she would soon succeed in finding her lover, who was now a high official, and so true to her that he was sick because he could not find her. She awakened far more refreshed by the dream than by the nap, and was soon delighted by being dismissed. The Governor's steward took pity on the handsome "boy," and gave him a parting gift of wine and food to carry with them, as well as some cash to help them on, and, bidding him good-by, the women announced their intention of travelling to a distant province.

은하는 자면서 꿈을 꾸었다. 높은 곳에 멋진 궁궐이 있었고 한 무리의 여인들이 강둑 아래에 줄 지어 있는 핏빛 갈대를 가리키며 오랫동안 그들의 연인을 찾는 동안 그들의 눈물이 피로 변하였고 이 피눈물이 갈대 위에 떨어져 갈대는 핏빛으로 물들었다고 설명했다. 그 중 한 명이 은하는 장차 초인간적인 힘과 권력을 얻을 것이고 곧 그녀의 연인을 찾을 수 있을 것이라 예언하며 그는 지금 고위급 관리이고 은하만을 생각하다 그녀를 찾지 못하자 병이 났다고 말해 주었다. 꿈에서 깬 은하는 낮잠보다는 그 꿈 때문에 훨씬 더 기운이 났고, 곧 감옥에서 풀려나자 매우 기뻤다.[30] 지사의 집사는 이 준수한 '소년'

을 동정하여 그에게 이별 선물로 술과 음식을 챙겨주었고 또한 약간의 현금을 주어 그들에게 도움을 주었다. 여인들은 그에게 작별 인사를 하며 먼 지방으로 갈 생각이라 말했다.[31]

Ⅶ.

Meanwhile Pang Noo had reached home, and was weary both in body and mind. The King offered him service at court, but he asked to be excused, and seemed to wish to hide himself and avoid meeting people. His father marvelled much at this, and again urged the young man to marry; but this seemed only to aggravate his complaint. His uncle happened to come to his father's gubernatorial seat on a business errand, and in pity for the young man, explained the cause of the trouble to the father.

---

30 원문에서는 조은하가 유태종에게 백학선을 주지 않았기 때문에 수년을 옥살이 하는 것으로 나오지만 알렌은 조은하가 소상죽림의 꿈을 꾼 후 곧 풀려나는 것으로 설정한다. 아무리 모르고 했다고 하나 아들이 연모하는 여인에게 시아버지 될 유태종이 가하는 원전의 가혹함이 서구 독자들에게 혐오감을 줄 수 있다고 판단한 듯하다. 전체적으로 알렌은 유태종을 우호적인 인물로 그리고 있다. 또한 조은하가 꿈에서 아황과 여영을 만나는 매우 길게 서술되는 원문의 대목이 번역문에서는 간소화된다.

31 원문에서는 옥에서 방송된 조은하 일행이 옥졸 등을 대접하고 수일을 쉰 후 행장을 차려 청주로 간다는 대목이 간략하게 나온다. 그러나 영역문에서는 관청의 집사가 옥중에서 방송되는 조은하에게 음식을 대접하고 노자 돈을 준 것으로, 나중에 이를 안 유태종이 그 집사에게 사례하는 것으로 변용된다. 이 부분도 알렌의 합리적인 개작으로 보인다. 유태종의 집사가 조은하를 대접하고 이에 대한 보답으로 조은하 일행이 그에게 향후 여정을 말해 준 것이 유태종이 유백로에게 그들이 간 곳이 전쟁터란 사실을 알릴 수 있는 계기가 되는 부분이기 때문이다.

그러는 동안 백로는 집에 도착하였고 그는 몸과 마음이 모두 지쳤다. 왕은 내직을 제안했지만 그는 양해를 구해 거절했는데 집에서 은거하며 사람들과의 만남을 피하고 싶은 듯했다. 아버지는 대경하여 아들이 결혼할 것을 다시 재촉했지만, 이로 인해 아들의 병이 오히려 더 악화되었다. 백로의 삼촌은 우연히 업무 차 유태종이 지사로 있는 관청에 오게 되었고 백로를 측은히 여겨 그의 아버지에게 문제의 원인을 설명하였다.[32]

He saw it all, and recalled the strange beauty of the lad who had risked his life for the possession of the fan, and as the uncle told the story of her excellent parentage, and the trouble and death that resulted from the refusal to marry, he saw through the whole strange train of circumstances, and marvelled that heaven should have selected such an exemplary maiden for his son. And then, as he realized how nearly he had come to punishing her severely, for her persistent refusal to surrender the fan, and that, whereas, he might have retained her and united her to his son, he had sent her away unattended to wander alone; he heaped blame upon the son in no stinted manner for his lack of confidence in not telling his father his troubles. The attendants were carefully questioned concerning the conduct of the strange couple while in custody at the governor's

32 원문에서는 유태종이 전홍노에게 아들의 혼사에 대해 말하던 중 전홍노에게서 조은하의 일을 알게 되는 것으로 나온다. 알렌은 유백로의 병색을 보고 그를 측은하게 여긴 전홍노가 유태종에게 백노의 병의 원인을 말해주는 것으로 변경한다.

yamen, and as to the probable direction they took in departure. The steward alone could give information. He was well rewarded for having shown them kindness, but his information cast a gloom upon the trio, for he said they had started for the district where civil war was in progress.

모든 것을 알게 되자 유태종은 부채를 소유하기 위해 목숨을 걸었던 이상하게 아름다운 소년을 떠올렸다. 그는 백로의 삼촌으로부터 은하 부모의 훌륭함과 그들이 결혼 제안을 거절한 후 겪게 된 곤란과 죽음에 대해 들은 후 일련의 이상한 사건들의 전모를 알게 되었으며 또한 하늘이 아들의 짝으로 그토록 모범적인 처자를 선택해준 것에 탄복했다. 이어 은하가 고집스럽게 부채를 포기하지 않아 하마터면 은하에게 중벌을 내릴 뻔 했던 일과, 반면에 은하를 데리고 있었다면 아들과 결합시킬 수도 있었는데 돌봐주는 사람도 없이 은하를 멀리 보내 혼자 헤매도록 만들었다는 것을 깨닫게 되었다. 이에 유태종은 아들이 아버지를 신뢰하지 못하고 그 문제를 털어놓지 않아서 이런 상황이 발생하였다고 하며 아들을 호되게 질책했다. 수상한 두 사람이 지사의 관청에 구금되어 있는 동안의 행동과 그들이 떠날 때 택했을 방향을 알고자 하인들을 탐문했다. 집사만이 이에 대한 정보를 줄 수 있었다. 그는 그들을 친절하게 대했다는 이유로 큰 보상을 받았지만, 그들이 내전이 진행 중인 지역으로 떠났다고 말해 세 사람을 우울하게 했다.[33]

33 원문에서 조은하가 남경으로 갔다고 추정하는 이는 유태종이나 알렌은 이를 친절한 집사가 조은하 일행이 전쟁 발발 지역인 곳으로 갔다고 유태종에게 말하

"You unnatural son," groaned the father. "What have you done? You secretly pledge yourself to this noble girl, and then, by your foolish silence, twice allow her to escape, while you came near being the cause of her death at the very hands of your father; and even now by your foolishness she is journeying to certain death. Oh, my son! we have not seen the last of this rash conduct; this noble woman's blood will be upon our hands, and you will bring your poor father to ruin and shame. Up! Stop your lovesick idling, and do something. Ask His Majesty, with my consent, for military duty; go to the seat of war, and there find your wife or your honor."

"이 무정한 아들아," 아버지는 탄식했다. "무슨 짓을 한 거냐? 남몰래 이 고귀한 처자와 정혼을 맹세한 뒤 어리석게도 그 사실을 말하지 않아[34] 처자를 두 번이나 떠나도록 했다. 하마터면 너 때문에 니 애비 손으로 그 처자를 죽일 뻔했다. 심지어 지금도 너의 어리석음으로 그 처자는 사지로 가고 있다. 오, 아들아! 우리는 이 무모한 행동의 끝을 알지 못한다. 그 고귀한 처자가 우리 때문에 죽는다면, 너

는 것으로 변용하여 유백로와 조은하가 서로 길이 엇갈리게 만드는 장치로 설정한다.

34 알렌은 *Korean Tales*에서 한국인의 사랑에 대해 다음과 같이 말한다. "결혼한 부부 또는 방금 결혼한 남녀가 서로 상대방을 향해 품는 감정에 있어서 미국인들이 인정하고 이해하는 것과 같은 사랑의 감정을 정답게 표현하는 것을 아시아인들은 수치로 알지는 않지만, 상스럽게 여긴다. 우리가 이해하고 있는 것과 같은 사랑은 분명히 존재하지 않는 것이라고 그들은 생각하고 있으며 설령 그러한 사랑이 존재한다 할지라도 그것을 내색하지 않는 것으로 생각한다(126~127쪽)." 부모에게 속마음을 쉽게 표현할 수 없는 상황은 <춘향전>보다 <백학선전>에서 더 잘 드러난다.

로 인해 불쌍한 니 애비는 파멸과 수치에 직면할 것이다. 일어나거라! 상사병에 빠져 시간을 허비하지 말고, 무엇이든 하거라! 내가 허락할 테니 임금님에게 가서 군사 임무를 달라 청하고, 전쟁터로 가 그곳에서 너의 아내와 너의 명예를 찾아라."[35]

The father's advice was just what was needed; the son could not, of necessity, disobey, nor did he wish to; but arming himself with the courage of a desperate resolve to save his sweetheart, whom he fancied already in danger from the rebels, he hurried to Seoul, and surprising his sovereign by his strange and ardent desire for military service, easily secured the favor, for the general in command was the same who had wished to marry his son to Uhn Hah; he was also an enemy to Pang Noo's father, and would like to see the only son of his enemy killed.

아버지의 충고가 매우 필요한 때였다. 아들은 이를 당연히 거역할 수도 없었고 그러고 싶지도 않았다. 그는 연인이 이미 반군의 위험에 처했다고 상상하고 연인을 구하겠다는 절박한 결심에서 나오는 용기로 무장하고는 서둘러 서울로 갔다. 군사직을 청하는 그의 이상하고 열정적인 소망에 놀란 군주는 그의 뜻을 쉽게 들어주었다. 이것이 가능했던 것은 총사령관이 그의 아들을 은하와 결혼시키고 싶

35 원문에서는 유태종이 조은하의 절행과 그녀의 위험한 처지를 아들에게 말한 후 아들 유백로가 조은하를 찾아 나서겠다고 자원하는 것으로 나온다. 이와 달리 알렌은 유태종이 유백로를 책망하고, 아들에게 자원출정을 명령하는 것으로 변경한다. 전반적으로 알렌은 유태종을 원본보다 미화하려는 경향을 보인다.

어 했던 바로 그 자와 동일 인물인데 그 또한 백로 아버지의 적으로 적의 외아들이 죽는 것을 보고 싶어 했기 때문이었다.

With apparently strange haste the expedition was started off, and no time was lost on the long, hard march. Arriving near the seat of war, the road led by a mountain, where the black weather-worn stone was as bare as a wall, sloping down to the road. Fearing lest he was going to his death, the young commander had some character cut high on the face of the rock, which read:

보기에 이상할 정도로 급하게 원정대가 꾸려졌고 장기간의 힘든 행군에 시간이 전혀 허비되지 않았다. 전쟁터 근처에 도착하니, 산으로 이어지는 길에 비바람에 씻겨 벽처럼 매끈한 돌이 비스듬히 길 위에 서 있었다. 젊은 지휘관은 자기가 죽을 수도 있어 바위 높은 곳에 글을 새기게 했다. 그 글은 다음과 같다.

"Standing at the gate of war, I, You Pang Noo, humbly bow to Heaven's decree. Is it victory, or is it death? Heaven alone knows the issue. My only remaining desire is to behold the face of my lady Cho Gah."

He put this inscription in this conspicuous place, with the hope that if she were in the district she would see it, and not only know he was true to her, but also that she might be able to ascertain his whereabouts and come to him. He met the rebels, and fought with a will, bringing victory to the royal arms. But soon their provisions gave out, and, though daily despatches arrived, no rations were sent in answer to their constant demands. The soldiers sickened and died. Many more, driven mad by hardship and starvation, buried their troubles deep in the silent river, which their loyal spears had stained crimson with their enemies' blood.

"전쟁의 문 앞에 선 나 유백로는 하늘의 뜻을 겸허하게 받아들인다. 승리를 할까 아니면 죽게 될까? 하늘만이 알 것이다. 나의 유일한 소망은 나의 부인 조가(Cho Gah)의 얼굴을 보는 것이다."

그가 글자를 눈에 띄는 곳에 새긴 것은 은하가 그 지역에 있다면 그것을 보고 그가 그녀에게 충실했다는 것을 알게 할뿐만 아니라 그녀가 그의 소재를 확인하고 그에게 올 수 있기를 바라는 마음에서였다. 그는 반군을 만나 힘을 다해 싸워 왕실 군대에 승리를 가져다주었다. 그러나 곧 식량이 바닥이 났고, 비록 파발이 매일 도착했지만 그들이 끊임없이 요구했던 보급품은 오지 않았다. 군사들은 병들어 죽었다. 이보다 더 많은 군사들이 고난과 굶주림에 미쳐 고통을 이기지 못하고 그들의 충실한 창이 적의 피로 붉게 적셨던 바로 그 침묵의 강 깊숙한 곳에 스스로 몸을 던졌다.

You Pang Noo was about to retire against orders, when the rebels, emboldened by the weak condition of their adversaries, came in force, conquered and slew the remnant, and would have slain the commander but for the counsel of two of their number, who urged that he be imprisoned and held for ransom.

유백로는 명령을 어기고 퇴각하려고 했으나, 적의 약한 상황에 대담해진 반군은 총공격으로 관군을 정복하고 남은 군사들의 목을 베었다. 지휘관을 투옥해서 인질로 잡아 몸값을 받으라는 일당 중 두 명의 충고가 없었다면 백로의 목도 베었을 것이다.

Ⅷ.

Again fate had interfered to further separate the lovers, for, instead of continuing her journey, Uhn Hah had received news that induced her to start for Seoul. While resting, on one occasion, they had some conversation with a passer-by. He was from the capital, and stated that he had gone there from a place near Uhn Hah's childhood home as an attendant of the Ussa You Pang Noo, who had taken sick at his uncle's, the magistrate, and had gone to Seoul, where he was excused from ussa duty and offered service at court. He knew not of the recent changes, but told his eager listener all he knew of Pang Noo's family.

운명이 끼어들어 다시 두 연인을 갈라놓았다. 은하는 여행을 계속하는 대신 그녀를 서울로 유도하는 어떤 소식을 접하게 되었던 것이다. 어느 날 쉬는 동안 그들은 지나가는 행인과 대화를 하게 되었다. 그는 어사 유백로의 시중의 자격으로 은하의 어린 시절 고향 근처에서 서울로 갔다 다시 돌아오는 길이라고 말했다. 그는 유백로가 지방관인 삼촌 집에서 병을 얻었다 서울로 갔고 서울에서 어사의 책무를 벗었고 조정의 내직을 제안 받았다고 말했다. 그는 최근의 변화에 대해서는 알지 못한 채, 열렬한 청자에게 백로 가족에 대해 아는 모든 것을 말했다.[36]

The weary, foot-sore girl and her companion turned their faces toward the capital, hoping at last to be rewarded by finding the object of their search. That evening darkness overtook them before they had found shelter, and spying a light through the trees, they sought it out, and found a little hut occupied by an old man. He was reading a book, but laid it aside as they answered his invitation to enter, given in response to their knock. The usual salutations were exchanged, but instead of asking who the visitors were, where they lived, etc., etc., the old man called her by her true name, Cho Nang Jah.

"I am not a Nang Jah" (a female appellation), she exclaimed; "I am a man!"

지치고 발이 아픈 소녀와 동행인은 탐색의 대상을 찾음으로써 마침내 보상을 받을 수 있기를 희망하며 서울을 향해 갔다. 그날 저녁 잘 곳을 찾기도 전에 어둠이 내렸고 그들은 숲 속에 난 불빛을 보고

36 알렌은 때로 원본 이야기의 전개방식의 순서를 바꾼다. 원문을 그대로 배치했다면 본래 6장 말미 혹은 7장 초두 사이에 배치될 순서에 해당되는 원본의 내용을 알렌은 새로운 논평 즉 "Again fate had interferred to further separate the lovers, for, instead of continuing her journey"을 추가하여 8장의 앞부분에 재배치한다. 운명의 장난인지 조은하 일행은 길에서 만난 행인에게서 유백로의 소식을 듣고 청주가 아닌 서울로 길 방향을 바꾸고 유백로는 조은하가 전쟁터인 남경으로 갔다 생각하고 남경으로 떠나 두 사람의 길이 어긋난다.

따라가다 노인이 살고 있는 작은 오두막을 발견했다. 노인은 책을 읽고 있다가 문을 두드리는 소리를 듣고는 들어오라고 청했고 그들이 초대에 응하자 책을 옆으로 제쳐두었다. 의례적인 인사를 나누었지만 노인은 방문객들이 누구인지 그들이 어디에 사는 지 등을 묻지 않고 대신 진짜 이름인 조낭자(Cho Nang Jah)로 불렀다.

"나는 낭자(여성 호칭)가 아닙니다. 남자라구요!" 그녀는 소리쳤다.

"Oh! I know you, laughed the old man; "you are Cho Nang Jah in very truth, and you are seeking your future husband in this disguise. But you are perfectly safe here."

"Ask me no questions," said he, as she was about to utter some surprised inquiries.

"I have been waiting for you and expecting you. You are soon to do great things, for which I will prepare you. Never mind your hunger, but devour this pill; it will give you superhuman strength and courage."

He gave her a pill of great size, which she ate, and then fell asleep on the floor. The old man went away, and soon the tired servant slept also. When they awoke it was bright morning, and the birds were singing in the trees above them, which were their only shelter, for the hut of the previous evening had disappeared entirely, as had also the old man. Concluding that the old man must be some heaven-sent messenger, she devoutly bowed herself in grateful acknowledgment of the gracious manifestation.

"오! 나는 낭자가 누구인지 아오." 노인이 웃으며 말했다. "당신은 실제로는 조낭자로, 변장을 한 채 미래의 남편을 찾고 있지요. 그러나 낭자는 이 집에서 절대 안전하오."

"나에게 질문하지 마오."

그녀가 놀라워하며 몇 가지 질문을 하려고 하자 그가 말했다.

"나는 낭자가 올 것을 예상하고 기다리고 있었소. 당신은 곧 대단한 일들을 할 것이고 나는 당신이 그 일을 할 수 있도록 준비하겠소. 배고픔은 걱정하지 말고 이 알약을 삼키시오. 그러면 낭자는 초인적인 힘과 용기를 가지게 될 것이오."

그는 그녀에게 매우 큰 크기의 알약을 주었고 그녀는 그 약을 먹고는 곧 바닥에 잠이 들었다. 노인이 나간 후 지친 하인도 곧 잠이 들었다. 그들이 깨어났을 때 날이 훤한 아침이었고, 그 전날 밤의 오두막과 그 노인은 온데간데없이 사라졌으며, 그들의 유일한 안식처가 된 나무 위에서는 새들이 노래하고 있었다. 그녀는 노인은 필히 하늘이 보낸 전령일 것이라고 결론짓고 은총의 표시에 정성을 다해 감사의 절을 올렸다.[37]

Journeying on, they soon came to a wayside inn kept by an old farmer, and here they procured food. While they were eating, a blind man was prophesying for the people. When he came to Uhn Hah he said:

37 조은하가 경성 가는 길에 우연히 만난 노인에게 환약을 먹고 병법, 무력, 용력을 얻는 내용은 원문과 일치하나 영역문에서 조은하가 장래를 점쳐달라고 요구하자 노인이 거절하는 장면은 누락된다.

"This is a woman in disguise; she is seeking for her husband, who is fighting the rebels, and searching for her. He is now nearly dead; but he will not die, for she will rescue him."

On hearing this she was delighted and sad at the same time, and explaining some of her history to the master of the house, he took her in with the women and treated her kindly. She was very anxious to be about her work, however, since heaven had apparently so clearly pointed it out to her, and, bidding the simple but kind friends good-by, she started for the seat of war, where she arrived after a long, tedious, but uneventful tramp.

그들은 계속 여행했고 마침내 늙은 농부가 운영하는 길가 여인숙에 곧 도착하여 여기서 음식을 구했다. 그들이 먹는 동안, 한 맹인이 사람들의 미래를 점치고 있었다.[38] 그가 은하에게 와서 말했다.

"이 사람은 변장한 여자로 남편을 찾고 있어. 남편은 반란군과 싸우면서 아내를 찾고 있지. 그 사람은 지금 거의 죽은 거나 다름없지만 이 여자가 남편을 구할 것이니 죽진 않을 거야."

그녀는 이 말을 듣자 매우 기쁘기도 하고 동시에 슬프기도 하여 그녀의 인생사를 그 집의 주인에게 조금 설명하였다. 여관 주인은 그녀와 여자들을 안으로 데리고 들어가 친절하게 대해 주었다. 그러

38 원문에서 조은하는 한수의 한 여관에서 여관주인인 태양선생을 만나 길흉을 듣고 그의 부인과 모녀의 정을 나누는 것으로 나온다. 그러나 알렌은 태양선생이란 등장인물과 그의 부인과 조은하가 나누는 정을 누락한다. 또한 알렌은 여관주인을 나이 많은 농부로, 점을 치는 사람은 다른 사람인 맹인으로 나누어 설정한다. 알렌은 주로 맹인이 점술을 행하는 것을 알고 있었다.

나 그녀는 하늘이 너무도 명확하게 그녀의 임무를 가리켜 준 이후로 그 일을 하기를 매우 열망하여 소박하지만 친절한 친구들에게 작별을 고하고 전쟁터로 출발하여, 오랫동안의 지루한 도보 후에 전쟁터에 무사히 도착하였다.

Almost the first thing she saw was the inscription on the rocks left by the very one she sought, and she cried bitterly at thought that maybe she was too late. The servant cheered her up, however, by reciting the blind man's prophecy, and they went on their way till they came to a miserable little inn, where they secured lodging. After being there some time, Uhn Hah noticed that the innkeeper's wife was very sad, and continually in tears. She therefore questioned her as to the cause of her grief.

"I am mourning over the fate of the poor starved soldiers, killed by the neglect of some one at Seoul, and for the brave young officer, You Pang Noo, whom the rebels have carried away captive."

At this Uhn Hah fainted away, and the nurse made such explanation as she could. Restoratives were applied, and she slowly recovered, when, on further questioning, it was found that the inn-people were slaves of You Pang Noo, and had followed him thus far. It was also learned that the absence of stores was generally believed to be due to the corrupt general-in-chief, who not only hated his gallant young officer, but was unwilling to let him achieve glory, so long as he could prevent it.

그녀가 처음으로 본 것은 그녀가 찾고 있던 바로 그 사람이 바위 위에 새긴 글이었다. 그녀는 너무 늦은 것은 아닐까 하는 생각에 서럽게 울었다. 그러나 하인은 맹인의 예언을 언급하며 기운을 내라고 했고, 그들은 계속 길을 가다 마침내 도착한 초라한 작은 여인숙에서 임시 거처를 마련하였다. 그곳에 머문 지 얼마 지나지 않아 은하는 여인숙 안주인이 매우 슬퍼하며 계속 눈물을 흘리는 것을 보았다. 그래서 그녀는 안주인에게 슬픔의 연유를 물었다. [39]

"나는 서울에 있는 어떤 자의 방치로 살해당한 굶어 죽은 불쌍한 군사들의 운명과, 그리고 반군에게 포로로 잡혀 멀리 끌려간 용감한 젊은 장군 유백로를 애도하고 있습니다."[40]

이 말을 듣고 은하는 실신하였고, 유모는 요령껏 그 이유를 설명하였다. 각성제를 붙이자 은하는 천천히 깨어났고 안주인에게 추가로 질문을 하였다. 그 결과 그녀는 여인숙 사람들이 유백로의 노비로 여기까지 그를 따라 왔고, 또한 보급품이 부족했던 것은 부패한 대장군 때문이라는 것을 알게 되었다. 대장군이 용감한 젊은 장교를 미워했을 뿐만 아니라 그가 영광을 차지하지 못하도록 할 수 있는 한 방해를 했다는 것이다.

After consultation, and learning further of the matter, Uhn Hah wrote a letter explaining the condition of affairs, and dispatched it to

---

39 원문에서 유상서 댁 충복이었던 객점 주인이 유백로의 대패 소식에 통곡을 한다. 이를 알렌은 객점 안주인이 통곡하는 것으로 바꾼다.

40 원문에서는 객점 주인이 통곡하며 유장군이 대패하여 생포되어 간 후 그 생사를 알지 못한다라고만 되어 있는데 알렌은 객점 안주인이 서울의 어떤 이(최국냥)의 농간으로 유백로가 대패하였다고 대답하도록 변경한다.

Pang Noo's father by the innkeeper. The Governor was not at his country place, and the messenger had to go to Seoul, where, to his horror, he found that his old master was in prison, sent there by the influence of the corrupt General, his enemy, because his son had been accused of being a traitor, giving over the royal troops to the rebels, and escaping with them himself. The innkeeper, however, secured access to the prison, and delivered the letter to the unfortunate parent. Of course, nothing could be done, and again he blamed his son for his stupid secrecy in concealing his troubles from his father, and thus bringing ruin upon the family and injury to the young lady. However, he wrote a letter to the good uncle, relating the facts, and requesting him to find the girl, place her in his home, and care for her as tenderly as possible. He could do nothing more. The innkeeper delivered this letter to the uncle, and was then instructed to carry a litter and attendants to his home and bring back the young lady, attired in suitable garments. He did so as speedily as possible, though the journey was a long and tedious one.

대화를 나눈 후 그 문제를 더 잘 알게 되자 은하는 상황을 설명하는 편지를 써서 여관 주인 편으로 백로의 아버지에게 보냈다. 지사가 근무지에 없어 심부름꾼은 서울로 가야 했다. 놀랍게도 유태종은 그의 적인 부패한 장군이 힘을 써 지금 서울의 감옥에 투옥된 상태였다. 그의 아들이 반역자가 되어 왕실 군대를 반군에게 넘겨주고 그들과 함께 도망쳤다는 의혹을 받고 있었다. 그러나 여관 주인은 감옥에 접근할 길을 마련하였고 그 편지를 불행한 아버지에게 전달했다.[41] 물론 어떻게 할 다른 방법이 없자 아버지는 다시 아들이 어리석게도 문제를 비밀로 하고 숨기는 바람에 가문의 멸망을 초래하고 젊은 숙녀에게 해를 끼쳤다고 비난했다.[42] 그러나 그는 인정 많은 백로의 삼촌에게 편지로 사실을 알리고 그 처자를 찾아 그의 집에 데리고 있으면서 최선을 다해 잘 보살펴 줄 것을 요구했다. 이 밖에 달리 방도가 없었다. 여관 주인은 그 편지를 삼촌에게 전달했고 그런 후 삼촌은 그에게 사람이 딸린 팔인교를 가지고 되돌아가서 젊은 숙녀에게 어울리는 옷을 입혀 데리고 오라는 지시를 내렸다. 그는 오랫동안의 여정이 지루했지만 최대한 신속하게 일을 처리하였다.

Once installed in a comfortable home poor Uhn Hah became more and more lonely. She seemed to have nothing now to hope for, and the stagnation of idleness was more than she could endure. She fancied her lover in prison, and suffering, while she was in the midst of comfort and luxury. She could not endure the thought, and prevailed upon her benefactor to convey to His Majesty a petition praying that she be given a body of soldiers and be allowed to go and punish the rebels, reclaim the territory, and liberate her husband. The King marvelled much at such a request, coming from one of her

41 객점주인이 옥에 갇힌 유상서에게 접근하기 위해 옥졸에게 뇌물을 준 것으로 되어 있지만 알렌은 이 부분을 두리뭉실하게 "감옥에 접근할 방법을 찾았다" 정도로 옮긴다.

42 아버지는 다시~비난했다: 이는 유태종이 솔직하게 마음을 드러내지 않은 아들을 거듭 비판하는 부분으로 원문에 없는 내용을 알렌이 첨가하였다.

retiring, seclusive sex, and upon the advice of the wicked General, who was still in command, the petition was not granted. Still she persisted, and found other ways of reaching the throne, till the King, out of curiosity to see such a brave and loyal woman, bade her come before him. When she entered the royal presence her beauty and dignity of carriage at once won attention and respectful admiration, so that her request was about to be granted, when the General suggested, as a last resort, that she first give some evidence of her strength and prowess before the national military reputation be entrusted to her keeping. It seemed a wise thought, and the King asked her what she could do to show that she was warranted in heading such a perilous expedition. She breathed a prayer to her departed parents for help, and remembering the strange promise of the old man who gave her the pill, she felt that she could do almost any thing, and seizing a large weather-worn stone that stood in an ornamental rock basin in the court, she threw it over the enclosing wall as easily as two men would have lifted it from the ground.

안락한 집에 머물게 되었지만 불쌍한 은하는 더욱 더 외로움을 느꼈다. 더 이상의 희망이 없는 듯 했고 아무 것도 하지 않는 생활이 계속되자 견딜 수가 없었다. 연인은 감옥에서 고통 받는데 자기는 편안하게 호강하며 산다고 생각했다. 그녀는 자신에게 일단의 군사를 주면 가서 반군을 벌하고 영토를 되찾고 남편을 구출할 테니 이를 허락해 달라는 내용의 청원서를 임금에게 전해 달라고 은인을 설득했다. 왕은 집 밖을 나가지 않고 칩거하는 여성에게서 나온 그런 요청에 크게 놀랐지만 여전히 군을 지휘하는 못된 장군의 조언을 받아들여 그 청원을 허락하지 않았다. 그러나 그녀는 계속 청을 넣었고 왕에게 다가갈 다른 방도를 찾자, 마침내 왕은 그토록 용감하고 충실한 여인을 보고 싶은 호기심에 그녀를 어전에 오라고 말했다. 왕을 알현하려 들어가자 왕은 그녀의 아름다움과 기품 있는 자태에 즉시 주목하고 경모하여 그녀의 요청을 막 허가할 참이었다. 그때 대장군은 마지막 수단으로 힘과 위용의 증거를 먼저 보여야 그녀에게 관군의 명성을 지킬 임무를 맡길 수 있다고 제안했다. 현명한 생각인 듯하여 왕은 그녀에게 그런 위험한 원정대를 이끌 자격이 있는지를 어떻게 보여줄 수 있는지 물었다. 그녀는 돌아가신 양친에게 도와달라고 낮은 목소리로 기도하고 알약을 준 노인의 기이한 약속을 기억하고는 어떤 것이든 할 수 있겠다는 생각이 들어 궁궐의 큰 장식용 바위 그릇 위에 올려 져 있는 비바람에 닳은 돌을 잡고는 장정 두 명이 땅에서 들어올리기라도 하듯이 담장 너머로 가볍게 던졌다.

Then, taking the General's sword, she began slowly to manipulate it, increasing gradually, as though in keeping with hidden music, till the movement became so rapid that the sword seemed like one continuous ring of burning steel — now in the air, now about her own person, and, again, menacingly near the wicked General, who cowered in abject terror before the remarkable sight. His Majesty was completely captivated, and himself gave the orders for her expedition, raising her to relative rank, and giving her the choicest battalion of troops. In her own peculiarly dignified way she expressed her gratitude, and, bowing to the ground, went forth to execute her sovereign's commands, and attain her heart's desire.

그런 후, 대장군의 칼을 잡아 숨겨진 음악에 맞추는 듯 처음에는 천천히 만지작거리다가 점차 속도를 내니 마침내 그 움직임이 너무 빨라 마치 칼이 하나의 연속된 불붙은 쇠고리가 된 것 같았다. 칼이 방금 공중에서, 또 그녀의 몸 근처에서 있다가 다시 못된 대장군 주위를 위협했는데, 대장군은 이 놀라운 광경에 비굴할 정도로 공포심을 느끼며 몸을 웅크렸다. 임금은 완전히 그녀에게 매료되어 원정 명령을 직접 내리고 그녀에게 적절한 관직과 최정예 부대를 내주었다. 그녀는 특유의 위엄 있는 방식으로 감사를 표했고 땅에 엎드려 절을 한 후 군주의 명령을 집행하고 마음속의 바람을 이루고자 진격하였다.

Again donning male attire, she completed her preparations, and departed with eager delight to accomplish her mission. The troops having obtained an inkling of the strange character and almost supernatural power of their handsome, dashing leader, were filled with courage and eager for the fray. But to the dismay of all, they had no sooner arrived at the rebel infested country than severe rains began to fall, making it impossible to accomplish any thing! This was explained, however, by the spirits of the departed soldiers, who appeared to the officers in dreams, and announced that as they had been sacrificed by the cruel General, who had intentionally withheld their rations, they would allow no success to the royal arms till their death was avenged by his death. This was dispatched to court, and believed by His Majesty, who had heard similar reports, oft repeated. He therefore confined the General in prison, and sent his son (the one who wished to marry Uhn Hah) to the front to be executed.

은하는 또 다시 남장을 하고 출발 준비를 마친 후 크게 기뻐하며 임무를 완수하기 위해 길을 떠났다. 병사들은 잘생기고 용감한 지도자가 지닌 이상한 특징과 거의 초자연적인 힘에 대해 어렴풋이 알게 되자 용기백배하여 당장 싸우기를 열망했다.[43] 그러나 그들 모두가 실망스럽게도 그들이 반군으로 들끓는 지역에 도착하자 그 즉시 폭우가 내리기 시작하여 일을 진행하는 것 자체가 불가능하였다. 그러나 그 이유를 죽은 병사들의 영혼이 장교들의 꿈에 나타나 설명하였다. 그들은 잔인한 대장군이 고의로 보급품을 주지 않아 그들이 희생되었기에 대장군을 죽여 그들의 죽음에 대한 원한을 갚기 전에는 왕실 군대에 어떠한 승리도 허용하지 않을 것이라고 공표했다. 이 말은 즉시 궁으로 전달되었고 비슷한 보고를 이미 들어왔던 왕은 이를 믿게 되었다. 그리하여 그는 대장군을 감옥에 가두고 그의 아들(은하와 결혼하고 싶어 했던 자)을 전선으로 보내 처형당하게 했다.

He was slain and his blood scattered to the winds. A feast was prepared for the spirits of the departed soldiers, and this sacrifice

43 조은하가 제문을 지어 올리고, 충복에게 중상을 내려 비석을 지키게 하고, 대군을 이끌어 위수에 도착한다는 원문의 내용이 영역문에서는 누락되었다.

having been made, the storm ceased, the sun shone, and the royal troops met and completely vanquished the rebels, restoring peace to the troubled districts, but not obtaining the real object of the leaders' search. After much questioning, among the captives, a man was found who knew all about You Pang Noo, and where he was secreted. Upon the promise of pardon, he conducted a party who rescued the captive and brought him before their commander. Of course for a time the lovers could not recognize each other after the years that had elapsed since their first chance meeting.

대장군의 아들의 목이 베어졌고, 그의 피는 바람에 흩어졌다. 죽은 병사들의 영혼을 달래는 제식이 준비되었다. 이 제가 거행되자 폭풍이 그치고 태양이 비치었다. 왕실 군대가 반군을 만나 그들을 완파한 후 문제의 지역에 다시 평화가 왔지만, 그러나 장군들의 실제 탐색의 대상인 유백로는 찾지 못했다. 포로들을 상대로 여러 번 탐문한 후에 포로들 중에 유백로와 그의 별도 감금 장소 등에 관한 모든 것을 알고 있는 한 사람을 찾게 되었다. 사면 약속을 받고 그는 무리를 이끌고 가서 포로를 구출하고 사령관 앞에 그를 데리고 왔다. 물론 한동안 두 연인은 우연한 첫 만남 이후 수년이 경과하여 서로를 알아보지 못했다.

You Pang Noo was given command and Uhn Hah modestly retired, adopted her proper dress, and was borne back to Seoul in a litter. The whole country rang with their praises. You Pang Noo was appointed governor of a province, and the father was reinstated in office while the General who had caused the trouble was ignominiously put to death, and his whole family and his estates were confiscated.

유백로에게 지휘권이 주어졌고 은하는 조용히 물러나 본래의 옷으로 갈아입은 뒤 사인교를 타고 서울로 되돌아왔다. 온 나라는 그들에 대한 칭송으로 울려 퍼졌다.[44] 유백로는 어떤 지방의 지사로 임명되었고 그 아버지도 복직되었다.[45] 반면에 문제의 발단이었던 대장군은 불명예스러운 죽음에 처해졌고 그의 전 가족과 재산은 몰수되었다.

As Cho Uhn Hah had no parents, His Majesty determined that she should have royal patronage, and decreed that their wedding should

44 대장군의 아들의 목을 쳤고~그들의 칭송으로 울려 퍼졌다(He was slain and~with their praises): 원문에서는 조은하가 진중을 정비하고 적진을 정찰하여 몽고와 화친한 가달이 대군이라 격파하기 어렵다고 판단하는 부분, 조은하가 가달과 마대영을 사로잡고 유백로를 구해 개선 길에 오른 부분, 유백로가 불효불충과 대가 끊기게 될 것을 걱정하는 부분, 조은하가 백학선을 꺼내자 서로를 확인하고 다시 만난 것을 기뻐하는 부분, 조은하가 삼만 귀신을 위해 진혼제를 지낸 뒤 부모 선영에 성묘하는 부분, 조은하가 태양 선생에게 은혜를 갚고, 창두 충복에게 상을 내리는 부분이 나온다. 그러나 알렌은 이 내용들을 한 단락으로 간략하게 마무리 한다. 즉 조은하의 대군이 역적을 물리치고 포로에게 정보를 얻어 유백로를 구출하고 비로소 두 연인이 처음으로 다시 만난다로 요약한다.

45 원문에서 황제는 유백로를 연왕에, 조은하를 정렬충의왕비에, 유상서는 태상왕에, 순씨를 조국부인으로 봉하고, 금은 노비를 하사하는 것으로 나온다. 알렌은 이 내용들에서 금은 노비를 하사하는 부분은 누락시키고, 황제가 내리는 직위도 원문과 다르다. 즉 유백로는 지방관에 임명하고, 유태종은 상서로 복귀시키고, 조은하와 순씨 부인에게 따로 직위를 내렸다는 부분은 없다.

take place in the great hall where the members of the royal family are united in marriage. This was done with all the pomp and circumstance of a royal wedding, and no official stood so high in the estimation of the King, as the valiant, true-hearted You, while the virtues of his spouse were the subject of songs and ballads, and she was extolled as the model for the women of the country.

조은하에게 양친이 없으므로 임금은 왕실에서 그녀를 후원하고 백로와 은하가 대규모 왕실 전용 결혼식장에서 식이 올리도록 어명을 내렸다. 결혼은 왕실 결혼식의 모든 거창한 의식을 갖추어 진행되었다. 왕이 유백로만큼 용감하고 진실하다고 높이 평가한 관리도 없었다. 한편 그의 배우자의 미덕은 노래와 서정담시의 주제가 되었고, 그녀는 그 나라 여인들의 귀감으로 칭송을 받았다.[46]

46 알렌은 원본 3~4쪽 분량을 4~5쪽 정도로 번역한 I~IV장과 달리 V장 이후를 많이 축약했다. V장은 주인공 유백로의 심정, VI장은 조은하가 꿈속에서 만나는 열녀들과 관련된 중국고사, 등장인물 간의 대화(V~VI)를 서술자 진술로 요약함으로써 상당한 분량이 축약된다. VII장과 VIII장도 마찬가지이다. 알렌은 전반적으로 군담적 요소를 대폭 축약하고, 유백로와 조은하 부부의 자녀들에 대한 이야기(후일담)을 누락시킨 것은 두 남녀 주인공에 초점을 둔 장 구분과 변용된 제명과 밀접한 관련을 가진다고 볼 수 있다.

경성일보 기자 우스다 잔운의 〈백학선전 일역본〉(1909)

薄田斬雲,「女將軍(白鶴傳)」,『朝鮮』12~13, 1909. 2.~ 3.

우스다 잔운(薄田斬雲)

▌해제▐

우스다 잔운(薄田斬雲, 1877~1956)은 1907년부터 경성일보 기자를 하면서 서울에 거주했다. 우스다 잔운의 <백학선전 일역본>,『여장군(백학전)』은 일한서방(日韓書房)에서 1909년에 간행한 일본어 잡지 조선12호와 13호에 나뉘어 수록된 것이다.『여장군(백학전)』은 <백학선전>과 유사한 모습을 보이지만, 그 번역저본은 알렌의 <백학선전 영역본>이다. 물론 양자를 비교해보면 세부적인 서술에서는 분명한 차이점을 보여주지만, 전반적인 내용전개가 동일하다. 즉,『여장군(백학전)』은 세부적인 장면묘사, 인물간의 대화나 갈등, 자세한 사건전개를 생략한 채 축약된 번역양상을 보이며, 또한 군담적 요소를 대폭 누락시킴으로 남녀주인공을 중심으로 한 사건에 초점을 맞췄다. 우스다 잔운의 『여장군(백학전)』은 근대 초기 고소설 <백학선전>의 외국어 번역본으로 중요한 이본적 가치를 지닌 작품이라고 볼 수 있다.

▌참고문헌

김광식, 「우스다 잔운(薄田斬雲)과 한국설화집 「조선총화」에 대한 연구」, 『동화와 번역』 20, 2010.
장경남・이시준, 「『백학선전』의 일역본 『여장군』의 번역양상과 의의」, 『민족문학사연구』 54, 2014.
허 석, 「근대 한국 이주 일본인들의 한국문학 번역과 유교적 지(知)의 변용」, 최박광 편, 『동아시아의 문화표상』, 박이정, 2007.

劉泰陽は位従三品に上り、温良清廉の君士人として同僚間にも宣んぜられて居たが、官海の腐敗は何時の代にも免れぬ事とて、見るもの聞くもの、厭はしい事ばかり、愈々仕官が厭になって、官を罷め、郷里に帰って、同地方に聞えた賢女を妻に娶った。都の風に染みたにも似ず、劉泰陽は田園の淋しい生活がヒドク気に入った。野遊び山狩り、或は草花を仕立てなどして心易く日を送った。妻は賢夫人として一郷から尊敬を受け、琴瑟相和して嘗て家内に風波は起らない、衣食足り倉廩充ちて何に比世に不自由ない身分ながら、夫婦同接数年を経ても子が無い。之のみは一方ならず夫婦間の苦痛となった。殺生禁物と云ふ事にして釣魚の楽を腐し、此上は自然の風光に悠遊自適天命を楽まんものど、郊外に杖を曳いては林間に楽しげに歌ふ鳥の音を聞いて心を澄した。

유태양(劉泰陽)은 지위가 종삼품에 이르며, 온화하고 순수하며 청렴한 군자와 같은 사람으로서 동료들 사이에서도 널리 알려져 있었는데, 관리들의 부패는 어떤 시대에도 피할 수 없는 것으로 보는 것 듣는 것 모두 싫은 일 뿐이었다. 점점 벼슬살이에 질려서 관직을 그만두고 고향으로 돌아가서, 같은 지방에서 널리 알려진 현명한 여인을 부인으로 삼았다.[1] 서울의 바람에 익숙했음에도 그 와는 달리 유태양은 전원에서의 쓸쓸한 생활이 너무나도 마음에 들었다. 들에서 놀고 산에서 사냥을 하며, 혹은 화초를 기르는 등 하면서 마음 놓고 날을 보내었다. 아내는 현명한 부인으로 마을 전체에서 존경을 받았으며, 부부의 사이는 다정하고 화목하였다. 집안에 풍파는 전혀 일어나지 않았으며, 의식이 충족하여 곳간도 넘쳐나서 무엇 하나 이 세상에서 불편함이 없는 몸이었으나, 부부가 함께 생활하면서 수년이 흘러도 자식이 없었다. 이것만은 어느 한 쪽만이 아니라 부부간의 고통이었다. 살생은 금물이라고 말하는 것처럼 물고기를 잡는 즐거움을 비방하고, 또한 자연의 경치 속에서 유유자적하면서 하늘의 명을 즐기며, 교외에서 지팡이를 짓고 수풀 속에서 즐겁게 노래하는 새 소리를 들으며 마음을 맑게 하였다.

一陽來復、天地新たに色付いて春の草木は萠え出した。萬物生々として日に榮えて行く。之を見た劉泰陽の目には又も言ひ知れぬ愁を含

1 유태양~부인으로 삼았다. : 소설적 시공간, 구체적인 관직명에 대한 번역이 생략되어 있으며, 원전에서 유태종이란 인물명과는 다르다. 또한 자손이 없기 때문이 아니라 타락한 관리들과의 관직생활에 지쳐 낙향하는 것으로 설정되어 있다. 이러한 변용양상은 알렌의 영역본과 동일하다. 다만 상서로 설정된 벼슬이 아니라, 종3품이라고 기술되고 있다.

んだ。子の無い不幸は何に譬へやうもない幾代となく榮え来った劉家も我一代で斷絶する、地下に行って祖先に見える顔が無い、自分が死んだら、モウ我一家の墓に一杯の水を手向けて呉れる者も無いのだ。劉泰陽は最愛の妻と共に此事を語り合って限りなき悲愁に沈んだ。やがて妻は『何うせ後繼が無くてならぬ事なれば、別にモ一人妻をお迎へになっては如何でございます』と真心から言出した。

『否や否や』と劉泰陽は頭を振って、『我国では第二の妻第三の妻をも迎へろ習慣であるが、之は一家動亂の因だ、私は子が得たいからとて今の和楽な家庭に風波を起す事は好まぬ』

겨울이 가고 봄이 돌아와 천지가 새롭게 색을 꾸미며, 봄의 초목은 싹이 나고 움트기 시작했다. 만물은 생생하게 날로 싱싱하게 우겨져 갔는데, 이것을 본 유태양의 눈에는 또다시 말할 수 없는 근심이 머물렀다. 자식이 없는 불행은 어디에도 비유할 데가 없었다. 여러 세대가 번영해 왔던 유씨 가문도 자신의 대에서 단절된다니, 지하에 가서 조상님을 볼 면목이 없었다. 자신이 죽으면 더 이상 자신의 일가의 무덤에 한 잔의 물을 올려줄 사람도 없는 것이다. 유태양은 가장 사랑하는 아내와 함께 이 일에 대해서 이야기하며 한없는 슬픔과 근심에 빠졌다. 마침내 아내는,

"무엇을 하더라도 후계가 없을 수밖에 없다면, 따로 또 한 사람의 아내를 맞이하는 것은 어떻습니까?"

라고 진심으로 말을 꺼내었다.

"아니오, 아니오."

라고 유태양은 머리를 흔들며,

"우리나라에서는 제2부인과 제3부인도 맞이하는 풍습이 있지만, 이것은 일가가 동요하는 원인이 되는 것이요. 나는 자식을 얻고 싶다는 이유만으로 지금의 화목하고 즐거운 가정에 풍파를 일으키는 것은 바라지 않소."[2]

夫婦間に子が無いのが不和の基とならずに、劉泰陽夫妻は却って互に胸中の苦悶を語り合って一層の親しみを増した。互に敬神深い事とて、夫婦は毎夜室内に端坐して、子を授けて下されと天に祈った。一日妻が祈って居る間にうとうとしたと思ふと、遥かの天空に光めく北斗星がギラギラと動いて其処から玉の様な男の児が、雪の様に白い羽の扇に乗って自分の前へ下りて来た。そして丁寧に叩頭をした。其の可愛らしさは譬へやうもない、男の児は蕾の様な唇を開いて、『私は北斗星の使者なのです、今日一寸した過をしたので、地に下されて貴母の子になるので、印に此の扇を持って参りました之は天の寶物で、私共を護って下さるのです』と云ふ。

부부간에 자식이 없는 것이 불화의 근원이 되지 않고, 유태양 부부는 오히려 서로의 마음속의 고통을 이야기하면서 한층 즐거움을 늘려갔다. 서로 신을 공경하는 마음이 깊었기에, 부부는 매일 밤 실내에 단정하게 앉아서 아이를 내려 주실 것을 하늘에 기도하였다. 하루는 아내가 기도하고 있는 동안에 꾸벅꾸벅 졸고 있다고 생각하

2 마침내 아내는~바라지 않소 : 원전에는 조은하의 모친이 새로운 부인을 얻도록 권유하는 대목으로 되어 있다. 이 역시 알렌의 영역본과 동일하다. <백학선전>과 달리 부인의 이름이 제시되지 않고 있다.

였더니, 아득히 먼 하늘에 번쩍이는 북두성이 반짝반짝하고 움직이면서 그곳에서 구슬과 같은 남자 아이가 눈과 같이 하얀 깃털로 만든 부채를 타고 자신 앞으로 내려 왔다.[3] 그리고 정중하게 머리를 조아리며 절하였다. 그 귀여움은 비유할 데가 없었다. 남자 아이는 꽃봉오리와 같은 입술을 열고,

"나는 북두성의 사자(使者)입니다. 오늘 조금 잘 못한 일이 있기에, 지상으로 내려와 귀한 어머니의 아들이 되었습니다. 증표로 이 부채를 들고 왔습니다만 이것은 하늘의 보물로 저희들을 보호해 줄 것입니다."

라고 말하였다.

嬉しさ極まって其児を抱かうとすると夢が覚めた。一時はガツカリしたが、其後間もなく妊娠して翌年の春早く玉の様な児を請けた。実に美しい児で、追々成長すると賢い。村中の評判で、誰一人可愛がらぬ者は無い。其後十年間は劉泰陽家に取って限りない幸福な歳月であった。子をば白露と名け母は一手に養育をし、教育もしたが、十才の頃には、天成の俐発母親を凌駕し、将た父親の手も足らぬ迄に学業上達した。

너무나 기쁜 나머지 그 아이를 안으려고 하자 꿈에서 깨어 버렸다. 잠시 실망하였지만, 그 후 머지않아 임신하여 이듬 해 이른 봄에

---

3 아득히 ~ 자신 앞으로 내려왔다 : 유백로 모친의 태몽 속에서 원본처럼 백학이 아니라, 백학선을 타고 오는 것으로 변개되어 있다. 알렌 영역본의 변개양상과 동일하다.

구슬과 같은 아이를 얻었다. 실로 아름다운 아이로 점차 성장하면서 현명해 졌다. 마을에서의 평판은 누구 하나 귀여워하지 않는 자가 없었다. 그 후 10년간은 유태양 집에 있어서는 한없이 행복한 세월이었다. 아이는 백로(白露)라고 이름을 짓고 어머니는 혼자 힘으로 양육을 하고 교육도 하였는데, 10살이 되었을 무렵에는 천성[4]의 똑똑함이 어머니를 능가하였으며, 또한 아버지의 손도 부족할 정도로 학업이 향상되었다.[5]

其頃大分隔った土地に有名な学者が居て学校を開き、一郷擧げて聖人と畏敬して居た。遂に劉白露は此の先生に業を受けなければならぬ事にな、親子の止みがたい恩愛を振り切って其處に発足する事になった。そこで、父は曾祖父の代から傳った白羽扇を白露に授けて、之を父とも母とも、将た我家代々の祖先とも見て疏かにするなと云ふ。母親が夢に見た児の乗って来た扇と寸分違はぬと聞いて、白露は之を大切にして片時手を放さずと誓って、遥々遊学の途に上った。

그때 멀리 떨어져 있는 지역에 유명한 학자가 있어서 학교를 열었는데, 마을 전체가 받들어 성인이라고 공경하였다. 마침내 유백로도 이 선생에게 학문을 받지 않으면 안 되게 되어, 부모와 자식의 억제하기 어려운 은혜와 사랑을 뿌리치고 그곳으로 출발하게 되었다. 이에 아버지는 증조부 때부터 전해 온 새의 흰 깃으로 만든 부채를 백

4 천성: 자연히 성립하는 것 혹은 인력에 의하지 않고 이루어지는 것을 뜻한다(松井簡治·上田万年編,『大日本国語辞典』03, 金港堂書籍, 1917).

5 어머니는~향상되었다: 유백로를 유씨 부부가 교육시키는 장면은 새롭게 첨가된 것이다.

로에게 건네주며,

"이것을 아버지라고 어머니라고 또는 우리 가문 대대로의 조상님이라고 여기고 소홀히 하지 말거라."

고 말하였다. 어머니가 꿈에 본 아이가 타고 온 부채와 조금도 다르지 않다는 것을 듣고 백로는,

"이것을 소중하게 간직하고 잠시라도 손에서 떼지 않겠습니다."

라고 맹세하며, 멀리 유학길에 올랐다.

奇縁とも言はうか、丁度同じ頃、稍や隔った地に一人の兩班が有って、名は趙相流と呼んだ。以前は從三品の位に昇ったものだが、夫婦間に子がないのを苦にして仕官も厭になり今は鄕里に帰り閑日月を送る無聊生活、妻は貞良溫順容色優れた美人であったので、此男も第二の妻を納れやうと云ふ策も無く過した。妻は常に天に向って子を授け賜はれと祈り、一夜月明に乘じて裏山に上り、牽牛星と織女星と逢ふと云ふ話を思ひ出して空を眺めて居ると、何時かうとうとした。

기이한 인연이라고 말할 수 있을까? 바로 같은 시기에 조금 떨어져 있는 지역에 양반 한 사람이 있었는데, 이름은 조상류(趙相流)라고 불렀다. 예전에는 종삼품의 지위에 올랐던 사람이지만, 부부 사이에 자식이 없는 고통으로 인해 벼슬살이도 싫어 져서 지금은 고향으로 돌아와서 한가한 세월을 보내고 있었다. 무료한 생활이었지만 아내는 정숙하고 어질며 온순한 사람으로 용모와 안색이 뛰어난 미인이었기에, 이 남자도 두 번째 부인을 받아들이고자 하는 대책도 없었다. 아내는 항상 하늘을 향하여 자식을 내려주십사 하고 기도를

드렸는데, 어느 날 밝은 달밤 뒷산에 올라가 견우성과 직녀성이 만난다고 하는 이야기를 떠올리며 하늘을 바라보고 있다가 어느새 꾸벅꾸벅 졸았다.

すると四ッの風が五ッの雲に乗って天から下りて来た、手に籠を抱へて居る、籠の中には現世には見られぬ美しい女の児が居る。不思議に思って、

『お前さん何処から来ました』と問ふと、

女の児は鈴の様な清い声で『妾は綺麗でせう、何卒貴母の家へ一所に置いて下さい』と云ふ。

『まア然うなったら何んなに嬉しいでせう、でもお前さんは妾の家へ来て居られますか？』

『ね妾は天女様の侍女なのよ、悪戯をした罰で貴母の所へ寄越されたの、毎年七月の七日に牽牛様と織女様とたった一度逢はれるんですよ、それでも彼の人達は威張った事を言って人間は毎日男と女と逢ふけれども、長くて八十年の寿命なのに、我々は限りなく長命すると負惜しみを言って居たから、妾遂い先達ての七日の夜、折角出来上った鵲の橋を壊はしてやったの、ネンの、妾、悪戯にした事なんですが、大変に叱かられて、貴母の所へ逃げて来たのですから、妾を貴母の家へ置いて下さい』

그러자 네 개의 바람이 다섯 개의 구름을 타고 하늘에서 내려 왔다. 손에 대그릇을 안고 있었는데, 대그릇 안에는 현세에서는 볼 수 없는 아름다운 여자 아이가 있었다. 이상하다고 생각하고,

"당신은 어디에서 왔습니까?"

라고 물으니, 여자 아이는 방울과 같이 맑은 소리로,

"소녀는 예쁘지요? 아무쪼록 당신의 집에 함께 있게 해 주십시오."

라고 말하였다.

"어머나 그렇게만 된다면 얼마나 기쁠까요. 하지만 당신은 나의 집에 있을 수 있겠습니까?"

"그게 말입니다. 소녀는 선녀님의 시녀인데, 장난[6]을 한 벌로 당신의 곳으로 오게 되었습니다. 매년 7월 7일에 견우님과 직녀님이 단 한 번 만나게 되는 대요. 그런데 그 사람들은 잘난 체하면서 인간은 매일 남자와 여자가 만난다고 하더라도 길어 봤자 80년의 수명이지만, 우리들은 한없이 오래 장수를 한다고 억지를 부리기에, 소녀는 바로 며칠 전 7일 밤 애써 만들어놓은 오작교를 부셔버렸습니다 그저 소녀는 장난을 한 것입니다만, 호되게 혼나고 당신 곁으로 도망쳐 온 것이니까 소녀를 당신 집에 머물게 해 주십시오."

一陣の風過ぎて、女の児の姿が消えたと思ふと、夢が覚めた。間もなく妊娠で、産み落したは夢に見た様な美しい女の児

夫婦の喜びは譬へんものなく、名を雲河と呼び、村の者には皆な此の児の可愛らしさに惹き付けられて天津女様と呼んだ。かくて十才迄は、此児趙相流夫婦の掌中の玉として愛された。

한바탕 바람이 지나고 여자 아이의 모습이 사라졌다고 생각하였

6 장난: 일본어 원문은 '悪戯'다. 장난 혹은 타인에게 폐가 될 정도로 장난을 치는 것이라는 뜻으로 사용된다(金沢庄三郎編, 『辞林』, 三省堂, 1907).

는데 꿈에서 깨었다. 머지않아 임신하였는데 출산한 것은 꿈에 본 듯한 아름다운 여자아이였다.

부부의 기쁨은 비유할 데가 없었다. 이름을 운하(雲河)[7]라고 불렀는데, 마을 사람들은 모두 이 아이의 사랑스러움에 끌리어서 텐진(天津) 아가씨라고 불렀다. 그리하여 10살 때까지 이 아이는 조상류 부부의 손바닥 안의 구슬처럼 사랑받았다.[8]

或日雲河は乳母と共に、祖母の家へ遊びに行った、途中こんもりした林の下で、石へ腰掛けて、二人は少時憩ふた、処へ彼の劉泰陽の子劉白露は丁度学校へ行く途中、同じく此の林へ掛った。雲河は未だ小娘であるから被衣を着て居ない、白露は一目見て雲河の美しい容顔に魂を脅かした。恍惚として立盡くしたが、之迄七才にして女と席を同うしなかった白露は、雲河に言い寄る術を知らない、免つ追いつ胸のみ轟かした果てに漸つと思ひ付いて、雲河が持って居た橙を見て進み寄り、乳母に向って、丁寧に言ひ出した。

『僕は劉白露と言ふ者で、今学校へ行く道中なんですが、咽喉が渇いて堪んです、お願いですが娘さんが持って居らるる橙を一ッ頂けませんか』

어느 날 운하는 유모와 함께 할머니 집으로 놀러 가던 도중에 울창한 숲 아래에 있는 돌에 기대어 두 사람은 잠시 쉬고 있었다. 그런

7 운하: <백학선전>에서 여주인공 이름인 은하와 다르다.
8 조부인의 태몽을 견우직녀 설화의 내용과 관련하여 대폭 확장했다. 알렌의 영역본과 동일한 변개양상이다.

데 바로 그곳에 유태양의 아들 유백로가 마침 학교로 가던 길에 마찬가지로 숲에 머물러 있었다. 운하는 아직 소녀였기에 장옷을 입고 있지 않았다. 백로는 한 번 보고 운하의 아름다운 생김새에 정신을 위협 당하였다. 황홀해 하며 언제까지고 서 있었는데, 지금까지 7세가 될 때까지 여자와 자리를 같이 한 적이 없던 백로는 운하에게 구애할 방법을 알지 못 했다. 좇고 좇기는 가슴만이 떠들썩하게 울리던 끝에 겨우 생각난 것이, 운하가 가지고 있는 귤을 보고 나아가서 유모를 향하여 정중하게 말하였다.

"저는 유백로라는 사람으로 지금 학교로 가는 도중입니다만 목이 상당히 마렵습니다. 부탁입니다만 아가씨가 가지고 있는 귤을 하나 주시지 않겠습니까?"

雲河も一目見て白露の優しい貴公子姿にハッと胸を脅かしていと極り惡げに橙を二ッ白露に手渡した。白露は之に力を得て意味込み、『僕、お禮に何か貴女に上げたいですが、併し……不□ですが、此の扇へ貴女の名を書いて差上げませう

片時手を放さずと誓った白羽の扇を取出して、白露は少女の名を聞き取り、矢立の筆で、

『世に何処の乙女も我が美しの雲河女に如くはなし、我は今心に□へり、我は雲河女を我が終生の妻とせん』と書いて雲河に手渡した。若い二人の男女は互に慕はしの心を目に通はして別れた。

雲河は文字に気を留めず、□んだ扇を其儘に受けて、誰だ彼の人の記念ぞと大切に保存した。

운하도 한 번 보고 백로의 우아한 귀공자 모습에 흠칫 가슴을 위협당하여서 겸연쩍은 듯 귤 두 개를 백로에게 전하였다. 백로는 이것에 힘을 얻어 의미를 담아서,

“저는 답례로 무언가 그대에게 주고 싶습니다만, 하지만……□□, 이 부채에 그대의 이름을 적어서 드리겠습니다.”

잠시도 손에서 떼어 놓지 않겠다고 맹세하였던 흰 깃털로 만들어진 부채를 꺼내어, 백로는 소녀의 이름을 묻고는 붓놀림도 빠르게,

“세상에 어느 곳의 소녀도 우리 아름다운 운하 아가씨와 같지는 않을 것입니다. 저는 지금 마음에 □□□, 저는 운하 아가씨를 나의 평생의 아내로 삼고자 합니다.”

라고 적어서 운하에게 전달하였다. 젊은 두 남녀는 서로 사모하는 마음을 눈으로 전달하고 헤어졌다.

운하는 글에 마음을 두지 않고, □□□ 부채를 그대로 받아서, 다만 그 사람의 기념이라 생각하고 소중하게 보존하였다.

劉白露は学校へ着いてから三年間非常に勉強した。学業の進歩著しく三年の終りには、早や師をも凌駕せん質才となった。最早や師の下に留まる必要がないので、師も一先づ歸省せよと勧め、白露今は一刻も早く帰って久々で父母に対面せんものと郷里に帰った。両親の喜びは大したもので、村人を集めて我子の成業祝宴を張り、村民又白露を我村の□りとした。

유백로는 학교에 도착해서는 3년간 상당히 열심히 공부하였다. 학업의 진보가 현저하여 3년의 마지막쯤에는, 이미 스승도 능가하

는 재주를 갖추었다. 이제는 스승 밑에 있을 필요가 없기에, 스승도 우선 집으로 돌아갈 것을 권하였다. 백로는 지금 한시라도 급히 돌아가서 오랜만에 부모를 만나고자 고향으로 돌아갔다. 양친의 기쁨은 굉장하여, 마을 사람들을 모아서 자신의 아이의 학업을 축하하는 잔치를 베풀었다. 마을 사람들 모두 백로를 자신의 마을의 자랑[9]으로 여겼다.

父は扇を何うしたと尋ねた。白露ははたと因じたが、素知らぬ顔で、途中何処かへ遺失したと答へた。当座父は大分不機嫌であったが、日を経る内に怒りも解け、以前に倍して白露を愛した。

아버지는 부채는 어떻게 했는지를 물었다. 백로는 갑자기 곤란했지만, 모르는 체 하고 도중 어딘가에서 유실하였다고 대답하였다. 그 자리에서 아버지는 상당히 기분이 언짢았지만, 날이 지나는 동안에 화도 풀리어 이전보다도 더 백로를 사랑하였다.

白露が十六才に達した頃には、令名近郷に鳴り響いて神童と崇められた。或日郡守が劉泰陽を訪問して、四方山の話の末、自分に一人の娘があるから白露に女はせ呉れぬかと言ひ出した。劉泰陽は郡守の人為りた日頃敬慕して居たので、之は好都合と早速承諾した。郡守も満足して帰った。そこで劉泰陽は白露を呼んで、右の縁談を告げると、白露はヒドク□った様子で、少時顔も挙げなかったが、質は私は科擧

9 원문 판독 불가. 전후 문맥을 고려할 때, '자랑'으로 해석하는 것이 자연스럽다.

に應じて相應の官位を得たい志望故、夫れ迄見合せて貰いたいと答へた。父は成程と我子の心掛けを感じて、郡守の方へ此旨申入れると、郡守も全く感心して、夫れでは次の試験迄待たうと云ふ事になった。

백로가 16세가 되었을 때에는, 명성이 가까운 마을에 울려 퍼져서 신동이라고 공경 받았다. 어느 날 군수(郡守)[10]가 유태양을 방문하여서 사방의 산의 이야기 끝에, 자신에게 딸이 하나 있는데 백로가 받아 주지 않겠는가 하고 말을 꺼냈다. 유태양은 군수의 사람됨을 평소부터 존경하고 사모하였기에, 이것은 좋은 기회라고 생각하여 바로 승낙하였다. 군수도 만족하여 돌아갔다. 이에 유태양은 백로를 불러서 다음과 같은 연담을 알리었더니, 백로는 상당히 놀란[11] 모습으로 잠시 얼굴을 들지 못 하였는데,

"실은 제가 과거에 응하여 어울리는 관직을 얻고 싶습니다만, 그 때까지 미루어 주십시오."

라고 대답하였다. 아버지는 과연 그렇구나 하면서 자신의 아이의 마음가짐에 감동하여 군수에게 이러한 취지를 말하였더니, 군수도 완전히 감동하여서 그렇다면 다음 시험까지 기다리겠다고 말하였다.

間もなく、郡に科擧の試験があると布令が出て八道各地より無数の應募者が、我こそと郡を差して上った。白露は矮馬に乗り、下人を伴ひ郡へ上った。愈よ試験の當日になると、試験官は劉白露の答案の、群を抜いて立派なるを激賞して、之を国王に差上した。国王は親しく

10 군수 : <백학선전> 원전에는 병부상서로 되어있다.
11 원문 판독 불가. 전후 문맥을 고려할 때, '놀란'으로 해석하는 것이 자연스럽다.

其答案を見そなはせられ之れ将さに余が股肱の才たるべしと御意あって、身元の詮義に及ばれ、劉泰陽の子であると聞いて、劉泰陽が仕官中の好成績を思ひ合はされ、田舎に朽ち果つるは惜しいものだとの仰せで、父をも観察使に任じた。そこで、劉泰陽も郡に上り国王に拜謁を賜はって父子二重の厚恩を感謝した。

머지않아 군(郡)에 과거 시험이 있다는 포고가 있었다. 팔도 각지로부터 수많은 응모자가 자신이야말로 라고 하면서 군을 향하여 올라왔다. 백로는 조랑말을 타고 하인을 데리고 군으로 올라갔다. 드디어 시험 당일이 되자, 시험관은 무리 중에서 유백로의 답안을 뽑아서 뛰어남을 극찬하고 이것을 국왕에게 올렸다. 국왕은 친히 그 답안을 보시고 이것은 참으로 나의 수족이 될 재능이 있는 사람이라고 하며, 신원을 살피었는데 유태양의 아들이라는 것을 알게 되었다. 유태양이 사관(仕官) 중에서 성적이 좋았던 것을 떠올리고, 시골에서 썩는 것은 아깝다고 말하며 아버지도 [함께]관찰사에 임명하였다. 이에 유태양도 군에 올라가 국왕을 알현하고 부자는 거듭하여 두터운 은혜에 감사하였다.

国王は白露の才を賞で賜ひ、八道治績の良否を巡視する御使に勅任遊ばされた。白露は心から感謝した、御使となった以上何時如何様な地を微行で巡視しやうと勝手だ。就ては自分が彼の日一目見て以来、之こそは偕老同穴、我一生の伴侶と堅く心に□して片時も其の美しい面影を忘れぬ、雲河女に今こそ、学成り業遂げて□り会ひ、囊に扇に記した約束を履行する時が来たと喜んだのである。そこで劉白露は先づ郷里に帰って母に対面し、旬日後、平人の姿をして心勇んで巡視の途に上った。

국왕은 백로의 재주에 상을 하사하고, 팔도 치적의 좋고 나쁨을 순시하는 어사에 임명하여 마음껏 뜻을 펼치게 하였다. 백로는 마음으로부터 감사하였다. 어사가 된 이상 언제 어떠한 지역을 암행하여 순시하는 것도 자기 마음대로였다. 벼슬자리에 나아가서도, 자신이 그날 한 번 본 이후 이것이야말로 해로동혈(偕老同穴)할 자신의 일생의 반려라고 굳게 마음을 먹고[12] 잠시도 그 아름다운 얼굴모습을 잊지 않았는데, 학업을 이루고 성취한 지금이야말로 운하여인을 만날[13] 때라면서, 예전에 부채에 적은 약속을 수행할 때가 왔다고 기뻐하였다. 이에 유백로는 먼저 고향으로 돌아가서 어머니를 만나고, 열흘 후 평인의 복장을 하고 적극적으로 순시 길에 올랐다.

一方、雲河女の方は、此間に肉付豊かな娘盛りになった。其□麗無比な姿は近避に鳴り響いて、遂に其地方に□守して居る将軍の耳に達した。そこで、将軍は一日親しく雲河女の父趙相流を訪れて娘を我息子の嫁に呉れぬかと申入れた、趙相流は當時威名□々たる将軍の懇望に対して寧ろ名譽と感じ早速承諾の旨を答へた。扨て趙相流夫妻は此事を雲河に告げると、雲河は物に□はれた様に□心した体であったが、両眼に涙を浮べて、扇を取出し、記入された文句を示し、遂一対

12 원문 판독 불가. 전후 문맥을 고려할 때, '마음을 먹다'로 해석하는 것이 자연스럽다.

13 원문 판독 불가. 전후 문맥을 고려할 때, '만나다'로 해석하는 것이 자연스럽다.

白露に関する物語をして、

『妾は彼の方より他には夫を持ちません。妾は此扇の文字を見たから、心に堅く□って居ます、若し此世で彼方と再びお逢ひする事が出来なかったら、未来は彼の方と天に上って同接になる迄一生此扇を妾の夫として過ごします』

娘の□れたる心に一筋に思ひ込んだ言ひ振りを見て父親は全く困じ果てた。そして確か十才の男女が一時の出来心で思ひ定めた事を嘗てにしても無益であると説いて見たが、雲河は頑として□入れない、強いてと云ふなら寧そ妾を殺して下さいと、涙をハラハラと流して愁訴した。

한편, 운하 여인 쪽은 그러는 사이에 살집이 좋은 꽃다운 나이가 되었다. 그 아름다움 비할 바 없는 모습은 가까운 곳에 울려 퍼져서 마침내 그 지방을 지키고 있던 장군[14]의 귀에 들어갔다. 이에 장군은 친하게 지내던 운하 여인의 아버지 조상류를 방문하여서 딸을 자신의 아들 부인으로 주지 않겠는가 하고 제안하였다. 조상류는 당시 위엄과 명예가 상당한 장군의 간절한 바람에 대해서 오히려 명예라고 생각하고 바로 승낙의 뜻을 대답하였다. 그래서 조상류 부부는 이 일을 운하에게 알리었는데, 운하는 무언가에 당한 듯 정신 나간[15] 몸이었다. 두 눈에 눈물을 글썽거리며 부채를 꺼내어서 적혀 있는 문장을 가리키며 마침내 백로에 관한 이야기를 하면서,

14 장군 : 원전에는 장국의 구체적인 이름과 성품이 제시되어 있지만 일역본에서는 생략되어 있다.

15 원문 판독 불가. 전후 문맥을 고려할 때, '정신이 나가다'로 해석하는 것이 자연스럽다.

"소녀는 그 분 말고 다른 사람을 남편으로 모실 수 없습니다. 소녀는 이 부채의 글을 보고 나서 마음에 굳게 맹세[16]하였습니다. 만약에 이 세상에서 그 분과 두 번 다시 만날 수 없다면, 미래에 그 분과 하늘에 올라가서 함께 생활할 때까지 평생 이 부채를 소녀의 남편이라고 생각하고 지낼 것입니다."

딸의 간절한[17] 마음과 일편단심으로 결심한 모습을 보고 아버지는 완전히 곤란해 하였다. 그리고 아마도 10세의 남녀가 한 때 생긴 마음으로 결정한 것을 지킨다고 하더라도 무익하다고 설명하여 보았지만, 운하는 완고하게 받아들이지[18] 않았다. 정히 그러시다면 오히려 소녀를 죽여 달라고 하면서 눈물을 뚝뚝 흘리며 호소하였다.

そこで父は止むなく手紙を彼の将軍に送って、いと婉曲に婚約の取消を請ふた。すると、将軍は非常に□って直ちに兵若干を使はして趙相流を捕縛して来いと命じた。処が突然、此際国境に謀反者が起ったと云ふので、国王から時を移さず将軍に一旦都へ還って賊徒討伐に出向へと早馬打って急を告げて来た。将軍も延引ならず、従へ上ぼる事となり、就ては其地の役人に命じて、趙相流を捉へて牢獄に下し、是非にも婚約を承諾させよと言ひ残した。処が此役人は極めて清廉謹直な人物で、平素此の将軍の狂暴な擧動を苦々しく思ふて居たので、先づ趙相流に会って親しく話を聞き取り、其の娘の操守の堅いことを感嘆し、夫れでは一時遇を避けて他の地に趙一家の移轉を勧めた。趙相

16 원문 판독 불가. 전후 문맥을 고려할 때, '맹세하다'로 해석하는 것이 자연스럽다.
17 원문 판독 불가. 전후 문맥을 고려할 때, '간절하다'로 해석하는 것이 자연스럽다.
18 원문 판독 불가. 전후 문맥을 고려할 때, '받아들이다'로 해석하는 것이 자연스럽다.

流は之に從ひ、家族を引□めて何処ともなく居を転じた。そこで役人は、将軍の方は彼れ趙相流は官命に抗して何日の間にか一家を避げて逃走したと報告した。

이에 아버지는 어쩔 수 없이 편지를 그 장군에게 보내어, 완곡하게 혼약의 취소를 청하였다. 그러자 장군은 상당히 화를 내며[19] 바로 약간의 병사를 보내어 조상류를 포박하여 오라고 명하였다. 그런데 갑자기 이 때 국경에서 모반이 일어났는데, 국왕이 바로 장군에게,

"일단 서울로 돌아와서 도적의 무리 토벌을 위해 출발하거라."

고 하는 파발을 보내어 [상황의]급함을 알렸다. 장군도 지체하지 않고 명을 따라 올라가게 되었는데, 이에 그 지역의 관리에게 명하여,

"조상류를 붙잡아서 감옥에 넣고, 반드시 혼약을 승낙하게 하도록 하라"

고 하는 말을 남겼다. 하지만 이 관리는 지극히 청렴하고 신중하고 곧은 인물로, 평소 이 장군의 난폭한 거동을 고통스럽게 생각하고 있었기에, 우선 조상류를 만나서 상세히 이야기를 듣고, 그 딸이 굳게 지조를 지키고 있는 것에 감탄하였다. 그렇다면 잠시 때를 피해서 다른 지역으로 조 씨 일가가 옮겨갈 것을 권하였다. 조상류는 이에 따라 가족을 거닐고[20] 어딘지 정하지도 않고 살 곳을 옮기었다. 이에 관리는 장군에게는 그 조상류는 관명에 대항하여 어느새 일가를 피하여 도주하였다고 보고하였다.

19 원문 판독 불가. 전후 문맥을 고려할 때, '화를 내다'로 해석하는 것이 자연스럽다.
20 원문 판독 불가. 전후 문맥을 고려할 때, '거닐다'로 해석하는 것이 자연스럽다.

女將軍(白鶴傳)

여장군(백학전)

かくとも知らず劉白露は巡視に弁言けて雲河女の居村指して微行し來り、幸同地には自分の伯父が居るから、其家を尋ねて久闊を叙した。伯父は白露が、何か思ひ悩む様子に気が沈んだ様を見て、其訳を尋ねた。白露は遂に伯父に秘密を白状すると伯父は色を變へて。

『其の趙……一家ならば、遂い四五日前此地を去って何処ともなく身を隠したに。□呼困った事をした』と、嘆息する。

劉白露の伯父こそは、彼の趙一家を庇護して逸した役人なのだ、伯父も今は包まず、趙一家が彼の将軍から迫られた事情を詳細に物語った。白露は全く失望して、遂に国王に上書した健康勝れぬからと御使の役目を辞し、此上は何処迄なりと出かけて、貞操比なき我が最愛の雲河女を探ね□めやうと決心した。

이러한 줄도 모르고 유백로는 순시(巡視)를 구실로 운하 여인이 살고 있는 마을을 가리켜 암행을 왔다. 다행이 같은 지역에는 자신의 백부가 있기에, 그 집을 방문하여 격조했던 인사를 하였다. 백부는 백로가 무언가 고민하며 마음이 가라앉아 있는 것을 보고 그 이유를 물었다. 백로는 결국 백부에게 비밀을 고백하자 백부는 안색이 변하며,

"그 조…… 일가라면, 바로 4-5일 전 이 지역을 떠나서 어딘지도 모르는 곳으로 몸을 숨기었다. 이런[21] 곤란한 일을 하였구나."

---

21 원문 판독 불가. 전후 문맥을 고려할 때, 감탄사 '이런'으로 해석하는 것이 자연스럽다.

라며 탄식하였다. 유백로의 백부는 바로 그 조씨 일가를 비호하고 도망가게 해 주었던 관리였던 것이다. 백부도 지금은 숨기지 않고 조씨 일가가 그 장군으로부터 핍박 받았던 사정을 상세히 이야기하였다. 백로는 매우 실망하여 바로 국왕에게 글을 올려 건강이 좋지 않다는 이유로 어사의 임무를 그만두었다. 그리고 이렇게 된 이상 어디까지라도 나아가서 정조가 비할 데 없는 자신의 가장 사랑하는 운하 여인을 찾으려고 결심하였다.

其間趙相流一家は隔った土地に□れ、暫時人家を借りてわびしく日を過ごして居る内、趙夫妻は偶とした病かれ遂に倶に帰らぬ旅へと赴いた。後に取残された雲河女は天に慟き地に哭して自分も死んで了ふと言ったのを、忠誠な乳母は、種々と慰めて僅かに思ひ止まらせ、此上は我等女主從二人の事故、尋常一様の手段では行かぬ、思ひ切って一ッ男の姿に變へ、何処迄も、彼人を探ね行かんものと、雲河女は髪を長く後へ編み下げて、總角の服を着、乳母も男の姿をして両親の弔を済ませ、再び何処を當てともなく出発した。彼の白羽の扇をば、雲河女自ら手に握って、片時も放さない。

그 사이 조상류 일가는 [살던 곳에서]떨어진 지역으로 와서 잠시 인가를 빌려 초라한 나날을 보내고 있었다. 그러던 중 조씨 부부는 뜻하지 않게 병이 나서 마침내 함께 돌아오지 못하는 길로 떠났다. 홀로 남겨 진 운하 여인은 하늘을 향해 서럽게 울고 땅을 향하여 소리 내어 울며 자신도 죽어 버리겠다고 말하였다. 그런 것을 충성스러운 유모가 이리 저리 위로하며 간신히 [죽겠다는]생각을 멈추게 하였다. 하지만, 지금의 상황에서 우리들 여자 주종(主從)에게 일어나는 사고라는 것은 보통 일반적인 수단으로는 [해결]안 되는 것이니, 과감히 남자의 모습으로 변장하여 계속해서 그 사람을 찾아가자고 생각하였다. 운하 여인은 머리를 길게 뒤로 땋아 내리고 총각의 옷을 입었으며, 유모도 남자 모습을 하고는 양친에게 조문을 끝내고 다시 어딘가 목적지도 없이 출발하였다. 그 흰 깃털 부채를 운하 여인은 스스로 손에 쥔 채 한시도 떼어 놓지 않았다.

或日町へ入ると、丁度觀察使の巡廻が有って、行列が向ふに見えたで、雲河女主從は傍らの松林に入って、行列を拜して居ると、此の觀察使こそは、彼の劉白露の父親なので、彼れはゆくりなくも白羽の扇を手にした若者を見、世にも不思議な事と下人に夫れとなく扇の事を尋ねさせると、

『此の扇は私の家の重寶です』との答へ。

だが、劉泰陽は餘りに似つかはしい扇であるから、此上は自分の手に扇を買い取りたいと申込んだ処、

『此扇は死んでも手放しは出来ません』と云ふ。

어느 날 마을에 들어가니, 마침 관찰사의 순회(巡廻)가 있어서 행렬이 지나는 것이 보였기에, 운하 주종은 곁에 있는 소나무 숲으로 들어가서 행렬에 절을 하였다. 그런데 이 관찰사는 바로 그 유백로의 아버지였다. 그는 뜻밖에도 흰 깃털로 만든 부채를 손에 들고 있는 젊은 사람을 보고 세상에 희한한 일도 있다고 생각하여, 하인에게 넌지시 부채에 관한 것을 살펴보라고 시키었는데,

"이 부채는 나의 집의 귀중한 보배입니다."

라고 대답하는 것이다.

하지만, 유태양은 너무나도 비슷한 부채이기에 이렇게 된 바에는 자신이 부채를 사고 싶다고 청하였는데,

"이 부채는 죽어도 남의 손에 넘길 수 없습니다."

라는 것이다.

劉泰陽は憤つとして、然らは要こそあれと、遂う雲河女主従を捉へて獄に下した。そして辯舌に長じた下人を遣はして扇を莫大な金で賦ひたいと談判させた。雲河女は□もなく挑ね付けたのを、傍らなる乳母は、目下の窮境寧そ扇を金に換へて自由の身となったが増だと云ふ。雲河は威猛高になって『妾の両親は死くなって、今では何一ッ財産もない、妾が彼の方に上げたるものは此の扇一ッ、此の大切な品を人手に渡せとは何たる悄無い事です』と、声を挙げて泣き出したが、何時の間にか乳母の腕を枕に眠って下った。夢に此世とは思へぬ高い処に、若い女が大勢居て、下の周邊に血色に染みた葦を雲河女に指示して、妾共は皆なお前さん同様恋人を尋ねて居るので、毎日流れた涙は血になって葦をこんなに染めました。お前さんは今に人間以上の力を天から授けられます、やがては恋人にも巡り逢はれます。今其男はお前さんを尋ね廻って旅で病み悩んで居るのです』と云ふ。

유태양은 화가 나서 그렇다면 용무가 있다고 하여, 마침내 운하 주종을 잡아서 옥에 넣었다. 그리고 변설(辯舌)에 능통한 하인을 보내어서 부채를 막대한 돈으로 사고 싶다고 담판을 보게 하였다. 운

하 여인이 거절하는 것을 [보고] 옆에 있던 유모는 바로 지금 생활이 어려우니 차라리 부채를 돈으로 바꾸어서 자유의 몸이 되는 것은 어떠냐고 하였다. 운하는 용맹스럽게,

"소녀의 양친은 죽어서 지금은 재산이 하나도 없습니다. 하지만, 소녀가 그 분에게 받은 이 부채를 이 소중한 물건을 남의 손에 넘긴다면, 아무것도 남지 않게 되는 것입니다."

라고 소리 높여 울다가, 어느새 유모의 팔을 베게로 삼아서 잠이 들었다. 꿈을 꾸었는데, 이 세상이라고 생각지 못한 높은 곳에서 많은 젊은 여자들이 피로 물든 갈대로 운하 여인을 가리키면서,

"소첩 들은 모두 당신과 마찬가지로 연인을 찾고 있었는데, 매일 흘린 눈물이 피가 되어서 갈대를 이렇게 물들였습니다. 당신은 지금 인간 이상의 힘을 하늘로부터 받았습니다. 언젠가는 연인을 만날 수도 있을 것입니다. 지금 그 남자는 당신을 찾아다니며 여행길에서 고민하고 있습니다."

라고 말하였다.

目覚めて雲河は気が清々した。間もなく劉泰陽は、雲河女を我が子の探ね索むる女とは知らう筈もなく、女にして見まほしい優しい若者を可愛相だと思ふて、獄より出し酒食を與へ、路用金を恵んで解放した。雲河主従は意外の好意を謝し又々遙けき旅へ上る言を告げて別れた。

잠에서 깨어난 운하는 기분이 맑아졌다. 잠시 후 유태양은 자신의 아들이 찾고 있는 여인이라는 것을 알 리가 없이, 여자로 보아도 될 정도로 아름다운 젊은이가 가엽다고 생각하여, 옥에서 꺼내어 주연

을 열고 노자를 베풀어 풀어주었다. 운하와 하인은 뜻밖의 호의에 감사해 하며 다시 여행길에 오르겠다는 말을 전하고 헤어졌다.

劉白露は旅に病み悩んで、我家に帰って来た。国王は使者を遣はして再び宮廷に出仕せよと内命を下されたが、白露は之を辭した。村の人々とも会はずに、唯だ鬱々として室に閉篭って居るので、両親は何か之には理由がある事と不審って居た。処へ彼の白露の伯父に當る役人が一日訪れて種々話の末、過ぐる日雲河女の身の上に起った危険、芳□との約束を今日も守って居る事を語ったので、劉泰陽は始めて疑が解け前日白羽扇を持って居た主從は、実は雲河女の男装したものと気が付き、貞操堅実な烈女を一旦我手に取押へたのを、我が子の□□とも知らず手放した事をヒドクロ惜しがり、

유백로는 여행길에서 병으로 고민하다가 자신의 집으로 돌아왔다. 국왕은 사자(使者)를 보내어 다시 궁궐로 출사하라는 명령을 내렸지만, 백로는 이것을 거절하였다. 마을 사람들도 만나지 않고 그냥 우울하게 방에서 두문불출하고 있었는데, 양친은 이것에는 무언가 이유가 있다고 수상히 여기고 있었다. 그러던 차에 하루는 그 백로의 백부라고 하는 관리가 방문하여서 이런 저런 이야기를 한 결과, 지난 날 운하 여인의 신상에 일어난 위험과 여인[22]과의 약속을 오늘도 지키고 있다는 것을 깨달았다. 이에, 유태양은 비로소 의문이 풀리어 지난 날 흰 깃털의 부채를 지니고 있던 주종은 실은 운하 여인

22 원문 판독 불가. 전후 문맥을 고려할 때, '여인'으로 해석하는 것이 자연스럽다.

이 남장을 한 것이라는 것을 깨닫고, 정조가 굳은 열녀를 일단 자신의 손으로 잡았었는데 자신의 아들의 여인[23]이라는 것을 모르고 놓쳐 버린 것을 정말로 애석하게 생각하였다.

白露を呼んで、夫程の大事を今日迄親に告げなかったのが不都合だと詰り、此上は一刻も猶豫せず、人を八方へ走らせて雲河女主從の行衛を捜索させたが、日数が経って居るので、遠くへ落ち延びたらしく、其中確かな報告に依れば、昨今動乱が始まって居る方の道へ落ちて行ったとの事に、父親は念よ気を揉み白露に向って『お前の不注意から、あたら烈□を戦乱の犠牲とする羽目になった。此の如きは実に我が一家の恥辱である、此上は一刻も早く都へ行き、国王に乞ふて賊徒征討軍の總督となり、兵を進めて彼の女主從を危険から救ひ出す事を急ぎなさい』と云ふ。

이에 백로를 불러서 그와 같은 큰일을 지금까지 부모에게 알리지 않은 것은 곤란하다고 말하였다. [그리고]이렇게 된 이상 조금도 망설일 것 없이 사람을 팔방으로 보내어서 운하 여인 주종의 행적을 수색하게 하였지만, [그로부터]시간이 경과하였기에 먼 곳으로 달아난 듯하였다. 그러던 중 확실한 보고에 의하면, 요즈음 동란이 일어난 곳으로 달아났다는 것이다. 아버지는 더욱 마음을 졸이며, 백로를 향하여,

"너의 부주의로 인해 애석하게도 열녀[24]는 전란의 희생이 되는 상

23 원문 판독 불가. 전후 문맥을 고려할 때, '여인'으로 해석하는 것이 자연스럽다.
24 원문 판독 불가. 전후 문맥을 고려할 때, '열녀'로 해석하는 것이 자연스럽다.

황에 처하였다. 이 같은 일은 참으로 우리 집안의 수치이다. 이렇게 된 바에는 한 시라도 빨리 서울로 가서, 국왕에게 청하여 역도를 물리치는 정토군(征討軍)의 총독이 되어, 군사를 움직여서 서둘러 그 주종을 위험으로부터 구하도록 하여라."

고 말하였다.

之を聞いた白露は憤然として起った。最後の勇気を振ひ、直ちに都へ赴き国王に謁して自ら征討軍の印綬を□ばん事を乞ふた。国王は此の唐突な申□に心迷ふたが、已に征討将軍に内定して居たのは、先きに雲河女を我が息子に女せやうとして、白露の為めに縁談を妨げられた内情を、其後同地の者から聞いて知って居た。併し雲河女が戰亂地に逃げ込んだ事は知らないので、之を好機会に、我が息子の恋仇たる白露を戦場の露と消えしむるは、此上もない□□せと勘付いて自らの印綬を解き、素知らぬ顔に白露に譲った。

이것을 들은 백로는 벌컥 화를 내고 일어섰다. 마지막 용기를 내어 바로 서울로 향하여 국왕을 알현하고 스스로 정토군의 관직을 맡겨줄[25] 것을 청하였다. 국왕은 이 당돌한 신청[26]에 마음을 망설였다. 이미 정토장군에 내정되어 있던 자는 앞서 운하 여인을 자신의 아들의 여자로 삼고자 하였던 사람인데, 백로로 인해 연담(緣談)을 방해받았던 사실을 그 후 같은 지역의 사람으로부터 듣고 알고 있었다. 그러나 운하 여인이 전란지로 도망간 것은 알지 못했기에, [다만]이

25 원문 판독 불가. 전후 문맥을 고려할 때, '맡겨주다'로 해석하는 것이 자연스럽다.
26 원문 판독 불가. 전후 문맥을 고려할 때, '신청'으로 해석하는 것이 자연스럽다.

것을 자신의 아들의 사랑의 원수가 되는 백로를 전장의 이슬로 사라지게 하는 더 없는 기회라고만 생각하고, 스스로 관직을 벗고 시치미를 떼며 백로에게 양보하였다.

劉白露は病後の身を馬上に跨り、三軍を□して国境に急行した。やがて之からは戦線に入ると云ふ処で、路傍に大きな岩が屛風の如く削り立って居る、白露は、此戦或は我が戦死に終るも知れぬと覺悟して、腰に佩べる劍を抜き、岩に刻して。

『戦の門出に、子劉白露は此に一言を題す、勝敗は□□すべからず、唯た天のみ、子は唯た一たび我が雲河女を見て彼女が操守に□ひん事を希ふのみ』

유백로는 병이 든 몸으로 말 위에 올라타서, 삼군을 이끌고[27] 국경으로 서둘러 갔다. 마침내 이곳부터는 전선(戰線)으로 들어간다는 곳이었다. 길옆에 커다란 바위가 병풍과 같이 세워져 있었는데, 백로는 이 전쟁터에서 자신들이 전사하여 끝날지도 모른다는 각오를 하고, 허리에 차고 있던 칼을 뽑아 바위에 새겼다.

"전쟁터로 집을 나선 아들 유백로는 이에 한 마디를 적습니다. 승패는 오직 하늘만이 알 것입니다. 저는 오직 한 번 저의 운하 여인을 보고 그녀가 수절을 지키고 있기를 바랄 뿐입니다."

之で、一は自分が雲河女に対しての赤心を表し、一は雲河女が果し

27 원문 판독 불가. 전후 문맥을 고려할 때, '이끌다'로 해석하는 것이 자연스럽다.

て此地に居るとしたならば、自分の所在をも知り得る便とした。かくて、白露は兵を進めて賊を討じ大捷を博した。併し都からは糧食を送って呉れない。毎日催促しても送らない、何んでも構はず、其地方から徵發して軍兵に給與して居る中、兵は病気に罹って死ぬ者が日に多くなった。賊は此の窮狀を偵知して、時分可しと大擧逆襲して来た。白露の軍は大敗して、死傷算なく、白露自らも自刎せんとしたが、忠義な部下の者が、之を□めて、一先敵に降り、此度の敗軍は□の罪にあらず、糧食を送って呉れない結果である旨を国王に具申して償金を乞ひ、身を全ふして君側の姦邪を拂ひ、再起して賊を討伐したが良いと切□したので、白露は遂に降りを乞ふて俘囚の身となった。

이것은 하나는 자신의 운하 여인에 대한 진심을 나타낸 것이었고, 하나는 운하 여인이 과연 이 지역에 있다면 자신의 소재를 알 수 있는 소식이었다. 그리하여, 백로는 군사를 움직여서 역도를 토벌하고 대승을 이루었다. 하지만, 서울에서 식량을 보내 주지 않았다. 매일 재촉하여도 보내 주지 않았다. 무엇이든 상관없이 그 지방으로부터 징발하여서 군병에게 나누어 주었는데, 그러던 중 병에 걸리어 죽는 병사가 나날이 많아졌다. 역도들은 이 곤란한 상황을 알고, 때는 이때다 하고 대대적으로 역습하여 왔다. 백로의 군은 대패하여 사상자는 헤아릴 수 없었다. 백로 스스로도 자결하려고 하였지만, 충성스러운 부하된 자가 이것을 멈추게 하였다.[28] [그리고]일단 적에게 항복하고, 이번 패군은 아무런[29] 죄도 없이 식량을 보내 주지 않은 결

28 원문 판독 불가. 전후 문맥을 고려할 때, '멈추게 하다'로 해석하는 것이 자연스럽다.

과라는 뜻을 국왕에게 상세히 아뢰어 상금을 청하고, 몸을 온전히 하여 임금 가까이 있는 첩자를 물리치고 다시 일어나서 역도를 토벌하는 것이 좋다고 하였기에, 백로는 마침내 항복할 것을 청하여 포로의 몸이 되었다.[30]

此間に運命が又一転して、互に相尋ね合って居る恋人は、又も一層相隔る身となった。雲河女は国境指して漂浪の途中一人の旅客と道連れになった。其男は遂い先達て都へ行っての帰途だと云ふ事で、先つ頃、白露の従者として雲河女の村へも行ったが、其後間もなく、白露は伯父の家へ泊って居る中病に罹り、都へ帰って御使の職を辞め、今は王城内に出仕して居る。自分はモウ雇を解かれて、之から郷里へ帰るのだと云ふ。

이 사이에 운명이 다시 바뀌어서 서로 찾고 있던 연인은 또 다시 한층 서로 떨어지는 몸이 되었다. 운하 여인은 국경을 가리키며 목적 없이 떠돌아다니던 중 한 사람의 여행객과 동행을 하였다. 그 남자는 바로 며칠 전 서울로 갔다가 돌아가는 길이라고 말하였다. [그리고]일전에 백로의 하인으로서 운하 여인의 마을에도 갔다는 것이다. [하지만]그 후 얼마 되지 않아 백로는 백부의 집에 머물던 중 중병에 걸려, 서울로 돌아가서 어사의 관직을 그만두었다는 것이다. [하지만]지금은 [다시]조정에 출사하게 되고, 자신은 이미 고용이

29 원문 판독 불가. 전후 문맥을 고려할 때, '아무런'으로 해석하는 것이 자연스럽다.
30 백로 스스로 ~ 포로의 몸이 되었다 : 남주인공이 자결을 하려다 부하의 만류로 투항하여 포로가 되는 장면은 원전과는 다른 것이다.

풀리어 지금부터 고향으로 돌아가는 길이라고 하였다.

雲河女主從は大喜びで、意中の人に尋ね合はうと、其処から引返して都へ向った。或晩、日が暮れて遅く、主從は片田舍の路を辿ると、近く火光が見えた。一夜の宿を乞はんと行って見ると藁屋の中に一人の老人が居る。

『雲河女、好く来た、疾く入って休めよ』と云ふ。雲河女は全く見知らぬ老人に名を呼はれて吃驚したが、老人は少しも危険の相がなく、私はお前の來るのを待って居た。お前に遣らうと思ふて藏って置いたのだから、之をお食べ、人間以上の力か付くからと干した果實を呉れた。雲河女は其を食ふと直ぐ眠って了った、乳母もやがて眠った。目が覚めると、鳥歌ひ、日は躍かにかに差上った朝の空気は爽かだ。老人も藁屋も無い、二人は木の下に寝て居たのだ。奇異の思ひを為して全く天のお助けたらうと、二人は天を拝して感涙に混んだ。

운하 여인 주종은 크게 기뻐하며, 마음속에 있는 그 사람을 만나고자 그곳으로부터 되돌아서 서울로 향하였다. 어느 날 밤 날이 저문 늦은 시간에 주인과 하인은 외딴 시골길을 걷고 있었는데, 가까이에서 불빛이 보였다. 하루 밤 묵기를 청하려고 가서 보니 초가집 안에 노인 한 사람이 있었다.

"운하 여인 잘 왔소. 어서 들어와서 쉬게나."

라고 말하였다. 운하 여인은 전혀 알지 못 하는 노인이 자신의 이름을 불렀기에 놀랐지만, 노인은 조금도 위험한 얼굴이 아니었다.

"나는 네가 오는 것을 기다리고 있었다. 너에게 주려고 생각하여 간직하고 있던 것이니까 이것을 먹거라. 인간 이상의 힘이 붙을 것이다."

라고 하면서 말린 과일을 주었다. 운하 여인은 그것을 먹고 잠들어 버리고, 마침내 유모도 잠들었다. 눈을 떠서 보니, 새가 노래를 부르고 해가 빠르게 올라가며 아침 공기는 상쾌하였다. 노인도 초가집도 없이 두 사람은 나무 아래에서 잠들어 있던 것이다. 기이한 생각에 완전히 하늘의 도움이라고 생각하고 두 사람은 절을 하며 감격의 눈물을 흘렸다.

其日も旅を続けて、今、只ある村の店に入り、昼飯を命じて居ると、其処へ盲目の占者が来て、他の客達の身上を判断し、今度は雲河女を顧みて、此人は男の風をして居るが、実は恋人を尋ねて行く女だと言ひ、其恋人は今死にそうになって居るが、併し此の女に助けられると云ふ、雲河女は悲喜交々至り、今は店の老主人に自分の身上話をした。老主人は大に同情して、厚く待遇した。兎に角、自分の手で恋人は助けられると云ふ占を心力に、雲河女は都を指して上った。

그날도 여행을 계속하였는데 한 마을에 있는 가게에 들어가서 점심을 주문하였다. 그곳에는 눈이 안 보이는 점쟁이가 와서 다른 손님들의 신상을 판다하고 있었는데, 운하 여인을 되돌아보더니 이 사람은 남자의 모습을 하고 있지만 실은 연인을 찾아 가는 여자라고 말하였다. [그런데]그 연인은 지금 죽어가고 있다는 것이다. 하지만 이 여인이 살릴 것이라고 말하였다. 운하 여인은 희비가 교차하며, 바로 가게의 늙은 주인에게 자신의 신상을 이야기하였다. 늙은 주인은 크게 동정하여 후하게 대접하였다. 어쨌든, 자신의 손으로 연인이 살아난다는 것을 말하는 점쟁이의 심력(心力)에 [안도하며]운하 여인은 서울로 향하여 올라갔다.

途中村外れの茶屋に憩ふたが、其処の主婦は涙ぐんで、いと悲しげな色して居るので、其の原因を問ふと、主婦は、自分の夫は息子が今度の戦争で皆な戦死した、征討軍総大将の劉白露は賊の擒となった。之も皆な都の王様の側に居る大将軍が兵糧を送らないからの結果だと語る。雲河女は之を聞いて一時正体もなかったが、乳母に励まされて、我に復り、種々二人で相談した上、白露の父へ手紙を書いて人に持たせ遣はした処、父は白露が全軍敵に降った為めに罰せられて、都の獄屋に□かれて居た。使者は警吏の目を忍んで窃かに獄中の父に手紙を渡すと、父は非常に口惜しんだ。そして、其使者に、彼の、以前雲河女一家を救ふた、白露の伯父の処へ行って此旨を告げ、雲河女を其家に引取らせて呉れと云ふ。使者は其旨を傳へたので、伯父なる人は早速、雲河女主従を我家に呼び取った。

도중에 마을을 벗어나서 찻집에서 쉬었는데, 그곳의 주부는 눈물을 글썽이며 너무나도 슬픈 얼굴을 하고 있었기에 그 원인을 물었다. 그리하였더니 주부는 자신의 남편과 아들이 이 번 전쟁에서 모두 전사하고, 정토군 총대장 유백로는 역적의 포로가 되었다는 것이다. 이것도 모두 서울의 왕 곁에 있는 대장군이 병사와 식량을 보내지 않은 결과라고 이야기하였다. 운하 여인은 이것을 듣고 잠시 정신이 없었지만, 유모의 격려로 정신을 차리고 이리 저리 두 사람은 상담

한 후에, 백로의 아버지에게 편지를 적어서 사람을 시켜 가져가게 하였다. 하지만, 아버지는 백로의 전군이 적에게 항복하였다는 이유로 벌을 받아서, 서울의 감옥에 갇혀[31] 있었다. 심부름꾼은 경리(警吏)의 눈을 피하여 몰래 옥중의 아버지에게 편지를 전하였다. 그러자 아버지는 매우 애석해 하였다. 그리고 그 심부름꾼에게 그 이전 운하 일가를 구하였던 백로의 백부[32]가 있는 곳으로 가서 이 사실을 알리고, 운하 여인을 그 집에서 거두어 달라고 말하였다. 심부름꾼은 그 사실을 전하였기에, 백부 되는 사람은 서둘러 운하 여인 주종을 자신의 집으로 불렀다.

だが、雲河女は錦衣玉食に安閑として居る空がない、一日も早く白露を賊軍の手から救ひ出したいと、日夜肝胆を砕いた結果、白露の伯父に乞ふて、自分自ら賊徒討伐の勅命を得たいから、国王に執奏して呉れと嘆願した。思ひ込んだ一念の熱誠に□だされて、伯父なる人は、国王に此旨上書した処国王も大に好奇心に駈られたが、彼女の仇なる将軍が之を□って許さない。併し、雲河女は飽迄初一念を貫かんものと、今度は自身都へ上って国王に謁見を乞ふた。国王は其の熱心に感じて兎も角と謁見を許した。

하지만, 운하 여인은 사치스럽고 호강스러운 생활에 편안히 쉬고 있을 수가 없었다. 하루라도 빨리 백로를 적군의 손으로부터 구출하

31 원문 판독 불가. 전후 문맥을 고려할 때, '갇히다'로 해석하는 것이 자연스럽다.
32 백부 : 원전에서 여주인공을 돕는 인물은 남주인공의 외숙인데 여기서는 백부로 되어 있다.

고 싶다고 밤낮으로 마음을 다한 결과, 백로의 백부에게 청하여 자신 스스로 적도를 토벌하는 칙명(勅命)을 얻고 싶으니까 국왕에게 집주(執奏)하여 달라고 탄원을 하였다. 결심한 마음의 열성에 백부 되는 사람은 국왕에게 이 뜻을 적어서 올리었다. 국왕도 크게 호기심을 보였지만 그녀의 원수인 장군이 이것을 허락하지 않았다. 하지만, 운하 여인은 끝없이 마음을 관철시키어서 이번에는 자신이 서울로 가서 국왕에게 알현을 청하였다. 국왕은 그 열성에 감동하여 어쨌든 알현을 허락하였다.

郷里を出てから□風沐□男装して、窶れた顔も、天成の麗質今日を晴れと着飾った雲河女の美しさは、国王始め満廷の目を駭かして、遠征軍統率の請願は難なく聞き届けられんかと思はれたが、彼の姦悪なる将軍は、雲河の美貌を見ては一層嫉妬の□を炎やして、□弱な婦女子に三軍の節度を授くる事は不當である、但しは、若年の女子に其の勇気力量を試験して見るが良からうと諫めた。国王も然こそと□□遊ばされた。雲河女は彼の不思議な老人が不思議な果実を呉れた事を思ひ出して、今ぞ人間以上の力現はれよと天に祈り、矢庭に起って階下に据へられた二人掛りで、僅かに持上げられる大石を双の手に高く差し上げた。満廷の歡呼地を震はんばかり。次には彼の将軍が腰にして居る長剣を借り取って広庭に下り之を縦横自在に振り、果ては水車の如く頭上に振り□して、彼れ将軍の前迄詰めかけた。彼の将軍は色を失って脅えた。人間業とは見えぬ雲河女の武勇に国王は感嘆斜ならず、直ちに遠征軍総督の印綬を雲河女に授けた。

고향을 떠난 후로 남장을 하여 야위어진 얼굴이었지만 타고난 미모는 변하지 않았다. 바로 오늘이라는 듯 장식한 운하 여인의 아름다움은 국왕을 시작으로 조정의 모든 신하들의 눈을 놀라게 하였다. 원정군 통솔의 청원은 어려움 없이 전달될 것이라고 생각하였지만, 그 간악한 장군만은 운하의 미모를 보고 한층 질투의 마음[33]을 불태우고 연약한 부녀자에게 삼군의 절도를 맡기는 것은 부당하다고 하였다. 다만 젊은 여자에게 그 용기와 역량을 시험하여 보는 것이 좋을 것이라고 간하였다. 국왕도 그러하다고 생각하였다. 운하 여인은 그 불가사의한 노인이 기이한 과일을 주었던 것을 생각해 내고, 지금이야말로 인간 이상의 힘이 나타나도록 하늘에 기도하고, 그 자리에서 일어나서 계단 아래에 놓여 있던, 두 사람이 간신히 들어 올릴만한 큰 돌을 양 손으로 높이 들어 올렸다. 조정의 모든 신하들의 환호는 땅을 흔들 정도였다. 다음으로는 그 장군이 허리에 차고 있는 장검을 빌려서 넓은 정원으로 내려와서 이것을 위아래 자유자재로 휘둘렀다. 마침내 수차(水車)와 같이 머리 위에서 휘두르며 그 장군의 앞까지 바싹 다가섰다. 그 장군은 안색이 변하여 떨었다. 인간의 기예라고 보이지 않는 운하 여인의 무예와 용맹에 국왕은 감탄을 금하지 못하고, 바로 원정군 총독의 관직을 운하 여인에게 하사하였다.

雲河女は天を拝して喜び、又も□々しく男裝して肥馬に跨がり、直ちに精鋭十萬を率いて國境に向って進撃した。やがて国境に達すると、前面には大江洋々として流れ、傍らの巨岩には、白露が自分に対

33 원문 판독 불가. 전후 문맥을 고려할 때, '마음'으로 해석하는 것이 자연스럽다.

して刻した文字がある、之を見た雲河女は感激勇□□を一挙に□らんものと渡船の調達中、大雨連日に亘って濁流矢の如く、急には止みそうもない、そこで天を祭り占ふた処、之は以前此の江で全滅した軍兵の霊か眠って居るので、詰りは君側に居る姦悪な将軍が糧食も援軍も送らぬ為めに全軍の敗滅を來した次第□□、彼の将軍が死刑されない内は此の祟が止まぬとのお告げを得た。

운하 여인은 하늘에 절하고 기뻐하며, 또 다시 남장을 하고 살찐 말에 올라타서, 바로 정예병사 10만을 거느리고 국경을 향하여 진격하였다. 마침내 국경에 도착하자, 전면에는 큰 강이 끝없이 넓게 흐르고 있었으며, 곁에 있는 커다란 바위에는 백로가 자신에 대해서 적은 글이 있었다. 이것을 본 운하 여인은 감격하였다. 나룻배를 조달하던 중, 큰 비가 연일 이어져서 탁류(濁流)는 화살과 같이 갑자기 멈출 것 같지가 않았다. 이에 하늘에 제사를 지내고 점을 쳐 보았더니, 이것은 이전 이 강에서 전멸한 군사들의 영혼이 잠들어 있는데, 이유인즉슨 왕의 곁에 있는 간악한 장군이 식량과 원군을 보내주지 않았기에 전군이 패멸(敗滅)할 수밖에 없었다는 것이었다. 따라서 그 장군이 사형당하지 않는다면 이것 또한 멈추지 않을 것이라는 것을 알게 되었다.

此の事が国王の許へ使者を以て奏上され、国王も此の噂□再三耳にせられた□合とて、大英断を下して、彼の悪将軍を獄に下し、将軍の長子即ち雲河女に横恋慕して悪計を連らした若者をば、軍の血祭にせよとて雲河女が軍中へ押送して来た。そこで、雲河女は祭壇を設けて酒食を供へ、三軍を整列して、江に臨み此若者の首を斬って江中に投じた。翌日から空は拭ふが如く晴れ、三軍勇躍して江を渡り一挙賊を掃蕩して、雲河女は我が多年の恋人を救ひ出した。

이러한 사실을 국왕이 있는 곳으로 심부름꾼을 보내어서 알리자, 국왕도 이 소문을 여러 번 들은 적이 있어서 결단을 내리어 그 장군을 감옥에 넣고 장군의 장자 즉 운하 여인을 무리인 줄 알면서도 짝사랑하여 나쁜 계략을 계속하였던 젊은이를 군의 제물로 바치게 하고자 운하 여인이 있는 군영 안으로 압송하였다. 이에, 운하 여인은 제단을 만들어 술과 음식을 바치고, 삼군을 정렬하여 강에 다다르자 이 젊은이의 목을 베어서 강 속에 던졌다. 다음 날부터 하늘은 꿰매 놓은 듯이 맑아졌다. 삼군은 용감하게 뛰어나가 강을 건너 역도들을 소탕하고, 운하 여인은 자신의 오랜 연인을 구출해 냈다.

都へ此旨を復命し、凱歌して若い二人の恋人は国都へ還った。国王大に功を賞して、白露をば観察使に任じ、父親をも早速、舊の官に復し、彼の悪将軍をば三族諸共斬罪に処し、其所領を没收した。

国王は、雲河女を王家の養女となし、彼等両人の婚儀をば王城内の大広間で挙行せよとの破格な恩典を賜はった。

此事が□く八道に知れ渡って、人民皆な、雲河女の貞操勇烈を賛嘆し、之そ謠にし詩にして、高麗國始って以来の女丈夫と仰いだ。

서울에 이 사실을 보고하고 승리의 노래를 부르며 젊은 연인 두 사람은 나라의 수도로 돌아갔다. 국왕은 공에 대해 크게 상주고 백로를 관찰사로 임명하였으며, 아버지 또한 서둘러 예전의 관직으로 복귀시켰다. 그 나쁜 장군은 삼족 모두 참형에 처하고 소유하고 있던 땅을 몰수하였다.

국왕은 운하 여인을 왕가의 양녀로 삼고는 그들 두 사람의 혼인 의식을 왕궁이 있는 도시 안 대회의실에서 거행하도록 하게 하는 등 파격적인 은전(恩典)을 베풀었다.

이 일이 팔도에 알려져 백성들 모두 운하 여인의 곧은 절개와 용렬(勇烈)함을 찬탄하며, 이것으로 노래를 만들고 시를 만들어, 고려가 시작한 이후의 [최고의]여장부라고 존경하였다.

영웅소설

홍길동전

제1장

미국외교관 알렌의 〈홍길동전 영역본〉(1889)*

- 홍길동 혹은 학대받은 소년의 모험

H. N. Allen, " Hong Kil Tong, or The Adventures of An Abused Boy", *Korean Tales*, New York & London: The Nickerbocker Press., 1889.

알렌(H. N. Allen)

▌해제▐

알렌의 <홍길동전 영역본> 역시 그의 다른 고소설 번역본과

* 모리스 쿠랑은 『한국서지』에서 알렌의 <홍길동전>의 번역 저본으로 경판 30장본을 지적하였다. 여러 이본 가운데서 연구자들이 가장 많이 선택하는 이본은 경판 24장본이다. 경판 24장본의 제20장까지와 30장본의 제18장 전면 21행까지는 내용은 물론 자구도 거의 비슷하지만 그 이후 다르다. 24장본의 축약이 시작되는 대목은 길동이 조선을 떠나겠다며 조선왕을 만나는 대목이다. 이 이후부터는 24장본은 30장본을 크게 축약하였다. 경판 23장본과 경판 21장본은 경판 30장본과 전체적인 내용이 같고 장, 줄의 수를 줄인 것으로 보인다. 경판 30장본, 23장본, 21장본은 같은 계열로 보인다. 알렌의 <홍길동전>은 경판 24장본이 경판30장본과 갈라지는 지점인 길동이 조선을 떠나는 대목부터 24장본을 전체적으로 따르고 있지만 24장본보다 더 축약된 형태를 보인다. 그런 점에서 알렌 <홍길동전>의 번역 저본은 모리스 쿠랑이 추정한 경판 30장본이라기보다는 경판 24장본으로 보는 것이 당분간은 더 유효한 것 같다. 앞으로의 각주의 원문은 한국고전문학전집25에 실린 '경판 24장본'에 의거한다.

같이, 고소설 작품의 세세한 언어표현을 모두 충실히 직역한 수준은 아니었다. 즉, <홍길동전>에 대한 의역이자 축역작품이라고 볼 수 있다. 이러한 개작양상에도 불구하고 모리스 쿠랑은 이 작품이 현재 가장 많이 남아 있는 판각본이라고 할 수 있는 경판30장본 <홍길동전>과 관련이 있는 작품이라고 인식했다. 그 이유는 <홍길동전>은 전체적인 줄거리 차이가 크지 않은 점을 말할 수 있겠지만, 알렌의 영역본들이 경판본 계열의 고소설 작품의 기본적 골격과 주요화소를 지키고 있는 점 때문이라고 볼 수 있다. 그럼에도 이 작품에서도 알렌의 변개양상을 볼 수 있다. 예컨대 홍판서가 길몽을 꾸어 본부인과 합궁하려 하자 본부인이 첩을 들인 것이 마음에 들지 않아 거절했다는 점, 홍길동이 왕이 되는 것이 아니라 섬을 다스리는 신하의 딸을 구출하여 그에게 벼슬을 받는 점을 들 수 있다. 홍판서의 장례에 참석하기 위해 서울로 귀환하여 묘자리를 잡고, 정실과 친모를 모시고 와 행복하게 사는 것으로 끝나는 결말은 <홍길동전>에는 없는 알렌의 개작이라고 볼 수 있다.

참고문헌

구자균, 「Korea Fact and Fancy의 書評」, 『亞細亞硏究』 6(2), 1963.

송성욱, 「홍길동전이본신고」, 『관악어문연구』 13(1), 1988.

오윤선, 『한국 고소설 영역본으로의 초대』, 집문당, 2008.

이상현, 「서구의 한국번역, 19세기 말 알렌(H. N. Allen)의 한국 고소설 번역― '민족지'로서의 고소설, 그 속에 재현된 한국의 문화」, 부산대 점필재연구소 고전번역학센터 편, 『한국 고전번역학의 구성과 모색』, 점필재, 2013.

이상현, 『한국고전번역가의 초상, 게일의 고전학 담론과 고소설 번역의 지평』, 소명출판, 2013.
이윤석, 『홍길동전 연구 - 서지와 해석』, 계명대학교 출판부, 1997.
이종주, 「한문본 홍길동전 검토」, 『국어국문학』 99. 1988.
이종주, 「한문본 홍길동전 해제를 위한 도론」, 『서강어문』 6(1), 1988.
이진숙, 이상현, 「게일의 미간행 육필 <홍길동전> 영역본에 대하여」, 『열상고전연구』 51, 2016.
이창헌, 『경판 방각소설 판본 연구』, 태학사, 2000.
정규복, 「홍길동전 이본고(二)」, 『국어국문학』 51, 1971.
정규복, 「홍길동전 이본고(一)」, 『국어국문학』 48, 1970.
정규복, 「홍길동전 텍스트의 문제」, 『정신문화연구』 14(3), 1991.
조희웅, 「韓國說話學史起稿—西歐語 資料(第Ⅰ·Ⅱ期)를 중심으로」, 『동방학지』53, 1986.

During the reign of the third king in Korea there lived a noble of high rank and noted family, by name Hong. His title was Ye Cho Pansa. He had two sons by his wife and one by one of his concubines. The latter son was very remarkable from his birth to his death, and he it is who forms the subject of this history.

한국의 세 번째 왕[1]의 재위 시에 성이 홍(Hong)인 높은 관직의 명문 귀족이 살고 있었다. 그는 이조 판서(YE Cho Pansa)의 관직에 있었다. 그는 정실아내에게서 난 두 아들과 첩에서 난 한 아들을 두었다.[2] 이 이야기는 첩의 아들로 태어나 죽을 때까지 매우 특출했던 바

1 한국의 세 번째 왕: 세종 대왕을 의미한다.

로 그의 인생을 다룬다.

When Hong Pansa was the father of but two sons, he dreamed by night on one occasion that he heard the noise of thunder, and looking up he saw a huge dragon entering his apartment, which seemed too small to contain the whole of his enormous body. The dream was so startling as to awaken the sleeper, who at once saw that it was a good omen, and a token to him of a blessing about to be conferred. He hoped the blessing might prove to be another son, and went to impart the good news to his wife. She would not see him, however, as she was offended by his taking a concubine from the class of "dancing girls." The great man was sad, and went away. Within the year, however, a son of marvellous beauty was bom to one concubine, much to the annoyance of his wife and to himself, for he would have been glad to have the beautiful boy a full son, and eligible to office. The child was named Kil Tong, or Hong Kil Tong. He grew fast, and became more and more beautiful. He learned rapidly, and surprised every one by his remarkable ability. As he grew up he rebelled at being placed with the slaves, and at not being allowed to call his parent, father. The other children laughed and jeered at him, and made life very miserable. He refused longer to study of the duties of

2 그에게~있었다: 원전에는 두 아들이 있는데 하나는 정실 유씨 소생이고, 한 아들은 첩의 소생으로 나온다. 그러나 "He had two sons by his wife and one by one of his concubines."으로는 정부인 낳은 아들 둘과, 한 첩에서 난 아들이 있는 것으로 해석된다. 그러나 이후 정부인의 두 아들 중 한 아들에 대한 언급은 없다.

children to their parents. He upset his table in school, and declared he was going to be a soldier. One bright moonlight night Hong Pansa saw his son in the court-yard practising the arts of the soldier, and he asked him what it meant. Kil Tong answered that he was fitting himself to become a man that people should respect and fear. He said he knew that heaven had made all things for the use of men, if they found themselves capable of using them, and that the laws of men were only made to assist a few that could not otherwise do as they would; but that he was not inclined to submit to any such tyranny, but would become a great man in spite of his evil surroundings.

"This is a most remarkable boy," mused Hong Pansa. "What a pity that he is not my proper and legitimate son, that he might be an honor to my name. As it is, I fear he will cause me serious trouble."

He urged the boy to go to bed and sleep, but Kil Tong said it was useless, that if he went to bed he would think of his troubles till the tears washed sleep away from his eyes, and caused him to get up.

홍판서(Hong Pansa)에게 두 아들만 있었을 때, 그는 어느 날 밤 꿈을 꾸었다. 천둥소리를 듣고 위로 올려다보았더니 커다란 용이 그의 거처로 들어왔다. 방은 용의 거대한 온 몸을 담기엔 너무 작은 듯했다. 그 꿈은 잠자는 사람을 깨어나게 할 정도로 매우 충격적이었다. 공은 이것이 길몽이자 장차 그에게 행운을 가져달 줄 축복의 표시라고 여겼다. 그 축복이 아들을 한 명 더 낳는 것으로 밝혀지기를 희망하며 좋은 소식을 전하고자 아내에게 갔다. 그러나 아내는 그가 '무희' 계급의 첩을 들인 것에 마음이 상해서 그를 보려 하지 않았다. 대인은 슬퍼하며 나갔다. 그러나[3] 일 년이 지나지 않아, 한 첩에게서 출중한 용모의 아들이 태어나 그의 아내와 그를 아주 골치 아프게 했다. 홍판서는 그 수려한 용모의 남아가 공직에 나갈 수 있는 정실부인의 아들이었다면 기뻐했을 것이다. 그 아이는 길동 혹은 홍길동으로 불렸다. 그는 빠르게 자랐고, 점점 더 아름다워졌다. 그는 빠르게 배웠고 그의 놀라운 재주는 모두를 놀라게 했다. 자라면서 그는 자신의 처지가 노비와 같아서 아버지를 아버지로 부르면 안 된다는 사실을 알고 이에 반발했다. 그를 비웃고 조롱하는 다른 자녀들 때문에 그의 삶은 더욱 비참해졌다. 그는 부모에 대한 자식의 도리에 대해 더 공부하기를 거부했다. 그는 학교에서 탁자를 뒤집어엎은 후 장차 군인이 되겠다고 선언했다. 어느 달 밝은 밤에 홍판서는 아들이 뜰에서 무술 연습하는 것을 보고 왜 그러고 있는지 물어보았다. 길동은 사람들이 존경하고 두려워하는 남자가 되기 위해 자신을 연마하고 있다고 대답했다. 또한 그는 하늘은 인간 스스로 이용할 수 있으면 이용하도록 만물을 만들었지만 인간의 법은 이 법의 도움 없이는 아무 것도 할 수 없는 몇몇 소수만을 돕기 위해 만들어졌을 뿐이라는 것을 알고 있고 그럼에도 불구하고 자신은 그와 같은 폭정에 굴하지 않고 열악한 환경을 딛고 위인이 될 것이라고 대답했다.

"참으로 놀라운 아이구나." 홍판서는 속으로 생각했다. "가문을

3 "나갔다.~그러나": 영문으로 의미가 연결되지 않는 부분이다. 24장본에서 "맞춤 시비 춘섬이 ᄎᆞ를 올니거놀 그 고요ᄒᆞ믈 인ᄒᆞ여 춘섬을 잇글고 협실의 드러가 경이 친압ᄒᆞ니"라는 대목이 있다. 아무리 엄격한 양반 중심의 신분사회라고 하더라도 성폭력에 가까운 이런 장면을 서구독자들에게 전하기에 적절하지 않다고 생각하였는지 알렌은 이 부분을 누락하였다.

빛낼 수도 있는 아이가 되었을 텐데, 나의 합법적인 적자가 아닌 것이 이 얼마나 애석한 일인가. 아이가 이러하니 나에게 화가 미치지 않을까 두렵구나."

그는 길동에게 가서 자라고 재촉했지만, 아이는 자러 간다 해도 힘든 처지를 생각하느라 눈물이 나서 잠을 깨어 다시 일어날 것이니 자러 가봐야 소용없다고 말했다.

The wife of Hong Pansa and his other concubine (the dancing girl), seeing how much their lord and master thought of Kil Tong, grew to hate the latter intensely, and began to lay plans for ridding themselves of him. They called some mootang or sorceresses, and explained to them that their happiness was disturbed by this son of a rival, and that peace could only be restored to their hearts by the death of this youth. The witches laughed and said:

"Never mind. There is an old woman who lives by the east gate, tell her to come and prejudice the father. She can do it, and he will then look after his son."

홍판서의 아내와 그의 다른 첩(무희)은 그들의 주군이자 남편이 길동을 많이 아끼는 것을 알고는 아이를 몹시 싫어하게 되어 길동을 없애기 위한 음모를 꾸미기 시작했다. 그들은 무당 또는 여자 주술사를 몇 사람 불러 그들의 행복이 이 경쟁자의 아들로 인해 흔들리고 있고, 이 소년이 죽어야만 그들의 마음이 다시 평온해 질 수 있다고 설명했다. 마녀들이 웃으며 말했다.

"걱정 마십시오. 동문 옆에 사는 노파를 불러 상공이 길동에 대해 편견을 가지게 만들라고 하십시오. 그렇게 되면 홍판서는 자기 아들[4]을 살피겠지요."

The old hag came as requested. Hong Pansa was then in the women's apartments, telling them of the wonderful boy, much to their annoyance. A visitor was announced, and the old woman made a low bow outside. Hong Pansa asked her what her business was, and she stated that she had heard of his wonderful son, and came to see him, to foretell what his future was to be.

늙은 노파가 분부를 받고 왔다. 그때 홍판서[5]는 안채에 있으면서 그 여자들에게 이 비범한 아이에 대해 말하였고, 이에 여자들은 매우 화가 났다. 방문객이 왔다고 해서 보니, 노파가 밖에서 허리를 굽혀 절을 했다. 홍판서가 무슨 일로 왔냐고 묻자, 노파는 그의 비범한 아들에 대한 소문을 듣고 아이를 만나서 아이의 미래를 예언하기 위해 왔다고 알렸다.

Kil Tong came as called, and on seeing him the hag bowed and said:

---

4 자기 아들: 정실 부인에게서 난 아들을 의미한다. 서자인 길동은 아들 대우를 받지 못했음을 알 수 있다.

5 판서(Pansa):『한영자전』판셔: The President of a Board-an officer of the front rank, 2nd degree). 즉 정이품으로 한 부의 책임자이다. 알렌은 판서를 Pansa로 음역한다. 원문에서는 2인칭으로 '상공', 3인칭으로는 '공'의 번역어이다. 알렌은 그의 관직명이 이조판서(Ye Cho Pansa)라고 하지만 구체적으로 어떤 직책인지 풀어서 번역하지 않는다.

"Send out all of the people." She then stated: "This will be a very-great man; if not a king, he will be greater than the king, and will avenge his early wrongs by killing all his family."

At this the father called to her to stop, and enjoined strict secrecy upon her. He sent Kil Tong at once to a strong room, and had him locked in for safe keeping.

길동이 부름을 받고 왔다. 길동을 보자마자 노파는 절을 하며 말했다.

"사람들을 모두 밖으로 내보내십시오."

사람들이 나가자 노파가 말했다.

"이 아이는 매우 대단한 사람이 될 것입니다. 왕이 되지 않는다면 왕보다 더 위대한 사람이 되어 가족들을 모두 죽이고 어린 시절의 학대에 복수할 것입니다."

이 말을 듣자 홍판서는 노파에게 그만하라고 소리치고는 비밀을 발설하지 말 것을 명했다. 그는 길동을 즉시 독방으로 보낸 후 그를 안전하게 지키기 위해 감금했다.

The boy was very sad at this new state of affairs, but as his father let him have books, he got down to hard study, and learned the Chinese works on astronomy. He could not see his mother, and his unnatural father was too afraid to come near him. He made up his mind, however, that as soon as he could get out he would go to some far off country, where he was not known, and make his true power felt.

소년은 이 새로운 사태에 매우 슬펐다. 그러나 아버지가 책은 허용했기 때문에 길동은 공부에 몰두하기 시작하여 중국의 천문 관련 저서들을 학습했다. 길동은 어머니를 볼 수 없었고 비정한 아버지는 그를 너무 두려워해 가까이 가지 않았다. 길동은 밖으로 나가는 즉시 그를 아는 사람이 없는 먼 곳으로 떠나가서 그곳에서 그의 진정한 힘을 느끼게 해주겠다고 결심했다.

Meanwhile, the unnatural father was kept in a state of continual excitement by his wicked concubine, who was bent on the destruction of the son of her rival, and kept constantly before her master the great dangers that would come to him from being the parent of such a man as Kil Tong was destined to be, if allowed to live. She showed him that such power as the boy was destined to possess, would eventually result in his overthrowal, and with him his father's house would be in disgrace, and, doubtless, would be abolished. While if this did not happen, the son was sure to kill his family, so that, in either case, it was the father's clear duty to prevent any further trouble by putting the boy out of the way. Hong Pansa was finally persuaded that his concubine was right, and sent for the assassins to come and kill his son. But a spirit filled the father with disease, and he told the men to stay their work. Medicines failed to cure the disease, and the mootang women were called in by the concubine. They beat their drums and danced about the room, conjuring the spirit to leave, but it would not obey. At last they said, at the suggestion of the concubine, that Kil

Tong was the cause of the disorder, and that with his death the spirit would cease troubling the father.

한편 비정한 아버지의 사악한 첩은 경쟁자의 아들을 없애는데 골몰하여 계속해서 홍판서를 부추겼다. 길동을 살려두어 예언한 대로 된다면 부모인 그가 겪을 많은 위험들을 계속해서 거론했다. 그녀는 운명적으로 타고난 아이의 그런 힘 때문에 결국 홍판서가 몰락하고 홍씨 가문은 불명예를 안고 틀림없이 멸망할 것이라고 말했다. 이런 일이 발생하지 않는다 하더라도 그 아들은 틀림없이 가족을 죽일 것이니 어느 경우든 아버지가 해야 할 일은 아들을 제거하여 앞으로의 곤경을 미연에 방지하는 것이라고 말했다. 홍판서는 마침내 첩의 말에 넘어가 아들을 죽일 자객[6]들을 불러 들었다. 그러나 귀신이 아버지의 온 몸을 병들게 하자 그는 자객들에게 일을 중지하라고 말했다. 약으로는 홍판서의 병을 치료할 수 없자 첩은 여자 무당들을 불러 들었다. 그들은 북 치고 춤추며 방 주위를 돌며 귀신이 나가도록 주문을 걸었지만 귀신은 사라지지 않았다. 마침내 첩의 제안에 따라 무당들은 이 병의 원인이 길동이니 길동이 죽으면 귀신이 더 이상 홍판서를 괴롭히지 않을 것이라고 말했다.

Again the assassins were sent for, and came with their swords, accompanied by the old hag from the east gate. While they were meditating on the death of Kil Tong, he was musing on the unjust

6 자객들(assassins):『언더우드사전』(1925): assassin: 암살자, 자객. 원문은 특재라는 자객 한 명을 보내지만 알렌은 자객의 복수형을 사용한다.

laws of men who allowed sons to be born of concubines, but denied them rights that were enjoyed by other men.

> 자객들이 다시 부름을 받고 칼을 들고 들어 왔는데 이때 동문의 늙은 노파도 따라왔다. 그들이 길동의 죽음을 꾀하는 동안, 길동은 첩에게서 아들이 태어나는 것을 허용하지만 다른 사람들이 향유하는 권리는 부인하는, 부당한 인간의 법에 대해 곰곰이 생각하고 있었다.

While thus musing in the darkness of the night, he heard a crow caw three times and fly away.

"This means something ill to me' thought he; and just then his window was thrown open, and in stepped the assassins. They made at the boy, but he was not there. In their rage they wounded each other, and killed the old woman who was their guide. To their amazement the room had disappeared, and they were surrounded by high mountains. A mighty storm arose, and rocks flew through the air. They could not escape, and, in their terror, were about to give up, when music was heard, and a boy came riding by on a donkey, playing a flute. He took away their weapons, and showed himself to be Kil Tong. He promised not to kill them, as they begged for their lives, but only on condition that they should never try to kill another man. He told them that he would know if the promise was broken, and, in that event, he would instantly kill them.

밤의 어둠 속에서 이런 생각에 잠겨 있을 때 길동은 까마귀가 세 번 까악까악 울고 멀리 날아가는 소리를 들었다.

"이는 나에게 안 좋은 일이 생긴다는 것이야." 라고 생각했다.

바로 그때 그의 창문이 확 열리더니 자객들이 방으로 들어섰다. 그들은 소년에게 덤벼들었지만 그는 그곳에 없었다. 격분한 그들은 서로에게 부상을 입히고 길잡이인 노파를 죽였다. 놀랍게도 방은 이미 사라지고 없고 그들은 높은 산에 둘러싸였다. 강한 폭풍이 일어나고 바위가 공중에 날아다녔다. 그들은 도망갈 수 없었고 무서워 막 포기하려는 바로 그 순간 음악 소리가 들리더니 한 아이가 나귀를 타고 플루트를 불면서 왔다. 그는 그들의 무기를 빼앗고 자신이 길동임을 밝혔다. 자객들이 목숨을 구걸하자 그는 살려두겠다고 약속했지만 단 앞으로 다시는 다른 사람을 죽여서는 안 된다는 조건을 달았다.[7] 그는 그들이 약속을 깨는 지의 여부를 알 수 있고 만약 그런 일이 생기면 즉시 그들을 죽이겠다고 말했다.

Kil Tong went by night to see his father, who thought him a spirit, and was very much afraid. He gave his father medicine, which instantly cured him; and sending for his mother, bade her good-by, and started for an unknown country.

길동은 밤에 아버지를 만나러 갔지만 아버지는 그를 귀신으로 생

7 그는~달았다: <경판 24장 홍길동전>과 <경판 30장 홍길동전> 에서는 홍길동이 자객인 특재와 상녀 즉 2인을 죽이는 것으로 나온다. 알렌은 자객들이 상녀를 죽이고, 길동은 자객들을 살려주는 것으로 처리한다.

각하고 아주 무서워했다. 그가 아버지에게 약을 주자 그 즉시 그의 병이 나았다. 그런 후 길동은 어머니를 만나 작별 인사를 하고 낯선 지방을 향해 떠났다.

His father was very glad that the boy had escaped, and lost his affection for his wicked concubine. But the latter, with her mistress, was very angry, and tried in vain to devise some means to accomplish their evil purposes.

아버지는 아이가 도망쳐서 매우 기뻤고 그리고 사악한 첩에 대한 그의 애정을 거두었다. 그러나 첩은 안주인[8]과 함께 매우 화가 나서 그들의 악한 목적을 달성하기 위한 몇 가지 방법을 짜냈지만 실패했다.

Kil Tong, free at last, journeyed to the south, and began to ascend the lonely mountains. Tigers were abundant, but he feared them not, and they seemed to avoid molesting him. After many days, he found himself high up on a barren peak enveloped by the clouds, and enjoyed the remoteness of the place, and the absence of men and obnoxious laws. He now felt himself a free man, and the equal of any, while he knew that heaven was smiling upon him and giving him powers not accorded to other men.

8 안주인(mistress): 『언더우드사전』: 1) 녀쥬인, 쥬모, 2) 부인, 3) 쳡, 쇼실, 4) 情婦, 의중지인: 정실부인 유씨를 가리키므로 안주인이라 번역한다.

마침내 자유로워진 길동은 남쪽으로 이동했고, 적막한 산을 오르기 시작했다. 호랑이가 넘쳐 났지만 길동은 호랑이를 무서워하지 않았고 호랑이도 길동을 성가시게 하는 것을 피하는 듯 보였다. 여러 날이 지난 후 그는 구름에 둘러싸인 높고 황량한 산 정상에 서서 그 장소가 주는 고립감과, 인간과 혐오스러운 법이 없는 것을 만끽했다. 그는 이제 자유인으로 어느 누구와도 동등하다고 느꼈다. 그러면서도 그는 하늘이 어여삐 여겨 남들에게는 없는 힘을 그에게 주었다는 것을 알고 있었다.

Through the clouds at some distance he thought he espied a huge stone door in the bare wall of rock. Going up to it, he found it to be indeed a movable door, and, opening it, he stepped inside, when, to his amazement, he found himself in an open plain, surrounded by high and inaccessible mountains. He saw before him over two hundred good houses, and many men, who, when they had somewhat recovered from their own surprise, came rushing upon him, apparently with evil intent. Laying hold upon him they asked him who he was, and why he came trespassing upon their ground. He said:

"I am surprised to find myself in the presence of men. I am but the son of a concubine, and men, with their laws, are obnoxious to me. Therefore, I thought to get away from man entirely, and, for that reason, I wandered alone into these wild regions. But who are you, and why do you live in this lone spot? Perhaps we may have a kindred feeling."

그는 약간 떨어진 곳의 구름 너머로 맨 바위벽에 거대한 돌문을 문득 보았다고 생각하여 거기로 올라갔다. 문이 움직여지는 것을 알고는 열고 들어가자, 놀랍게도, 높아서 접근할 수 없는 산에 둘러싸인 평원이 펼쳐졌다. 그는 눈앞에 족히 이백 채가 넘는 좋은 집과 많은 사람들을 보게 되었고, 그 사람들은 놀라움에서 어느 정도 벗어나자 분명 적의를 품고 그에게 달려들었다. 그들은 그를 붙잡아 눕히면서 그가 누구인지 왜 그들의 근거지를 무단 침입했는지 물었다. 그가 말했다.

"이런 곳에서 사람들을 만나게 되다니 놀랍소. 나는 첩의 아들이오. 인간과 인간이 만든 법이 혐오스러워 인간에게서 완전히 벗어나고 싶어 혼자 이 험준한 곳을 방랑하고 있었소. 그런데 당신들은 누구시오? 왜 하필 이런 외딴 곳에 사시오? 아마도 나와 비슷한 생각을 하는가 보오."

"We are called thieves," was answered; "but we only despoil the hated official class of some of their ill-gotten gains. We are willing to help the poor unbeknown, but no man can enter our stronghold and depart alive, unless he has become one of us. To do so, however, he must prove himself to be strong in body and mind. If you can pass the examination and wish to join our party, well and good; otherwise you die."

"사람들은 우리를 도둑이라 부른다." 누군가 대답했다. "하지만 우리는 백성들의 미움을 받고 있는 관리들이 부당하게 취득한 재물의 일부를 빼앗을 뿐이다. 우리는 기꺼이 익명의 가난한 사람들을 돕지만, 어느 누구도 우리의 본거지에 들어와서 살아서 나간 사람은 없다. 아니면 우리의 일원이 되어야 하는데, 그러기 위해서는 몸과 마음이 강하다는 것을 스스로 입증해야 한다. 네가 이 시험에 통과할 수 있고 우리의 편에 들어오고 싶으면 잘된 일이지만, 그렇지 않으면 너는 죽는다."

This suited Kil Tong immensely, and he consented to the conditions. They gave him various trials of strength, but he chose his own. Going up to a huge rock on which several men were seated, he laid hold of it and hurled it to some distance, to the dismay of the men, who fell from their seat, and to the surprised delight of all. He was at once installed a member, and a feast was ordered. The contract was sealed by mingling blood from the lips of all the members with blood similarly supplied by Kil Tong. He was then given a prominent seat and served to wine and food.

길동은 이 말이 꽤 마음에 들어 그 조건에 동의했다. 그들은 다양한 방식으로 길동의 힘을 시험하려 했지만, 길동은 시험 방식을 직접 골랐다. 그는 몇 사람이 앉아 있는 거대한 바위로 올라가더니, 바위를 잡고 조금 떨어진 곳으로 힘껏 던졌다. 바위에서 떨어진 사람들은 당황하였지만 모두 놀라며 기뻐하였다. 그는 즉시 정식 일원이 되었고, 잔치가 벌어졌다. 모든 일원들의 입술에서 나온 피와 길동의 입술에서 나온 피를 섞음으로써 계약이 확정되었다.[9] 그는 높은

9 "모든~확정지었다": <경판24장본>의 "슐을 ᄎᆞ례로 권ᄒᆞ고 ᄇᆡᆨ마 잡아 ᄆᆡᆼ셰ᄒᆞ며 언약을 굿게 ᄒᆞ니"에 해당된다. 알렌은 이를 입술에서 피를 내어 섞는다로 변경

자리에 올라 술과 음식을 대접받았다.

Kil Tong soon became desirous of giving to his comrades some manifestation of his courage. An opportunity presently offered. He heard the men bemoaning their inability to despoil a large and strong Buddhist temple not far distant. As was the rule, this temple in the mountains was well patronized by officials, who made it a place of retirement for pleasure and debauch, and in return the lazy, licentious priests were allowed to collect tribute from the poor people about, till they had become rich and powerful. The several attempts made by the robber band had proved unsuccessful, by virtue of the number and vigilance of the priests, together with the strength of their enclosure. Kil Tong agreed to assist them to accomplish their design or perish in the attempt, and such was their faith in him that they readily agreed to his plans.

길동은 곧 동지들에게 그의 담력을 드러내 보이고 싶어 했다. 이윽고 기회가 주어졌다. 그는 부하들이 멀지 않은 곳에 위치한, 힘 있는 큰 불교 사원을 털지 못해 한탄하는 소리를 들었다. 흔히 그러하듯, 관리들이 산 속의 이 절의 뒤를 봐 주고 대신 이곳을 그들의 은밀한 쾌락과 방탕의 장소로 삼았다. 게으르고 음탕한 사제[10]들은 그 대

한다. 먼 옛날에 피를 섞는 것은 생명을 나누는 것으로 계약의 필수적인 조건으로 생각했다. 이에 대한 혐오감이 커져 희생물을 자르는 것으로 이를 대체했다.

10 사제(priest): 『언더우드사전』 priest: 僧, 祭師, 목사, 信父

가로 근처의 가난한 사람들로부터 공물[11]을 거둘 수 있는 허가를 받아 재물을 쌓고 강력해졌다. 도당들이 몇 번 시도했지만 사제들의 수가 워낙 많고 경계가 철저하며 더불어 절이 견고했기 때문에 실패했다. 길동이 그들을 도와 계획을 달성하거나 아니면 계획을 실행하다 죽겠다고 하자, 그들은 길동을 상당히 믿고 있었기에 그의 계획에 기꺼이 동의했다.

On a given day Kil Tong, dressed in the red gown of a youth, just betrothed, covered himself with the dust of travel, and mounted on a donkey, with one robber disguised as a servant, made his way to the temple. He asked on arrival to be shown to the head priest, to whom he stated that he was the son of Hong Pansa, that his noble father having heard of the greatness of this temple, and the wisdom of its many priests, had decided to send him with a letter, which he produced, to be educated among their numbers. He also stated that a train of one hundred ponies loaded with rice had been sent as a present from his father to the priest, and he expected they would arrive before dark as they did not wish to stop alone in the mountains, even though every pony was attended by a groom, who was armed for defense. The priests were delighted, and having read the letter, they never for a moment suspected that all was not right. A great feast was ordered in honor of their noble scholar, and all sat down before

11 공물(tribute): 『한영자전』 貢物: tax contributions-paid in kind

the tables, which were filled so high that one could hardly see his neighbor on the opposite side. They had scarcely seated themselves and indulged in the generous wine, when it was announced that the train of ponies laden with rice had arrived. Servants were sent back to look after the tribute, and the eating and drinking went on. Suddenly Kil Tong clapped his hand over his cheek with a cry of pain, which drew the attention of all, when, to the great mortification of the priests, he produced from his mouth a pebble, previously introduced on the sly, and exclaimed:

"Is it to feed on stones that my father sent me to this place? What do you mean by setting such rice before a gentleman?"

정해진 날에 길동은 방금 정혼한 젊은이가 입는 여행 중 먼지가 가득 묻은 붉은 가운을 입고 나귀에 올라 하인으로 변장한 강도 한 사람을 대동하고 절로 나아갔다. 절에 도착한 후 그는 사제장을 만나게 해 달라 요청하였고, 그에게 자기는 홍판서의 아들로 그의 고귀하신 아버지가 이 절의 대단함과 이곳의 여러 사제들의 지혜에 대해 듣고 아들을 이곳으로 보내기로 결심하여 그의 편에 아들이 사제들 사이에서 교육을 받았으며 한다는 편지를, 실은 길동이 직접 작성한 편지를, 보냈다고 말했다. 또한 그는 아버지가 사제들에게 선물로 쌀을 실은 백 마리의 조랑말을 보냈으며, 무장한 마부들이 각 조랑말을 지키기 위해 따라왔지만 그들은 산속에서 따로 밤을 보내는 것을 원하지 않아 어둡기 전에 도착할 것으로 예상한다고 말했다. 사제들은 매우 기뻐했고, 편지를 읽은 후 잠깐이라도 모든 것이 이상하다는 것을 전혀 의심하지 않았다. 그 귀족 학자를 기리는 큰 잔치를 준비하라는 명이 내려졌다. 모두가 탁자 앞에 앉았는데, 맞은편의 사람이 보이지 않을 정도로 음식이 높이 차려졌다. 그들이 자리에 앉아 술을 충분히 만끽하기도 전에 쌀을 실은 조랑말 무리가 도착했다는 전갈이 왔다. 그들은 공물을 살피도록 하인들을 도로 보낸 후 계속 먹고 마셨다. 갑자기 길동이 고통스러워하며 소리를 질렀다. 그는 손으로 뺨을 때리며 모두의 관심을 끌었는데, 사제들이 너무도 치욕스럽게도 그는 미리 몰래 넣어 둔 돌을 입에서 꺼내고는 소리쳤다.

"돌[12]을 먹으라고 아버지가 나를 여기로 보낸 줄 아느냐? 무슨 생각으로 신사 앞에 이런 밥을 내놓은 것이냐?"

The priests were filled with mortification and dismay, and bowed their shaven heads to the floor in humiliation, when at a sign from Kil Tong, a portion of the robbers, who had entered the court as grooms to the ponies, seized the bending priests and bound them aa they were. The latter shouted for help, but the other robbers, who had been concealed in the bags, which were supposed to contain rice, seized the servants, while others were loading the ponies with jewels, rice, cash and whatever of value they could lay hands upon.

사제들은 너무도 당황스럽고 곤혹스러워 사죄의 표시로 빡빡 깍은 머리를 바닥에 조아리고 절을 하였는데, 그때 길동의 신호로 조

12 돌(pebble): <경판24장본>의 "모릐"에 해당된다. 『한영자전』 돌: 1. a stone, 2. a pebble

랑말[13]의 마부로 절 안에 들어와 있던 일부 강도들이 몸을 구부리고 있는 사제들을 그 상태로 그대로 붙잡아 묶었다. 사제들이 도와달라고 소리쳤지만, 쌀을 담은 것으로 추정되었던 자루에 숨어 있던 다른 강도들이 절의 하인들을 붙잡았고 한편 또 다른 강도들은 보석과 쌀, 현금, 손에 넣을 수 있는 귀중품은 무엇이든 조랑말에 가득 실었다.

An old priest who was attending to the fires, seeing the uproar, made off quietly to the yamen near by and called for soldiers. The soldiers were sent after some delay, and Kil Tong, disguised as a priest, called to them to follow him down a by-path after the robbers. While he conveyed the soldiers over this rough path, the robbers made good their escape by the main road, and were soon joined in their stronghold by their youthful leader, who had left the soldiers groping helplessly in the dark among the rocks and trees in a direction opposite that taken by the robbers.

불을 살피고 있던 늙은 사제[14]는 그 소동을 보고 조용히 인근 관아로 급히 가서 군사를 요청했다. 약간의 지체 후에 군사들이 절에 왔는데, 사제로 변장한 길동은 군사들에게 그를 따라 샛길로 내려가 강도들을 뒤쫓으라고 명령했다. 그가 군사들을 험한 길로 데리고 가는 동안 강도들은 무사히 대로로 도망쳤고, 곧 그들의 본거지에서

13 조랑말(pony): <경판24장본>의 "나귀"를 알렌은 donkey 또는 pony로 번역한다. 『언드우드사전』 pony: 젹은, 小馬; donkey: 라귀

14 불을 살피고 있던 늙은 사제(An old priest who was attending to the fires): 원문의 "불목한"(절에서 불이나 때고 밥이나 짓는 사람)에 해당된다.

젊은 지도자와 만났다. 그는 군사들을 바위와 나무의 어둠 속에 속절없이 헤매도록 내버려 두었는데 그곳은 강도들이 택한 것과는 반대 방향에 있었다.

The priests soon found out that they had lost almost all their riches, and were at no loss in determining how the skilful affair had been planned and carried out. Kil Tong's name was noised abroad, and it was soon known that he was heading a band of robbers, who, through his assistance, were able to do many marvellous things. The robber band were delighted at the success of his first undertaking, and made him their chief, with the consent of all. After sufficient time had elapsed for the full enjoyment of their last and greatest success, Kil Tong planned a new raid.

사제들은 곧 대부분의 재물을 도둑맞은 것을 알았고, 곧장 누가 솜씨 있게 그 일을 계획하고 실행했는지 알아냈다. 길동의 이름이 멀리 퍼졌고, 곧 그가 그의 도움으로 여러 놀라운 일들을 할 수 있는 한 무리의 강도떼를 이끌고 있다는 것이 알려졌다. 강도떼는 그의 첫 임무가 성공하자 매우 기뻐했고 모두의 동의하에 그를 대장으로 삼았다. 최근의 대성공을 완전히 만끽할 시간이 충분히 지나자 길동은 새로운 습격을 계획했다.

The Governor of a neighboring province was noted for his overbearing ways and the heavy burdens that he laid upon his subjects.

He was very rich, but universally hated, and Kil Tong decided to avenge the people and humiliate the Governor, knowing that his work would be appreciated by the people, as were indeed his acts at the temple. He instructed his band to proceed singly to the Governor's city – the local capital – at the time of a fair, when their coming would not cause comment. At a given time a portion of them were to set fire to a lot of straw thatched huts outside the city gates, while the others repaired in a body to the Governor's yamen. They did so. The Governor was borne in his chair to a place where he could witness the conflagration, which also drew away the most of the inhabitants. The robbers bound the remaining servants, and while some were securing money, jewels, and weapons, Kil Tong wrote on the walls:

"The wicked Governor that robs the people is relieved of his ill-gotten gains by Kil Tong – the people's avenger."

이웃 지방의 감사[15]는 매우 고압적이고 백성들에게 엄청난 부담을 지우는 것으로 소문났다. 그는 큰 부자였지만 모두들 그를 싫어했기에, 길동은 절에서처럼 백성들이 이번에도 그에게 고마워할 것이라고 생각하며 백성들의 원한을 갚고 감사에게 망신을 주기로 결심했다. 그는 일원들에게 장이 서는 날 그 지역의 수도인 감사가 있는 도시로 노래를 부르며 갈 것을 지시했는데, 이는 그들이 온다는 말이 나지 않도록 하기 위해서였다. 정해진 시간에 그들 중 일부는

15 감사(Governor):『한영자전』감ᄉᆞ: a provincial governor-an officer of the rear rank, 2nd degree. 즉 종2품에 해당하는 지방 관리이다.

성문 밖의 여러 초가집에 불을 지를 예정이었고, 한편 다른 이들은 일제히 감사의 관아로 갔다. 계획대로 일이 진행되었다. 감사는 의자를 타고 대화재를 목격할 수 있는 곳으로 갔고, 또한 화재로 인해 대부분의 거주민들도 밖으로 멀리 나갔다. 강도들은 남아 있는 하인들을 결박하였고, 몇몇이 돈과 보석 그리고 무기를 확보하는 동안 길동은 벽에 글을 붙었다.

"못된 감사가 백성들을 강탈하여 얻은 부당한 재물을 길동이 가지고 간다. 백성의 복수자백."

Again the thieves made good their escape, and Kil Tong's name became known everywhere. The Governor offered a great reward for his capture, but no one seemed desirous of encountering a robber of such boldness. At last the King offered a reward after consulting with his officers. When one of them said he would capture the thief alone, the King was astonished at his boldness and courage, and bade him be off and make the attempt. The officer was called the Pochang; he had charge of the prisons, and was a man of great courage.

다시 도둑들은 무사히 빠져 나갔고 길동의 이름은 만천하에 알려지게 되었다. 감사는 그를 잡아오면 후한 포상을 하겠다고 제안했지만, 어느 누구도 그처럼 대담한 강도와 조우하기를 원하지 않는 듯했다. 마침내 왕은 신하들과 상의한 후에 포상을 제안했다. 그들 중 한 명이 단독으로 그 도둑을 체포하겠다고 말했을 때, 왕은 그의 담대함과 용기에 놀라서 가서 시도 해보라고 말했다. 그 관리는 포장

(Pochang)[16]으로 감옥을 책임지는 매우 용기 있는 사람이었다.

The Pochang started on his search, disguised as a traveller. He took a donkey and servant, and after travelling many days he put up at a little inn, at the same time that another man on a donkey rode up. The latter was Kil Tong in disguise, and he soon entered into conversation with the man, whose mission was known to him.

포장은 여행객으로 변장하고 탐색을 시작했다. 그는 하인이 끄는 나귀를 타고 여러 날 이동한 후에 작은 여인숙에 묵었고, 같은 시간에 다른 사람이 나귀를 타고 왔다. 후자는 변장한 길동으로 그는 곧 그 남자와 대화를 시작한 후 그의 임무를 알아냈다.

"I goo," said Kil Tong, as he sat down to eat, "this is a dangerous country. I have just been chased by the robber Kil Tong till the life is about gone out of me."

"Kil Tong, did you say ?" remarked Pochang. "I wish he would chase me. I am anxious to see the man of whom we hear so much."

"Well, if you see him once you will be satisfied," replied Kil Tong.

"Why?" asked the Pochang. "Is he such a fearful-looking man as to frighten one by his aspect alone?"

---

16 포장(Pochang): 원문의 "포장"에 해당된다. 포장이란 포도대장의 준말이다. 알렌은 판서(Pansa)처럼 포장(Pochang)으로 음역하고 그의 직무를 감옥을 담당하는 것이라 풀어준다.

"No; on the contrary he looks much as do ordinary mortals. But we know he is different, you see."

"Exactly," said the Pochang. "That is just the trouble. You are afraid of him before you see him. Just let me get a glimpse of him, and matters will be different, I think"

"Well," said Kil Tong, "you can be easily pleased, if that is all, for I dare say if you go back into the mountains here you will see him, and get acquainted with him too."

"That is good. Will you show me the place ?"

"Not I. I have seen enough of him to please me. I can tell you where to go, however, if you persist in your curiosity," said the robber.

"Agreed!" exclaimed the officer. "Let us be off at once lest he escapes. And if you succeed in showing him to me, I will reward you for your work and protect you from the thief."

길동[17]은 앉아 먹으려고 하면서 말했다.

"아이고, 이곳은 위험한 지역입니다. 방금 전까지 길동에게 쫓기느라 목숨이 거의 달아날 뻔 했습니다."

포장이 귀를 기울이며 말했다.

"길동, 이라고 했소? 나를 쫓으면 좋을 텐데. 길동이라는 이름에 대해 하도 많이 들어 정말 만나고 싶거든."

---

17 길동(Kil Tong): 원문의 이 부분에서는 "쇼년"으로 표기된다. 이후 포장에게 그의 정체가 길동임이 밝혀진다. 그러나 알렌은 발화자와 발화대상자가 모두 길동임을 명시한다.

길동이 대답했다.

"글쎄요. 그를 한 번 만나는 것으로 족할 겁니다."

포장이 물었다.

"왜죠? 겉모습만으로도 사람을 경악시킬 만큼 그렇게 무서운 얼굴을 하고 있소?"

"아니오. 모습은 평범한 사람과 다를 바 없습니다. 그러나 아시겠지만, 그는 우리와는 다르잖아요."

포장이 말했다.

"맞소. 바로 그게 문제요. 당신은 그를 보기도 전에 두려워하는군. 나에게 그를 잠시 보여 주면, 상황이 달라질 것이오."

길동이 말했다.

"글쎄요. 그게 다라면 별로 어렵지 않습니다. 감히 말하건대 당신이 여기 산으로 다시 간다면 그를 만나고, 또 그와 아는 사이가 될 것입니다."

"그거 잘됐군요. 나를 그곳으로 안내해 주겠소?"

강도가 말했다.

"싫습니다. 나는 원 없이 그를 봤습니다. 그러나 당신이 계속 고집한다면, 어디로 가야할 지는 알려드리지요."

포장이 소리쳤다.

"좋소! 바로 출발합시다. 안 그러면 그가 도망칠 것이오. 나를 그에게 제대로 데려다주면 당신에게 그 일을 보상하고 또한 도둑으로부터 당신을 보호해 주겠소."

After some objection by Kil Tong, who appeared to be reluctant to go, and insisted on at least finishing his dinner, they started off, with their servants, into the mountains. Night overtook them, much to the apparent dismay of the guide, who pretended to be very anxious to give up the quest. At length, however, they came to the stone door, which was open. Having entered the robber's stronghold, the door closed behind them, and the guide disappeared, leaving the dismayed officer surrounded by the thieves. His courage had now left him, and he regretted his rashness. The robbers bound him securely and led him past their miniature city into an enclosure surrounded by houses which, by their bright colors, seemed to be the abode of royalty. He was conveyed into a large audience-chamber occupying the most extensive building of the collection, and there, on a sort of throne, in royal style, sat his guide. The Pochang saw his mistake, and fell on his face, begging for mercy. Kil Tong upbraided him for his impudence and arrogance and promised to let him off this time. Wine was brought, and all partook of it. That given to the officer was drugged, and he fell into a stupor soon after drinking it. While in this condition he was put into a bag and conveyed in a marvellous manner to a high mountain overlooking the capital. Here he found himself upon recovering from the effects of his potion; and not daring to face his sovereign with such a fabulous tale, he cast himself down from the high mountain, and was picked up dead, by passers-by, in the morning. Almost at the same time that His Majesty received word of the death of his officer, and was marvelling at the audacity of the murderer in bringing the body almost to the palace doors, came simultaneous reports of great depredations in each of the eight provinces. The trouble was in each case attributed to Kil Tong, and the fact that he was reported as being in eight far removed places at the same time caused great consternation.

길동은 가고 싶지 않은 듯 최소한 저녁이라고 다 먹고 가야 한다고 고집하며 조금 반대를 했지만, 둘은 하인들을 대동하고 산속으로 출발했다. 밤이 되어 갑자기 어두워지자, 길잡이는 겉으로 크게 실망하는 듯 탐색을 포기할 것을 너무도 열망하는 척했다. 그러나 그들은 마침내 돌문에 도착했고, 문이 열렸다. 강도들의 본거지에 들어간 후 문이 뒤에서 닫혔고, 길잡이는 절망한 관리가 도둑들에게 둘러싸이도록 내버려 둔 채 사라졌다. 관리는 이미 용기를 상실했고, 자신의 성급함을 후회했다. 도둑들은 그를 단단히 묶고 그들의 소형 도시를 지나 밝은 색으로 보아 왕족의 거주지인 것처럼 보이는 집들로 둘러싸인 장소로 데리고 갔다. 그는 이곳의 건물 중 가장 넓은 곳인 큰 알현실로 옮겨졌고, 그곳의 왕좌 같은 곳에 그의 길잡이가 왕처럼 앉아 있었다[18]. 포장은 그의 실수를 알고 엎드리며 용서해 달라고 간청했다. 길동은 그의 무례함과 교만을 꾸짖고 이번에는 봐주겠다고 약속했다. 술이 들어왔고 모두들 함께 마셨다. 관리가 마신 술에는 약이 들어 있었는데 그는 술을 마신 직후 혼수상태에 빠졌다. 이 상태로 그

18 그곳의~있었다(there, on a sort of throne, in royal style, sat his guide): 원문의 "견샹의 일위 군왕이 좌탑의 안자". 『한영자전』 군왕: the king-used by foreigners. 길동이 활빈당에서 왕과 같은 위치임을 throne, royal 등의 단어로 표현하고 있다.

는 자루에 넣어져 수도가 내려 보이는 높은 산으로 놀라운 방식으로 옮겨졌다. 그는 약에서 깨어나자 이곳에 있는 자신을 발견하고 감히 그와 같은 황당한 이야기로 군주를 대면할 수가 없어 높은 산 아래로 몸을 던졌는데, 지나가는 행인이 그의 시신을 아침에 발견했다.[19] 임금이 그 관리가 죽었다는 소식을 전해 듣고 대궐 문 앞까지 시신을 가지고 오는 살인자의 대담함에 놀라는 바로 그 시간과 거의 동시에, 전국팔도에서 엄청난 약탈을 당했다는 보고서가 동시다발로 올라왔다. 각 사건이 모두 길동의 소행으로 여겨졌고, 그가 멀리 떨어진 각 팔도에 동시에 출현한다는 사실은 사람들을 대경실색하게 했다.

Official orders were issued to each of the eight governors to catch and bring to the city, at once, the robber Kil Tong. These orders were so well obeyed that upon a certain day soon after, a guard came from each province bringing Kil Tong, and there in a line stood eight men alike in every respect.

강도 길동을 잡아 즉시 서울로 데리고 오라는 공식 명령이 팔도의 각 감사에게 내려졌다. 이 명령은 아주 잘 이행되어서 그 이후 얼마 지나지 않아 호송대가 팔도에서 길동을 데리고 왔다. 일렬로 세워보니 8명이 모든 면에서 닮았다.

19 지나가는~발견했다: 경판계열 홍길동전에서 포장 이협은 "이졔 그져 드러가면 필경 죄를 면치 못ᄒᆞ리니, 아직 슈월을 기ᄃᆞ려 드러가ᄌᆞ."라고 하지만 알렌은 그가 투신자살한 것으로 처리한다.

The King on inquiry found that Kil Tong was the son of Hong Pansa, and the father was ordered into the royal presence. He came with his legitimate son, and bowed his head in shame to the ground. When asked what he meant by having a son who would cause such general misery and distress, he swooned away, and would have died had not one of the Kil Tongs produced some medicine which cured him. The son, however, acted as spokesman, and informed the King that Kil Tong was but the son of his father's slave, that he was utterly incorrigible, and had fled from home when a mere boy. When asked to decide as to which was his true son, the father stated that his son had a scar on the left thigh. Instantly each of the eight men pulled up the baggy trousers and displayed a scar. The guard was commanded to remove the men and kill all of them; but when they attempted to do so the life had disappeared, and the men were found to be only figures in straw and wax

왕은 조사 결과 길동이 홍판서의 아들이라는 것을 알고는 그 아버지를 어전으로 데려오라는 명을 내렸다. 그는 적자[20]와 함께 와 수치심에 머리를 땅에 조아렸다. 무슨 의도로 모두에게 그러한 비참함과 고통을 야기할 아들을 낳았느냐는 질문을 받자 그는 졸도하였다. 만약 여러 길동 중의 한 길동이 약을 주어 낫게 하지 않았다면 그는 죽

20 적자(legitimate son): 원문의 홍판서의 아들, 병조 좌랑 홍인형이다. 알렌은 인명에서 길동만을 Kil Tong으로 표기해 주고, 원문의 고유명사인 인형, 초난, 특재 등을 각각 son, dancing girl, assassin 등으로 번역하여 서구 독자가 쉽게 읽을 수 있게 한다.

었을 것이다. 그러나 적자는 아버지의 대리인임을 자처하며 길동은 아버지의 노비가 낳은 자식일 뿐 완전 구제불능이며 아주 어렸을 때 집에서 달아났다고 왕에게 아뢰었다. 누가 그의 진짜 아들인가를 결정하라고 하자 아버지는 아들의 왼쪽 허벅지에 흉터가 있다고 말했다. 즉시 8명 모두 자루 같은 바지를 위로 당겨서 흉터를 보여주었다. 호송원은 그 사람들을 데리고 가서 모두 죽이라는 명을 받았고 그렇게 하려고 했을 때, 생기가 이미 사라진 그 사람들은 단지 짚과 밀랍으로 된 인형인 것으로 밝혀졌다.

Soon after this a letter was seen posted on the Palace gate, announcing that if the government would confer upon Kil Tong the rank of Pansa, as held by his father, and thus remove from him the stigma attaching to him as the son of a slave, he would stop his depredations. This proposition could not be entertained at first, but one of the counsel suggested that it might offer a solution of the vexed question, and they could yet be spared the disgrace of having an officer with such a record. For, as he proposed, men could be so stationed that when the newly-appointed officer came to make his bow before His Majesty, they could fall upon him and kill him before he arose. This plan was greeted with applause, and a decree was issued conferring the desired rank; proclamations to that effect being posted in public places, so that the news would reach Kil Tong. It did reach him, and he soon appeared at the city gate. A great crowd attended him as he rode to the Palace gates; but knowing the plans laid for him, as he passed through the gates and came near enough to be seen of the King, he was caught up in a cloud and borne away amid strange music; wholly discomfiting his enemies.

이 일이 있은 지 얼마 되지 않아 궁궐 문 앞에 벽보가 붙였다. 정부가 길동에게 아버지와 같은 판서직을 수여하여 노비의 자식이라는 낙인을 제거해 주면 약탈을 중지하겠다는 내용이었다. 처음에 이 제안은 일고의 가치가 없는 것으로 여겨졌다. 그러나 한 관리는 그 제안이 난처한 문제의 해결책이 될 수 있고 그렇게 해도 그런 전력을 가진 관리를 채용하는 치욕을 면할 수 있는 방법이 있다고 말했다. 그의 제안대로라면 새로 임명된 관리가 어전에 인사하려 왔을 때 군사들을 배치하여 그가 일어나기 전에 덮쳐 죽일 수 있다는 것이다. 이 계획을 환호 속에 받아들인 후 길동에게 원하는 관직을 내리겠다는 교지가 내려졌다. 이런 취지의 포고가 공공장소에 게시되었는데, 그것은 길동이 그 소식을 듣도록 하기 위해서였다. 소식은 들은 길동은 정말 곧 도성 문 앞에 나타났다. 그가 대궐문으로 말을 타고 갈 때 엄청난 군중이 그를 뒤따랐다. 그러나 그는 자기를 겨냥한 계획을 미리 알고 문을 지나 왕이 보일 정도로 가까이 갔을 때 이상한 음악 소리가 들리는 가운데 구름에 휩싸여 멀리 가버림으로서 그의 적들을 완전히 당혹스럽게 했다.

Some time after this occurrence the King was walking with a few eunuchs and attendants in the royal gardens. It was evening time, but the full moon furnished ample light. The neither cold nor warm, while it lacked nothing of the bracing character of a Korean autumn.

The leaves were blood-red on the maples; the heavy cloak of climbing vines that enshrouded the great wall near by was also beautifully colored. These effects could even be seen by the bright moonlight, and seated on a hill-side the royal party were enjoying the tranquillity of the scene, when all were astonished by the sound of a flute played by some one up above them. Looking up among the tree-tops a man was seen descending toward them, seated upon the back of a gracefully moving stork. The King imagined it must be some heavenly being, and ordered the chief eunuch to make some proper salutation. But before this could be done, a voice was heard saying:

"Fear not, O King. I am simply Hong Pansa [Kil Tong's new title]. I have come to make my obeisance before your august presence and be confirmed in my rank"

이 일이 있은 지 얼마 후 왕은 몇 명의 환관과 시종을 데리고 궁의 정원을 산책하고 있었다. 저녁 시간이었지만 보름달이 충분한 빛을 주었다. 차지도 덥지도 않으면서도 한국 가을의 특징인 상쾌함이 잘 드러나는 날씨였다.[21] 단풍잎들은 핏빛처럼 붉었다. 근처의 큰 벽을 에워싸며 위로 뻗은 육중한 망토 같은 덩굴은 아름답게 채색되었다. 이러한 효과들은 환한 달빛에서도 보였다. 산허리에 자리 잡은 왕실 일단은 그곳의 고요함을 만끽하고 있었는데, 바로 그때 위에서

21 저녁 시간~날씨였다(It was~autumn): 원문의 "ᄎᆞ시 츄구얼 망간의 샹이 월식을 띄여 후원의 비회ᄒᆞ실시"에 해당된다. 알렌은 원문의 이 표현을 한국 가을의 날씨가 덥지도, 춥지도 않는 상쾌한 날씨라고 풀어줘 서구 독자들에게 한국의 가을 날씨에 대한 정보를 제공한다.

들려오는 플루트 소리에 모두 깜짝 놀랐다. 나무 위를 쳐다보니 한 남자가 우아하게 움직이는 황새의 등을 타고 그들 쪽으로 내려오는 것이 보였다. 왕은 그것이 어떤 천상의 존재라고 상상했고, 수석 환관에게 적절한 예를 갖추도록 명했다. 그러나 이렇게 하기도 전에, 한 목소리가 들렸다.

"왕이여, 두려워하지 마십시오. 저는 그저 홍판서(길동의 새로운 관직명)입니다. 성스러운 면전에 인사를 드리고 저의 관직을 확인하고자 왔습니다."

This he did, and no one attempted to molest him; seeing which, the King, feeling that it was useless longer to attempt to destroy a man who could read the unspoken thoughts of men, said:

"Why do you persist in troubling the country ? I have removed from you now the stigma attached to your birth. What more will you have?"

"I wish," said Kil Tong, with due humility, "to go to a distant land, and settle down to the pursuit of peace and happiness. If I may be granted three thousand bags of rice I will gladly go and trouble you no longer."

"But how will you transport such an enormous quantity of rice?" asked the King.

"That can be arranged," said Kil Tong. "If I may be but granted the order, I will remove the rice at daybreak."

The order was given. Kil Tong went away as he came, and in the early morning a fleet of junks appeared off the royal granaries, took on the rice, and made away before the people were well aware of their presence.

그는 왕에게 인사를 드렸고 어느 누구도 그를 건드리려고 하지 않았다. 이것을 본 왕은 사람들이 표현하지 않은 생각까지 읽을 수 있는 사람을 없애려고 하는 것은 소용없는 짓이라고 판단하고는 그에게 말하였다.

"너는 왜 끈질기게 나라를 곤경에 빠뜨리느냐? 나는 너의 출생에 붙은 낙인을 제거해 주었다. 무엇을 더 원하느냐?"

길동은 예를 갖추고 말했다.

"바라건대, 먼 섬으로 가서 평화와 행복을 추구하며 그곳에 정착하고 싶습니다. 저에게 삼천 자루의 쌀을 하사한다면 기꺼이 그곳으로 가 더 이상 전하를 곤란하게 하지 않겠습니다."

"그러나 어떻게 그 엄청난 양의 쌀을 운송할 것이냐?"

왕이 물었다.

"방법이 있습니다."

길동이 말했다.

"허락만 해주신다면, 동이 틀무렵 쌀을 옮기겠습니다."

명령이 내려졌다. 길동은 올 때처럼 가버렸고, 이른 아침에 한 무리의 배들이 왕실 곡간 밖에 나타나 쌀을 싣더니 사람들이 그들의 존재를 채 알기도 전에 빠져 나갔다.[22]

---

22 저에게~아침에 빠져나갔다: <경판 24장본>에서 이 부분은 서사 전개에 모호한 면이 있다. 길동이 부하들에게 "닉 님군긔 청ᄒᆞ여 정죠 일쳔 셕을 구득ᄒᆞ여 올 거시니

Kil Tong now sailed for an island off the west coast. He found one uninhabited, and with his few followers he stored his riches, and brought many articles of value from his former hiding-places. His people he taught to till the soil, and all went well on the little island till the master made a trip to a neighboring island, which was famous for its deadly mineral poison, —a thing much prized for tipping the arrows with. Kil Tong wanted to get some of this poison, and made a visit to the island. While passing through the settled districts he casually noticed that many copies of a proclamation were posted up, offering a large reward to any one who would succeed in restoring to her father a young lady who had been stolen by a band of savage people who lived in the mountains.

길동은 서해안 밖의 한 섬으로 항해했다. 그는 사람이 거주하지 않는 한 섬을 발견했고, 그를 따르는 소수의 추종자와 함께 그의 재물을 보관했고 전의 은닉처에서 여러 귀중품들을 가지고 왔다. 그는 백성들에게 땅을 경작하는 법을 가르쳤고 이 작은 섬의 모든 것이 잘 되어 가고 있었다. 어느 날 주인은 이웃 섬으로 여행을 가게 되었는데, 그곳은 치명적인 광물성 독—화살 끝에 바르면 특히 좋은 독—으로 유명한 곳이다. 길동은 이 독을 약간 얻고 싶어 그곳을 방문했다.

긔약을 어긔지 말나"라고 한 후 임금을 만나고 임금에게 신분제도로 인한 억울함을 호소한 후 일쳔 셕에 대해서는 전혀 언급하지 않고 병조판서에 임명해줘서 감사하다는 말을 한 후 "전ᄒᆞ을 하직ᄒᆞ고 됴션을 ᄯᅥ나가오니, 복망, 젼ᄒᆞ는 만슈무강ᄒᆞ쇼셔"라고 한다. 그 후 그는 남경 땅 제도로 간다. 알렌이 원문의 이러한 모호한 서사 전개를 명확하게 수정해서 번역하고 있음을 이 부분을 통해 알 수 있다.

사람들이 정착한 지역을 지날 때 그는 우연히 여러 장의 포고문이 게시되어 있는 것을 보았는데, 산에 사는 야만인 무리[23]가 납치해간 젊은 숙녀를 그의 아버지에게 되찾아주는 자에게는 큰 보상을 내린다는 내용이었다.

Kil Tong journeyed on all day, and at night he found himself high up in the wild mountain regions, where the poison was abundant. Gazing about in making some preparations for passing the night in this place, he saw a light, and following it, he came to a house built below him on a ledge of rocks, and in an almost inaccessible position. He could see the interior of a large hall, where were gathered many hairy, shaggy-looking men, eating, drinking, and smoking. One old fellow, who seemed to be chief, was tormenting a young lady by tieing to tear away her veil and expose her to the gaze of the barbarians assembled. Kil Tong could not stand this sight, and, taking a poisoned arrow, he sent it direct for the heart of the villain, but the distance was so great that he missed his mark sufficiently to only wound the arm. All were amazed, and in the confusion the girl escaped, and Kil Tong concealed himself for the night. He was seen next day by some of the savage band, who caught him, and demanded who he was and why

23 산에 사는 야만인 무리(a band of savage people who lived in the mountains). 백용의 딸을 납치한 것은 원문에서는 "ᄉᆞ롬은 안니요, 미물이 안져 지져괴거늘, 원히 이 즘싱은 울동이란 즘싱이라, 여러 히을 묵어 변쾌 무궁ᄒᆞ더라"로 표현된다. 알렌은 이들을 산속에 사는 야만인 무리 즉 산적떼 정도로 표현하고 요괴로 번역하지는 않는다.

he was found in the mountains. He answered that he was a physician, and had come up there to collect a certain rare medicine only known to exist in those mountains.

길동은 온 종일 이동했고, 밤이 되었을 때 독이 많은 험한 산악 지역 높은 곳에 있었다. 이곳에서 밤을 보낼 준비를 하면서 주위를 바라보던 그는 한 불빛을 보았고 이 불빛을 따라가다 어떤 집에 오게 되었다. 그 집은 그가 서 있는 바위 턱 아래에 있어 접근하기가 거의 불가능했다. 그는 큰 전각의 내부를 볼 수 있었는데, 그곳에는 털이 많고 덥수룩해 보이는 사람들이 모여서 먹고, 마시고, 담배를 피우고 있었다. 대장인 듯 보이는 한 나이 많은 자가 젊은 숙녀의 베일을 찢어 모여 있는 야만인들에게 그녀의 얼굴을 드러내려 하며 괴롭히고 있었다. 길동은 이 광경을 참을 수 없어 독화살을 꺼내 악당의 심장을 향해 바로 날렸지만 거리가 꽤 있어 화살은 표적에서 상당히 벗어난 팔에 겨우 부상을 입혔다. 모두들 놀랐고 혼란 중에 그 처녀는 도망갔으며, 길동은 어둠속에 몸을 감추었다. 그 다음날 몇몇 미개한 무리들이 그를 발견하여 잡았고 그에게 누구인지 왜 산에 있는지를 말할 것을 명령했다. 그는 자기는 의사이고 이 산에만 있는 것으로 알려진 어떤 희귀한 약을 구하고자 올라 왔다고 대답했다.

The robbers seemed rejoiced, and explained that their chief had been wounded by an arrow from the clouds, and asked him if he could cure him. Kil Tong was taken in and allowed to examine the chief, when he agreed to cure him within three days. Hastily mixing up some of the fresh poison, he put it into the wound, and the chief died almost at once. Great was the uproar when the death became known. All rushed at the doctor, and would have killed him, but Kil Tong, finding his own powers inadequate, summoned to his aid his old friends the spirits (quay sin), and swords flashed in the air, striking off heads at every blow, and not ceasing till the whole band lay weltering in their own blood.

강도들은 기쁜 듯 그들의 대장이 구름 속에서 날아온 화살에 맞아 부상을 입었다고 설명하고는 그에게 대장을 치료할 수 있는지 물었다. 길동은 안으로 끌려가 두목을 검진한 후 삼일 내로 그를 치료하기로 했다. 그는 몇 가지 새로운 독을 급히 조제한 후 상처 속에 넣었고 그러자 바로 두목이 죽었다. 두목의 죽음이 알려지자 일대 소란이 일어났다. 모두들 의사에게 달려들어 길동을 죽이려고 했지만, 길동은 자신의 힘으론 역부족이라 생각하고 그를 도와줄 옛 친구인 귀신들(quay sin)을 불러내었다.[24] 칼이 공중에서 번쩍거렸고, 한 번 휘두를 때마다 목이 날아갔고, 모든 무리들이 그들이 흘린 피 속에 뒹굴 때까지 칼은 멈추지 않았다.

Bursting open a door, KjI Tong saw two women sitting with

24 옛 친구인 귀신들(quay sin-원문)을 불러내었다(summoned to his aid his old friends the spirits (quay sin): 원문의 "길동이 신통을 너여 모든 요괴을 즈치든니"에 해당된다. 신통은 신통한 능력을 의미하는데 알렌은 이를 귀신을 부리는 능력, 그리고 귀신들이 길동의 오랜 친구라고 덧붙여 그가 귀신을 부리는 능력을 가진 지 오래된 것으로 서술한다.

covered faces, and supposing them to be of the same strange people, he was about to dispatch them on the spot, when one of them threw aside her veil and implored for mercy. Then it was that Kil Tong recognized the maiden whom he had rescued the previous evening. She was marvellously beautiful, and already he was deeply smitten with her maidenly charms. Her voice seemed like that of an angel of peace sent to quiet the hearts of rough men. As she modestly begged for her life, she told the story of her capture by the robbers, and how she had been dragged away to their den, and was only saved from insult by the interposition of some heavenly being, who had in pity smote the arm of her tormentor.

문을 확 열고 들어간 길동은 두 여자가 얼굴을 가린 채 앉아 있는 것을 보았고, 그들이 낯선 이들과 같은 부류라고 생각하고 그 자리에서 그들을 막 처치하려는데, 그때 그들 중 한 명이 베일을 벗어 던지고 자비를 베풀 것을 애원했다. 그때서야 길동은 그녀가 그 전날 저녁 그가 구하고자 했던 처자임을 알아보았다. 그녀는 빼어나게 아름다웠고, 이미 그는 그녀의 여성스러운 매력에 완전히 푹 빠졌다. 그녀의 목소리는 거친 남자들의 마음을 평온하게 하기 위해 보내진 평화의 천사 같았다. 그녀는 수줍게 목숨을 애걸하면서 강도들에게 사로잡힌 이야기와 그들의 소굴로 끌려왔다가 그녀를 불쌍히 여긴 어떤 천상의 존재가 가해자의 팔을 공격한 덕분에 간신히 치욕을 면하게 되었다고 말했다.

Great was Kil Tong's joy at being able to explain his own part in the matter, and the maiden heart, already won by the manly beauty of her rescuer, now overflowed with gratitude and love. Remembering herself however, she quickly veiled her face, but the mischief had been done; each had seen the other, and they could henceforth know no peace, except in each other's presence.

길동은 이 문제에서 자신의 역할을 설명할 수 있어 매우 기뻤고, 이미 자신을 구해준 사람의 남자다운 아름다움에 끌린 처자의 마음은 이제 고마움과 사랑으로 흘러 넘쳤다. 그러나 자신의 실수를 순간 깨달은 그녀는 재빨리 얼굴을 가렸지만 이미 각자 상대방을 보았으니 되돌릴 수 없었다. 이때부터 그들은 상대방이 보이지 않으면 안절부절 못하였다.

The proclamations had made but little impression upon Kil Tong, and it was not till the lady had told her story that he remembered reading them. He at once took steps to remove the beautiful girl and her companion in distress, and not knowing but that other of the savages might return, he did not dare to make search for a chair and bearers, but mounting donkeys the little party set out for the home of the distressed parents, which they reached safely in due time. The father's delight knew no bounds. He was a subject of Korea's King, yet he possessed this island and ruled its people in his own right. And calling his subjects, he explained to them publicly the wonderful works of the stranger, to whom he betrothed his daughter, and to whom he gave his official position.

The people indulged in all manner of gay festivities in honor of the return of the lost daughter of their chief; in respect to the bravery of Kil Tong; and to celebrate his advent as their ruler.

그 포고문들은 길동에게 큰 인상을 남기지 못했었다. 그는 숙녀가 이야기를 하자 비로소 그것을 읽었던 것을 기억했다. 그는 즉시 절망에 빠진 그 아름다운 처녀와 그녀의 동행자를 풀어주는 조치를 취했고 일부 야만인들이 되돌아올 지도 몰라 감히 그들을 태우고 갈 의자와 운반인들을 찾을 엄두를 내지 못했다. 대신 그 작은 무리는 당나귀를 타고 절망에 빠진 부모의 집으로 출발하여 제 시간에 무사히 도착했다. 그녀의 아버지의 기쁨은 끝이 없었다. 그는 한국의 왕의 신하이지만 이 섬을 소유하고 그의 방식대로 이곳 사람들을 다스리고 있었다. 그는 신하들을 불러 공개적으로 이 이방인의 경이로운 일을 설명한 후 길동과 그의 딸과 정혼시키고 그에게 자기의 공식적인 지위를 물려주었다.

백성들은 길동의 용감함으로 수장의 잃어버린 딸이 돌아온 것을 기념하고, 그가 그들의 새로운 지도자로 등극한 것을 경축하는 온갖 종류의 흥겨운 잔치를 즐겼다.

In due season the marriage ceremonies were celebrated, and the impatient lovers were given to each other's embrace. Their lives were full of happiness and prosperity. Other outlying islands were united under Kil Tong's rule, and no desire or ambition remained ungratified. Yet there came a time when the husband grew sad, and tears swelled the heart of the young wife as she tried in vain to comfort him. He explained at last that he had a presentiment that his father was either dead or dying, and that it was his duty to go and mourn at the grave. With anguish at the thought of parting, the wife urged him to go. Taking a junk laden with handsome marble slabs for the grave and statuary to surround it, and followed by junks bearing three thousand bags of rice, he set out for the capital. Arriving, he cut off his hair, and repaired to his old home, where a servant admitted him on the supposition that he was a priest. He found his father was no more; but the body yet remained, because a suitable place could not be found for the burial. Thinking him to be a priest, Kil Tong was allowed to select the spot, and the buried took place with due ceremony. Then it was that the son revealed himself, and took his place with the mourners. The stone images and monuments were erected upon the nicely sodded grounds. Kil Tong sent the rice he had brought, to the government granaries in return for the King's loan to him, and regretted that mourning would prevent his paying his respects to his King; he set out for his home with his true mother and his father's legal wife. The latter did not survive long after the death of her husband, but the poor slave-mother of the bright boy was spared many years to enjoy the peace and quiet of her son's bright home, and to be ministered to by her dutiful, loving children and their numerous offspring.

적당한 계절에 혼인식이 거행되었고, 조바심이 난 연인들은 서로 포옹을 하였다. 그들의 삶은 행복과 번영으로 가득했다. 외떨어진 다른 섬들은 길동의 통치하에 하나가 되었고, 욕망과 야망 모두 만족되지 않은 것이 없었다. 그러나 남편이 슬픔을 느끼고 젊은 아내가 그를 위로하고자 하나 위로하지 못하자 눈물이 그녀의 가슴에서 솟아나는 때가 왔다. 그는 그의 아버지가 죽었거나 혹은 죽어가고 있다는 전조를 느끼고 가서 묘에서 애도하는 것이 그의 본분이라고 마침내 설명하였다. 헤어진다는 생각에 괴로웠지만, 아내는 그에게 가라고 재촉했다. 그는 묘와 묘 주위의 조상으로 쓸 멋진 대리석판을 배에 가득 싣고 그 뒤에 3천 자루의 쌀을 실은 배들을 대동하고 서울을 향해 출발했다. 서울에 도착한 후 그는 머리를 깎고 예전 집으로 갔다. 하인들은 그를 사제로 생각하고 들여보내주었다. 그는 아버지가 이미 죽었지만 적당한 매장지를 찾지 못해 시신이 아직 그대로 있는 것을 알게 되었다. 사제로 여겨진 길동이 허락을 얻어 묘지를 선택했고, 매장은 적절한 의식을 갖추어 거행되었다. 그때 아들은 자신을 밝히고 상제들 속에 자리를 잡았다. 석상과 묘비는 잔디가 멋지게 깔린 땅 위에 세워졌다. 길동은 왕에게 빌린 것을 갚기 위해 가져온 쌀을 정부 창고에 보냈고, 상중이라 직접 인사드리지 못하는 점이 유감스럽다고 말했다. 그는 친모와 아버지의 정부인을 데리고 그의 집으로 향했다. 후자는 남편이 죽은 뒤 얼마 후에 죽었다. 그러나 이 총명한 아들의 가여운 노비 모친은 여러 해를 더 살면서 아들의 밝은 집에서 평화와 고요를 즐겼고, 효성스럽고 사랑스러운

아들 부부와 그들이 낳은 여러 자녀들의 보살핌을 받았다.[25]

25 <경판24장본>과 <경판30장본>이 갈리는 대목부터의 주요 화소와 알렌의 번역을 비교해보면 다음과 같다.
아래의 10개 화소는 24장본과 30장본에 들어있지만 각 화소의 분량이 <24장본>에서 상당히 줄어든다.
알렌 영역본은 4)번 화소부터는 사건들을 간략하게 요약만 한다.

	화소<경판계 홍길동전>	알렌의 <홍길동전>
1	조선왕과 만남, 신분문제 얘기하고, 정조 일천 석을 빌림	유사
2	무리를 이끌고 조선을 떠나 남경 제도로 감	유사
3	망당산에 가서 요괴를 퇴치하고 두 부인을 얻음	변개(백소저만 부인으로 맞는다)
4	아버지가 돌아가실 것을 미리 알고 묘를 준비함	변개(조선에서 부친상을 치른다)
5	중의 복색으로 조선으로 가서 아버지 장례에 참석	유사
6	어머니와 인형과 함께 상구를 모시고 제도로 가서 장사를 지냄	변개(홍길동은 친모와 유씨를 데리고 제도로 돌아온다)
7	율도국을 쳐서 왕이 됨	생략(길동이 율도국의 왕이 되는 화소는 생략된다)
8	조선왕에게 사신을 보내면서 정조 일천 석을 갚음	생략(아버지의 장례식에 참여할 때 조선왕에게 3천석으로 갚는다)
9	조선왕이 길동의 형을 사신으로 율도국에 보냄	생략(길동이 율도국의 왕이 되지 않았기 때문에 이런 내용은 없다)
10	길동이 백일승천하고, 세자가 왕위에 올라 대대로 태평성태를 누림	변개(제도의 수장으로 행복하게 사는 것으로 끝난다)

제2장

조선연구회의 〈홍길동전 일역본〉(1911)

細井肇, 「洪吉童傳」, 『朝鮮文化史論』, 朝鮮研究會, 1911.

호소이 하지메(細井肇)

❙ 해제 ❙

<홍길동전 일역본>은 호소이 하지메가 편찬한 저술, 『조선문화사론』 8편 「반도의 연문학」에 수록된 고소설 일역본 중 한 편이다. 호소이는 다카하시 도루가 한국고소설에 대한 번역작업을 진행하고 있음을 잘 알고 있었다. 따라서 『조선 이야기집 및 속담』(1910)에 수록될 고소설 3종에 대해서는 줄거리 요약만을 제시했다. 이에 비해 <홍길동전>의 경우는 상대적으로 많이 번역한 셈인데, 호소이는 그가 번역한 부분까지의 분량이 원전의 1/2에 해당된다고 말했다. 호소이의 이러한 지적을 감안한다면, 후반부가 짧은 경판본 계열로 한정될 수 없는 이본적 특성을 지니고 있어 그 번역저본을 분명하게는 지적할 수 없다. 그렇지만 이러한 번역저본의 문제보다 더 주목되는 측면은 <홍길

동전>에 대한 호소이의 인식이라고 말할 수 있다. 호소이는 <홍길동전>이 폭도인 강기동(姜基東, 1884~1911)이 즐겨 외우며 읽던 작품이라고 말했다. 강기동은 일제의 헌병보조원으로 발탁되어 근무하다, 헌병부대로 끌려온 의병들을 탈출시키고 본인 스스로 의병활동가로 변신하여 항일투쟁에 뛰어든 인물이다. 제2창의원수부 의병대장으로 일본군과 수십 차례의 격전을 벌였다. 그렇지만 일본의 대대적인 의병토벌작전으로 말미암아, 30살의 나이로 순국한 독립운동가이다. 그는 오늘날도 제이의 길동을 꿈꾸는 자가 끊이지 않는다고 했다. 그 이유는 이 작품과 같은 황탄무계한 서적이 민간의 일부에서 즐겨 읽혀지기 때문이라고 말했다.

참고문헌

송성욱, 「홍길동전이본신고」, 『관악어문연구』 13(1), 1988.
이윤석, 『홍길동전 연구 - 서지와 해석』, 계명대학교 출판부, 1997.
이종주, 「한문본 홍길동전 해제를 위한 도론」, 『서강어문』 6(1), 1988.
이종주, 「한문본 홍길동전 검토」, 『국어국문학』 99. 1988.
이창헌, 『경판 방각소설 판본 연구』, 태학사, 2000.
정규복, 「홍길동전 이본고(一)」, 『국어국문학』 48, 1970.
정규복, 「홍길동전 이본고(二)」, 『국어국문학』 51, 1971.
정규복, 「홍길동전 텍스트의 문제」, 『정신문화연구』 14(3), 1991.

世宗の朝、東村梨花亭(東大門内駱山下)に一人の宰相ありけり、姓を洪と云ひ名を某と呼ぶ、少年にして登科し位早くも三公に至りぬ、為人忠孝恭倹、清廉仁厚、加ふるに文章筆蹟一世に推重せらる。

세종조 동촌(東村) 이화정(梨花亭, 동대문 안 낙산 아래)에 재상 한 사람이 있었는데, 성은 홍(洪)이라 하고 이름을 모(某)라 불렀다. 소년의 나이에 등과하여 지위가 이미 삼공(三公)에 이르렀다. 사람의 됨됨이가 충효를 다하고 공손하고 검소하며 청렴하고 인이 두터웠다. 이에 더하여 문장과 필적이 당대에 높이 평가되었다.

膝下に唯一子を挙げ仁亭と名づけたり。仁亭早く及第して吏曹佐郎となる夫人李氏は兵曹判書李世臣の娘にて容色淑徳兼備同棲二十年の間相敬し相和し。其情交琴瑟も啻ならざりけり。

슬하에 오직 자식 하나를 얻었는데, 인정(仁亭)이라고 이름을 지었다. 인정은 일찍 급제하여서 이조좌랑(吏曹佐郎)이 되었다. 부인 이씨는 병조판서(兵曹判書) 이세신(李世臣)의 딸로, 용모와 안색이 정숙함과 단아함을 두루 갖추었으며, 부부로 같이 살게 된 지 20년 간 서로 공경하고 서로 화목하였다. 그 정다운 [부부]사이의 금슬도 보통이 아니었다.

公一日家にあり假睡を催ふせるに夢魂飄々として揚り蒼松緑竹の間を過ぐるに、忽ち層岩絶壁天に達し白玉の瀑布は竜の躍るが如く、百丈の石潭彩雲の湧くを見る、公静かに歩を停めて恍惚たる折柄忽ち雷霆霹靂、一陣の清風起り、黠雲を見ざりし碧空に忽然として一条の青竜現はれ、鬚髯を逆立て火焰の如き口を開き公に飛掛らんとす、公大いに驚き避けんとして覚れば南柯の一夢なりけり。

공이 하루는 집에 있으면서 선잠을 자고 있었다. 그런데 꿈에서 혼이 나부끼며 푸른 소나무와 푸른 대나무 사이를 지나더니, 갑자기 층암절벽이 하늘에 다다르고, 백옥과 같은 폭포가 용이 춤추는 듯이 하며, 백장(百丈) 석담(石潭)에 꽃구름이 치솟아 오르는 것을 보고는, 공은 조용히 걸음을 멈추고 황홀해하였다. 그때 갑자기 벼락이 크게 치고 한바탕 맑고 신선한 바람이 일어났다. 흩어진 구름을 보니 푸른 하늘에 갑자기 한 줄기의 청룡이 나타나, 수염을 곤두세워 불길과 같이 입을 벌리어 공에게로 비상하고자 하였다. 공은 크게 놀랐지만 피하려고 하지 않았다. 눈을 뜨자 남가일몽이었다.

公大いに喜び直ちに起ちて内堂に入りけるに夫人座にあり手を執って正に親狎せんとしければ、夫人色を正して日ひけらく相公位高く衆望を集むる身にて侍婢等の窺ひ見んことも思はず鄙しきわざに倣はんとし賜ふかとて其手を拂ひ席を退きけり。

공은 크게 기뻐하며 바로 일어나 내당으로 들어갔는데 부인이 자리에 있었다. 손을 잡고 바로 친근하게 대하니, 부인은 표정을 바로라고 하며 말하기를,

"상공은 지위도 높으시고 여러 사람들로부터 신망을 받는 몸으로, 아랫사람[1]들이 엿보고 있는 것도 생각하지 않으시고 천한 행위를 본받으려 하십니까?"

하고 그 손을 뿌리치고 뒤로 물러났다.

---

1 아랫사람: 일본어 원문은 '侍婢'다. 시중드는 여자를 뜻한다(松井簡治·上田万年編, 『大日本国語辞典』02, 金港堂書籍, 1916).

公これを羞ぢ、夢を説聞かせんとするも、天機を漏泄せんことをおそれ、忿気に堪へずして外堂に出で、夫人の思慮なきを歎きけるが、適ま侍婢春蟾茶を捧げて入り来る、年十八、賤婢なれども天性柔婉にして姿色あり、狭室に入りて親合しぬ。春蟾身をゆるしてより他嫁の意なく、公また奇特に思ひ容れて妾となしけるに、其月より懐胎し軈て月満ちて玉の如き男児を産みけるより、吉童と名づけたり。

공은 이것을 부끄러워하며 꿈을 설명하려고 하였지만 천기[2]를 누설한다는 걱정이 있었기에, 원통함을 참지 못하고 사랑채로 나와서 부인의 생각 없음을 한탄하였다. 우연히 하녀 춘섬(春蟾)이 차를 들고 들어왔다. 나이 18에 비천한 노비이기는 하지만 천성[3]이 얌전하고 용모가 아름다웠는데, 좁은 방에 들어와서 서로 가까이하게 되었다. 춘삼은 몸을 허락하고 나서는 다른 곳으로 시집 갈 생각도 하지 않았다. 공도 또한 기특하다고 생각하였기에 첩[4]으로 삼았다. 그 달로부터 회임을 하여 이윽고 달이 차서 구슬과 같은 남자아이를 낳았는데, 이름을 길동(吉童)이라고 지었다.

吉童聰明怜悧一を聞いて十を覚り、十を学んで百に通じ、四書三經、諸子百家より天文地理は云はずもがな六韜三略を誦んじ兵法に熟

2 천기: 대지의 비밀, 조화의 비밀이라는 뜻이다(松井簡治·上田万年編, 『大日本国語辞典』03, 金港堂書籍, 1917).

3 천성: 하늘로부터 받은 성질이라는 뜻이다(松井簡治·上田万年編, 『大日本国語辞典』03, 金港堂書籍, 1917).

4 첩: 부인 이외의 처라는 뜻을 나타낸다(棚橋一郎·林甕臣編, 『日本新辞林』, 三省堂, 1897).

達しけり。吉童早くも十三歳となり、晝は孫吳の兵書と陣法を講じ、夜は劍術を練習し、其才藝日就月長、能く遁用變化の法に通じ、殆んど知らざるところなけれど、只妾腹に生れたる身の一家上下擧って賤侍するのみならず、父を父と呼ぶ事だに叶はず日夜忿恨悲悵の心鬱結せり。

길동은 총명하고 영리하여 하나를 들으면 열을 깨닫고, 열을 배우면 백 가지에 통하였다. 사서삼경(四書三經)과 제자백가(諸子百家)로부터 천문지리(天文地理)는 말할 것도 없이, 육도삼략(六韜三略)을 외우며 병법에 통달하였다. 길동은 이미 13세가 되어, 낮에는 손오(孫吳)의 병서(兵書)와 진법(陣法)을 익히고 밤에는 창술(創術)을 연습하였으니, 그 재예(才藝)가 일취월장하였으며 달아나고 변하는 법 또한 능통하여 거의 모르는 것이 없었다. 하지만, 다만 첩의 배에서 태어난 몸이기에 일가[5]에서 위아래로 천하게 대접받을 뿐이었다. 아버지를 아버지라 부르는 것이 가능하지 않았기에, 밤낮으로 화내고 원망하며 슬픈 마음으로 울적하였다.

公には又別に蕉蘭と呼ぶ寵妾あり、黄海道の妓生なりけるが寵を恃んで、驕慢放恣の限りを盡し、己れに能からぬものは悉く公に讒訴するが常なりき。わけても吉童母子を憎み何時かは亡きものにせんとて思をめぐらしけるが、

5 일가: 한 채의 집, 한 가족, 학술 혹은 기예 등을 담당하는 한 유파라는 뜻이다(松井簡治·上田万年編, 『大日本国語辭典』01, 金港堂書籍, 1915).

공에게는 또한 따로 초란(蕉蘭)이라고 부르는 총애하는 첩이 있었다. 황해도 기생이었는데 총애를 믿고 매우 교만 방자하여, 자신에게 좋지 않은 것은 모두 공에게 참소하는 것이 일상이었다. 그중에서도 길동 모자를 미워하여, 언젠가는 죽여 버리고자 여러 가지로 생각하였다.

一日巫女を招いて銀子五十両を授け、奸計の程も打明けて一人の相女を伴ひ来らしめぬ

公これを見て吉童の運命を相せしめたるに、相女吉童を熟視すること稍々久ふして佯り驚いて曰く、今公子を相るに真に千古の英雄なり、只門閥足らざるを憾みと致候とて尚言はんとして敢て言はざるの素振りを示しければ、公は有りのままに直言すべしといふ、

하루는 무녀를 불러 은자 오십 냥을 건네고 간계(奸計)를 털어놓고는, 상녀(相女) 한 사람을 데리고 오게 하였다. 공은 이것으로 하여 길동의 운명을 자세히 보게 하였다. 상녀는 길동을 조금 오랫동안 눈여겨 자세히 보더니 거짓으로 놀란척하며 말하기를,

"지금 공자를 자세히 보니 참으로 오랜 세월 유례가 없을 정도의 영웅이십니다. 다만 문벌이 부족함이 근심입니다."

라고 하며 말하고자 하는 바를 굳이 말하지 않으려고 하는 기색을 보였기에 공은,

"있는 그대로를 숨김없이 말하거라."

고 하였다.

相女乃ち左右を顧み徐ろに云ひけるは公子の胸中無窮の意思を藏し、眉間に山川の精気玲瓏と現はれ、真に王侯の気象なるも、成人の後ち將に門閥を滅ぼすの禍あらん相公明察し玉へといふ、公之を聴き驚いて黙黙たることやや久しく、やがて声をひそめて運命の輪廻は逃れ難きもしばらく此の如きの言を他に漏すことなかれと、只其儘に打すぎぬ。

상녀는 이내 좌우를 돌아보며 천천히 말하기를,

"공자의 마음속에는 끝이 없는 생각이 감추어져 있습니다. 미간에는 자연의 정기가 영롱하게 나타나 있습니다. 참으로 왕후의 기상이십니다만, 성인이 된 후에 장차 집안[6]을 헤칠 수 있는 화가 있습니다. 상공께서 똑똑히 살피십시오."

라고 말하였다. 공이 이것을 듣고 놀라서 한동안 묵묵히 있다가, 드디어 소리를 죽이며,

"운명의 윤회(輪廻)는 피할 수 없는 것이겠지만, 잠시 동안 이와 같은 말을 다른 사람에게 누설하지 말도록 하여라."

고 말하고, 그냥 그대로 지나갔다.

蕉蘭はもどかしき事に思ひ、巫女と相者と諜じ合ひ、特才と云へる刺客に千金の賞を與へ、吉童を殺さしめんとせり。吉童はさる大事の己が身の上に企てらるるとも知らず、一夜燭を掻上げ周易を潜読しつつある折柄忽然一羽の鳥三度啼きつつ窗外を過ぎければ吉童これを怪

6 집안: 일본어 원문은 '門閥'이다. 집안, 가문, 명문의 뜻을 나타낸다(棚橋一郎·林甕臣編,『日本新辞林』, 三省堂, 1897).

み、この禽もと夜を忌む、今三鳴して過ぎけるは不吉の兆なりと、卦を占ひ見て大いに驚き矢庭に書案を退けて遁用法を行ひ様子を窺ひ見るに夜四更と覚しく、

초란은 답답한 생각에 무녀와 관상가와 서로 이야기하며, 특재(特才)라고 불리는 자객에게 천 냥의 상을 주고 길동을 죽이도록 하였다. 길동은 어떤 큰일이 자신의 신상에 계획되고 있는지도 몰랐다. 어느 날 밤 등불을 밝히고 주역을 읽고 있었던 바로 그때 갑자기 새 한 마리가 세 번 울면서 창밖을 지나갔다. 길동은 이것을 수상히 여겨, 지금 이 짐승이 밤을 꺼리어 세 번 울고 지나간 것은 불길한 징조라고 생각하고, 점을 쳐 보고는 크게 놀랐다. 책상을 물리고 느닷없이 둔용법(遁用法)을 행하며 형편을 살펴보았는데, 밤 사경이 되었음을 깨달았다.

一人の曲者匕首を挙げて徐ろに房門を開き室内に入来れり。吉童急に身をくらまし呪言を唱へたるに忽ち一陣の狂風起りて家は何処にか消え失せ、畳々たる山中、風景絶佳の境と化せり。特才狼狽して眼を睜る時、忽然笙声起り、一位の仙童驢馬に跨って来り吹笛を止めて大叱するに、特才懲りもやらず匕首を挙げて飛かからんとす、吉童愕然として汝は常に財を貪り人を殺すを嗜めば活すも益なし、思ひ知れと言下に特才の首は刎ねられたり。

수상한 자 한 사람이 비수(匕首)를 들고 방문을 열고 실내로 들어왔다. 길동은 서둘러 몸을 감추고 주문을 외웠다. 갑자기 사나운 바람이 한바탕 일어나며 집은 어딘가로 사라져 버리고, 첩첩산중에 풍경이 아름다운 곳으로 변하였다. 특재란 사내가 매우 난처해하며 눈을 떴을 때, 갑자기 피리소리가 났다. 선동(仙童)이 당나귀를 타고 와서 피리 불기를 멈추며 크게 화를 내었다. 특재는 그치지 않고 비수를 들어서 덤벼들었다. 길동은 깜짝 놀라서,

"너는 항상 재물을 탐하여 사람을 죽이는 것을 즐기는구나. 살아 있는 것이 이득이 없다는 것을 똑똑히 깨달아라."

고 말하고 일언지하에 특재란 사람의 목을 베어 버렸다.

吉童怒りに任せ、蕉蘭を害し、平素の恨みを晴さんとしたるも相公の寵愛一方ならぬを想ひ、別に覚悟を定め、それとなく相公と生母とに別れを告げ、飄然として家を抜け出でたり。吉童いづれと定めもなく行き行くに日、数を經てとある山谷に入り、尙山路を辿りけるに一岩上に石門ありて堅く閉されければ試みに其石門を開き内に入りけるに、平原曠野の間に数百の人家を認めたり。漸々進み行くに数多の人々打群れて、高く日覆を張り宴を設け歡樂を盡しおれり、此処はこれ数千名の賊徒の住める岩窟なり。

길동은 화를 참지 못하고 초란을 해하고 평소의 원통함을 씻고자 하였으나, 상공의 총애가 보통이 아닌 것을 생각하고 별도로 각오를 정하여, 넌지시 상공과 어머니에게 이별을 고하고 바람처럼 집을 빠져나갔다.

길동이 어느 쪽이라고 정하지도 않고 계속해서 가고 또 가던 날의 숫자가 더해졌을 때, 어느 산골짜기로 들어갔다. 더욱 산길을 더듬

어 가니 한 바위 위에 굳게 닫혀 있는 돌문이 있었다. 시험 삼아 그 돌문을 열어 안으로 들어갔다가, 넓고 평평한 들판 사이에 수백의 인가를 발견하였다. 점차 나아가니 다수의 사람들이 무리를 지어 모여서, 일광을 덮는 것을 높이 펼치고 연회를 열어 환락을 즐기고 있었다. 이곳은 수천 명의 도적들이 살고 있는 암굴(岩窟)이었다.

群がる賊徒は吉童の来れるを見て、其為人の俊秀にして尋常の児にあらざるを認め、一同口を開いていふ、君は何人にて何が為めに此処には来りしぞ、この山寨には英傑三人あれど未だ頭領を定め得ざる折柄、今君の気骨を見るに凡人に非るを知れり、萬一勇力ありて我黨に加はらんとせば試みに彼処にある大石を挙げよと。(吉童この時僅かに十三歳也、山賊等が直ちにこれを推載せんとするの語気を洩すは極めて不自然なれど、原書のままを譯述しおけり)

무리를 지은 도적들은 길동이 온 것을 보고, 그 사람됨이 준수한 것이 보통의 아이는 아니라는 것을 알았다. 모두 입을 열고 말하기를,

"그대는 어떠한 사람이고 무엇을 위해서 이곳에 왔는가? 이 산적들의 근거지에는 영웅과 호걸이 세 명 있지만 아직 우두머리를 정하지 못하고 있었던 차이다. 지금 그대의 기골을 보니 보통 사람이 아닌 것을 알 수 있구나. 만일 용기와 힘이 있다면 우리 마을에 들어오는 것이 어떠한가? 시험 삼아 저쪽에 있는 큰 돌을 들어 보거라."

고 말하였다. (길동은 이때 13세에 불과했지만, 산적들이 바로 이를 대표로 추대하려고 하는 말투가 빠진다면 극히 부자연스러워지기에 원서 그대로를 역술하였다.)

吉童大いに喜び再拜して曰く、吾は京城洪判書の妾腹に生れたる吉童と云へるものなるが、家中の賤待に慊らず、定めもなく四海を跋渉しけるに偶然ここに迷ひ来れり、いざ仰せの如く力試めさんと、進み出でで軽々と件の大石を棒げ、或は数十歩を走り、或は中天に向って投げなぞす、石の重さ千斤なり、諸賊その勇力に服し盛んに酒を行ひ吉童を拜して首魁とせり。

길동은 크게 기뻐하고 재배(再拜)하며 말하기를,

"나는 경성 홍판서의 첩의 배에서 태어난 길동이라고 하는 사람인데, 집안에서 천대 받는 것을 유감스럽게 생각하여, 정해진 것도 없이 사해(四海)를 돌아다니다가 우연히 이곳에 오게 되었습니다. 어디 명령대로 힘을 시험해 보겠습니다."

라고 말하면서 앞으로 나아가 가볍게 큰 돌을 들고, 혹은 수십 보를 달리거나 혹은 하늘을 향하여 던지거나 하였다. 돌의 무게는 천 근이었기에, 모든 도적들은 그 용기와 힘에 복종하고 풍성하게 술을 베풀어 길동에게 절을 하고 두목으로 삼았다.

吉童諸賊の部署を定めて、武藝の限りを練習せしめ、賊徒の技漸やく熟達しけるが折柄錢糧の缺乏を感じけるより、吉童諸賊に後事を托し独り飄然として山寨を出で、処々を放浪して山川風光を賞で、善行者を見ればこれと交りを結び、各邑守令、方伯等の施政の善惡などを探聞し、遂に海印寺に打入りて錢糧を奪はんとの決心を抱きて帰り来れり。

길동은 여러 도적들의 부서를 정하고 무예를 마음껏 연습시키니, 도적들의 기술은 점차 숙달되었다. 그러던 차에 돈과 곡식의 부족함을 느끼게 되면서, 길동은 여러 도적들에게 뒷일을 부탁하고 홀로 바람처럼 산적들의 근거지를 나갔다. 이곳저곳을 방랑하며 자연의 경치를 상으로, 선행을 행하는 자를 보면 그 사람들과 교제를 맺고, 각 고을 수령과 방백들의 정치의 선악 등을 탐문하였다. 이윽고, 해인사에 들어가서 돈과 곡식을 빼앗으려는 결심을 품고 돌아왔다.

今洞中健壯にして勇力あるもの一千四百名あれば、これを二隊に分ち、一隊は海印寺洞口を距る二里の地點路傍の樹林中に伏せ、一隊は寺中に入り、錢財を奪取すべし、その謀には吉童先づ寺に赴き読書の為めに来れりと稱し諸賊或は十餘人、或は数十人、群を分ちて見物の為めに来れるさまに粧ひ合、圖を目當に一時に群起する事に一決しぬ。

지금 암굴에는 건장하고 용감하며 힘이 있는 사람 1400명이 있으니, 이것을 두 무리로 나누어, 한 무리는 해인사 동네 어귀에서 2리 떨어져 있는 지점의 길옆의 나무숲에 숨어 있게 하고, 한 무리는 절 안에 들어가서 돈과 재물을 탈취하고자 하였다. 그 계책을 위해 길동이 우선 절을 향하여 독서를 위해서 왔다고 이르고, 여러 도적들은 혹은 십여 명 혹은 수천 명 무리를 나누어 구경을 온 것처럼 [위장]하여, 목적을 노리고 동시에 들고 일어나기로 정하였다.

謀愈々定まりたる翌日吉童は青驢に跨り、從者数人を随へて海印寺に入り、余京師にあって本寺の景勝に富めるを聞き遊意禁ぜず、研学を兼ねて来れり、宜しく寺中に雜輩の出入を嚴禁し、清浄なる居室を擇び留宿の準備せよと命ずれば諸僧恭しく命を承け大牢を以てこれに具へ歡待至らざるなし、

계책을 더욱 확고히 한 다음 날, 길동은 당나귀를 타고 심부름꾼[7] 수명을 거느리고 해인사로 들어가서,

"나는 서울에 있는 이 절의 경치가 좋다는 말을 듣고, 놀고 싶은 마음을 금할 수 없어서 학문을 연구하는 것을 겸하여 왔소. 적당히 절 안에 잡배들의 출입을 엄하게 금지하고, 맑고 깨끗한 거처를 선택하여 묵을 수 있도록 준비를 해 주시오."

라고 명하자, 여러 스님들은 공손히 명을 받들어 맛있는 음식을 갖추어 환대하였다.

やがて其日の夕頃老僧に告げて曰く、明日白米二十石を送るべければ今月十五日夜、酒肴を準備して待つべし、吾汝等と堂上に於て共に会飲せんとすと、諸僧合掌謝禮して唯々諾諾たり、吉童山寨より白米二十石を積載して海印寺に送らしめ、且つ人の怪みて問ふものあれば洪丞相宅より本郡守へ運搬するものなりと答へしめぬ。

이윽고 그날 저녁 무렵 노승에게 고하여 말하기를,

"내일 백미 20석을 보낼 테니, 이번 달 보름날밤 술과 안주를 준비하여서 기다리시오. 나와 그대들이 함께 당상에서 만나서 마시기로

7 심부름꾼: 일본어 원문은 '從者'다. 따르는 자 혹은 수행원의 뜻을 나타낸다(松井簡治·上田万年編, 『大日本国語辞典』03, 金港堂書籍, 1917).

합시다."

라고 말하였다. 여러 스님들은 합장하고 예를 다하여 절하며 무엇이든지 시키는 대로 하였다. 길동은 산적들의 근거지에서 백미 20석을 쌓아 실어서 해인사로 보냈다. 또한 사람들이 수상히 여겨 묻는 자가 있다면, 홍승상댁에서 군수에게 운반하는 것이라고 대답하게 하였다.

諸僧等大いに喜び約束の期日に寺の後なる景色絶佳のところへ酒饌をしつらへ、寺僧悉く打揃ひ吉童の抂臨を待詫ぶる旨を告げぬ。吉童從者数十人と共に其座に至り先づ諸僧に杯を傳へ一めぐり済みたる頃、ひそかに袖より沙石を取り出し口中したる後箸を下したるに、沙石を噛む音を聞きたる諸僧大いに恐縮し、只管粗忽の罪を謝す、

여러 스님들은 크게 기뻐하며 약속한 그날에 절 뒤편의 경치가 아름다운 곳으로 가서 술과 안주를 만들었다. 절의 스님 모두가 모여서 길동이 왕림[8]하는 것을 기다린다는 취지를 알리었다. 길동은 심부름꾼 수십 명과 함께 그 자리에 와서, 우선 여러 스님에게 잔을 전하고 한 바퀴가 돌았을 무렵, 몰래 소매에서 모래와 자갈을 꺼내어 입 속에 넣은 후에 젓가락을 내렸다. 모래와 자갈을 씹는 소리를 들은 여러 스님들은 크게 놀랐다. 한 결 같이 경솔한 죄를 사죄하였다.

吉童勃然として憤り、余汝等と僧俗の別を棄てて宴を與にせんと欲

8 일본어 원문에 抂臨이라고 표기되어 있지만 전후 문장으로 보았을 때 枉臨의 오자로 보인다.

したるに、上下の體面をも顧みず何ぞ吾を侮辱するの甚しきやと直ちに下隷に號令して諸僧を結縛し衙門に拿致し嚴罰に処すべしと命じければ下隷等一齊に諸僧を結縛しぬ。吉童声を勵まし、汝等を本郡邑に送り嚴刑に処すべしとて席を蹴立てて階下に下り、扇子を擧げて一たび扇げは諸賊忽ちに群起し、寺内の各房舎に驅入り、金銀財寶は元より衣服什器など悉く掠奪せり、

길동은 발끈하여 화를 내며,

"나는 그대들과 승려와 속인의 다름을 버리고 술자리를 베풀고자 하였는데, 높고 낮음의 체면도 돌아보지 않는 나를 어찌 모욕하는 것인가?"

바로 하인들을 호령하여 여러 스님을 결박하고는,

"관청[9]에 잡아가서 마땅히 엄벌에 처하여야 한다."

라고 명하자, 하인들은 일제히 여러 스님을 결박하였다. 길동은 한층 더 소리를 크게 하여,

"그대들을 이 군읍으로 보내어 마땅히 엄벌에 처하게 할 것이다."

라고 말하고 자리를 박차고 일어서서, 계단 아래로 내려와서 부채를 들었다. 한 차례 부채질을 하니 여러 도적들이 갑자기 들고 일어나서, 절 안의 각 방으로 뛰어 들어가 금은보화는 말할 것도 없이 의복과 세간 등을 모두 약탈하였다.

この時海印寺の炊飯僧は食器を洗ひゐけるが突然無数の賊の闖入す

9 일본어 원문은 '衙門'이다. 관청의 총 명칭이다(棚橋一郎·林甕臣編, 『日本新辞林』, 三省堂, 1897).

るを見て大いに驚き窃かに墻壁を乗踰え陜川邑に到り事の次第を告げたるに郡守も打驚き直ちに官軍を発して一網の下に群賊を打盡せんとしたり。

されど此時諸賊等は既に寺中の財物を収拾し約一里ばかりも持去りけるに忽

ち後方に追手の迫るを見て吉童諸賊に命じて南方の大路より遁れしめ、己れは直ちに寺に帰りて僧衣を着し松笠を冠り木魚を手にし、門前の丘上に驅けのぼり、官軍北方の路を取り玉へ賊は彼方に去れりと呼ぶ、見れば一少年僧なり。

이때 해인사에서 밥을 짓던 스님은 식기를 씻고 있었는데, 갑자기 수많은 도적들이 침범하여 들어오는 것을 보고 크게 놀라서, 몰래 담을 넘어 합천읍(陜川邑)으로 가서 일의 자초지종을 알리었다. 군수도 크게 놀라서 바로 관군을 파견하여 도적 무리들을 일망타진하려고 하였다.

그렇지만 이때 여러 도적들은 이미 절 안의 재물을 거두고, 약 1리 정도를 떠나가 있었다. 금방 뒤에서 추적자가 쫓아오는 것을 보고, 길동은 여러 도적에게 명하여 남쪽의 큰길로 달아나게 하였다. 자신은 바로 절로 돌아가서, 스님의 옷을 입고 소나무 삿갓을 쓰고 목탁을 손에 들고 문 앞의 언덕 위에 뛰어 올라가서는,

"관군은 북쪽 길로 가시오. 도적이 그 쪽으로 갔습니다."

라고 외쳤다. 보니 한 소년 스님이었다.

乃ら僧の指す北方の小路に向って一齊に駈け附けたり、吉童之を見すまし山を下り、隠身法を行ひ先づ洞府(賊巣)に至り留守せる諸賊に命じ、好酒盛饌を準備せしめ諸賊の来るを待受けたるに諸賊も漸く来りて吉童に向ひ叩頭謝して曰く将軍の神機妙策は鬼神と雖も測るべからざるなりと皆成功を祝して宴を設け歡を盡したる後奪ひ来れる財物を検すれば其額優に数萬金に上ぼれり各々分賞してこれより活貧黨(活貧黨は近年迄存在したり、朴泳孝氏の如きも一時活貧黨の領袖なりき)と號せり。

이에 [소년]스님이 가리키는 북쪽의 작은 길을 향하여 일제히 달려갔다.

길동이 이것을 보고 산을 내려와서 은신법(隱身法)을 행하였다. 우선 동부(洞府, 도적들의 근거지)에 도착하여 마을을 지키고 있던 여러 도적들에게 명하여 좋아하는 술과 성대한 안주를 준비하게 하였다. 여러 도적이 오는 것을 기다리었더니, 여러 도적들도 잠시 후 왔다. 길동을 향하여 머리를 숙여 감사해 하며 말하기를,

"장군의 신묘한 기략과 묘책은 귀신이라고 하더라도 헤아릴 수 없을 것입니다."

라고 하며, 모두 성공을 축하하여 잔치를 열고 기쁨을 다하였다. 그 후 빼앗아 온 재물을 검토해 보았더니, 그 금액이 족히 수만금에 이르렀다. 각각 상을 나누고 이로부터 활빈당(활빈당(活貧黨)은 최근까지 존재하였다. 박영효(朴泳孝) 씨와 같은 사람도 한 때 활빈당의 지도자였다.)이라고 불렀다.

吉童は八道を蹂躙しつつ不義の財を奪ひて貧民を救濟しかって自己

の名を露はさず、さても官軍等は賊を追ふ事数里に及べるも形跡更に無ければ詮方なく官府に帰り右の由を告げたるに郡守大いに驚き此旨奏達したるに上、大いに宸襟を悩まし賜ひ八道に勅を下し彼の賊漢を捕逮したる者には賞千金邑萬戸を與ふべしとのたまはせけり。

길동은 팔도를 유린하고 옳지 않은 재산을 빼앗아서 빈민을 구제하였지만, 예전의 자신의 이름은 드러내지 않았다. 한편 관군 등은 수리에 이르러 도적을 쫓고자 하였는데, 또한 흔적이 없었으므로 어쩔 수 없이 관부(官府)로 돌아갔다. 다음과 같은 이유를 고하니, 군수는 크게 놀라서 이 이야기를 임금에게 아뢰었다. 임금의 마음도 크게 고민되어, 팔도에 칙서를 내리고 그 악한 도둑놈을 체포하는 자에게는 상금 천 냥과 고을 만 호를 내려 줄 것이라고 하였다.

此時吉童は高く活貧堂に座し諸賊に下知して曰く、我等本と良民なるも勢止むを得ず義を以て此処に聚まれる者なれども、国家に正供する財物(公税金の如きもの)を奪取せば之れ逆賊なり又百姓の財物を掠奪すれば之れ国本を攪亂せしむるものなれば我洞中にて(賊窟中)此二箇條を犯す者は断乎として軍律に照し処断すべきにより汝等は心に銘じて夢不義を行ひ罪を犯すこと勿れ、唯各邑守令(郡守)が百姓を苛虐に取扱ひ民の膏血を絞り、公に憑りて私を營みし不義の財を奪ふば是れ誠に活貧の大法と謂ふべしと。諸賊謹んで諾し大将の命を遵奉すべしと云へり、

이때 길동은 활빈당에 앉아서 여러 도적들에게 지시를 내리고 말

하기를,

"우리들은 원래라면 양민이 되어야 할 사람이지만, 할 수 없이 의를 위해 이곳에 모여 있는 것이다. 국가에 정공(正供)하는 재물(공공 세금과 같은 것)을 빼앗는 것은 역적이 되고, 또한 백성의 재물을 약탈하는 것은 이것이 나라의 근본을 어지럽히고 혼란하게 하는 것이다. 우리 동네 안에서(도둑의 소굴 안) 이 두 가지를 범하는 자는 단호히 군율에 맞추어 처단할 것이다. 너희들은 마음에 명심하여 꿈에라도 불의를 행하여 죄를 짓지 말거라. 오직 각 고을의 수령(군수)이 백성을 가혹하게 다루고 백성의 기름과 피를 쥐어짜고, 공적으로 부탁하고 사적으로 운영하여 옳지 않은 재산을 빼앗는 것 이것이 바로 활빈의 대법이라고 말할 수 있다."

라고 말하였다. 여러 도적들이 정중하게 대답하고, 마땅히 대장의 명을 존경하여 높이 받들 것이라고 전하였다.

去る程に数月を過ぎけるが、一日吉童部下に令して曰く今我洞中倉庫空之を告げたり、吾咸鏡監營(今の觀察道廳に當る)に入り倉庫の穀類竝に各種の軍器を奪取せんとす、其謀はかくすべしとて旨を授け、吉童は服を變じて出発し、

그러는 중에 수개월이 지난 어느 하루 길동은 부하에게 명령하여 말하기를,

"지금 우리 동네 안에 창고가 궁핍해졌다."

라고 알리고,

"나는 함경감영(咸鏡監營, 지금의 관찰도청에 해당한다)에 들어가서,

창고의 곡류와 각종 전쟁에 쓰는 도구를 빼앗으려고 한다. 그 계략은 이렇게 할 것이다."

라는 취지를 전달하고, 길동은 옷을 바꾸어 입고 출발하였다.

約束の日の四更の頃ほひ賊卒をして柴草を南門に積載し火を放たしめけるに、忽然として炎煙天をこがしけり、此時官隷百姓等は火勢の猛烈なるを見て倉皇奔せ出でければ、吉童急に城内に入り營門を亂打し大吽して曰く先陵火勢急にして參奉、陵員等皆燒死したり、速かに火を救ひ賜へと、

약속한 날 사경 쯤 적졸(賊卒)들로 하여 자초(柴草)를 남문에 쌓아 싣게 하고 불을 지르게 하였다. 갑자기 불꽃과 연기가 하늘을 그을렸는데, 이때 관노 백성 등은 불기운이 맹렬해지는 것을 보고 황급히 달려 나왔다. 길동은 서둘러서 성안으로 들어가서 병영의 문을 마구 치고 크게 외치며 말하기를,

"선릉(先陵)의 불기운으로 갑자기 참봉(參奉)과 능원(陵員) 등 모두가 불에 타 죽었다. 신속하게 불을 끄도록 하여라."

고 하였다.

監司は突然此言を聞き魂飛び魄散じ急に身を起し望見するに火光天に接しければ直ちに軍士を指揮して陵所に馳せ寄せたり、此時吉童は諸賊に號令し倉庫を開き軍器を取り出し財穀を奪ひ牛馬に載せ北門より出でて縮地法を行ひ徹夜洞口(賊窟の入口)に至りけるに東方白みたり、

감사(監司)는 갑자기 이 말을 듣고, 혼비백산하여 서둘러 몸을 일으켜 멀리 바라보았다. [정말로]불꽃이 하늘에 닿아 있었기에 바로 군사를 지휘하여 능소(陵所)로 달려갔다. 이때 길동은 여러 도둑들에게 호령하여, 창고를 열고 전쟁에 쓰는 도구를 꺼내고 재물과 곡식을 빼앗아 소와 말에 실어서 북문으로 나갔다. 축지법(縮地法)을 행하여 밤을 새워 동네 어귀(도둑 소굴의 입구)에 도착하였더니 동쪽은 날이 밝았다.

吉童諸賊に告ぐるに我等人の行ふ能はざるところのものを敢てしたり、されば監司より必らず罪狀を奏聞すべし、或はこれが為め無罪の人誤って捉へられ刑に処せらるるやも計り難し、之れ豈積悪にあらずや、依って咸鏡監營の北門に倉穀、兵器を奪取したる者は活貧黨魁首洪童吉なりと標榜すべしと云へば諸賊は一齊に大叫して其不可を説く、吉童微笑して汝等劫るる勿れ余に妙策あれば指揮のままに行ふべしと云ふ、諸賊之を拒むこと能はず、乃ち暗夜に乗じ北門に標榜を揚げたり。

길동은 여러 도둑들에게 알리기를,

"우리들은 사람이 해서는 안 되는 일을 굳이 하였다. 그렇다면 감사가 반드시 죄상을 아뢸 것이다. 어쩌면 이것으로 인해 죄 없는 사람이 잘못하여 붙잡혀서 형에 처해지는 것이 없다고는 가늠할 수 없다. 이에 어찌 나쁜 일이 얼어나지 않는다고 할 수 있겠는가? 그러므로 함흥감영의 북문에 있는 창고의 곡물과 병기를 약탈한 것은 활빈당의 우두머리 홍길동[10]이라고 마땅히 표방하여야 한다."

라고 말하였다. 여러 도둑들은 일제히 크게 외치며 그것은 불가하다고 설득하였다. 길동은 미소를 지으며,

"너희들은 위협하지 말거라. 나에게 묘한 계책이 있으니 지휘하는 대로 마땅히 행하여야 하느니라."

고 말하였다. 여러 도둑들은 이것을 거절할 수 없었다. 이에 어두운 밤을 틈타 북문에 표방을 세웠다.

此夜吉童藁人形七個を作り各々呪言を念じけるに藁人形一時に霊ある人の如く腕を伸ばし大呼して起立するを見れば宛たる八個の吉童にして互ひに相対談話する様何人も何れが真の吉童なるやを知らず、諸賊一齊に拍手喝采して将軍の神機妙算鬼神も測り難しと歎賞せり。

이 밤 길동은 볏짚 인형 일곱 개를 만들어서 각각 주문을 외웠는데, 볏짚 인형이 한꺼번에 영혼이 있는 사람과 같이 팔을 뻗어서 큰 소리를 지르며 일어났다. 이를 보니 마치 여덟 개의 길동이 서로 상대에게 이야기하는 듯, 누구도 어느 쪽이 진짜 길동인 것을 알지 못했다. 여러 도둑들은 일제히 박수갈채를 하며, 장군의 신묘한 지략과 기묘한 계책이 귀신도 가늠할 수 없을 것이라고 탄복하며 크게 칭찬하였다.

さる程に八個の吉童は八道に分れ各道に一人の吉童賊卒五百名づゞを率ゐて赴かしむ、諸賊旅装を調へ出発しければ真の吉童は何処に在

10 일본어 원문상의 오자이다. 일본어 원문에서는 이 대목에서만 홍동길이라고 표기되어 있다.

るかを知らざるなり。

茲に咸鏡監司北門の標榜を見て之を怪み道内に盜賊逮捕を布告したるも其甲斐なかりければ監司は詮方なく其由朝廷に奏上せり、上、之をきき賜ひ憂慮措く能はず、官民を間はず吉童を捕へたるものには重賞すべしと標榜せしめぬ。

그러는 중에 여덟 개의 길동은 팔도로 나뉘어서 각 도에 길동 한 사람이 적졸 500명씩을 거느리고 나아갔다. 여러 도둑들이 여장을 준비하고 출발하니, 진짜 길동은 어디에 있는지를 알 수가 없었다.

이에 함흥감사는 북문의 표방을 보고 이것을 이상히 여기고 도내에 도적을 체포하도록 포고하였는데, 그런 보람도 없어 감사는 어쩔 수 없이 그런 사정을 조정에 아뢰었다. 이것을 듣고 근심과 걱정을 [그대로]둘 수 없어서, 임금은 관과 민을 가리지 않고 길동을 체포하는 사람에게는 마땅히 후한 상을 줄 것이라고 널리 알리었다.

さる程に吉童は七個の藁人形を各道へ派遣すると共に己れは全羅、京畿両道に本據を構へ各道各邑へ進供せんとする誅求による不正の財物を奪取するより八道騷擾し官民共に枕を高ふして安眠する能はず、只管倉庫の軍器財帛等を嚴重に監守するの外なかりき。

그러는 중에 길동은 일곱 개의 볏짚 인형을 각 도에 파견하고, 자신은 전라와 경기 양쪽 도에 본거지를 마련하여 각 도 각 고을로 나아가려고 하였다. 백성의 재물을 강제로 빼앗아서 만든 부정한 재물을 약탈하니, 팔도가 떠들썩하게 들고 일어나 관과 민이 함께 안심하고 편안하게 잘 수가 없었다. 한 결 같이 창고에 있는 전쟁에 쓰는 도구나 금전 등을 엄중하게 감독하고 지키는 수밖에 없었다.

吉童の手段は実に巧妙を極め白畫驀然として風雨矢石を飛ばし人をして能く開目するを得ざらしむるの慨あり。為めに八道よりの奏聞は何れも其困憊の狀を報じ来る。曰く洪吉童と云へる者は能く呼風喚雨の術を行ひ各邑守令の財物を雲霧の中に奪ひ去り如何に捕捉せんとするも其踪跡飄忽として何処にか消失し其犯行を見る能はず為めに百姓堵に安んずる能はず、伏して願はくば聖上俯察を乗れ賜はん事をと、

길동의 수단은 실로 지극히 교묘하여, 백주 대낮에 갑자기 바람과 비, 화살과 돌을 날려서 사람들로 하여 눈을 잘 뜰 수 없게 하였기에 분노하였다. 때문에 팔도로부터 임금에게 아뢰는 글은 어느 것이나 그 고달픈 상황을 보고하는 것이었다. 말하기를,

"홍길동이라는 자는 자주 바람을 부르고 비를 부르는 재주를 잘 행하여, 각 고을 수령의 재물을 구름과 안개 속에서 빼앗아서 달아난다고 합니다. 아무리 붙잡으려고 하여도, 그 종적이 홀연히 어딘가에서 소실되어 그 범행을 볼 수가 없습니다. 때문에 백성들은 거처를 편안하게 할 수가 없습니다. 엎드려 바라건대 성상은 두루 굽어 살피어 주십시오."

라는 것이다.

上、宸襟を悩まされ文武百官を召して之が策を問ふ、時に右捕盜大将李某伏奏して曰く、今吉童賊子亂を作し海内驚擾甚だし、臣一たび

出でで彼を捕へ以て竜榻に獻すべしと、上大いに悦び直ちに印劍及酒饌を賜ひ曰く吉童を捉へなば立ろに首を斬れと、

임금의 마음은 괴로워 문무백관을 불러서 이에 대한 방책을 물었다. 이때 우포도대장(右捕盜大將) 이모(李某)가 아뢰기를,

"지금 길동이 나쁜 무리와 난을 만들어 나라 안의 소란스러움이 심합니다. 신이 일단 나가서 그를 붙잡아 마땅히 용탑(龍榻)에 바치도록 하겠습니다."

임금이 크게 기뻐하며 바로 인검(印劍) 및 술과 안주를 하사하고 말하기를,

"길동을 붙잡는다면 바로 머리를 베어 죽여라."

고 하였다.

李捕将叩頭謝恩して退出し、強壯勇力の捕校二人を擇び約を定め家に還り變装して奴子一人を随へ旅装を修め、黄昏時に崇禮門(今の南大門)を出で洞雀江(漢江の流城)を渡り捕校二人と聞慶(慶尚北道)にて会見せんと約し置き、単身飄然として五里を進みけるに日は已に暮れにけり。

이에 포도대장 이는 머리를 조아리고 은혜에 사례하며 물러났다. 건장하고 뛰어난 역량을 가진 포교 두 사람을 골라 약속을 정하고, 집으로 돌아가 변장을 하고는 사내종 한 사람을 거느리고 여장을 챙겼다. 해가 지고 어둑어둑할 때에 숭례문(지금의 남대문)을 나서서 동작강(洞雀江, 한강 언저리)을 건너 포교 두 사람과 문경(聞慶, 경상북도)에서 만나자고 약속하고, 홀로 홀연히 5리를 나아가니 날은 이미 저물었다.

此時李捕将は旅宿を求めて休憩せんとしたるに一少年青麻道袍を着し手に紗扇を執り驢馬に跨り従者数人を随へ右の旅宿に入りければ、李捕将窃に之をうかがふに右の少年やがて座につくと共に長大息す、李捕将問ふて曰く何を憂ひて斯くは悲忿せらるるや、

이때 포도대장 이는 여숙을 찾아서 휴식하고자 하였는데, 한 소년이 청마도포(靑麻道袍)를 입고 손에는 사선(紗扇)을 들고 당나귀를 타고 시중드는 사람 몇 사람을 거느리고 오른 쪽 여숙으로 들어갔다. 포도대장 이는 몰래 이것을 엿보았는데, 방금 전의 소년은 곧 자리에 앉자마자 크게 한숨을 쉬었다. 포도대장 이가 물어 말하기를,

"무엇을 근심하여 그렇게 슬퍼하고 화를 냅니까?"

少年答へて曰く普天の下、王土に非ざるなく率上の濱王臣に非ざる莫し、吾假令鄉谷の蒼生なりと雖も今国家の為めに憂ふる所あり當今洪吉童と云へる盗賊八道を周行しつつ作亂擄掠し各道の方伯、守令枕を高ふするを得ず、聖上宸襟を悩まし玉ひ八道に布告して吉童を捉ふる者あらば重賞すべしとあり、然るに能く捕捉し得る者無く或は吉童を知れる者あれど独力を以て捕捉するに由なく又人を求むるも容易に事を共にせんとするものなし、吾此を以て憂ふるなりと、

소년이 대답하여 말하기를,

"하늘 아래에 임금이 거느리고 다스리지 않는 땅이 없으며, 온 나라에 신하가 아닌 자가 없거늘, 제가 비록 향곡의 백성이라고는 하지만, 지금 국가를 위해서 근심하는 바가 있습니다. 바로 지금 홍길

동이라고 불리는 도적이 팔도를 주행하며 난을 일으키고 노략질을 하기에, 각 도의 방백과 수령이 안심할 수가 없습니다. 성상이 마음을 괴로워하며 팔도에 포고하여 길동을 붙잡는 자가 있으면 후한 상을 준다고 하였습니다. 하지만 잘 붙잡을 수 있는 자가 없고, 혹은 길동을 아는 자가 있어도 혼자 힘으로 붙잡을 수도 없습니다. 또한 사람을 찾는 것을 용이하게 함께 하려고 하는 사람도 없습니다. 저는 이것 때문에 근심하는 것입니다."

捕將曰く然らば若し腹心の人を得ば能く吉童を捕捉するの計ありや、少年曰く、吾吉童の巣穴を知れるも独力を以て入る能はず但だ腹心の人を得ば能く大事を成就すべきも其人を得ること難し(此間原本数葉脱落)

포도대장이 말하기를,

"그렇다면 혹시 심복[11]을 얻는다면 길동을 붙잡을 수 있는 계략이 있을 것입니다."

소년이 말하기를,

"나는 길동이 있는 소굴을 알아도 혼자 힘으로 들어갈 수도 없습니다. 다만 심복을 얻는다면 마땅히 그 일을 성취할 수도 있겠지만, 그 사람을 얻는 것은 어려울 것입니다."(이 사이에 원본에서 몇 장 누락)

11 심복: 일본어 원문에는 '腹心の人'라고 표현되어 있다. '腹心'이란 뱃속, 혹은 마음속까지 털어놓는 것이라는 뜻이다.(棚橋一郎·林甕臣編, 『日本新辞林』, 三省堂, 1897).

如何なる人なれば日暮れて斯くは深山幽谷に来りしぞと、李捕將曰く吾は忠淸道公州の者なるが京城に上る途次黄昏頃を路に迷ひ誤って貴莊に入り斯くは神威を冒犯したるものなり、願はくば其罪を恕し玉はんとをと、長者色を正して曰く君、我を欺くや甚だし、

"어떠한 사람이기에 날이 저물어서 이렇게 깊은 산속의 으슥한 골짜기에 왔는가?"

이포장이 말하기를,

"나는 충청도 공주 사람입니다만, 경성으로 올라가는 도중에 해가 지고 어둑어둑해져서 길을 헤매고 있다가, 귀하의 별장에 들어와 이렇게 신위(神威)를 범하게 되었습니다. 바라건대 그 죄를 용서해 주십시오."

라고 하였다. 장자(長子)는 정색하고 말하기를,

"그대는 어찌 나를 기만하느냐?"

捕將曰く豈敢て欺かんや、長者大声叱して曰く君の如き一匹夫を以て自ら分に甘んぜず洪将軍を捉へんとす故に周笠山の神霊震怒あらせられ君を捉へて罪を問ひ獄に投じ狂言妄說の罪を治し後人を懲戒せんとせらる、左右の者等此奴を牢囚せよと下知したれば、数十の軍卒一時に令を聴いて馳せ集り立ちどころに結縛なしけり、

포도대장이 말하기를,

"어찌 굳이 속이겠습니까?"

장자가 큰소리로 화를 내면서 말하기를,

"그대와 같은 일개 평범한 백성이 스스로 분수에 만족하지 않고 홍장군을 붙잡으려고 하니까, 주립산(周笠山)의 신령이 진노하여, 그대를 붙잡아 죄를 물어 감옥에 내던져서 이치에 맞지 않고 도의에 어긋나는 말의 죄를 다스린 후에, 사람들을 징계하도록 시키셨다. 좌우의 사람들은 이 자를 감옥에 가두어라."

고 지시를 내리니, 수십 명의 군졸이 한꺼번에 명령을 듣고 달려들어서 결박하였다.

捕將固く欄干を執り大呼して曰く小人は唯微賤の者なり罪無くして捉へられて来れり、大王俯察を垂れ玉ひ容恕あらせられよと、言未だ終らざるに殿上より声あり咄此痴漢、世上いかで地獄、十大冥王あるべきぞ顔を挙げて詳かに吾を見るべし、吾は別人ならず、則ちこれ活貧黨の魁首洪吉童なり君無識淺見を以て無謀の心を起し吾を捉へんとす、依って我れ君の勇力と才智を知らんと欲し昨日青袍の少年をして君を誘引して此処に来らしめたるなり、

포도대장은 굳게 난간을 붙잡고 큰소리로 말하기를,

"소인은 다만 미천한 사람으로 죄 없이 붙잡혀 왔습니다. 대왕은 두루 굽어 살피시어 용서하여 주십시오."

라고 하였다. 말이 아직 끝나지도 않았는데, 궁전으로부터 소리가 나며,

"아아, 바보로구나. 세상에 어찌 지옥이 있고 십대명왕(十大冥王)이 있겠느냐? 얼굴을 들어서 자세히 나를 보거라. 나는 다른 사람이 아니라 바로 이곳 활빈당의 우두머리 홍길동이다. 너는 식견이 없고

얕은 견해로 무모한 마음을 일으켜 나를 붙잡으려고 하였으렷다. 그러므로 나는 그대의 뛰어난 역량과 재주와 슬기를 알고자, 어제 푸른 도포를 입은 소년이 되어 너를 유인하여 이곳으로 오게 하였다."

言ひ了るや左右に令して縛を解き席上に座せしめ酒を酌み勧めて曰く君の如き輩十萬ありとも能く吾をいかんせんや吾、今、君を一刀の下に殺さんは安けれど君の如き匹夫を殺して何の甲斐かあらん君、今帰りて吾を見たりと云はば必らず罪責を免るる能はじ、依って固く之を包み、更に君の如き企をなす者あらば誡飭して再び同一の轍を踏まざらしめよ、

말이 끝나자 좌우에 명령하여 결박을 풀고 자리에 앉히어 술을 따라 권하면서 말하기를,

"그대와 같은 무리가 10만이 있다고 하더라도 나를 어찌하랴? 나는 지금 그대를 한 칼에 죽일 수도 있지만, 그대와 같은 평범한 백성을 죽여서 무슨 보람이 있겠는가? 그대는 지금 돌아가서 나를 보았다고 말한다면 반드시 잘못을 저지른 책임을 면하지 못할 것이다. 그러므로 굳게 이것을 숨기고 또한 그대와 같이 일을 도모하려는 자가 있다면 훈계하고 가르쳐서 다시는 같은 잘못을 되풀이 하지 못하도록 하게 하여라."

又三人を捉へ入れ階下に屈せしめて曰く、汝等は無識微賤の身を以て李某に從ひ余を捉へんとするは身の程知らぬ烏滸の沙汰なり酒など呷り疾く去ねかしといふ、

또한 세 사람을 붙잡아 들여와서 모두 꿇어앉히고 말하기를,

"너희들이 식견이 없고 얕은 견해를 가진 몸으로 이모(李某)를 따라서 나를 붙잡으려고 한 것은 분수도 모르는 어리석은 짓이다. 술을 마시고 어서 떠나거라."

고 하였다.

やがて酔ひしれて打臥しけるが李捕将は忽ち酔気醒め渴に堪えず水を求めんとして起き上らんとするに四肢を動かす能はず、之を怪み心を勵まし窺ひ見るに己れは何時の間にか皮袋の中に臥し居れり、辛うじて皮袋を裂き四面を見廻せば尙も三個の皮袋、樹枝に懸れり、順次に取り下ろして解き見るに、随行せし三人の下隷なり、互ひに胡亂の眼を睁りて四邊を窺ひ見るに此処は之れ京城北嶽山なりけり。

이윽고 술에 취해서 들어 누웠다. 이포장은 갑자기 술기운이 깨서는 갈증을 참지 못하여 물을 찾아 일어서려고 하였다. 그런데 사지를 움직일 수가 없자, 이를 수상하게 여기고 마음을 북돋아서 엿보았더니, 자신은 어느새 가죽부대 안에 누워 있었다. 가까스로 가죽부대를 찢고 사방을 살펴보니, 그 위에 또 세 개의 가죽부대가 나뭇가지에 걸려 있었다. 차례대로 내려서 풀어 보니 수행하였던 세 사람의 하인이었다. 서로 수상한 눈을 부릅뜨고 사방을 엿보았더니, 이곳은 바로 경성의 북악산(北嶽山)이었다.

さる程に吉童は常に軺軒(覆なき轎與一輪車)に乗り優然として都大路を往来し或は各邑へ路文(旅行日程)を傳へなどし、八道を巡行しつつ各邑守令共の中或は貪官汚吏あらば直ちに暗行御史の職權を飾りて先斬後啓を敢てす。奏聞は、概ね某邑郡守某公に憑り私を営み良民の膏血を絞り百姓塗炭に苦めり依って假りの御史洪吉童先づ斬り懲戒したる後謹んで奏し奉る云々、

그러는 중에 길동은 항상 초헌(軺軒, 덮개가 없는 교여(轎輿) 일륜거(一輪車))을 타고 여유롭게 사람의 왕래가 많은 수도의 도로를 왕래하기도 하고, 또는 각 고을로 노문(路文, 여행 일정)을 전달하는 등 팔도를 순행(巡行)하였다. 각 고을 수령들 중 혹은 탐관오리가 있으면 바로 암행어사의 직권을 꾸며서 먼저 처형하고 뒤에 임금께 아뢰었다. 임금에게 아뢰는 말은,

"대개 모 고을 군수는 공을 빙자하여 사를 도모하고, 양민의 기름과 피를 쥐어짜서 백성을 도탄에 빠지게 하였습니다. 그리하여 임시어사 홍길동이 우선 처단하고 징계한 후에 삼가 아뢰옵니다."

등등이었다.

適々都承旨八道の情報を奏聞す上、開覧あらせられたるに慶尙監司の奏文に曰く慶尙道觀察使兼巡察使臣某誠惶誠恐頓首再拜して一封の表を龍榻下に奉る洪吉童なる者道内各邑を徘徊し或は風雲を起し或は雷霆を驅り作擾測り難きを以て百姓堵に安んずるを得ず、守令能く安、眼するを得ず、伏して願はくは聖上、軍を発し賊を嚴捕して後患を除かせられん事を千萬伏望す云々、

때마침 도승지가 팔도의 정보를 임금에게 아뢰었다. 열어서 보니

경상감사가 주문(奏文)에서 말하기를,

"경상도 관찰사 겸 순찰사 신 아무개 황공무지로소이다. 돈수(頓首) 재배하여 일봉(一封)의 표(表)를 용탑(龍榻) 아래에 올립니다. 홍길동이라는 자가 도내 각 고을을 배회하며, 혹은 바람과 구름을 일으키고 혹은 우레를 몰아서 야단스럽게 소동을 일으켜 헤아리기 어렵게 함으로써, 백성들이 안도할 수 없고 수령들도 안면할 수 없습니다. 엎드려 바라건대 성상은 군을 일으켜 도둑을 엄포한 후에 근심을 제거하시기를 천만복망(千萬伏望)합니다."

등등이라고 하였다.

其餘各道の奏文また畧ぼ之に同じ上大いに憂ひ左右に向って問はせ賜はく抑々この賊の生地何処なりや、都承旨答へて曰く洪吉童は原任右議政洪某の庶子にで吏曹佐郎洪仁亨の庶弟、夙に人を殺して逃走する事数年なり、今洪某と仁亨とを牌招し下問あらせられなば自ら其根底を認めさせらるべしと奏す、

그 나머지 각 도의 주문 또한 생략하지만 이와 같았다. 임금은 크게 근심하며 좌우를 향하여 묻기를,

"도대체 이 도둑이 태어난 곳이 어디냐?"

도승지가 대답하여 말하기를,

"홍길동은 전관 우의정 홍모의 서자로, 이조좌랑 홍인정의 이복동생입니다. 일찍이 사람을 죽이고 도주한 것이 여러 해 되었습니다. 지금 홍모와 인정을 패초(牌招)하여 하문하신다면, 스스로 그 속사정을 마땅히 인정할 것입니다."

라고 아뢰었다.

上、聴いて直ちに禁府都事をして拿捕せしめよと命じ玉ひ又宣傳官に命じ洪仁亨を牌招あらせられたり、洪丞相邏卒に従ひ禁府に入り、宣傳官は佐郎を引卒して榻前に低頭す。上噴怒してのたまはく大賊洪吉童は汝の庶弟なりときく速に捕捉して一門の大禍を免かれよ、

임금이 듣고 바로 금부도사로 하여 체포하도록 명하였다. 또한 선전관(宣傳官)에게 명하여 홍인정을 패초하였다. 홍승상은 나졸을 따라 금부에 들어왔다. 선전관은 좌랑을 인솔하여 용탑 앞에 머리를 낮게 숙이게 하였다. 임금은 분노하여 말씀하시기를,

"큰 도둑 홍길동은 너의 이복동생이라고 들었다. 서둘러 체포하여서 집안의 큰 화를 면하도록 하여라."

佐郎頓首奏して曰く臣の賤弟不肖不孝にして夙に人を殺し亡命逃走して其生死を知らざる事既に数年なり、臣の老父此に因って病を得命朝夕に在り、今吉童大罪を犯し家国を擾亂するをきく、臣等父子の罪萬死もとより惜からずと雖も之をきく、昔瞽瞍は無慈悲なれども大舜を生み大舜は大聖なれども商世の如き不肖の子を生み、柳下恵は千古の賢孔夫子と友たりしも其弟盜压は不仁にして太行山に雄據し賊黨数千を聚めて民を殺し其肝を啖ひ到る処城池を侵略せしを以て小国は己れの国を棄てて走り大国は此れが為め疲弊し天下騒擾甚しかりしも、其兄柳下恵如何ともする能はざりしとかや、今臣の父年正さに八十餘、賤弟吉童の為めに病となりて臥床し餘命旦夕に迫れり、伏して願

はくは陛下洪徳を垂れ玉ひ父を解放して家に還らしめ静養を許し給はば臣必死を期し吉童を捕へ聖上の宸憂を除くべしと上、

좌랑은 돈수(頓首)하여 아뢰기를,

"신의 미천한 동생이 불초불효(不肖不孝)하여, 일찍이 사람을 죽이고 망명하여 도주하였습니다. 그 생사를 알 수 없는지 이미 여러 해가 되었습니다만, 신의 늙은 아버지는 이에 곤란하여 병을 얻어 당장에라도 돌아가실 것 같습니다. 지금 길동은 큰 죄를 범하여 집안과 나라를 어지럽히고 있다고 들었습니다. 신 등 부자의 죄는 만 번 죽어도 아깝지 않습니다만, 이것을 들어주십시오. 옛날 고수(瞽瞍)는 무자비하였지만 대순(大舜)을 낳았고, 대순은 큰 성인이었지만 윗대와 같은 불초한 아들을 낳았습니다. 유하혜(柳下惠)는 아주 오랜 세월 동안 현공(賢孔) 선생님과 친구였지만, 그 동생 도척(盜跖)은 인자하지 못한 사람으로 태행산(太行山)에 웅거하여, 도둑의 무리 수천을 모아서 백성을 죽이고 그 간을 먹으며 여기저기 성지를 침략하였습니다. 이리하여 소국은 스스로 나라를 버리고 도망치고 대국은 이로 인해 피폐하고 천하가 떠들썩하게 술렁거렸습니다만, 그 형 유하혜(柳下惠)는 어떻게 할 수 없었습니다. 지금 신의 아버지 나이가 바야흐로 80이 넘었습니다. 미천한 동생 길동 때문에 병이 나 병석에 누워서 당장에라도 돌아가실 것 같습니다. 엎드려 바라건대, 폐하가 넓은 덕을 베푸시어 아버지를 풀어서 집으로 돌려보내주시고 몸과 마음을 안정시킬 수 있게 해 주신다면, 신은 반드시 죽음을 각오하고 길동을 잡아서 마땅히 성상의 근심을 없애도록 하겠습니다."

라고 말하였다.

其忠孝の言に感動あらせられ洪某をゆるし丞相に復職を命じ佐郎をして慶尙監司を拜せしめ一年を限り吉童を捉へ來れと下知あり監司謝恩肅拜して退きけり。

그 충효의 말에 감동하여, 홍모를 용서하여 승상으로 복직을 명하고 좌랑에게 경상감사의 벼슬을 내리어, 1년의 기한으로 길동을 잡아오도록 명령하였다. 감사는 은혜를 감사히 여겨 숙배(肅拜)하고 물러났다.

さて家に還り父母に別れを告げ卽日出発して監營に赴任し直ちに各邑へ訓令を発しけるが、其書に曰く夫れ人の世に生るや五倫を首となし五倫の中最も重きものは君父なり君父の命を拒逆せんは之れ不忠不孝なり、吉童五倫を知らば兄を訪ひ來り自ら潔く縛に就け、汝の父は汝の為めに涙の歳月を送りて朝夕病危篤に頻せり然るに聖上汝の罪を震怒あらせられ此父を囚禁し吾に道伯(觀察使)の職を授け汝を捉ふるの命を下し賜ふ、若し汝を捉へずば則ち其君命に逆ふの罪に當り洪家累代の清德一朝汝の為めに滅亡せんとすいかで悲歎せざるを得んや、望むらくは汝父兄の罪を考慮し直ちに自現し來れ、汝之を念ひ之を念へと、

그리하여 집으로 돌아와서 부모에게 이별을 고하고 다음 날 출발하였다. 감영에 부임하고 바로 각 고을에 훈령(訓令)을 보내었는데, 그 글에서 말하기를,

"인간 세상에 태어나서 오륜을 첫째로 하고, 오륜 중에서도 중요한 것은 군부(君父)이거늘, 군부의 명을 거역하는 것은 이것이 불충

불효이니라. 길동은 오륜을 안다면 형을 찾아와서 스스로 떳떳하게 오랏줄을 받아라. 너의 아버지는 너로 인해 눈물의 세월을 보내고 조석으로 병이 위독하게 되었다. 그런데 성상이 너의 죄에 진노하시어 아버지를 수감하고, 나에게 도백(道伯, 관찰사)의 직위를 주시어 너를 잡아오도록 명을 내리시었다. 만약 너를 잡지 못한다면 곧 임금의 명을 거스르는 죄에 해당하여, 홍가 대대로 이어진 맑은 덕은 하루아침에 너로 인해 멸망하게 될 것이다. 이 어찌 슬프지 않을 수 있겠느냐? 바라건대 너는 아버지와 형의 죄를 고려하여 바로 스스로 나타나거라. 너는 이것을 생각하고 또 이것을 생각하거라."

고 하였다.

監司着任後、三日に及び心神悩亂寝食安からざりしが一日忽然門外騒擾しければ左右に其故を問ふに、下吏告ぐるに門外に一少年青驢に跨り従者数十人を随へ使道(觀察使を敬稱したる語)に謁見を請へりといふ。監司怪み狭門を開き入らしむるに少年驢より下り欣然として入り堂上にのぼり拜謁せり監司初め其吉童なるを知らず答禮して目を挙げ之を視るにこれ寤寐にも忘れざる吉童なりけり。(数葉脱漏)吉童曰く、明日小弟を結縛し朝廷に奏聞して拘送し賜へと言畢って口を緘み、問へども更に答へざりけり、

감사 후임 후 3일에 이르자, 심신이 고민으로 어지러워져 자는 것도 먹는 것도 편하게 할 수 없었는데, 하루는 갑자기 문밖이 소란스러웠기에 좌우에게 그 이유를 물었다. 하급관리가 고하기를,

"문밖에 푸른 당나귀를 탄 한 소년이 하인 수십 명을 거느리고 사

또(관찰사를 공경하여 부르는 말)를 알현하고자 청하고 있습니다."

라고 하였다. 감사는 이상하게 여기고 협문(狹門)을 열어서 들어오게 하였다. 소년은 당나귀에서 내려 흔쾌히 들어와서는 대청 위에 올라와 배알하였다. 감사는 처음에 길동이라는 것을 알지 못하고 답례로 눈을 들고 이것을 보았는데, 이것은 자나 깨나 잊지 못했던 길동이었다. (몇 장이 누락) 길동이 말하기를,

"내일 소제(小第)를 결박하고 조정에 아뢰어 압송하십시오."

라고 말이 끝나자 입을 다물었다. 물어봐도 더욱 대답하지 않았다.

監司は翌日先づ奏狀を上り吉童を檻車に乗せ校卒をして押送せしめ昼夜倍到するに、沿道各邑の百姓等各々吉童を見んとて左ながら雲霞の如く群集す。

此時八道監司の狀聞朝廷に達したるが皆吉童を捕捉押上するの奏なり、朝廷の大小官吏は何れが真の吉童なるかを知らずして城内頗る騷擾す、数日後八道の将校等各々吉童を緊縛して長安に到りければ直ちに禁府に嚴囚して朝廷に稟す。

감사는 다음 날 우선 주장(奏狀)을 올리고 길동을 수레에 태워서 나졸로 하여 압송하도록 하고, 밤낮으로 갑절로 달려 이르게 하였다. 길을 따라 각 고을의 백성들은 각각 길동을 보려고 마치 구름과 안개처럼 몰려들었다.

이때 팔도감사의 장문(狀聞)이 조정에 도착하였는데, 모두 길동을 붙잡아서 압상(押上)한다는 상소였다. 조정의 대소신료들은 모두 어느 것이 길동인지 알지 못하여, 도성 안이 굉장히 떠들썩하였다. 수

일 후 팔도의 장교(將校) 등은 각각 길동을 결박하여 장안에 도착하자, 바로 금부에 달아나지 못하게 가두고는 조정에 말씀을 아뢰었다.

上直ちに承政院に殿座ましまし萬朝百官を率ゐて親鞠あらせらる、禁府の羅卒等仍ち八個の吉童を拿入するに彼等互ひに汝が洪吉童にして我は然らずと争ひ終には八個の吉童相闘ひて何れが真の吉童なるかをしらず、ひたすら疑訝するのみなり上右丞相洪某を命招あらせられ曰く子を知ること父に如くはなし夙に吉童は一人なりと云へるに今、八人の吉童あり何れが真の吉童なるかと仰せられければ、

임금은 바로 승정원에 전좌(殿座)하고 만조백관(萬朝百官)을 거느리고 친국을 하였다. 금부의 나졸 등은 이에 여덟 명의 길동을 잡아들였는데, 그들은 서로에게 네가 홍길동이고 나는 아니라고 다투었다. 결국은 여덟 명의 길동이 서로 다투면서 어느 것이 진짜 길동인지를 알지 못한 채 한 결 같이 의아하게 생각할 뿐이었다. 임금은 우승상 홍모를 불러오게 하여 말하기를,

"자식을 아는 것은 아버지에 필적할 사람은 없다. 일찍이 길동은 한 사람이었다고 하는데 지금은 여덟 사람이다. 어느 것이 진짜 길동인가?"

라고 말하며 화를 내니,

洪丞相惶汗沾背して伏奏して曰く臣賤生の身を以て聖上の震憂を悩まし奉る臣の罪萬死猶ほ軽しとする処なり、臣の子吉童は左股に紅點有るにより陛下八人の吉童中紅點有る者を択び問罪あらせ賜へと言

畢って八人の吉童に向ひ大責して曰く、汝不忠不孝なりと雖も上に至尊在しまし下に汝の父在り此の如く、憂慮し居れり、汝は世上に身を容るるの地無き迄に大罪を犯しつつ猶も頑争するは何事ぞ汝速かに罪を甘受して死すべしと言終るや血を吐いて卒倒しけり、

홍승상은 어찌할 바를 몰라 진땀을 흘리며 엎드려서 아뢰어 말하기를,

"신은 미천한 몸으로 성상을 근심[12]으로 고민하게 하였습니다. 신의 죄는 만 번 죽어도 오히려 가볍다고 할 것입니다. 신의 아들 길동은 왼쪽 넓적다리에 붉은 점이 있습니다. 폐하는 여덟 사람의 길동 중에서 붉은 점이 있는 자를 택하여 죄를 물으십시오."

라고 말하고 난 후 여덟 사람의 길동을 향하여 몹시 꾸짖으면서 말하기를,

"너는 불충불효라고 하더라도, 위로는 지존이 계시고 아래로는 너의 아버지가 있거늘, 이와 같이 근심하게 하는가? 너는 세상에 열중하여 빈틈이 없을 때까지 계속해서 큰 죄를 범하고 있구나. 게다가 또 완고하게 다투는 것은 무슨 일이냐? 너는 속히 죄를 감수하여 마땅히 죽도록 하여라."

고 말하고 난 후 피를 토하며 정신을 잃고 쓰러졌다.

左右大いに驚き上も亦驚かせ賜ひ侍臣に命じて救はしめられたるも蘇生の術もあらざりけり、八人の吉童は此景を見て一齊に涙を流し嚢

12 일본어 원문에는 진우(震憂)라고 표기되어 있지만 전후 문장을 생각하여 볼 때 이는 신우(宸憂)의 오자인 듯하다.

中より棗の如き丸薬数粒を出し噛み砕きて父の口に入れたるが半晌にして纔に息を吹返す、

좌우가 크게 놀라고 임금도 또한 놀라서 대신에게 명하여 살리도록 하였지만 소생시킬 방법이 없었다. 여덟 명의 길동은 이 광경을 보고 일제히 눈물을 흘리며 주머니 속에서 대추와 같은 둥근 약을 여러 알 꺼내어 씹고는 아버지의 입에 넣었더니 반나절 있다가 겨우 되살아났다.

此時吉童等奏上して曰く臣の父国恩を蒙り世々富貴榮華を享けたるに臣いかでか不忠不義の事を行はんや、臣誤って賤婢の腹に生れたる為め、父兄を父兄と呼ぶこと能はず、之れ年来の遺恨なり、依って身を山林に潜め世事に関せざるを望みたりしが天我を憎み玉ひ身を汚陋に落し賊黨と成りしも嘗て百姓の財物は秋毫も犯せしことなし。唯各邑郡守不正の財物を奪取したるのみ且つ君と父は一躰なりと云へば其国の人民と成り其国の穀を食することは子が父の錢穀を用ふると何ぞ択ばん今より十箇年を經過せば小臣朝鮮を離れて自ら往処有るを以て伏して願ふ聖上憂ひ玉はずして洪吉童捕捉の勅教を徹回あらせ玉はんことをと、言終るや八人の吉童一時に絶倒しけり。殿上殿下皆驚惑し之を検するに八個悉く藁人形にして真の吉童に非らず。

이때 길동 등은 아뢰어 말하기를,

"신의 아버지는 나라의 은혜를 입어 대대로 부귀영화를 누렸습니다. 하지만, 왜 신이 불충불효의 일을 저질렀는가 하면 신은 잘못하여 미천한 노비의 배에서 태어났기에, 아버지와 형을 아버지와 형이 라고 부르지 못하였습니다. 이에 오랜 시간 한으로 남았습니다. 이에 몸을 산과 숲에 숨기고는 세상일에 관계하지 않으려고 바랐습니다만, 하늘이 저를 미워하시어 몸을 오루(汚陋)한 곳에 떨어지게 하여 도둑의 무리가 되게 하였습니다. 하지만 예전부터 백성의 재물은 추호도 범하지 않았습니다. 다만 각 고을 군수의 부정한 재물을 빼앗아 가졌을 뿐이었습니다. 또한 군과 부가 한 몸이라고 한다면, 그 나라의 인민이 되어 그 나라의 곡식을 먹는 것은 자식이 아버지의 돈과 곡식을 쓰는 것인데 무엇을 가리겠습니까? 지금부터 10년이 경과한다면, 소신은 조선을 떠나서 스스로 갈 곳이 있사오니, 엎드려 바라건대 성상은 근심하지 마시고 홍길동을 붙잡는다는 칙교를 철회해 주십시오."

라는 말이 끝나자 여덟 명의 길동은 한꺼번에 포복절도하였다. 전상전하(殿上殿下) 모두 놀라고 의심스러워 이것을 조사해 보니, 여덟 개 모두 볏짚 인형으로 진짜 길동이 아니었다.

上此有様を見そなはし益々怒り玉ひ龍榻を撃ちて曰はく誰ぞや吉童を捕捉する者有らば願ひの如く職祿を賜ふべしと。されど満朝の百官何れも其神機に驚き一人の敢て答奏するものなかりき。

임금은 이와 같은 모습을 보고 더욱 노하여 용탑을 치고 말하기를,

"누구든 길동을 잡아오는 자가 있다면, 원하는 바와 같이 직록(職祿)을 하사할 것이다."

라고 하였다. 그러나 만조백관은 모두 그 신묘한 기략에 놀라서

[어느]한 사람도 감히 답하여 아뢰는 자가 없었다.

一百都城四大門に標榜あり曰く、妖臣洪吉童一生の願ひあり、伏して請ふ、聖上吉童に兵曹判書を授くるの勅旨を下し玉はば臣自現して罪に當るべし云々、上此榜を見そなはし諸臣をして之が許否を議せしめらる。

모든 도성의 사대문에 표방이 있었는데 적혀 있기를,

"요사스러운 행동을 하는 홍길동이 평생 바라는 게 있어 엎드려서 청합니다. 성상이 길동에게 병조판서를 하사하신다는 칙지를 내려 주신다면, 신은 스스로 나타나서 마땅히 죄를 받을 것입니다."

등등이 적혀 있었다. 임금이 이 표방을 보시고 여러 신하로 하여 이것의 허가를 의논하게 하였다.

諸臣奏して曰く彼吉童若し国家に大功あらば爵位を授けらるるは之れ常典なりと雖も今彼罪ありて捕治せんとす、いかで彼が意のままに振まはしめ国家の體面を損傷すべけんや、寧ろ吉童を捕捉するの人あらば之れをこそ敵国を破りたると同様の功にとひ登用せられて然るべし、上此言を聞こし召し然なりと思召され更めて吉童捉縛の令を下し玉ひけり。

여러 신하들이 아뢰어 말하기를,

"그 길동이 만약 국가에 큰 공이 있다면 작위를 내리는 것은 상을 주는 규정에 의한 것이라고 하겠지만, 지금 그 죄가 있기에 잡아다가 다스려야 합니다. 어찌 그의 뜻대로 휘둘리시는 것입니까? 국가의 체면에 손상이 됩니다. 오히려 길동을 붙잡는 사람이 있다면, 이것이야말로 적국을 무찌른 것과 같은 공이라고 할 수 있으니 등용하심이 적당하십니다."

라고 하였다. 임금이 이 말을 듣고 그렇다고 생각하여 다시 길동을 체포하도록 명을 내리셨다.

一日慶尙監司狀啓して曰く吉童は道内山谷中に潜居し昼夜作擾するも人力を以て容易に捕ふる能はず、伏して願ふ聖上一等都監砲手を擇送ありて急に吉童を捕へしめられよと

하루는 경상감사가 장계(狀啓)를 올려 말하기를,

"길동은 도내의 산골짜기 속에 숨어서 밤낮으로 야단스럽게 소동을 일으키기에, 사람의 힘으로 쉽게 붙잡을 수 없습니다. 엎드려 바라건대, 성상은 일등 도감(都監) 포수(捕手)를 뽑아 보내시어 서둘러 길동을 잡으십시오."

라고 하였다.

上百官を集めて曰はく奏聞此の如し、誰か能く叛賊を除き朕の憂を解くべきや、百官互ひに顔を見合せ能く答ふる者無し、上、遂に慶尙監司へ勅を下して曰く卿再び偽吉童を捉へずして真の吉童を捉上し三族の大禍を免れよと、監司この嚴教を奉見して恐惶措く能はず、将さに微服を以て出行し真の吉童を捉へんと欲したるに此夜宣化堂の樑上より一個の少年下り来り拜禮しけり、監司大いに驚き鬼にはあらずや

と詳かに見るに之れ吉童なりければ

임금은 백관을 모아서 말하기를,

"주문(奏聞)이 이와 같은데, 누군가 역도를 제거하여 마땅히 근심을 풀어야 하지 않겠는가?"

라고 하였다. 백관은 서로 얼굴을 마주보고 대답하는 자가 없었다. 임금은 마침내 경상감사에게 명령을 내리어 말하기를,

"경은 다시 가짜 길동을 잡지 말고 진짜 길동을 잡아서 삼족의 큰 화를 면하도록 하여라."

고 하였다. 감사는 이 엄격한 교지를 받들어 보고 두려워 어찌할 바를 몰랐다. 바로 허름한 옷차림으로 출행하여 진짜 길동을 붙잡으려고 하였는데, 그 밤에 선화당(宣化堂)의 대들보 위에 한 명의 소년이 내려와서 절을 하였다. 감사는 크게 놀라 귀신이 아닌가 하고 생각하여 자세히 보았는데, 이것은 길동이었다.

監司大に叱して、曰く汝、再び吾を欺かんとて来りたるか、少年曰く小弟今日こそ真の吉童なれば懸念なく結縛して京師へ捉送あらせられよ、監司之を聞き手を執って流涕して曰く、吾汝と骨肉の間なるを父兄の教訓を聴かずして漫りに天下を騒擾せしむ、汝今真正に来りて捕はれんを願ふは寧ろ奇特なりとなすと、仍ち悲みを忍び直ちに吉童の左股を見るに果して紅點有り、四肢を鐵鑑し檻車に載せて健壯なる軍士数十人を択び鐵桶の如く圍み風雨の如く驅去するも吉童は泰然として默坐し居れり、

감사는 크게 화를 내며 말하기를,

"너는 다시 나를 속이려고 왔느냐?"

소년이 말하기를,

"소제(小弟) 오늘이야말로 진짜 길동이니 염려하지 마시고 결박하여서 서울로 붙잡아 보내십시오."

감사는 이것을 듣고 손을 잡고 눈물을 흘리며 말하기를,

"나는 너와 뼈와 살을 나눈 사이인데, 아버지와 형의 교훈을 듣지 않고 멋대로 천하를 떠들썩하게 하였다. 하지만 너는 지금 진정으로 와서 잡히기를 바라니 오히려 기특하구나."

라고 하였다. 이에 슬픔을 참으며 바로 길동의 왼쪽 넓적다리를 보니 과연 붉은 점이 있었다. 사지를 쇠로 묶고 수레에 태워서, 건장한 군사 수십 명을 골라 철통과 같이 에워싸고 비바람과 같이 달려가게 했는데, 길동은 태연하게 묵묵히 앉아 있었다.

日を累ねて京城に到達し闕門に着するや吉童輙ち大呼して曰く我今此処迄無事に来れるは陛下も亦知り玉ふなるべし、汝等は死すとも我を怨む勿れと言畢るや身を動せば鐵索恰も腐草索の如く寸断して檻車も亦破壊し吉童は身を飜して天空に上り其儘残方もなく消失せければ左右砲手等手を措いて為す処を知らず、唯天を仰いで嗟嘆するのみなり、此旨天陛に奏達したるに上、震怒あらせられ先づ押来したる将校を遠竄せよと仰せられ、諸臣を会同して吉童捕捉の事を評定せらる、諸臣奏して曰く吉童所願の通り兵曹判書の勅旨を下し玉はらば朝鮮を離去するとの事なれば今権道を以って兵曹判書を授け諭旨を下して招かせ賜ひなば彼れ必ず自現すべし、

여러 날이 지나 서울에 이르러 성문에 도착하자, 길동은 곧 큰소리로 말하기를,

"내가 지금 이곳까지 무사히 온 것은 폐하도 또한 아실 것이다. 너희들은 죽어도 나를 원망하지 말거라."

고 하는 말을 끝내고 몸을 움직이니, 철삭(鐵索)이 마치 썩은 초삭(草索)과 같이 여러 토막으로 끊어지고 수레도 또한 파괴되었다. 길동은 몸을 뒤집어 하늘로 올라가서 그대로 [어느 쪽이라는]방향을 남기지도 않고 사라져 버렸다. 좌우 포수 등은 손을 놓은 채 무엇을 해야 할지를 몰랐다. 다만 하늘을 향하여 탄식하고 한탄할 따름이었다. 이러한 사정을 임금께 아뢰니 임금은 진노하였다. 우선 압송해 온 장교를 멀리 귀양 보내라고 하였다. 여러 신하들과 회동하여, 길동을 붙잡는 것에 대해 평가하여 결정하고자 하였다. 여러 신하들이 고하여 말하기를,

"길동의 소원대로 병조판서의 칙지를 내리신다면 조선을 떠나게 될 것이니, 지금 임기응변을 취하는 방편으로 병조판서를 내린다는 유지를 내리시고 부르신다면, 그는 반드시 스스로 나타날 것입니다."

라고 하였다.

上、其議に從ひ直ちに洪吉童に兵曹判書を授け玉ひ諭旨を下して四門に標榜を掲げしめらる、若し吉童の来りもせば闕門外に刀斧手を潜伏せしめ謝恩退出の折撃殺し果さんと待構えたり、吉童闕門に到り貂軒より下り、王階に進み肅拜して奏して曰く、不肖臣吉童国家に患難を遺こし罪萬死に當るにも拘はらず今日反って天恩を被り一生の所願を遂ぐ、臣今日陛下を辞し父母の国を離去す、伏て願ふ聖上萬寿無彊に渡らせ玉へと、

임금은 그 뜻에 따라 바로 홍길동에게 병조판서를 내린다는 유지를 내리고 사문(四門)에 표방을 걸어두었다. 만약 길동이 오기만 하면 관문 밖에 도부수(刀斧手)를 잠복시켜 은혜에 감사하고 물러나려고 할 때 공격해서 죽이려고 기다리고 있었다. 길동은 관문에 도착하자 초헌(貂軒)에서 내려서 왕이 있는 곳으로 나아가 하직인사를 하고 아뢰어 말하기를,

"불초한 신하 길동이 국가에 근심과 재난을 끼친 죄 만 번 죽어도 마땅합니다만, 오늘 도리어 하늘의 은혜를 입어 평생의 소원을 이루었습니다. 신은 오늘 폐하를 떠나고 부모의 나라를 떠날 것입니다. 엎드려 바라건대, 성상은 만수무강하십시오."

라고 하였다.

言畢るや身を空中に聳かし雲霧に圍繞せられ飄然として消え去りけり、上見そなはし嗟嘆して曰く、吉童神出鬼沒の才恐らく儔ひ無かるべしいかで人力を以て制すべきか、吉童今朝鮮を離るとの事なれば再び作弊無かるべしと雖も直の心有りて国家を助けば必らず棟樑之臣たるべしと曰はせ嗟嘆已み玉はず、直ちに国中に令して吉童捕捉の令を取消され国中安穏に帰せり。

말이 끝나자 몸이 공중으로 솟아서 구름과 안개에 둘러싸여서 둥실둥실 떠서 사라졌다. 임금이 보시고 탄식하고 한탄하여 말하기를,

"길동의 신출귀몰한 재주는 필시 필적할 만한 것이 없을 것이다. 어찌 사람의 힘으로 제압하겠는가? 길동이 오늘 아침 조선을 떠나게 된다면, 다시 폐단을 일으키는 일은 없을 것이다. 하지만, 곧은 마

음으로 국가를 돕는다면 반드시 한 나라의 중요한 책임을 맡아 수행할 만한 신하가 될 수도 있을 것이었는데"

라며 탄식하고 한탄만 하지 않고, 바로 나라 안에 명령하여 길동을 체포하라는 명령을 취소하여, 나라 안을 조용하고 편안하게 하였다.

さる程に吉童洞中(賊窟)に帰り諸賊を下知して曰く、予暫時旅路に上るべし、汝等は洞外に出でずして予の帰りを待つべしとて雲霧に乗じて南に向ひ

그러는 중에 길동은 동내(도둑의 소굴)로 돌아와서, 여러 도둑들에게 명령하여 말하기를,

"나는 잠시 여행을 떠나야 한다. 너희들은 동내를 나서지 말고 내가 돌아오는 것을 기다리거라."

고 하며, 구름과 안개를 타고 남쪽을 향하였다.

或は琉球国の山川、或は南京の繁華を見て帰路濟島と云へる島に入りぬ、ここには一峯山と呼ぶ天下の名山あり島の周圍六七十里にして水土極めて佳なり、吉童自ら思へらくこれ止って所志を貫くの地なりと、独り心に期するところあり、

어떤 때는 류큐(琉球)[13] 국의 산천, 어떤 때는 남경의 번화가를 보고 돌아오는 길에 제도(濟島)라고 하는 섬에 들어갔다. 이곳은 일봉

13 일본의 옛 지명. 지금의 오키나와(沖縄) 지역을 말한다.

산(一峯山) 이라고 불리는 천하의 명산이 있는 섬으로, 바깥 둘레는 6-70 리이고 물과 흙은 극히 아름다웠다. 길동은 스스로 생각하건대 지금 멈추어 뜻하는 바를 관철시키는 것 말고는 다른 길이 없다고 생각하고, 홀로 마음에 결심하였다.

やがて洞中に帰りたるに諸賊吉童の来れるを見迎接して遠路の無事を賀しけり、吉童諸賊に下知して汝等は楊口(江原道)両川に入り船二百隻を造りて漢江々口にて艤待せよ、予は朝廷に入り正租一千石を求得せんとす期を違ふ勿れと一言を残して其身は輙ち何処ともなく消え失せぬ。

머지않아 동내로 돌아오니, 여러 도둑들이 길동이 온 것을 맞이하고 접대하면서 먼 길 무사함을 축하하였다. 길동은 여러 도둑들에게 명령하여,

"너희들은 양구(楊口, 강원도) 양천(兩川)에 들어가서 배 200척을 만들어 한강 어귀에서 배를 띄울 준비를 하고 기다리거라. 나는 조정에 들어가서 조세 천석을 구하여 얻어 오고자 한다."

라고 말하며 약속이 엇갈리지 않게 하라는 한마디를 남기고, 곧 그 몸은 어디인지도 모르는 곳으로 사라졌다.

此時朝廷にては吉童辭陛後更に消息無かりしに、三年の後秋九月一夜金風蕭瑟として月色明朗たり玆に上は月色を玩賞しつつ宦官を随へ後苑を徘徊あらせられしに忽然一陣の清風起りて玉笛の声空中より聞え一個の少年浮雲閣邊より降下し伏地拜謁す、上、大驚問ふて曰はく仙童は紅塵界の人に非らず、いかで人間界に降屈して何をか教へんとせらるるぞ、少年伏地して曰く臣は元任兵曹判書洪吉童にて候、

이때 조정은 길동이 하직인사를 한 후 다시 소식이 없기를 3년이 되던 때였다. 9월 어느 날 밤 금풍이 소슬하고 달빛이 밝고 환하였는데, 이에 임금은 달빛을 즐기며 구경하면서 내시를 따라 후원을 배회하고 있었다. [그런데]갑자기 한 무리의 맑은 바람이 일고 옥적(玉笛) 소리가 공중에서 들려오며, 소년 한 명이 뜬 구름 같은 누각 가장자리에서 내려와 땅에 엎드려 절을 하였다. 임금은 크게 놀라서 물어 말하기를,

"선동은 인간 세상계의 사람이 아닌 것 같은데, 어떻게 인간 세상에 내려와서 무엇을 가르치려고 하느냐?"

소년은 땅에 엎드려서 말하기를,

"신은 현임 병조판서 홍길동입니다."

上、大驚して曰く汝何故に此の如き深夜に来れるか吉童更らに起拝して曰く臣陛下に事へんとするも賤婢所生の故を以て假令六韜三畧に通ずるも仕官の路に登ること能はず四書三經に通ずるも登第して玉堂官を拜する能はず、武科に應ぜんとするも宣薦に隔れり、故に心を定めずして八道に遨遊し無頼の徒を嘯集して官府に作弊し朝廷を擾亂せしめたるは臣の賤名を聖上に知らしめんが為めなりしに聖恩隆崇あらせられ臣の所願を成就せさせ賜ひぬ今、臣、陛下を辞して朝鮮を去らんとす、又陛下の宸憂を貽さざるべし、

임금은 크게 놀라서 말하기를,

"너는 무슨 이유로 이와 같은 깊은 밤에 왔느냐?"

길동은 다시 일어나 절을 하면서 말하기를,

"신이 폐하를 섬기려고 하여도 천비의 소생인지라, 설령 육도삼략에 통달하더라도 관직의 길에는 오르지 못했을 것입니다. 사서삼경에 통달하더라도 등제하여서 옥당관(玉堂官)에 절을 하지는 못했을 것입니다. 무과에 응한다고 하더라도 선천(宣薦)에 저지당하였을 것입니다. 이에 마음을 정하지 못하여 팔도를 돌아다니며 무뢰한 무리를 규합하여 관부에 폐단을 일으키고 조정을 어지럽혔습니다. 하지만, 신의 천한 이름이 임금님에게 알려지게 된 것은 성은이 망극합니다. 신은 소원을 성취하였기에, 지금 신은 폐하께 아뢰고 조선을 떠나, 또한 폐하께 근심을 끼치지 않고자 합니다."

此故に臣まさに遠征にあたり今一度玉陛に進んで陛下の天顔に咫尺し臣が一生の所懐を奏達したる上、辞陛を告げんとすと上喜色を帯びて曰く、卿の奇才神術を以て朕を輔翼せず朕の心うたた悲悵なり然りと雖も今何処にか向って去らんとし、又何時の日か再び逢ふべきかと問はせらるるに吉童叩頭奏して曰く臣、今一度朝鮮を離れ去りなば再び来るの期なかるべし、伏して願ふ陛下玉體萬事無疆ならせ賜へ、且つ臣所用あり正租一千石を貸與あらせられ明日漢江々口へ航運し給はらば後日必ず還穀し奉るべし、

이에 마땅히 먼 길을 나아감에 있어서, 다시 한 번 옥계에 나아가 폐하의 얼굴을 지척에서 보며,

"신의 평생의 생각을 아룁니다."

라고 임금에게 하직인사를 고하려고 하자, 임금은 기뻐하는 얼굴빛을 띠며 말하기를,

"경의 뛰어난 재주는 신기한 술법이나, 짐을 보필하지 않으니 짐의 마음은 한층 슬프도다. 그렇다고는 하더라도 지금 어디를 향해서 가려고 하느냐? 또한 언제 다시 만날 수 있을 것이냐?"

고 물으니, 길동은 머리를 조아리고 아뢰어 말하기를,

"신은 다시 한 번 조선을 떠나려고 합니다만, 다시 올 기약은 없습니다. 엎드려서 바라건대, 폐하는 옥체 만수무강하시기를 바랍니다. 또한 신은 쓸 곳이 있어 조세 천석을 빌리고자 합니다. 내일 한강 어귀에 배를 띄우게 해 주신다면 훗날 반드시 환곡할 것입니다."

偏に聖上の慈愍を請ふと、上、許諾あらせられたれば吉童玉陛に再拜して身を起し雲に乗じ消え去りけり、上、翌日宣恵堂上へ勅旨を下し正租一千石を輸運して漢江々邊に積載せよと仰せられたれば宣恵郎廳は直ちに命の如く正租一千石を漢江々邊へ運輸したるに、忽然上流より数数十隻の舟下り来り悉く之を船中に積み去りにけり、

진심으로 임금이 자애를 베풀고 불쌍히 여기시기를 청하자 임금은 허락하였다. 이에 길동은 옥계에 재배한 후 몸을 일으켜 구름을 타고 사라졌다. 임금은 다음 날 선혜당상(宣惠堂上)에 칙지를 내려 조세 천석을 수송하여 한강 어귀에 쌓아 싣도록 하게 하였다. 그러자 선혜랑청(宣惠郎廳)은 바로 목숨과 같은 조세 천석을 한강 어귀에 운송하였는데, 갑자기 상류로부터 다수의 배가 내려와서 모두 이것을

배 안에 싣고 사라졌다.

諸人曰く此穀そも何処へ積去るものぞ船人答へて曰く陛下より能賢君へ下賜せられたるものなりと吉童曰く前任兵曹判書洪吉童陛下に奏し正租一千石を借受けたるなりと、乃ち船に棹さし去りにけり、

여러 사람이 말하기를,

"이 곡식이야말로 어디로 싣고 가는 것인가?"

뱃사람이 대답하여 말하기를,

"폐하가 재주와 덕행이 있는 사람에게 하사하는 것입니다."

라고 하자, 길동은 말하기를,

"전임 병조판서 홍길동이 폐하에게 아뢰어 조세 천석을 빌려 받기로 하였다."

라고 말하고 배를 저어서 가버렸다.

宣恵郎廳は此由天陛に復命したるに、上笑って曰く朕吉童へ正租を下賜したるものなれば卿等驚く勿れと、百官此を聞きしも其所以を知らざりき、吉童は三千の賊徒を率ひ正租一千石と日用器物を悉く船に積込み洞府を離れ茫々たる大海に船を泛べ順風に従ひ南京濟島に到泊し、一面家屋を建築して之に移り住み一向農業を勵みけり。

선혜랑청(宣惠郎廳)은 이러한 연유를 임금에게 보고하였더니 임금은 웃으며 말하기를,

"짐이 길동에게 조세를 하사하였으니 경등은 놀라지 말라."

고 하였다. 모든 벼슬아치들은 이것을 듣고도 그 까닭을 알지 못하였다. 길동은 삼천의 도둑무리를 거느리고 조세 천석과 살림살이를 모두 배에 실어 동내를 떠났다. 망망대해에 배를 띄우고 순풍을 따라 남경(南京) 제도(濟島)에 머물렀다. 한 방면에 가옥을 세워서 이곳으로 이주하여 한 결 같이 농업에 힘썼다.

제3장

자유토구사의 〈홍길동전 일역본〉(1921)

白石重 譯, 細井肇 編,『通俗朝鮮文庫』7, 自由討究社, 1921.

시라이시 시게루(白石重) 역

▌해제▐

자유토구사의 <홍길동전 일역본>은 한국고전을 함께 엮어 내었던 것과 달리, <홍길동전> 한 작품만을 간행한 것이었다. 그 이유는 호소이 하지메가 자료조사를 위해, 그가 만주까지 다녀올 일이 있었기 때문이었다. 호소이는 <홍길동전 일역본> 서문에서 과거『조선문화사론』에서 그가 얘기했던 바대로, 독립운동가 강기동이 애독했던 작품이라고 소개했다. 또한 당시 한국인의 일부가 독립을 빙자하여 동족의 생명을 위협하고 금품을 강탈하는 모습을 함께 언급했다. 즉, 호소이는 <홍길동전>의 적서차별과 같은 부분과 작품이 말해주는 사회적 메시지를 주목하지 않았다. 그는 홍길동을 의적으로 보기보다는 자신의 수하만을 보살피며 제세애민(濟世愛民)의 큰 뜻이 없는 인물이라고 평했다.

이를 한국의 지식계급이 글을 배워 관리가 되고자 하며, 지배층이 되고자 하는 욕구에 대비시킨다. 또한 일본정부에 저항하는 한국 지식인들을 제 2의 홍길동이라고 평했다. 그는 한국 지배층의 착취와 억압 속에서 사회적 혁명과 악정에 항거하는 의분이 있었지만 이를 해결해준 것은 일본임에도 불구하고, 한국의 지식인들은 단지 백성을 억압할 새로운 절대적인 지배층이 되기 위해 일본에 저항한다고 말했다. 이러한 호소이의 서문에 드러난 조선 민족성 담론에 대해, 김태준은 하나의 사실을 가지고 이를 조선사람의 보편적 사실로 규정하는 오류이며 현재 한국인의 일부 습속을 한국인이 몇 만년부터 지속해온 선천성으로 환원하는 논의로, 큰 논리적 비약을 지닌 논의라고 비판했다.

참고문헌

다카사키 소지, 최혜주 역, 『일본 망언의 계보』(개정판), 한울아카데미, 2010.

박상현, 「제국일본과 번역－호소이 하지메의 조선 고소설 번역을 중심으로」, 『일어일문학연구』 제71집 2권, 한국일어일문학회, 2009.

박상현, 「호소이 하지메(細井肇)의 일본어 번역본 『장화홍련전(薔花紅蓮傳)』 연구」, 『일본문화연구』 37, 동아시아일본학회, 2011.

서신혜, 「일제시대 일본인의 古書刊行과 호소이 하지메의 활동－고소설 분야를 중심으로」, 『온지논총』 16, 온지학회, 2007.

윤소영, 「호소이 하지메의 조선인식과 제국의 꿈」, 『한국 근현대사 연구』 45, 한국근현대사학회, 2008.

이상현, 『한국고전번역가의 초상, 게일의 고전학 담론과 고소설 번역의 지평』, 소명출판, 2013.

최혜주, 「한말 일제하 재조일본인의 조선고서 간행사업」, 『대동문화연구』66, 성균관대 대동문화연구소, 2009.

(一) 吉童の出生

(1) 길동의 출생(出生)

世宗の朝、東大門内駱山の下東村梨花亭に一人の宰相があつた、姓を洪と云ひ、名を某と呼んだ。歲幼くて夙に穎悟、少年にして科擧に及第し、位早くも三公となつた。爲人、忠孝恭儉、清廉仁厚なるに加へて、その文章筆蹟は一世に推重せられた。が惜しいことに子寶としてはその膝下に唯一人仁亭といふのがあるばかりであつた。

세종조(世宗朝), 동대문 안 낙산(駱山) 하동(下東)마을 이화정(梨花亭)에 재상 한 사람이 있었다. 성을 홍(洪)이라고 하고, 이름을 모(某)라고 불렀다. 일찍이 어린 나이부터 총명하여 소년기에 과거에 급제하고, 그 지위가 어느덧 삼공(三公)이 되었다. 사람의 됨됨이는 충효(忠孝) 공검(恭儉)하고, 청렴(淸廉)에 인후(仁厚)를 더하였으며, 그 문장과 필적은 당대에 높이 평가받았다. 하지만 애석하게도 자식이라고는 슬하에 인정(仁亭) 한 사람뿐이었다.

仁亭は父の精を受けてか、夙成俊敏、早くも登科して吏曹佐郎となつた仁亭夫人の李氏は兵曹判書李世臣の娘で、翠の黑髮、眞珠の如な黒い眸、その容色は眞に尋常ではなかつた、而も自然に備はる德操の淑やかなる、同棲二十年の間相敬し、相和して、其の情交は琴瑟も仲々に及び得ぬのであつた。

인정은 아버지를 닮아서인가, 어려서부터 머리가 좋고 날렵했다.

일찍이 등과해서 이조좌랑이 된 인정의 부인 이씨는 병조판서 이세신(李世臣)의 딸로, 비취색의 흑발과 진주와 같은 검은 눈동자, 그 용모와 안색은 참으로 예사롭지 않았다. 게다가 자연히 두루 갖춘 굳은 절개와 정숙함으로, 함께 지낸 20년간 서로를 존경하며 서로 조화를 잘 맞추어, 그 다정한 사이는 거문고와 비파의 두터운 사랑도 이에 이르지 못할 정도였다.

春も未の日のことであつた、公は若葉の蔭を漏るる暖き陽の光を浴びてとろとろと假睡んだ。と見れば忽ち身は老樹生ひ茂げる晝尙暗き幽寂の處に來た、巖石屛風の如く、白玉の瀑布は公が膝下に龍の躍るが如く落つるのであつた、人も來ず、鳥も啼かぬ。人外の魔境と思はれて、悽愴日はん方もなかつたが、俄然碧穹に黑雲漲り、雷霆霹靂と共に、一陣の淸風いづこからとなく吹くと見れば、天空遙かに一條の靑龍現はれて、鬚髯を逆立てて火焰の如な口を開き、今にも公に飛び掛からんず氣配であつた。公は愕然として身を遁れんとし、覺むれば南柯の一夢であつた。

어느 늦은 봄날의 일이었다. 공은 어린잎의 그늘 사이로 새어나오는 따뜻한 빛을 쬐면서 선잠을 자고 있었다. 살펴보니 갑자기 자신의 몸은 오래된 나무가 무성히 자라나서 낮인데도 더욱 어두컴컴하고 쓸쓸하며 적막한 곳에 와 있었다. 암석병풍(巖石屛風)처럼 백옥의 폭포는 공의 무릎 아래로 마치 용이 춤추는 듯 떨어져 오는 것이었다. 사람도 오지 않고 새도 울지 않았다. 사람이 사는 곳이 아닌 악마의 세상이라 생각되었는데, 처참함은 이루 말할 수가 없었다. 그런데 별안간 푸른 하늘에 검은 구름이 넘쳐흐르며, 뇌정벽력(雷霆霹靂)과 함께 한 차례의 청풍(淸風)이 어디서인지 모르게 불어오는 것을 보니, 하늘 저 멀리에 한 마리의 청룡이 나타나 수염을 거꾸로 세워서 불꽃과 같은 입을 벌리고 지금이라도 공에게로 날아올 듯한 기색이었다. 공은 깜짝 놀라서 몸을 피하려고 했는데, 잠에서 깨어나 보니 남가일몽이었다.

公は異様なことに驚きながら内房に入ると、夫人は座に在つた。で、手を執つて近寄らうとしたが、夫人は色を正して、

『相公は位高く衆望を聚むる身ではございませぬか。侍婢等の窺ふをも思ひ給はず、鄙賤のわざに倣はんとは何事でございます。』

嚴然と曰つて、

『ちと御行跡を御慎みなされませ。』

공이 이상한 것에 놀라 내방으로 들어오자 부인은 자리해 있었다. 그리하여 손을 잡고 가까이 다가가려고 하자 부인은 정색하며,

"상공은 높은 지위에 있으며 여러 사람으로부터 신망을 받는 몸이 아니십니까? 하녀 등이 엿보는 것을 생각지 않으시고, 신분이 낮고 비천한 사람들이 하는 행동을 따라하시려 함은 어찌된 일이십니까?"

엄격하게 말하며,

"잠시 몸가짐을 삼가 주십시오."

公は羞ぢ入つて、夢を語り、辯疏しやうとはしたが、そぞろに忿氣に堪えず、外堂に出でで夫人の思慮なき應接を歎くのであつた。適ま

侍婢の春蟾といふのが、茶を捧げて入つて來た、花なれば七分の開きとも見えて、賤婢なれども白い艶やかな顔、美くしい手、花ならば物言ふのが不思議、人ならば花にも勝りて匂ひ零るる俤、公は陶然として春蟾の容姿の柔婉なるに醉つた。—間もなく春蟾と公との喃々の私語が狹室の裡から漏れ聞えた。—春蟾は夫れから永く公が思ひの妾とはなつたが、其月から懷胎し、軈て月滿ちて玉の如き男兒を擧げた。それが、吉童であつた。

공은 부끄러운 마음이 들어, 꿈속의 일을 이야기하고 변명을 해 보려고 했지만, 종잡을 수 없는 기운을 참을 수 없어 외당으로 나가서, 부인의 사려 없는 응접을 한탄하였다. 때마침 하녀 춘섬(春蟾)이 차를 들고 들어오는 것이었다. 꽃이라면 상당히 피어있는 상태로 보였으며, 천한 종이기는 하지만 희고 윤기 흐르는 얼굴 아름다운 손, 꽃이라면 말을 하는 것이 희한하고, 사람이라면 꽃에도 뒤지지 않는 향기로운 모습에, 공은 황홀해서 춘섬의 용모와 자태 그리고 상냥하고 정숙함에 취했다. —잠시 후 춘섬과 공의 재잘거리는 소리가 좁은 방 사이로 흘러나와 들렸다.—춘섬은 그로부터 오래도록 공이 끔찍이 사랑하는 첩이 되었는데, 그날로부터 임신을 하여 이윽고 달이 차서 옥과 같은 사내아이를 낳았다. 그것이 길동(吉童)이었다.

吉童は聰明怜悧一を聞いて十を覺り、十を學んで百に通ずるの才があつた。四書三經、諸子百家から、天文地理は云はずもがな、醫學易學に通じ六韜三略を誦んじて兵法にも仲々に熟してゐた達。斯うして早くも十三歲となれば、晝は孫吳の兵書と陣法を講じ、夜は鎗術を練習して、其才藝日に進み、月に長じて、能く遁用變化の法にも通じ、殆ど天上天下の事知らざるものとてなかつた。が、唯妾腹の生れであつたから、一家の上下擧つて賤侍するのみならず、父を父と呼ぶことだに許されなかつたので、日夜忿恨悲悵の念を止めることが出來なかつた。

길동은 총명하고 영리하여 하나를 들으면 열을 깨닫고, 열을 배우면 백에 이르는 재주가 있었다. 사서삼경(四書三經), 제자백가(諸子百家), 천문지리(天文地理)는 말할 것도 없이, 의학(醫學)과 역학(易學)에도 능통하여 육도삼략(六韜三略)을 외워 병법(兵法)에도 상당히 익숙했다. 이리하여 일찍이 13세가 되자, 낮에는 손오(孫吳)의 병서(兵書)와 진법(陣法)을 학습하고 밤에는 창술(鎗術)을 익혀서, 그 재능과 기예가 나날이 나아가고 다달이 성장하여 둔갑술에도 능통하여, 천상천하(天上天下)에 거의 모르는 것이 없는 사람이 되었다. 하지만 다만 첩의 배에서 태어났기에 일가의 높고 낮음에 의해 천대를 받을 뿐만 아니라, 아버지를 아버지라 부르는 것을 허락받지 못했기에 밤낮으로 분한 마음과 슬픈 마음을 금할 길이 없었다.

(二) 曲者に狙はる

(2) 수상한 자가 노리다.

黃海道の妓生に蕉蘭といふのがあつた。又仁亨の寵妾であつたが、彼は寵を恃んで驕慢放恣の限りを盡した。盲目の愛に溺れては一寸先も闇である。蕉蘭とても、生來の惡女でもなかつたが、公の寵愛を一身に獨占せんとの思ひが嵩じては、誰彼の區別もなく、苟も公の周圍に集まるものは悉く仇讐のやうに憎んで、讒訴するのが常であつた。わけても聰明な吉童を邪魔にすること一通りでなく、何時かは亡きものにしやうとの考へをもつてゐたが、或日銀子五十兩を授けて一人の巫女を招き、奸計の次第を打ち開けて、一人の人相見を連れて來させ、公に勸めて吉童將來の運命を相せしめた。人相見は吉童を熟視すること稍々久ふして

황해도 기생중에 초란(蕉蘭)이라는 자가 있었다. 또한 인정의 총애를 받는 첩이었는데, 그는 총애를 믿고 교만 방자하기 그지없었다. 눈먼 사랑에 빠져서는 한치 앞도 내다보지 못했다. 초란은 태어날 때부터 악녀는 아니었지만 공의 총애를 한 몸에 독점하고자 하는 생각이 높아져서는, 누구 할 것 없이 구별도 없이 만약에 공의 주위에 모이는 것이라면 모두 원한을 품고 미워하며 참소하는 것이 일상이었다. 그중에서도 총명한 길동을 거추장스럽게 생각하는 것이 이만저만이 아닌지라, 언젠가 죽여 버리고자 생각하고 있었다. 그러던 어느 날 은자 50냥을 주고 무녀 한 사람을 불러서, 간사하고 교활한 계획을 털어놓았다. 한 명의 관상쟁이를 데리고 오게 해서, 공에게 길동의 장래의 운명을 보도록 하게 했다. 관상쟁이는 길동을 조금 오래도록 눈여겨 자세히 보고는,

『今公子を見るに、位は三公の高きに上り、官は萬乘の至尊を補佐し參らす攝闕尊に居りて、事宜に依らば天下の政治を左右して、威を一世に布き、名を千歲に殘す官祿威福無雙の相にござります。なれども

眼中微かに異様の光があつて、人を射るばかりか、瞳の中に殺氣さへ仄見えまする。将来は添はぬ大望などを起して、一身一家を滅ばすの禍とならんも計られませぬ。』と驚いた風を示した。

"지금 공자를 보니, 지위는 삼공으로 높은 곳에 올라, 관직은 만승(萬乘)의 지존(至尊)을 보좌하는 섭관(攝關)의 지위에 있으며, 천하의 정치를 좌우하여, 위세를 당대에 떨치고 이름을 천세에 남기는 관록(官祿)과 위복(威福)이 견줄 만한 것이 없습니다. 하지만 눈 안에 희미하게 이상한 빛이 있어, 사람을 쏘아 볼뿐만 아니라 눈 안에 살기 또한 희미하게 보입니다. 장래에 더할 나위 없는 대망(大望) 등을 일으켜서, 일신일가(一身一家)를 멸하는 화가 되는 것을 계획하고 있습니다."

라고 말하며 놀란 듯한 모습을 나타냈다.

公はこれを聽いて、暫し呆然として居たが、軈て聲をひそめて『運命の輪廻は免れ難い所ちやが、暫く他言は許さぬぞ。』とて堅くその事の漏るるを制し、別段の處置を採ることをしなかつた。

공은 이것을 듣고 잠시 어리둥절했지만, 이윽고 소리를 낮추어,

"운명의 윤회(輪廻)는 피할 수 없는 것이지만, 당분간 다른 말은 용서하지 않겠다."

라고 강하게 그 일을 누설하는 것을 제지하고, 별다른 처치를 가리는 것을 하지 않았다.

公の斯うした寛大さは蕉蘭にとつて反す反すももどかしくてならな

かつた。そこで巫女と諜し合せて、特才といふ刺客に千金の賞を懸けて、吉童を殺さんことを命じた。

공의 이와 같은 관대함이 초란에게는 오히려 너무나 답답했다. 이에 무녀와 말을 맞추어 특재(特才)라는 자객에게 천금의 상금을 걸고 길동을 죽이도록 명령했다.

吉童一夜、燭の燈掻き上げて周易を潛讀してゐたが、忽然一羽の鳥が三度啼いて窗外を過ぎて行つた。吉童非常に怪しんで、
『此鳥はもと夜を忌む鳥である。今三鳴するとは不吉の兆ではあるまいか』と卦を占つて見れば、果してさうであつたので、大いに驚いて書案を退け、遁用の法を用ゐて樣子を窺ふと、果せるかな、一人の曲者今正に匕首を提げて房門を越え、室內に入らんとするところであつた。此時吉童身を暗まし、呪文を唱へると、俄然として一陣の狂風起り、家は何處かに消え失せ、唯見る疊々として連る高峰と、鬱々として茂る老樹、眞に風景絶佳の仙寰である。特才は狼狽禁ずるを得なかつた。

길동은 어느 날 밤 등불을 밝히고 주역을 읽고 있었는데, 홀연히 새 한 마리가 세 번 울면서 창문 밖을 지나갔다. 길동은 상당히 의심스러워,

"이 새는 원래 밤을 기피하는 새이다. 지금 세 번 우는 것은 불길한 징조가 아닌가?"

라고 점을 쳐 보니 과연 그러한 것이었기에, 크게 놀라서 책상을

물리고 둔갑술을 써서 상황을 살펴보니, 과연 수상한 자가 한 사람 지금 바로 비수(匕首)를 들고 방문을 넘어 실내로 들어오려고 하는 찰나였다. 이때 길동이 몸을 어둡게 하고 주문을 외우자, 갑자기 한 차례의 광풍이 일며 집이 어딘가로 사라졌다. 오직 보이는 것은 겹겹이 이어진 높은 봉우리와 울창하게 드리워진 오래된 나무, 참으로 풍경이 대단히 아름다운 신선이 사는 곳이었다. 특재의 낭패는 금할 길이 없었다.

折柄突然いづこよりか笙聲起つて、一位の仙童驢馬に跨つて來り、吹笛を止めて大叱すれば、特才は懲りもやらず、匕首を擧げて飛びかゝらんとした。吉童今は赫と憤怒に燃えた顔を火の如くにして、

『聞け、汝は常に財を貪り、人を殺すを嗜む者、活すも益なし、因業の程思ひ知れや、えい、覺悟せ。』舌打鋭く、腰の一刀拔く手も見せず、さつと横なぐりに斬り拂つた。

마침 그때 갑자기 어디에선가 생(笙)[을 타는 소리가] 들리며, 당나귀에 올라탄 선동(仙童)한 명이, 피리를 부는 것을 멈추면서 크게 화를 냈다. 특재는 잘못을 고치거나 뉘우치려고도 하지 않고, 비수를 들고 덤벼들려고 했다. 지금 길동은 노함과 분노에 불타올라 얼굴을 불과 같이하며,

"듣거라. 너는 항시 재물을 탐하여 사람을 죽이는 것을 즐기는 자로, 살려둬도 아무런 득이 되질 않는다. 인과응보를 똑똑히 깨닫거라. 각오하거라."

날카롭게 혀를 차고, 허리에서 칼을 뽑아 손이 보이지 않을 정도

로, 휙 옆으로 세차게 베어버렸다.

吉童は怒りに任せて、一旦は蕉蘭を害して平素の恨み晴さうとも思つたが、父相公の寵愛一方もならぬを想ひ、別に覺悟を定めて、それとなく相公と生母と別れを告げ、飄然として姿を隱した。

길동은 분을 참을 수 없어, 일단은 초란을 살해하고 평소의 원한을 풀고자 생각했지만, 아버지 상공의 총애가 이만저만이 아닌 것을 생각하고, 달리 각오를 정하고 넌지시 상공과 생모에게 이별을 고하며 표연(飄然)히 모습을 감췄다.

(三) 吉童活貧黨の首魁となる

(3) 길동활빈당(活貧黨)의 수괴(首魁)가 되다.

彼れはいづこともなく、とぼとぼと歩いて行つた。幾日目であつたか、彼れはとある山谷に入つた。山路を辿つて行くと、岩角に建つた苔錆びた石門の前に出た。門は堅く閉されてあつたが、吉童は好奇心に驅られて門を越えて内に入れば、こは如何、一眸の平原曠野開けて、幾百を以て數ふべき人家の櫛比するを見た。尙奥深く進んで行くと、そこには露天に覆を張つて宴を設け、數多の男女が打ち亂れて歡樂の限り盡してゐる。これは實に數千の賊徒の集團する岩窟であつたのだ。

그는 어디라고 할 목적지도 없이 터벅터벅 걸어갔다. 며칠 째인가, 그는 어는 산골짜기로 들어갔다. 산길을 따라 가니 바위모서리에 세워져 있는, 이끼가 끼고 예스러운 정취가 있는 석문이 나왔다. 문은 굳게 잠겨 있었는데, 길동은 호기심이 발동하여 문을 넘어 안으로 들어갔다. 그랬더니 이것은 어찌된 일인지, 한 눈에 바라다 봐도 평평한 들판과 넓은 들이 펼쳐져 있고 몇 백이나 되는 인가가 빽빽이 늘어서 있는 것이 보였다. 더욱 안으로 들어가 보니, 거기에서는 노천에서 덮개를 드리우고 잔치를 열고 있었다. 수많은 남녀가 음란하게 환락에 빠져 있었다. 이것은 실로 수천의 도적의 무리가 모여 있는 암굴(岩窟)이었다.

群がる賊徒等は見知らぬ少年が唯一人來れるを見て、怪訝に堪えざるもののやうであつたが、その容貌の秀俊にして、その碧眼の煌々人を射る有様が尋常ではなかつたので、彼等は異口同音に、而も言葉穩やかに、

『貴公は何の爲にここへ來たれるか、此の山寨には英傑三人あるが、未だ頭領を定め得ないでゐる。貴公の氣骨は仲々凡夫の及ばぬ所、萬一勇力ありて我黨に加はるを得ば、試みに彼處なる石を擧げて見やれ』と云ふに、

무리를 지은 도적 등은 낯선 소년이 오직 홀로 온 것을 보고 수상한 마음을 금할 길이 없었지만, 그 용모가 준수하고 그 빛나는 푸른 눈으로 사람을 쏘아보는 모습이 예사롭지 않았기에, 그들은 이구동성으로 게다가 말도 부드럽게,

"귀공(貴公)은 무슨 일로 이곳에 왔는가? 이 소굴에는 세 명의 영

웅과 호걸이 있는데, 아직 수령을 정하지 못하고 있다. 귀공의 기골은 좀처럼 범부는 따라가지 못하는 바가 있는 듯하니, 만일 용기와 힘이 있어 우리 무리에 들어오려고 한다면, 시험 삼아 저곳의 돌을 들어 보거라."

고 말하니,

吉童平然として、

『吾れは京城洪判書の妾腹に生れたる吉童といふ者ちやが、家中の賤待に慊らず、定めもなく四海を跋渉して、偶然ここに迷ひ來申した、いざ仰せの如く力試し致すであらう』と嘯き進んで、件の重さ千斤と稱する大石をば輕々と捧げ、或は數十步を走り、或は又中天に向つて投げなぞすれば、賊徒の益々愕き、その勇力に服して、熾に酒を興し、吉童を拜して首魁となした。

길동은 태연하게,

"나는 경성 홍판서의 첩의 배에서 태어난 길동이라는 사람인데, 집안에서 천대받는 것이 싫어 [목적지를]정하지도 않고 사해를 넘고 건너서, 우연히 이곳에 미혹되어 왔습니다. 그러면 말씀하신대로 힘을 시험해 보겠습니다."

라고 하며 휘파람을 불며 나아가, 무게 천근이나 되는 큰 돌 하나를 가볍게 들어올리고, 또한 수십 보를 뛰기도 하고 또는 다시 하늘 한가운데를 향해 던져버리니, 도적의 무리들은 더욱더 놀라며 그 용기와 힘에 항복하고, 식사를 준비하고 술을 바치며 길동에게 절하고 수괴로 삼았다.

計らざる所、計らざる時に於て、賊徒の首魁に奉ぜられた吉童は、其智に於て、才に於て、文武兼備の良將であつた。されば彼は諸賊の部署を定めて、武藝を習練せしめたが、折柄錢糧の缺乏を來してゐたので、吉童は諸賊に後事を托して、獨り飄然としていづれともなく山寨の巣窟を出た彼は處々に放浪して、或時は山川の風光を賞し、或時は善行者と交を結び各邑守令、方伯等の施政の善惡などを探聞した後、海印寺に打ち入つて、錢糧を奪取せん計畵を建て、再び風の如くに山寨の巣窟に歸つた。その行動の敏速なる、さながら神出鬼沒の概があつた。

계획하지 않은 곳에서 계획하지 않은 때에 도적 무리의 수괴로 받들어진 길동은, 그 슬기와 재주 그리고 문무를 겸비한 좋은 장수였다. 그리하여 그는 여러 도둑의 부서를 정하고 무예를 익히도록 훈련시켰는데, 마침 그때 돈과 곡식이 부족해 져서 길동은 여러 도둑들에게 뒷일을 맡기고, 홀로 표연히 어디론지 목적도 없이 산 속의 소굴을 나서 여기저기 방랑했다. 어떤 때는 산천의 풍광을 즐기고, 어떤 때는 착한 일을 하는 사람과 교류를 맺어 각 고을 수령, 방백 등이 행하는 정치의 선악 등을 탐문한 후, 해인사에 들어가서 돈과 곡식을 탈취하고자 계획을 세우고, 다시 바람과 같이 산 속의 소굴로 돌아왔다. 그 행동의 신속함은 마치 신출귀몰했다.

山寨の洞中には健壯の勇者が千四五百名もあつた。吉童はこれ等を二隊に分つて、先づ一隊を海印寺の洞口を距る二里の地點路傍の樹林中に伏せしめ、他の一隊は寺中に入つて錢財を奪略すべきを命じた。

そしてその謀には吉童自身先づ讀書の爲に來れるやうに粧ひ、寺に赴くを第一とし、諸賊千餘人宛を數團に分つて、見物の爲めに來れるやうに見せかけた。かくて合圖を待つて一時に蜂起する內約が成つたのである。

산 속의 사람들 중에는 건장하고 용감한 자가 천사오백 명이나 있었다. 길동은 이것을 두 개의 부대로 나누어, 우선 한 부대를 해인사의 동굴 입구에서 2리 떨어진 지점의 길옆 수림 속에 숨어있게 하고, 다른 한 부대는 절 안으로 들어가서 재물을 약탈하도록 명령했다. 그리고 그 음모에는 길동 자신이 우선 독서를 위해서 온 것처럼 하고 절을 향해 나아가는 것을 시작으로, 여러 도적 천여 명은 여러 무리로 나눠어 구경 온 사람들처럼 [위장]했다. 이리하여 신호를 기다리고 있다가 일시에 봉기한다는 약속이었다.

謀略の愈々成つた翌日、吉童は靑驢に跨り、數人の從者を隨へて海印寺に入つた。

『吾れは京師にあつて、此寺の景勝に富めるを聞き、硏學旁々遊びに參つた。宜しく雜輩の出入を嚴禳して、淸淨なる居室を擇み、留宿の準備をいたされよ。』

드디어 모략이 성사된 다음 날, 길동은 청려(靑驢)에 걸터앉아, 여러 명의 하인을 거느리고 해인사로 들어갔다.

“나는 서울에서 이 절의 경치가 아름답다는 것을 듣고, 학문을 갈고 닦을 겸 놀러 왔소. 아무쪼록 잡스러운 무리의 출입을 엄격히 통제하고, 맑고 깨끗한 방을 골라 유숙할 준비를 해 주시오.”

諸僧等は恭しく命を承けて、大牢を以てこれに具へ、歡待盡くることがない。軈て其日の夕頃僧に告げて、

『明日白米二十石を送くるから、今月十五日の夜酒希を準備して待たれよ、吾れ汝等と堂上に共に食すべし。』と曰ふに、諸僧唯々合掌して謝禮を述べた。

여러 스님 등은 공손하게 명을 받들어, 훌륭한 요리를 갖추어 극진히 환대하였다. 이윽고 그날 저녁 무렵 스님에게 고하며,

“내일 백미 20석을 보낼 테니, 이번 달 15일 밤, 술과 안주를 준비하여 기다려 주오. 나는 그대들과 함께 식사를 하고자 하오.”

라고 말하니, 여러 스님들은 각각 다만 합장을 하고 사례를 이야기했다.

十五日の夜は來た、寺院の後園、景色絶佳なる所に酒饌の準備が出來た。寺僧は悉く打ち揃つて吉童の拜臨を待つ程に、彼は近從數十人を召し連れて座に來り、諸僧に杯を傳へた。その杯の一巡了つた頃、彼は密かに懷から沙石の小さなものを取出して口中に入れた。軈て沙石を嚙む音を聞きたる諸僧は恐縮して只管にその粗忽の罪を謝したのであつたが、吉童は怒つて許さなかつた。そして下隷に命じて諸僧を縛せしめた。

15일 밤이 왔다. 사원의 뒤뜰 경치가 아름다운 곳에서 주연의 준

비가 진행되었다. 절의 스님은 모두 모여서 길동이 당도하길 기다렸다. 그는 하인 수십 명을 거느리고 자리에 와서는 여러 스님들에게 잔을 전했다. 그 잔이 한 바퀴가 끝났을 무렵, 그는 은밀하게 가슴에서 조그마한 모래와 자갈을 꺼내어 입 속에 넣었다. 곧 모래와 자갈을 씹는 소리를 들은 여러 스님은 두려워서 몸을 움츠리며 한 결 같이 그 실수에 대해 죄를 사죄했지만, 길동은 화를 내며 용서하지 않았다. 그리고 하인에게 명하여 여러 승을 묶게 했다.

吉童は聲を勵まして、『汝等を本郡邑に送つて嚴刑に處べし』 とて席を蹴立てて扇子を擧げて一擊すると、賊徒四方に勃發して寺內の房舍に押入り、金銀財寶は素より、衣服什器の類悉く掠奪した。急報に接した郡守は官軍を發して一網の下に賊徒を打盡しやうと息卷いたが、此時已に賊徒は數里を逃げ去つてゐた。

길동은 소리를 높여,

"너희들을 본 군읍에 보내어 엄형(嚴刑)에 처하노라."

고 말하며 자리를 차고 일어나 부채를 들어 소리를 지르니, 도둑의 무리가 사방에서 발발(勃發)해서 절 안으로 들어와, 금은재화는 말할 것도 없고 의복과 집기류 모두를 약탈했다. 급보(急報)를 접한 군수는 관군을 보내어 도둑의 무리를 일망타진하려고 씩씩거렸지만, 이미 도둑의 무리는 수리를 도망간 후였다.

吉童は後方に官軍の追手の迫るを察し、諸賊に命じて南方の大路から遁れしめ、己れは直ちに寺に歸つて僧衣を着、松笠を冠り、木魚を

手にして、門前の丘上に驅け上つて、大聲に呼ぶ、

『官軍北の路を取り給へ、賊は彼方に去りました。』

と北方を指す、仰ぎ見れば一少年の僧であつた。

吉童が智略はまんまと成功した。諸賊は彼の神機妙策に驚嘆の聲を發した。その奪ひ得た財物の高は優に數萬金に上つた。此時から吉童は稱して此の賊徒の集團を『活貧黨』とは稱した。

길동은 뒤에 관군이 쫓아오는 것을 살피고, 여러 도둑들에게 명하여 남방의 큰길로 달아나게 하고, 자신은 바로 절로 돌아가 승복을 입고 송립(松笠)을 쓰고 목탁을 손에 들고 문 앞의 언덕 위로 달려가서, 큰 소리로 불렀다.

"관군은 북쪽 길로 가십시오. 도둑들은 그쪽으로 갔습니다."

라며 북쪽을 향했다. 말하는 것을 보니 한 명의 어린 스님이었다.

길동의 지략은 감쪽같이 성공했다. 여러 도둑들은 신기묘책에 경탄의 소리를 냈다. 그 빼앗은 재물의 높음은 족히 수만금에 이르렀다. 이때부터 길동은 이름 하여 이 도둑 집단을 "활빈당(活貧黨)"이라고 칭했다.

活貧黨の策戰はいつも上々であつた。そして不義の財を奪つては、これを以て貧民を救濟して、嘗て自分の名を現したり、自己の腹を肥やしたりすることがなかつた。—これは軈て世宗の知る所となつたが、八道に勅して彼の賊徒を逮捕した者には賞千金と、邑萬戸を與ふべきを約したそれ程活貧黨の跋扈跳梁はすさまじいものであつた。

활빈당의 작전은 항상 최고였다. 그리고 의롭지 못한 재산을 빼앗아서는 이것으로 빈민을 구제하고, 한 번도 자신의 이름을 드러내거나 자기의 배를 채우는 일은 없었다. —이것은 머지않아 세종이 알게 되었는데, 팔도에 조서를 내려 그 적도를 체포한 자에게는 상금 천금과 고을 만호를 준다고 약속할 정도로 활빈당이 함부로 날뛰고 설치는 것은 무시무시한 것이었다.

吉童は活貧堂といふのを設けて、ここに座をかまへ、部下の賊徒に下知して曰く、

『我等は本と良民であるが、義を以て此處に聚まれる者なれば、心に銘じて夢不義を行ふな。第一に國家に正供する財物(公税金の如きもの)を奪取すれば之は逆賊であるぞ。第二に百姓の財物を掠奪するが如きはこれ國本を攪亂せしむるものであるから、我洞中斷じてかかる事をいたしてはならぬ。唯各邑守(郡守)が百姓を苛虐に取扱ひ、民の膏血を絞つて公に憑つて私を營んだ不義の財を奪ふのは、誠に活貧の大法信條と謂はねばならぬのぢや。汝等これを銘記すべきぢや。』

諸賊は謹んで大將の命を遵奉した。

길동은 활빈당이라는 것을 마련하여 이곳에 자리를 잡고, 부하 도둑들에게 명령하여 말하기를,

"우리들은 본디 양민이지만, 의를 위해 이곳에 모인 자들이다. 마음에 새겨서 꿈에라도 불의를 행해서는 안 된다. 첫째로 국가에 바치는 재물(공과금(公稅金)과 같은 것)을 탈취한다면 이것은 역적이 되는 것이다. 둘째로 백성의 재물을 약탈하는 것 이것은 국본을 어지

럽히는 것이니, 우리들 모두는 결코 관여해서는 안 된다. 오직 각 고을 군수가 백성을 심하게 학대하고 백성의 고혈을 쥐어짜는 등 공적인 일에 기대어 사욕을 채운 의롭지 못한 재물을 빼앗는 것이 참으로 활빈의 대법신조(大法信條)라 말할 수 있지 않겠느냐? 너희들은 이것을 마음에 새겨 잊지 말거라."

여러 도둑들은 정중히 대장의 명령을 받들어 지켰다.

(四) 捕吏皮袋に押籠める

(4) 포리(捕吏)가죽 자루에 눌러서 담다.

其後數月を經て、洞中の倉庫空乏を來した。吉童は部下に令して咸鏡監營(今の觀察道廳)に入り、倉庫の穀類や各種の軍器を奪取しやうとの謀略を巡らし、吉童自身は服を變へていづれともなく出發した。約束の日が來た、その日の四更、賊卒は柴草を南門に積載して火を放つた。火は忽焉として天をこがし、紅蓮の焔は龍虎の怒るが如くであつた。官隷も百姓も火勢の猛烈なのを見るや、倉皇として奔せ出でたので、吉童は直に城內に入り、營門を亂打し大呼して曰ふには、

『先陵火勢急にして參奉、陵員等燒死いたしてござる。速やかに火を救はれよ。』

그 후 수개월이 지나, 모두의 창고가 궁핍해져 왔다. 길동은 부하에게 명하여 함경감영(咸鏡監營, 지금의 관찰도청(觀察道廳))에 들어가 창고의 곡류와 각종의 군기를 탈취하려는 모략을 세웠는데, 길동 자신은 옷을 바꾸어 [입고]어딘가로 출발했다. 약속한 날이 왔다. 그날 사경 도둑의 무리들은 시초(柴草)를 남문에 적재하여 불을 질렀다. 불은 미처 생각지도 못하는 사이에 하늘을 그을리고, 붉은 색 연꽃과 같은 불꽃은 용과 호랑이가 화난 듯한 모습이었다. 관가의 하인도 백성도 불이 타오르는 맹렬한 기세가 세차게 솟아 나오기에 미처 어찌할 수가 없었다. 길동은 바로 성 안으로 들어가서, 병영의 문을 두들기며 큰 소리로 불러 말하기를,

"선릉(先陵)의 불기운이 갑작스러워 참봉(參奉)과 능(陵)의 사람들이 불타죽습니다. 신속히 불을 막아 주십시오."

監司は突然此の叫びを聞き、魂魄飛散して身を起し眺むれば、果せるかな火光天に接する有樣に、直ちに軍士を指揮して陵所に馳せ寄つた。吉童此の有樣を窺つて、私かに微笑を漏らしながら、諸賊に號令して倉庫を開き、軍器財穀を奪つて、牛馬に載せ、東方やゝ白む頃には早や洞口(賊窟の入口)に到つた。

감사(監司)는 갑작스러운 이 고함소리를 듣고 혼백이 비산(飛散)하여 몸을 일으켜 바라보니, 과연 불이 밝은 하늘에 다다른 모습이었다. 바로 군사를 지휘하여 능이 있는 곳으로 달려갔다. 길동은 이 모습을 엿보고 남몰래 미소를 띠면서, 여러 도둑들에게 호령하여 창고를 열고 군기와 재물과 곡식을 빼앗아 소와 말에 올려 싣고, 동쪽 하늘이 점점 밝아 올 무렵 어느덧 마을의 입구(적굴(賊窟)의 입구)에 도착했다.

吉童は諸賊に曰つて

『我等人の敢てせざる所を爲した。監司必ずや罪狀を奏聞するであらう然らば或は無辜の人誤つて捉へられんも計り難い。依つて咸鏡監營の北門に倉穀、公器を奪取したる者は活貧黨の首魁洪吉童なりと標榜しておけ。』

賊徒一齊にその不可を說いたが、吉童胸に妙策ある旨を答へて暗夜に乘じて北門に標榜を掲げしめた。

길동은 여러 도둑들에게 말하기를,

"우리들은 사람들이 하지 않는 것을 했다. 감사는 필시 죄상을 주문(奏聞)할 것이다. 그렇다면 어쩌면 무고한 사람이 잘못하여 붙잡히지 않는다고 볼 수 없다. 이에 함경감영의 북문에 창고의 곡식과 공공기물을 탈취한 자는 활빈당의 수괴 홍길동이라는 것을 표방해 두어라."

적도들은 일제히 불가함을 설득했지만, 길동은 마음에 묘책이 있다는 것을 말하고, 깊은 밤을 타서 북문에 표방을 걸어두도록 시켰다.

此夜、吉童は藁人形七個を作つて、それぞれ呪言を念ずると、藁人形は一時に靈あるもののやうに腕を伸ばし、大呼して起立する狀、宛然たる七個の吉童である。八人の吉童は各々賊卒五百名宛を引率して八道に分れて行つた。

이날 밤 길동이 짚으로 만든 인형 일곱 개를 만들어 각각 주언(呪言)을 불어 넣자, 짚으로 만든 인형은 한꺼번에 영혼이 있는 것처럼 팔을 피고 큰 소리를 내며 일어섰는데, 그 모습이 마치 길동이었다. 여덟 사람의 길동은 각각 도둑 무리 5백 명을 인솔해서 팔도로 나뉘어 갔다.

咸鏡監司は北門の標榜を見て、怪しんで道内に盜賊逮捕を布告したけれども、其甲斐がなかつたので、監司は詮方もなく其趣きを朝廷に奏上した上では之を聞いて憂慮措くこと能はず、官民を問はず、吉童を捕へた者を重賞すべき旨命を下した。

함경감사는 북문의 표방을 보고 수상히 여겨 도내에 도적을 체포하라는 포고를 내렸지만, 그 보람이 없었기에 감사는 하는 수 없이 그 상황을 조정에 주상했다. 위에서는 이것을 듣고 근심하고 걱정하는 것을 그만두지 못했다. 이에 관민을 막론하고 길동을 붙잡는 자에게는 큰 포상을 내린다는 명령을 내렸다.

七個の人形を七道に分遣した吉童は、自身全羅京幾の兩道に本據を構へて、各道各邑へ進供しやうとする不正の財物を奪取した。八道騷擾して官民共に枕を高うして安眠することが出來ない。只管に倉庫の軍器財帛等を嚴重に監守する外に途はなかつた。

일곱 개의 인형을 칠도로 나누어 내보낸 길동은 자신은 전라와 경기의 양도에 본거지를 두고, 각 도 각 읍으로 진공(進供)하고자 하는 부정한 재물을 탈취했다. 팔도에서는 이러한 소란으로 관민 모두 근심 걱정 없이 편안하게 잘 수가 없었다. 한 결 같이 창고의 군기와 재물과 피륙 등을 엄중히 감수하는 것 말고는 방법이 없었다.

吉童の手段策略は實に巧妙を極めたものであつた。白晝驀然として風雨矢石を飛ばしたりするので、八道の奏聞何れも困憊の狀を報ぜざるはなかつた。

길동의 수단과 책략은 실로 교묘하기 그지없었다. 대낮에도 맥연(驀然)히 바람과 비와 화살과 돌을 날려 버리기에, 팔도의 주문은 어느 것도 지친 상태를 보고하지 않을 수 없었다.

上に於かせられても只管宸襟を悩まされ、文武百官を召して之が對策を問はせられた。その時右捕盜大將李某といふ者、伏奏して曰ふには。『今や吉童賊に亂を作して海內驚擾甚しき有様にござりまする。希くば臣一度出でで彼を捕へ龍榻に獻ずるでござりませう』と。上は大いに悅んで直ちに印劍酒饌を賜ひ

『吉童を捉へなば、立ろに斬首せよ』とのたまうた。

위에서도 [이를]고민하던 임금은 문무백관을 불러 이것에 대한 대책을 말하게 했다. 그때 우포도대장(右捕盜大將) 이모(李某)라는 자가, 엎드려 아뢰어 말하기를,

"바야흐로 길동이 도둑들에게 난을 일으키게 하여 나라 안에서 일어난 소동이 상당한 상황입니다. 바라건대 신이 한 번 나서서, 그를 붙잡아 용탑(龍榻)에 바치고자 합니다."

라는 것이다. 임금은 크게 기뻐하며 바로 인검(印劍)과 주찬(酒饌)을 하사하여,

"길동을 붙잡는다면, 바로 참수시켜라."

고 말했다.

李捕將は叩頭百拜して退出し、强壯勇武の捕校二人を擇んで、聞慶(慶尙北道)にて會合の約を定め、變裝して崇禮門(今の南大門)を出でで洞雀江(漢口の流域)を渡つた。かくて捕將は旅宿を求めて休憩しやうとしたが、すると青麻道袍を着た一人の少年が從者數人を隨へて同じ旅宿に入つた。窃かにこれを窺ふと、少年は座に就くや、頻りに太い溜息を漏らしてゐるので、捕將は怪しみ,

『何を憂ひて、斯くは悲忿せらるゝのぢや』と聞く。

이포장은 머리를 엎드려 백배하고 물러나서, 건장하고 용맹스럽고 위세가 있는 포교 두 사람을 선발하여, 문경(聞慶), 경상북도(慶尙北道)에서 회합하기로 약속을 정하고, 변장해서 숭례문(崇禮門, 지금의 남대문(南大門)을 나서서, 동작강(洞雀江), 한구(漢口) 유역을 건넜다. 이리하여 포장은 여숙을 구하여 휴식하려고 했는데, 그러자 청마도포(青麻道袍)를 입은 한 명의 소년이 하인 여러 명을 거느리고 같은 여숙으로 들어왔다. 몰래 그것을 엿보니, 소년은 자리에 앉자마자 계속해서 크게 한숨을 내 뱉고 있었다. 이에, 포장은 수상히 여겨,

"무엇을 근심하여 이토록 슬퍼하고 분통해 하는 것인가?"

라고 물었다.

少年は言下に、

『普天の下王上に非ざるはなく、卒土の濱王臣に非ざるは莫しと申しまする。吾れ假令鄕谷の蒼生とはいへ、今國家の爲めに憂を禁ずることが出來ないのは、洪吉童といふ盜賊、八道を周行して作亂擄掠し、各道の方伯、守令枕を高ふして眠ることを得ざる由、聖上御惱みの程

畏れ乍ら察し參らすでござる。然るに吉童を捕捉し得るもの一人として無く、或は吉童を知れるものはあれども、如何せん獨力を以て捕捉することも出來ませぬ。我が悲忿の情を禁ぜざる所以にござりまする。』

소년은 말이 떨어지자마자,

"하늘 아래 온 세상이 왕의 것이 아닌 것이 없고, 왕의 신하가 아닌 자가 없다고 생각합니다. 저는 설령 향곡(鄕谷)의 창생(蒼生)이라고는 하나, 지금 국가를 위한 근심을 금할 길이 없습니다. 홍길동이라는 도적이 팔도를 주행하여 난을 일으키고 노략질을 하니, 각 도의 방백과 수령이 안심하여 편안히 잠을 잘 수가 없습니다. [이에]성상의 괴로움의 정도를 황송하게도 미루어 짐작하는 바입니다. 그럼에도 불구하고 길동을 붙잡을 수 있는 사람이 한 사람도 없으며, 혹 길동을 알고 있는 사람이 있어도 애석하게도 혼자 힘으로 붙잡을 수가 없다는 것입니다. 제가 슬프고 분한 마음을 금할 길이 없는 것은 이것 때문입니다."

捕將は喟然として

『然らば腹心の人を得ば、汝に於て吉童を捕捉し得るか。』

『某吉童の巣窟を知りまするが、獨力にては入ることも出來ませぬ。但だ腹心の人を得ば、その大事を成し得るでござりませう。なれど、その人を得るが難事と見えてござる。』

……原本數葉脫落

『……如何なる人なれば、斯くも夜更けて深山幽谷に來れるか。』と鷹揚に問へば、

포장은 탄식하며,

"그렇다면 심복을 얻는다면, 그대는 길동을 잡을 수 있겠는가?"

"제가 길동의 소굴을 알고 있습니다만, 혼자 힘으로는 들어갈 수가 없습니다. 다만 심복을 얻는다면, 그 대사를 성사시킬 수 있을 것입니다. 그렇기는 하지만, 그 사람을 얻는 것이 어려운 일이라고 생각합니다."

……원본의 몇 마디를 탈락

"………………어떠한 사람이기에, 이렇게도 늦은 밤 심산유곡(深山幽谷)에 왔는가?"

라고 점잖게 물으니,

李捕將

『某こそは忠清道公州の者でござるが、京城に上る途すがら、黃昏頃となつて路に迷ひ、誤つて貴莊に入り、斯くは神威を犯してござる。願はくば御憐憫を垂れ賜へ。』

長者色を作して、

『汝、某を欺くといふものぢやな。』

『欺くとな。左樣なこと、露あるべしとも思はれませぬ。』

이포장

"저는 충청도 공주사람입니다만, 서울로 올라가는 길에 날이 저물어 길을 헤매다가, 잘못하여 당신의 별장으로 들어와서 이렇게 신위(神威)를 범하고 있습니다. 바라건대 불쌍하고 가엽게 여겨 주십시오."

장자(長者)는 안색을 바꾸어,

"그대는 나를 속이려고 하는 것이 아니냐?"

"속이다니요? 그러한 것은 이슬만큼도 생각하지 않습니다."

長者玆に於て大聲に叱咤して,

『汝一匹夫を以て自ら分に安んぜず、洪將軍を捉へんとすればこそ、周笠山の神靈が震怒せられたのぢや。汝を捉へて罪を問ひ、獄に投じて、狂言妄說の罪を治し、後人を懲戒しやうとするぢや。』

とて左右に命じて牢囚せしめやうとしたが、捕將固く欄干を執つて大呼して曰ふには、

『小人は唯微賤者、罪なくして捉へられてござります。願くば大王、俯察を垂れて御寬恕下されませ。』

장자는 이에 큰 소리로 크게 꾸짖으며,

"너[와 같은] 일개 필부가 스스로의 분수를 알지 못하고 홍장군을 붙잡으려고 하니까, 주립산(周笠山)의 신령이 진노하여서 너를 붙잡아 죄를 묻고 옥에 넣어서 광언망설(狂言妄說)의 죄를 고치고 후세의 사람들에게 경계하고자 하는 것이다."

라고 좌우에 명하여 죄수를 단단히 가두도록 명했는데, 포장은 굳게 난간을 붙잡고 크게 소리 지르며 말하기를,

"소인은 다만 미천한 자로, 죄 없이 붙잡혀 왔습니다. 바라건대 대왕, 두루 굽어 살피셔서 너그러이 용서해 주십시오."

と、言未だ終らざるに殿上に聲して、

『咄! 此の痴漢め! 世上いかで地獄、十大冥王あるべきぞ。顏を擧げて

詳かに見よ、吾れこそは別人ならず、活貧黨の魁首洪吉童であるわ。汝無識淺見を以て無謀の心を起し、吾れを捉へんなぞとは分外の至りぢや昨日青袍の少年は汝を誘引する吾が使者であるわ。』

라고 하자, 말이 아직 끝나지도 않았는데, 전상(殿上)에 소리하여,

"네 이놈! 이 어리석은 놈! 세상에 어떻게 지옥[이 있고], 십대명왕(十大冥王)이 있겠느냐? 얼굴을 들어 자세히 보아라. 나는 다른 사람이 아니라, 활빈당의 수괴 홍길동이다. 네가 무식천견(無識淺見)으로 무모한 마음을 일으켜, 나를 붙잡으려고 하는 것은 분수에 넘치는 일이다. 어제 청포를 입은 소년은 너를 유인하려던 나의 심부름꾼이니라."

とて呵々大笑、左右に命じて縛を解いて席上に座せしめ、酒を酌んで勸めて言ふ。

『汝の如き輩十萬あらんとも、吾れに一指を加へることは出來ない。吾れ今汝を一刀の下に殺さんは易いが、汝の如き匹夫を殺すも刀の穢ぢや。依つて許しては遣はすが、歸つて吾れを見たりと云はば、汝の罪責を免るることが出來ぬであらうから、固くこれを包め、そして汝の如き企を爲す者あらば、誡飾して再び同一の轍を踏ましめないやうにしてやるぢや。』

고 말하며 한바탕 껄껄 웃으며, 좌우에 명하여 밧줄을 풀어 자리 위에 앉히도록 하고 술을 따라 권하며 말하기를,

"너와 같은 무리는 10만이있더라도, 나의 손가락 하나도 건드리

지 못할 것이다. 나는 지금 너를 한칼에 죽일 수도 있지만, 너와 같은 필부를 죽이는 것은 칼을 더럽히는 것이기에, 따라서 용서는 해 준다만 돌아가서 나를 봤다고 말한다면, 너는 잘못을 저지른 책임을 면하지 못할 것이다. 그러니까 굳게 이것을 둘러대고, 그리고 너와 같이 계획을 꾸미는 자가 있다면, 경계하도록 해서 두 번 다시 같은 일을 되풀이 하지 않도록 하여라."

と諭し、又三人を捉へて階下に屈せしめ、
『汝等は無識微賤の身を以て李某に從つて吾れを捉へんとするは、身の程知らぬ烏滸の沙汰ぢや、酒でも呷つて疾く去れ。』
とて一蹴した。

고 깨우치게 하고, 다시 세 사람을 붙잡아서 계단 아래에 엎드리게 하고,

"너희들이 무식하고 미천한 몸으로 이모(李某)를 따라서 나를 붙잡으려고 한 것은 분수를 모르는 건방진 짓이다. 술이라도 마시고 어서 떠나거라."

고 말하고 단번에 물리쳤다.

軈て李捕將醉氣醒め渇に堪えず水を求めて起き上らんとしたが、四肢の動きが思ふやうにならず、心を勵まして見れば何時の間にか皮袋の中に臥してゐるのであつた、辛うじて皮袋を裂いて四面を見廻すと尙も同じやうな三個の皮袋が樹枝に懸つてゐる。怪しんで解いて見れば隨行した三人の下隷であつた。四人の主從は唯々驚愕して、互に胡亂の眼を睜うつつ、四邊を見廻せば、此處は京城北獄山であつた。

이윽고 취기에서 깨어난 이포장은 갈증을 참을 수 없어서 물을 구하여 일어나려고 했는데, 사지의 움직임이 생각대로 되지 않아 마음을 힘써서 보니 어느새 가죽 자루 안에 누워 있는 것이었다. 가까스로 가죽 자루를 열어서 사면을 둘러보니,

더욱 똑같은 세 개의 가죽 자루가 나뭇가지에 걸려 있었다. 수상히 여겨 풀어 보니 수행했던 세 명의 하인이었다. 네 사람의 주종(主從)은 다만 경악하며, 서로 수상쩍은 눈을 크게 떴다. 사방을 둘러보니, 서울 북악산(北獄山)이었다.

(五) 八人の吉童

(5) 여덟 명의 길동

吉童は常に軺軒(覆のない轎輿の一輪車)に乘つて悠然として都大路を闊步往來し、或は各邑へ路文(旅行日程)なぞを傳へて、八道を巡行しながら、各邑守令の中に貪官汚吏ある時は、直ちに暗行御史てふ職權を飾つて先づ馘り扨て奏聞して曰ふ、

『某邑郡守某、公に憑つて私を營み、良民の膏血を絞る、百姓塗炭に苦しめり、依つて假の御史洪吉童先づ斬り懲戒したる後謹んで奏し奉る云々。』と。

길동은 항상 초헌(軺軒, 덮개가 없는 가마와 같은 일륜거(一輪車))을 타고 유유히 수도의 대로를 활보 왕래하고, 혹은 각 고을에 노문(路

文), 여행일정(旅行日程) 등을 전달하며, 팔도를 돌아다니면서 각 고을 수령 중에 탐관오리가 있을 때는 바로 암행어사라는 직권을 가장해서 먼저 베어버리고 주문(奏聞)을 올렸는데, 이에 말하기를,

"아무개 고을 군수 아무개가 공적인 일에 기대어 사사로움을 채우고, 양민의 고혈을 쥐어짜서 백성을 도탄에 빠지게 해서 괴롭히니, 이에 거짓 어사 홍길동이 먼저 베어서 경계한 후에 정중하게 아뢰는 바입니다."

라는 것이다.

然るに慶尚監司の奏文は又斯うであつた。

『洪吉童なる者道内各邑を徘徊し、或は風雲を起し、或は雷霆を驅つて作擾測り難し。百姓は塔に安んじ難く、守令は能く安眠するを得ず。伏して願はくば、聖上軍を發して賊を嚴捕し後患を除かれんことを、萬望に堪えず云々。』

그런데 경상감사(慶尚監司)의 주문(奏文)은 또 이러했다.

"홍길동이라는 자가 도내 각 고을을 배회하며, 어떤 때는 바람과 구름을 일으키고, 어떤 때는 우레를 몰고 와서 소동을 일으키는 것이 헤아리기 어렵습니다. 백성은 이미 안심할 수 없고, 수령은 편히 잠을 잘 수가 없습니다. 엎드려 바라건대, 성상의 군을 파견하여 도둑을 엄히 붙잡은 후에 근심을 덜어 주실 것을 간절히 바라마지 않습니다."

斯うした奏文は引き續いて各道から來た。聖上憂慎して左右に向ひ、賊の生地など問はせられた。都承旨といふ者、

『洪吉童は原任右議政洪某の庶子にて、吏曹佐郎洪仁亨の庶弟にござずりまする。夙に人を殺して逃走すること數年に及びますれば、今洪某と仁亨と牌招して御下問を垂れ給はヾ自ら其根底を認め得るでござりませう。』

と奏した。

이러한 주문은 계속해서 각 도에서 [올라]왔다. 성상은 근심하여 좌우를 향해, 도둑의 출생지 등을 물었다. 도승지라는 자가,

"홍길동은 원임(原任) 우의정(右議政) 홍모(洪某)의 서자로, 이조좌랑(吏曹佐郎) 홍인정(洪仁亨)의 서제(庶弟)입니다. 일찍이 사람을 죽이고 도주한 지 수년에 이릅니다만, 지금 홍모와 인정을 패초(牌招)하여 하문 하신다면 스스로 그 내막을 인정할 것입니다."

라고 아뢰었다.

上は聽き了ると直ぐ禁府都事をして拿捕せしめよと命ぜられて又宣傳官に命じて洪仁亨を牌招せられた。洪丞相は邏卒に從つて禁府に入り、宣傳官は佐郎を引卒して榻前に低頭する。上憤怒して曰はく、

『大賊洪吉童は汝の庶弟といふぢやな。速やかに捕捉して一門の大禍を除け』

と。佐郎は頓首再拜して

임금은 다 들은 후 바로 금부도사(禁府都事)로 하여 체포하도록 명령하고, 또 선전관(宣傳官)에게 명하여 홍인정을 패초하도록 시켰다. 홍승상(洪丞相)은 나졸을 따라 금부에 들어오고, 선전관은 좌랑(佐郎)

을 인솔해서 탑전(榻前)에 머리를 숙이게 했다. 임금은 분노하여 말하기를,

"대적 홍길동은 너의 서제라고 하질 않느냐? 신속히 체포해서 일문[1]의 큰 화를 면하도록 해라."

고 했다. 좌랑은 고개 숙여 재배하며,

『臣の賤弟不肖にして、夙に人を殺して亡命逃走し、其生死を知らざる事旣に數年にござりまする。臣等父子の罪もとより萬死に當りますなれども、昔瞽瞍は無慈悲なれども大舜を生み、大舜大聖なれども商世の如き不肖の子を生みました、また下惠は千古の賢孔夫子を友といたしましたが、その弟盜跖に至つて賊黨數千を聚めて民を殺し、其肝を啖ひ、到る所城池を侵略いたしましたれば、小國は國を捨てて走り、大國は此れが爲め疲弊して、天下の騷擾言は方なき有樣でありましたが、其兄柳下惠如何とも爲し得なかつたと聞き及びまする。今臣の父正に八十有餘賤弟の爲めに病を得て臥床し、餘命且夕に迫つてござりまする。伏して冀くば、陛下洪德を垂れ給ひ、父を解放して家に還らしめ、靜養を許し給はば、臣必死を期して吉童を捕へ、聖上の御宸憂を除き奉るでござりませう。』と、

"신의 미천한 동생이 불초하여, 일찍이 사람을 죽이고 망명도주하여 그 생사를 알 수 없는 것이 이미 수년입니다. 신 등 부자의 죄는 말할 것도 없이 만 번 죽어 마땅합니다. 하지만 옛날 고소(瞽瞍)는 무

1 일문: 한 가족 혹은 같은 성을 가진 일족을 뜻한다(棚橋一郎·林甕臣編, 『日本新辞林』, 三省堂, 1897).

자비(無慈悲)하기는 하지만 대순(大舜)을 낳았고, 대순(大舜)은 대성(大聖)하기는 했지만 상세(商世)와 같은 불초한 자식을 낳았습니다. 또한 하혜(下惠)는 천고(千古)의 성인군자인 공부자(孔夫子)를 친구로 했습니다만, 그 동생 도척(盜跖)은 도둑의 무리 수천을 모아서 백성을 죽이고 그 간을 먹고 여기저기 성지를 침략했습니다. [그리하여] 소국은 나라를 버리고 달아나고 대국은 이로 인해 피폐해 져서 천하의 소요는 뭐라고 말할 수 없는 상황이었습니다만, 그 형 유하혜(柳下惠)는 어떠한 것도 하지 못했다고 들었습니다. 지금 신의 아버지는 이제 막 80을 넘어서 미천한 동생으로 인해 병을 얻어 병상에 누워 계시며, 여생이 또한 마지막에 다다랐습니다. 엎드려 바라건대 폐하, 홍덕(洪德)을 베푸시어 아버지를 풀어주셔서 집으로 돌아가시게 하여 몸과 마음을 안정시키게 해 주신다면, 신은 반드시 약속하여 길동을 잡아서, 성상의 근심 걱정을 풀어드리도록 하겠습니다."

라고 말했다.

忠孝兼備の辯を揮つて決心の色を現すに、聖上も轉た感動せられて、洪某を許し、丞相に復職して、佐郎を慶尙監司に命じ、一年を期して吉出を捕へ來れと命じたまうた。佐郎は鴻恩に報ずべきを誓つて、肅拜して退下した。慶尙監司洪仁亨は卽日監營に赴任して、各邑へ訓令を發し、人世に五倫の尊きを示し、就中君父の恩を說いて第一と爲し、吉童の示現を促した。斯くて監司は心神惱亂して寢食も安からず三日を經たが、その日忽然門外が騷擾したので、何事かと左右に聽けば、門外に一少年靑驢に跨り從者數十人を隨へて使道(觀察使を敬稱したる語)に謁見を請ふのだと言ふ。監司は怪しみながら、狹門を開いて入らしむると、少年は驢から下りて欣然堂上に登つて拜謁した。監司は答禮して目を擧げて見れば、こは抑も如何に、此の少年それは彼れが寤寢も忘れ得ぬ吉童その人であつた。

충효를 겸비하여 말하며 결심의 빛을 나타내니, 성상도 자못 감동하여 홍모를 용서하고 승상에 복직시키며, 좌랑(佐郎)으로 하여 경상감사(慶尙監司)로 명하여 1년의 약속으로 길동(吉童[2])을 잡아오도록 명령했다. 좌랑은 홍은(鴻恩)에 보답하리라고 맹세하며 숙배(肅拜)하고 물러났다. 경상감사 홍인정은 바로 그날 감영으로 부임해서 각 고을로 훈령을 보냈다. 인간 세상의 오륜이 높음을 알리고, 그 가운데서도 군부(君父)의 은혜를 말하는 것을 으뜸으로 하여, 길동이 나타나기를 재촉했다. 이리하여 감사는 마음이 어지러워 침식도 편안히 하지 못하고 3일이 지났는데, 그날 갑자기 문 밖이 소란스러워 무슨 일인가 하고 좌우[사람들]에게 물어보니, 문 밖에는 한 소년이 청려(靑驢)를 타고 하인 수십 명을 거느리고 사도(使道)(관찰사(觀察使)를 경칭(敬稱)하는 말)를 알현하고 싶다고 청한다는 것이다. 감사는 수상히 여기면서도 협문(狹門)을 열어 들어오게 하니, 소년은 당나귀에서 내려 기꺼이 당상에 올라와 배알했다. 감사는 답례하여 눈을 들어 보니, 본디 이 소년은 그가 자나 깨나 잊은 적인 없는 길동 그 사람이었다.

……數葉脫落……吉童は快然として、『明日小弟を結縛し、朝廷に奏聞して拘送せられよ』言ひ畢つて口を緘し、それ以上は何事をも言はない。

---

2 일본어 원문에는 길출(吉出)이라고 표기되어 있지만 전후 문맥상 길동의 오자이다.

…… 몇 마디 탈락…… 길동은 단호하게,

"내일 소제(小弟)를 결박하고, 조정에 주문하여 압송하십시오."

라고 하던 말을 끝내고 입을 다물고는, 그 이상은 아무 것도 말하지 않았다.

そこで監司は、翌日奏狀を上つて吉童を檻車に乘せ、校卒に護送せしめた。沿道各邑の百姓等は吉童を見んとて宛ら雲霞の如くに群り集まつた。慶尙監司の奏狀と同時に、各道から言ひ合したやうに吉童捕捉の奏伏が朝廷に達した。大小官吏共は何れが眞の吉童であるかを判ずることが出來ず、城內頗る騷擾した。

이에 감사는 다음 날 주장(奏狀)을 올리고 길동을 함거(檻車)에 태우고, 교졸에게 호송하도록 했다. 길을 따라 각 고을의 백성 등은 길동을 보려고 마치 운하(雲霞)처럼 모여들었다. 경상감사의 주상(奏狀)과 함께 각 도로부터 말을 맞춘 것처럼 길동을 포착했다는 주장(奏伏[3])이 조정에 도착했다. 대소신료 모두는 어느 것이 진짜 길동인지를 알 수 없었기에 성 안은 굉장히 소란스러웠다.

それから數日の後、八道の將校等各々吉童を緊縛して長安に到つたので、直ちに禁府に嚴囚して朝廷に傳へた。そこで聖上は萬朝の百官を率ゐて承政院に殿座あらせられた。禁府の邏卒等は八個の吉童を引き連れて聖上の親鞫に供さんとしたが、彼等は互ひに『汝が洪吉童にて

3 일본어 원문에는 주복(奏伏)으로 되어 있지만 전후 문맥상 주장(奏狀)의 오자인 듯하다.

我は然らず』と言ひ爭ひて、終ひには八個の吉童が入り亂れて相鬪ふに到つた。

그로부터 수일 후, 팔도의 장교 등이 각각 길동을 결박하여 장안(長安)에 도착했기에, 바로 금부에 엄히 가두게 하고 조정에 전했다. 이에 성상은 만조백관을 인솔하여 승정원에 전좌(殿座)했다. 금부의 나졸 등은 여덟 명의 길동을 끌어내어 성상의 친국으로 죄를 진술하게 하려고 했는데, 그들은 서로에게,

"네가 홍길동이고 나는 아니다."

라고 서로 다투었다. 마침내 여덟 명의 길동이 들어와서 서로 소란스럽게 다투는 것이었다.

流石の聖上もこれにはホトホト困じ果て、右丞相洪を招かれて、

『子を知る父に如くはない。夙に吉童は一人といふに、今八人の吉童と稱するものがある。何れが眞の吉童であるか。』と仰せられたので、洪丞相は惶汗沾背して伏奏するには、

『臣微賤の身を以て叡慮を惱まし奉る、萬死も常輕しと思はれまする。臣の兒吉童は左股に紅點有るに依り、八人の吉童中紅點あるものを擇びて問罪あらせ給へ。』

과연 성상도 이것에는 몹시 곤란한 듯 우승상 홍을 불러서,

"자식을 아는 것은 아버지만한 사람도 없을 것이다. 일찍이 길동은 한 명이라고 했는데, 지금은 길동이라고 칭하는 자가 여덟 명이나 있다. 누가 진짜 길동이냐?"

고 물으니, 홍승상은 황송해 하며 땀을 흘리며 엎드려 아뢰기를,

"신이 미천한 몸으로 임금의 생각을 어지럽힌 점, 만 번 죽어도 가볍다고 생각합니다. 신의 자식 길동은 왼쪽 넓적다리에 붉은 점이 있습니다. 여덟 명의 길동 중에서 붉은 점이 있는 자를 가려 죄를 물으십시오."

と言畢つて八人の吉童を嚴然瞰み

『汝不忠不孝の吉童、上至尊を惱まし奉り、下は汝の父を斯くも憂慮せしめて居る。汝世上に身を容るるの餘地なき迄の大罪を犯して尙も頑爭するとは何事ぢや。速やかに罪を受けて死せ。』

라고 말을 다하고 여덟 명의 길동을 엄히 바라보며,

"이 불충불효한 길동아, 위로는 지존을 괴롭게 하고, 아래로는 너의 아버지를 이토록 근심하고 걱정하게 하고 있구나. 너는 세상에 몸을 담을 여지도 없이 큰 죄를 범했다. 또한 완고히 다투는 것은 이 무슨 일이냐? 신속히 죄를 받고 죽거라."

と號泣流涕して言ひ終るや、その場に血を吐いて卒倒したので、左右の者共大いに驚き、上も亦甚く驚かれ、侍臣に命じて救護せしめたが、蘇生の術とてもなかつた。八人の吉童も此の有樣を觀て、一齊に涙を流し、囊中から棗のやうな丸藥を取出して、嚙み碎いて父の口に入れた、と、約半時もしてから、纔かに父は息を吹き返すことが出來た。

고 울부짖으며 눈물을 흘렸다. 말이 끝나자 그 자리에서 피를 토하고 졸도했기에, 좌우에 있던 모두는 크게 놀라고 임금도 또한 심히 놀라서, 대신에게 명하여 구호(救護)하도록 했지만 소생할 방법이 없었다. 여덟 명의 길동도 이러한 모습을 보고 일제히 눈물을 흘리며, 주머니 속에서 대추와 같은 둥근 약을 꺼내어 잘게 씹어서 아버지의 입에 넣었다. 그러자 잠시 후, 간신히 아버지는 숨을 되돌릴 수 있었다.

此時吉童等奏上して曰ふには、

『臣の父、國恩を蒙つて世々富貴榮華を享けました。我等いかでか不忠不義のことを爲すに忍びませうぞ。なれども臣誤つて賤婢の腹に生れ、父兄をも父兄と呼ぶことができませぬ。依て身を山林の裡に潛め、世事不關の望を抱いてござります。然るに天我を憎んでか、身を汚陋に落して賊黨とは成りましたが、未だ嘗て百姓の財物は秋毫と雖も犯せしことなく、唯各邑郡守の不正の財物を奪取したるに止まりまする、且つ思ふに君と父とは一體と申せば、其國の穀を食することは子が父の錢穀を用ふると何の擇ぶ所がござりましようや。今から十年の後には、小臣朝鮮を離れて、自ら往くべき處がござりますれば、伏して冀ふ、聖上憂ひ給はず洪吉童捕捉の上命を撤回せられ給はんことを。』

이때 길동 등은 주상(奏上)하여 말하기를,

"신의 아버지는 나라의 은혜를 입으시고 대대로 부귀영화를 받으셨습니다. 제가 불충불의를 했다면 어떻게든 참을 수 있습니다. 하지만 신은 뜻하지 않게 천비의 배에서 태어나, 아버지와 형을 아버지와 형이라고 부를 수가 없었습니다. 이리하여 몸을 산림의 마을에 숨기고, 세상과 관계하지 않음을 바랬습니다. 그런데 하늘이 저를 미워해서인지, 몸을 오루(汚陋)한 곳에 떨어뜨려 도둑의 무리가 되게 했습니다. 아직 일찍이 백성의 재물은 추호라도 범하지 않았습니다. 다만 각 고을 군수의 부정한 재물을 탈취하기만 했습니다. 또한 생각하기를 군과 부는 한 몸이라고 한다면, 그 나라의 곡식을 먹는 것은 자식이 아버지의 전곡(錢穀)을 쓰는 것인데 무엇을 가릴 것이 있겠습니까? 지금으로부터 10년 후에는, 소신은 조선을 떠나서 스스로 갈 곳이 있을 것입니다. 엎드려 바라건대, 성상은 걱정하지 마시고 홍길동을 포착하라는 명령을 철회하여 주십시오."

と熱誠を籠めて言ひ終るや否や、八人の吉童一時に絶倒したので、殿上殿下の驚愕一方ならず、これを検すれば、八人悉藁人形であつた。上に於ては、此の意外なる有樣を見て、益々怒り、龍榻を撃打して、

『誰ぞ、吉童を捕捉するものはなきか、有らば願ひのまヽに職祿を賜ふぞや。』と叫び給ふたが、萬朝の百官いづれも吉童の神機妙計に惧れ、一人として敢て答奏するものはなかつた。

라고 열성을 다하여 말을 마치자마자 여덟 명의 길동이 한꺼번에 넋을 잃고 넘어지기에, 전상전하(殿上殿下)에 있던 모두의 경악은 이만저만이 아니었다. 이것을 조사해 보니, 여덟 명 모두 짚으로 만든 인형이었다. 임금은 이러한 뜻밖의 모습을 보고 더욱 화가 나서 용탑(龍榻)을 격타(擊打)하며,

"누군가 길동을 포착할 자가 없느냐? 있다면 원하는 대로 직록(職

祿)을 하사하도록 하겠다."

라고 부르짖었지만, 만조백관은 어느 누구도 길동의 신묘한 기략과 묘책에 생각이 깊어져서, 어느 한 사람도 굳이 답하여 아뢰는 자가 없었다.

(六) 一生の願ひ

(6) 일생의 바람

一百都城四大門に標榜があつた。

『妖臣洪吉童一生の願あり、伏して請ふ聖上吉童に兵曹判書を授くるの上命を下し玉へ。然らば臣自ら現れて罪を乞ふべし』云々と。聖上これを聞かれて、諸臣をしてその許否を議せしめ給ふた。

모든 도성 서대문에 표방(標榜)이 있다.

"간신 홍길동의 일생의 바람이 있어 엎드려 바라건대, 성상은 길동에게 병조판서(兵曹判書)를 임명한다는 명령을 내려 주십시오. 그렇다면 신은 스스로 나타나서 마땅히 죄를 빌겠습니다."

라는 것이었다. 성상은 이것을 듣고, 여러 신하로 하여 그 허락의 여부를 의논하게 했다.

諸臣の一人は奏して曰ふ、

『彼れ吉童なるもの、若し國家に大功ある者ならば、爵祿を授けられるのは常典にござりますれど、彼れや罪あつて逮捕せられんとする者、如何に思召されてか、彼が思ひのままに振舞はしめて、國家の體面を損傷しやうとはなされまするぞ。寧ろ吉童を捉へたるものあれば、これこそ敵國を破りたるものと等しく御登用あつて然るべきかと存じ奉ります。』

上は此の言葉を聽いて實にもと肯き、更めて吉童捕縛の令を下された。

여러 신하 중에서 한 사람이 아뢰어 말하기를,

"저 길동이라는 자가 만약 국가에 큰 공이 있다면, 작위와 봉록을 주시는 것이 법도입니다만, 그는 죄가 있어 체포하지 않으면 안 되는 자인데 어떻게 생각하십니까? 그가 생각하는 대로 행동을 하면, 국가의 체면을 손상하는 것입니다. 오히려 길동을 붙잡는 자가 있다면 이것이야말로 적국을 무너뜨린 것과 같은 것으로 등용을 할 수도 있지 않을까 생각합니다."

임금은 이 말을 듣고 실로 그러하다며, 더욱 길동을 포박하라는 명을 내렸다.

其後慶尙監司は狀を以て、奏して曰ふ。

『吉童は道内山谷中に潛居して晝夜作擾すれども、人力を以て容易に捕ふる能はず、伏して願ふ、聖上一等都監砲手を擇送ありて急に吉童を捕へしめられよ。』聖上は百官を聚めて、

『奏聞斯くの如くあるに依つて、誰か能く叛賊を除きて朕の憂慎を解くべきものなきか。』

然し萬朝の百官只顔見合せる許りで、よく答奏するものはなかつた。そこで上は遂に慶尙監司に命を下して、

『卿再び僞吉童を捉へず、眞の吉童を捉へて、三族の大禍を免がれし

めよ』とあつた。

그 후 경상감사는 장(狀)에 아뢰어 말하기를,

"길동은 도내 산골짜기에 몰래 숨어 살며 밤낮으로 소란을 피우지만, 사람의 힘으로 용이하게 붙잡을 수는 없습니다. 엎드려 바라건대, 성상은 최고의 훈련도감의 포수를 뽑아서 보내어 서둘러 길동을 붙잡으십시오."

성상은 백관을 모아서,

"주문(奏聞)이 이와 같은데, 누가 능히 역적을 제거하여 마땅히 짐의 근심을 풀어 줄 사람이 없단 말인가?"

하지만 만조백관은 다만 서로 얼굴을 마주할 뿐 답하여 아뢰는 자가 없었다. 이에 임금은 결국 경상감사에게 명령을 내려,

"경은 다시 가짜 길동을 붙잡지 말고 진짜 길동을 붙잡아 삼족의 큰 화를 면하도록 하여라."

고 했다.

監司は此の嚴命を拜して恐惶措く能はず、將に微服して眞の吉童を捉へに出ようとしてゐると、その夜宣化堂の梁上から俄然一個の少年が下りて來て、監司の前に拜禮した。監司は大きに驚いて、鬼ではないかと仔細に見ると、正しくこれは吉童であつたので、監司は叱呼して、

『汝は再び吾れを欺くか。』

と睨んだが、少年は平然として、

『小弟今こそは眞の吉童であるから、懸念なく結縛して京師へ捉送あれ。』

감사는 이 엄명을 받들고 황공하여 애석함을 견디지 못하고, 바로 허름한 옷차림을 하고 진짜 길동을 잡으러 가려고 하고 있는데, 그날 밤 선화당(宣化堂)의 대들보 위에서 갑자기 소년 한 명이 내려와 감사 앞에서 예를 갖추어 절을 했다. 감사는 크게 놀라 귀신이 아닌가 하고 자세히 보니, 참으로 이것은 길동이었기에 감사는 고함을 치며,

"너는 다시 나를 속이는 것이냐?"

고 말하며 자세히 봤는데, 소년은 태연하게,

"소제(小弟) 지금이야말로 진짜 길동이니, 걱정하지 마시고 결박하여 서울로 착송(捉送)하십시오."

監司はこれを聞いて手を執つて、

『無道なる弟よ、汝と吾とは骨肉の間なるを、父兄の教訓をも聽かずして、漫り天下を騷擾せしむとは何事であるか、汝は今眞正に來つて捕はれんことを願ふとは奇特であるわ。』

とて涙を流しながら、悲しみを忍んで、吉童が左の股を見れば、果して紅點があつた。そこで四肢を結縛して車に載せ、强健な將校軍卒十人を擇んで、京師に護送せしめたのであつたが、吉童は檻車の裡にあつて、泰然として黙坐してゐる。

감사는 이것을 듣고 손을 잡으며,

"무도한 동생이여 너와 나는 뼈와 살을 나눈 사이이거늘, 아버지와 형의 가르침을 듣지 않고, 부질없이 천하를 소요하려는 것은 어찌된 일이냐? [하지만]네가 진심으로 와서 붙잡아 줄 것을 바라는 것은 기특하구나."

라고 눈물을 흘리면서 슬픔을 참고 길동의 왼쪽 허벅지를 보니 과연 붉은 점이 있었다. 이에 사지를 결박하여 수레에 태우고, 건장한 장교와 군졸 10명을 뽑아서 서울로 호송하게 했는데, 길동은 함거(檻車)안에서 태연하게 묵묵히 앉아 있었다.

斯くて數日の後京城の闕門に着すると、吉童は輙ち大呼して曰ふに、

『吾が今此處に無事來れることは主上亦知れる所にござらう。汝等は死すとも我を怨む勿れ。』

と言未だ畢らざるに、身を動かせば、鐵索は恰も腐草の如くに寸斷して、檻車も忽ち破壞して了つた。と、見る間に吉童は悠然と身を飜して天空に上り、其儘雲の彼方に消え失せた。

이리하여 수일 후 서울의 궐문에 도착하자, 길동은 문득 큰 소리로 말하기를,

"내가 지금 이곳에 무사히 오게 된 것은 주상이 또한 알고 있는 바일 것이다. 너희들은 죽어도 나를 원망하지 말거라."

고 말이 다 마치기도 전에 몸을 움직이니, 철삭(鐵索)은 마치 썩은 풀과 같이 여러 토막으로 끊어지고 함거도 순식간에 훼손되어 버렸다. 그리고는 금세 길동은 유유히 몸을 날려서는 하늘로 올라가 그대로 구름 저 멀리로 사라져 버렸다.

意外な事情は仔細に天聽に達した。上は激怒せられて護送して來た將校等の遠竄を命じた。そして諸臣を會同して吉童捕捉の事を評定せ

られた。

諸臣曰ふ。

『吉童所願の通り兵曹判書の上命を下給はば、朝鮮を離去するとの由にござります、で、今權道を以て兵曹判書を授け、諭旨を下して招かせ賜はば、彼必ずや自現いたすでござりませう。』

뜻밖의 사정은 상세히 임금의 귀에 전해졌다. 임금은 격노하여 호송해 온 장교 등을 멀리 귀양 보내도록 명했다. 그리고 여러 신하들을 모이게 하여 길동을 붙잡는 일에 대해서 정하도록 했다.

여러 신하들이 말했다.

"길동의 소원대로 병조판서에 임명한다는 어명을 내리시면 조선을 떠난다는 것입니다. 그러니 지금 한 방편으로 병조판서로 임명한다는 유지를 내리신다면, 그는 반드시 스스로 나타날 것입니다."

上は又その議に從ひ、直ちに洪吉童に兵曹判書を授けらるる旨の命を下して、四門に標榜を揚げしめられた。そして若し吉童が來たならば、闕外に刀斧手を潜伏せしめておき、謝恩退出の折擊殺せしめやうとの手配であつた。果せるかな吉童はやつて來た。玉階に進んで肅拜し、奏して曰ふには、

『不肖臣洪吉童國家に患難を遺して罪萬死に當るにも拘らず、今日反つて天恩を蒙り、一生の所願を遂げまするは何よりの欣でござります。臣今日陛下を辭し、父母の國を去るに臨み、謹でお別れを申上ます。伏して冀くば、聖上萬壽無疆に渡らせ玉へ。』

임금은 다시 그 뜻에 따라, 바로 홍길동에게 병조판서를 하사한다는 어명을 내리고 사문에 방을 붙이도록 했다. 그리고 혹 길동이 온다면, 대궐 밖에 도부수(刀斧手)를 잠복시켜두어, 임금에게 감사의 인사를 전하고 돌아가는 길에 죽이도록 했다. 예상대로 길동이 왔다. 옥계로 나아가 삼가 공손히 절하고 아뢰어 말하기를,

"불충한 신 홍길동 국가에 환난을 일으킨 죄 만 번 죽어 마땅합니다만, 오늘 도리어 천은을 입게 되어 평생의 소원을 이루게 된 것은 이루 다 말할 수 없는 기쁨입니다. 신은 오늘 폐하를 떠나고 부모의 나라를 떠나감에 이르러, 정중하게 이별을 고합니다. 엎드려 바라건대 성상은 만수무강하시옵소서."

とて忽然身を躍らせて空中に上り、雲霧に圍繞せられて飄然と　て消え去つた。上はこれを欙して嗟嘆の聲を放ち、

『吉童神出鬼沒の才、恐らく古今に儔なかるべきである。人力の及ばざる所ぢや。況して今や朝鮮を去るとの事なれば、再び作弊はあるまいが、直の心有りて國家を助けなば、必ず棟梁の臣となるであらうに。』

とて嘆賞措かず、直ちに國中に令して吉童捕捉の令を取消し給うた。それから國內は安穩のが續いた。

라고 말하며 갑자기 몸을 날려 공중으로 올라가, 구름과 안개에 둘러싸여 표연히 사라졌다. 임금은 이것을 보시고 한숨을 지으며 탄식하여 말하기를,

"길동의 신출귀몰한 재주는 필시 고금에 필적할 만한 것이 없을

것이다. 사람의 힘으로는 닿지 못할 것이다. 하지만 지금 조선을 떠나게 되면 두 번 다시 폐단을 일으키는 일은 없겠지만, 마음을 고쳐먹고 국가를 돕는다면 반드시 동량(棟梁)의 신하가 될 것이거늘."

라고 탄복하여 칭찬하며, 바로 나라 안에 명하여 길동을 붙잡으라는 명을 거두었다. 그로부터 나라 안은 조용하고 편안함이 계속되었다.

(七) 妖怪退治

(7) **요괴퇴치**(妖怪退治)

さて吉童は洞中(賊窟)に歸り、諸賊に言ひ付けて暫らく旅路に上るべければ、留守中は決して洞外に出ず、靜に自分の歸るを待つやうにとて、雲霧に乘じて南に向つた。或は流球國の山川、或は南京の繁華を見て、歸途濟島といふ島に入つたが、ここには一峰山と呼ぶ名山があつて、島の周圍約六七十里、山水の景極めて佳勝の地であつた　吉童は、これが自分の初志を貫くの地ではあるまいかと、獨り心の中に期する所あり、やがて洞中に歸ると、諸賊は吉童を見て遠路の無事を祝賀した。

그런데 길동은 마을(도둑들이 기거하는 곳)로 돌아와서, 여러 도둑들에게 한 동안 여행을 떠나니 자신이 없는 동안은 결코 마을 밖을 나서지 말고, 조용히 자신이 돌아오기를 기다리라고 분부하며, 구름과 안개를 타고 남쪽을 향했다. 어떨 때는 유구국(流球國)의 산천, 어떨 때는 남경(南京)의 번화한 거리를 보며, 돌아오는 길에 제도(濟島)라고 하는 섬에 들어갔는데, 이곳에는 일봉산(一峰山)이라 부르는 명산이 있었다. 섬 주위는 약 6-70리 산수의 경치가 더없이 아름다운 곳이었다. 길동은 이곳이 자신의 처음 마음먹은 뜻을 관철할 수 있는 곳이 아닌가 하고, 홀로 마음속으로 기대하는 바가 있었다. 이윽고 마을로 돌아가자, 여러 도둑들은 길동을 보고 먼 길의 무사함을 축하했다.

吉童は諸賊に下知して言ふ、『揚口(江原道)兩川に入つて船二百隻を造り、漢江々口に於て待て、自分は朝廷に入つて正租一千石を求て來よう。』と、かくて何處ともなく消え失せた。

길동은 여러 도둑들에게 지시하여 말하기를,

"양구(揚口), 강원도(江原道)양천(兩川))에 들어가서 배 200척을 만들고, 한강입구에서 기다리거라. 나는 조정에 들어가서 조세 천석을 구해 오도록 하겠다."

라고 말하고는, 이리하여 어디인지도 모르는 곳으로 사라졌다.

さて朝廷に於ては、その後更に吉童の消息をきかなかつたが、三年の後秋九月の一夜であつた、金風蕭瑟として月色明朗たる折しも、上は月を賞して宦官を隨へ、後苑を徘徊せられてあつた。すると突如として一陣の淸風起つて、玉笛の聲が空中から聞えると見る間もなく、一個の少年が隆下して地に伏して拜謁した、上は大いに驚いて、『仙童は紅塵界の人に非ず、何すれば人間界に降屈してあられるぞ』と少年頓首して。『臣は元任兵曹判書洪吉童にてござる。』と言ふに上愈々驚き入つて、『汝は何故に此の如き深夜に來れるか。』と問はれた。

조정에서는 그 후 다시 길동의 소식을 듣지 못했다. 그러던 3년 후 가을 9월 어느 날 밤의 일이었다. 금풍(金風)이 소슬하고 달빛이 환히 밝은 마침 그때 임금은 달을 바라보며 환관(宦官)을 거느리고, 후원을 배회하고 있었다. 그러자 갑자기 한 차례의 부드럽고 맑은 바람이 일어나며, 옥적(玉笛)의 소리가 공중에서 들려오는 것을 볼 새도 없이, 소년 한 명이 아래로 내려와서 땅에 엎드려 절하며 배알했다. 임금은 크게 놀라서,

"선동은 인간 세상의 사람이 아닐 지언데, 어찌하여 인간 세상으로 내려 온 것이냐?"

고 말하자 소년은 땅에 엎드려 절하며 말하기를,

"신은 원임(元任) 병조판서 홍길동입니다."

라고 말하기에 놀라서,

"너는 어찌하여 이와 같이 깊은 밤에 온 것이냐?"

고 물었다.

『臣國王に事へんとはするも、賤婢の生む所の故を以て假令六韜三略に通ずるとも任官の路に登ることを得ませぬ。四書三經に通ずるとも登第して玉堂官に拜することを得ませぬ。武科に應ぜんとするも宣薦に隔つてござりまする。されば心を定めず八道に遨遊して無賴の徒を嘯集し、官府に弊を作り、朝廷を擾亂せしぬたのは、實に臣の賤名を聖上に知らしむるが爲めの手段にござりました。果せるかな聖恩下つて臣の所願を成就せさせ給ひました。臣今階下を辭して朝鮮を去らんといたしまするまた聖上の宸憂を貽すことはござりますまい。此故に臣將に遠征するに當つて、今一度玉階に進んで天顔に咫尺し、臣が一生の所懷を奏達した上、辭陛を告げんと心得てござりまする。』

> "신이 국왕을 섬기려 하여도 천비의 소생이기에 가령 육도삼략(六韜三略)에 통달한다고 하더라도 임관(任官)의 길에 오를 수는 없습니다. 사서삼경(四書三經)에 통달한다고 하더라도 등제하여 옥당관(玉堂官)의 벼슬을 얻을 수는 없습니다. 무과에 응시한다고 하더라도 선천(宣薦)에 한한 자만이 할 수 있는 것입니다. 그리하여 마음을 정하지 못하고 팔도를 유랑하며 부랑배를 불러 모아, 관부에 폐단을 만들어 조정을 어지럽히고 혼란스럽게 했습니다만, 실은 [이것은] 신의 천한 이름을 성상에게 알리려고 한 수단이었습니다. 그런데 과연 성은을 내려주시어 신의 소원을 성취시켜 주셨습니다. 신 지금 폐하를 떠나 조선을 떠나려고 합니다. 다시 성상에게 근심을 끼치는 일은 없을 것입니다. 그러하므로 신 장차 먼 길을 떠남에 있어서, 지금 한 번 옥계에 나와 용안을 지척에 두고, 신이 한 평생 품은 한을 아뢴 후에 떠나감을 고하고자 하는 것입니다."

と述べ來つたので、上喜色を滿面に帶びて、

『卿の奇才神術を以て予を輔翼せず、予の心轉た悲悵のものなきにあらずである。さりながら今那邊に向つてか去ると聞く、何時の日にか再び逢ふべきか。』

と問はせらるるに、吉童面目身に餘つて叩頭して曰ふには、

『臣今鮮土を離るる以上、また再び來ることあるまじく存じまする。伏して希ふ、聖上、正租一千石貸與あらせられて、明日漢江々ロへ航運し給はらんことを、後日必ず還穀し奉るでござりませう、偏に聖上

の慈愍を乞ひ奉ることにござりまする。』と哀求した。

라고 말하며 왔기에, 임금은 만면에 기쁜 얼굴을 띄며,

"경의 기이한 재주와 신기한 술법으로 나를 보필하지 않으니, 나의 마음이 슬프지 않을 수 없구나. 그런데 지금 어딘가를 향해 떠나간다고 하니, 또 언제 만날 수 있을 것이냐?"

고 하는 질문을 받자, 길동은 몸 둘 바를 몰라 머리를 조아리고 말하기를,

"신 지금 조선 땅을 떠나는 이상, 두 번 다시 오는 일은 없을 것입니다. 엎드려 바라건대, 성상, 조세 천석을 대여해 주시어 내일 한강 입구에 있는 배로 보내 주신다면, 훗날 반드시 환곡하도록 하겠습니다. 진심으로 성상의 자민(慈愍)을 청하옵니다."

라고 애원했다.

上は直ちに快諾の旨を告げられたので、吉童は玉陛に再拜して身を起し雲に乘じて消え去つた。上はその翌日。宣惠堂へ上命を下して、正租一千石を輸送して漢江々邊に積載せしめると、忽然上流から數十隻の舟が下つて來て、悉く之れを船中に積み去つた。吉童は三千の賊徒を率ゐ、正租一千石と日用器物を悉く船に積込んで、洞府を離れて茫々たる大海に船を泛べ、順風に棹して南京の濟島に到泊し、家屋數千戸を建築して之に移り、一向專念に農業を勵み、技術を學び、武器を製し、軍法を練習せしめたので、忽ちにして兵は精しく、糧は足るやうになつた。

임금은 바로 기꺼이 승낙한다는 뜻을 알렸기에, 길동은 옥계를 향해 두 번 절하고 몸을 일으켜 구름을 타고 사라졌다. 임금은 다음 날 선혜당(宣惠堂)에 어명을 내려 조세 천석을 운송하여 한강 가장자리에 쌓아 두게 했는데, 갑자기 상류에서 수십 척의 배가 내려 와서 이것들을 모조리 배에 싣고 사라졌다. 길동은 3천의 도적의 무리들을 인솔하여, 조세 천석과 살림살이를 모조리 배에 싣고, 동부(洞府)를 떠나 망망한 대해에 배를 띄우고 순풍에 노를 저어 남경(南京)의 제도(濟島)에 도착하여 머물렀다. 가옥 수천 호를 짓고 이곳으로 옮겨 한 결 같이 농업에 전념하도록 격려하고, 기술을 배우며 무기를 만들고 군법을 연습시켰기에, 머지않아 군사는 스스로 쌀을 찧고 그 양식 또한 충분해 졌다.

或日吉童は諸人を呼び、芒塘山にいつて、矢鏃を塗るべき藥を求めて來るから、留守を善く守るやうにと命じて、卽日船に乘じて芒塘山に向つた軈て數日にして洛川の地に至つた。其處に萬石の當豪があつて、名を白龍と呼び、夫婦の間には無仙といふ唯一の人の娘があつた。女紅針線(機械裁縫、刺繡など)詩書百家、孰れも知らざる事とてはなく、加ふるにその容貌は玉も耻づらん美しさで、秋水のやうな眼、桃花のやうな頬、げに傾國の美容とはこれであつた。夫婦は掌中の玉と寵愛して、遍く婿を求めたが、なかなかに我子の良配となすに足る才子は見えなかつた。

어느 날 길동은 여러 사람들을 불러, 망당산(芒塘山)에 가서 시촉(矢鏃)에 칠할 만한 약을 구해 올 테니, 자신이 없는 사이에 잘 지키고 있을 것을 명했다. 그리고 바로 다음 날 배를 타고 망당산을 향했는데, 얼마 안 있어 수일이 지나 낙천(洛川)의 땅에 이르렀다. 그곳에 만석꾼의 부자가 있었는데, 이름을 백룡(白龍)이라고 하며, 부부의 사이에는 무선(無仙)이라는 유일한 딸 아이 하나가 있었다. 부녀자들의 침선(針線)(기계재봉(機械裁縫), 자수(刺繡) 등)과과 시서백가(詩書百家) 어느 것 하나 모르는 것이 없을 뿐만 아니라, [이에]더하여 그 용모는 구슬도 부끄러워할 만한 아름다움으로, 추수(秋水)와 같은 맑은 눈매, 복숭아꽃과 같은 뺨, 실로 전국의 가장 아름다운 미모라 함은 바로 이것을 말하는 것이었다. 부부는 손바닥 안에 진주처럼 총애하여 널리 사위를 구하고자 했는데, 좀처럼 자신의 자녀의 좋은 배필이 될 만한 재주 있는 자가 보이질 않았다.

ところが或日のこと、突然風雲大い起つて、天地爲めに晦瞑、咫尺を辨じ得なかつたが、と見るその瞬間、愛な娘の姿掻き消すが如くに見えなくなつた白龍夫婦の驚愕は並大低のものではない、千金を散じて四方を尋ね廻つたが、遂に其踪跡を確むることが出來なかつた。晝夜痛哭して道路に彷徨し、
『誰とても我が娘を尋ね出せば、これに萬金を與ふるのみならず、當に娘の壻とするであらう。』とふれた。

그러던 어느 날 돌연히 바람과 구름이 크게 일어나 하늘 땅 모두 회명(晦瞑)한 속에 지척을 분간할 수 없었는데, 바로 그 순간 사랑하는 딸의 모습이 감쪽같이 사라진 것처럼 보이지 않게 되어, 백룡 부부의 경악은 이만 저만이 아니었다. 천금을 풀어서 사방을 찾아 다

녔는데, 결국 그 종적을 확인할 수가 없었다. 밤낮으로 통곡하며 길에서 방황하며,

"누구라도 우리 딸을 찾아 준다면, 그 자에게는 만금을 줄 뿐만 아니라, 마땅히 딸의 사위로 삼을 것이오."

라고 말했다.

丁度此時、洪吉童此の地を通りかかり、この事を聞いて心中惻隱の情を起しつつあつたが、或る日芒塘山に登つて藥を採り、次第に山の奥深く分け入つた。日は已に暮れかけて、斜陽西嶺に沒せんとし、鳥もねぐらを急ぐ頃となつたので、今は詮方なく、歩みをとゞめて躊躇してゐると、偶ま人の聲がして、微かな燭光の輝くのが見えた。彼は心に喜びつつ、光をあてに近寄ると、さながら多くの妖怪が、群集して喧噪を極めてゐる有様であつた。身を忍ばせて動靜を窺ふと、顏は人間の形に似て居れ、正しく一種の猿猴の類であることが分つた。吉童は諸所を歩いたが、未だ斯くの如きものを見たことがないので、試みに捕殺しやうと、身を潛めて矢を放てば、忽ち群中の一匹に命中し、大聲を擧げて叫びながら走り去つた。

마침 그때 홍길동이 이곳을 지나다가 이러한 사정을 듣고 마음속으로 측은한 마음이 일어났다. 어느 날 망당산에 올라가 약을 캐다가 서서히 산 속 깊은 곳으로 들어가게 되었다. 날은 이미 어두워져 저무는 해는 서산에 기대어 잠기려고 하고, 새들도 둥지를 서두르려는 무렵이었기에, 지금은 하는 수 없다는 듯 걸음을 멈추고 머뭇거리고 있으니, 뜻하지 않게 사람의 소리가 들리고 희미한 촛불이 비

취는 것이 보였다. 그는 마음속으로 기뻐하며 빛을 의지하여 가까이 가 보니, 마치 많은 요괴가 모여서 시끄럽게 떠들고 있는 듯한 모습이었다. 몸을 숨기고 동정을 살펴보니, 얼굴은 인간의 형태를 닮아 있지만 정확히는 일종의 유인원이라는 것을 알았다. 길동은 여기저기를 다녀 봤지만 아직 이와 같은 것을 본 적이 없었기에, 시험 삼아 붙잡아서 죽여 보려고 했다. 그리하여 몸을 숨기고 활을 쏘니, 갑자기 무리 중의 한 마리에게 명중하여 큰 소리를 지르며 달아났다.

吉童猶も追はんとしたが、夜も漸く更れて來るので、傍の大樹の下に一夜を明かすべく、そこに矢を匿し、なほも方々を駈け廻つて藥を求めてゐたが、會々怪物二三が吉童を見付け出し、

『ここは誰も通らぬ所であるのに、如何にして來られたか。』と聞く。

『某は朝鮮の人であるが、醫術に素養があつて、此處に仙藥あるを聞き及び、尋ね參つた。今汝に會ふは幸ちや。』と答へると、

길동은 더욱 쫓으려고 했지만 밤도 점차 어두워져 오기에, 옆에 있는 큰 나무 아래에서 밤을 새우기로 했다. 이에 화살을 숨기고 더욱 여기저기 뛰어 다니며 약을 구하려고 했는데, 괴물 두세 마리가 길동을 발견하고는,

"이곳은 누구도 지나갈 수 없는 곳이다. 어떻게 들어 온 것이냐?"

고 물었다.

"나는 조선의 사람이오만, 의술에 소양이 있어, 이곳에 선약(仙藥)이 있다는 것을 듣고 찾아 왔소. 지금 그대를 만난 것은 참으로 다행이오."

怪物は吉童を仔細に視て、

『我等は此山中に在ること久しきもの。我が大王新たに夫人を迎へて、昨夜宴を張つたが、不幸にして天殺に當り、頗る危篤にござる。君にして若し仙藥を以て我が大王を救ひ得ば、厚く其恩を謝するでござらう。』

> 라고 대답하자, 괴물은 길동을 자세히 보더니,
>
> "우리들은 이 산속에 산지가 오래되었다. 우리 대왕이 새로이 부인을 맞이하여 지난밤 잔치를 열었는데, 불행하게도 하늘의 벌을 받아 굉장히 위독하시다. 네가 혹 선약으로 우리 대왕을 구할 수 있다면, 깊은 그 은혜에 대해 사례를 할 것이다."

吉童心中に、其奴こそ昨夜の矢に傷いたものであらうと思ひ、言ふがままに同行してみると、そこには高樓大廈があつて、その宏壯なること驚くばかりである。その中に凶惡な一妖怪が座榻に臥して呻吟してゐたが、吉童を見て纔かに起き上り、

『僕偶然にも天殺に當り將に死に瀕してゐる。もし君の技によつて僕を生かせば、其恩は厚く報ゆるでござらう。』と意氣消衰の有様である。吉童は謝禮を述べて、扨て詐り、

『傷を見れば、重傷ではござらぬ。さりながら、先づ內服藥を用ゐ、後に施術を用ゐるならば、立ろに快癒するでござらう。』と云へば、妖怪はそれを信じて喜ぶこと甚しかつた。

길동의 마음속에는 그 놈이야말로 지난밤 화살에 상처를 입은 자라고 생각했다. 말하는 대로 동행해서 보니 그곳에는 고루대하(高樓大廈)가 있었는데 그 장엄함에 놀랄 뿐이었다. 그 중에 흉악한 요괴 하나가 좌탑(座榻)에 들어 누워서 신음하고 있었는데, 길동을 보고 겨우 일어나,

"나는 우연히도 하늘의 벌을 받아 장차 죽음에 이르게 되었다. 혹 그대의 재주로 나를 살리기만 한다면, 그 은혜는 깊이 보답할 것이다."

라고 말하는 것이 힘없고 초췌한 모습이었다. 길동은 감사와 예를 다하며, 우선 거짓으로,

"상처를 보니 중상은 아니오. 그렇지만 우선 내복약을 쓰고 나중에 시술을 한다면 바로 쾌유할 것이오."

라고 전하자, 요괴는 그것을 믿고 몹시 기뻐했다.

吉童は多種多葉の丸葉を所持してゐたので、藥嚢の中から毒藥を取り出し、急刄溫水に和してこれを飮ましめた。軈て略ぼ一時も過刄た頃、毒漸く骨髓に泌み渡つたと見えて、妖怪は腹を撫で、目を廻して、一聲高く叫びつつ、苦し氣に數度跳ね廻つて、死んでしまつた。これを眺めた諸々の妖怪共、吉童に向つて、劒を突き立てながら、『汝、凶賊、いざ斬り取つて我が大王の讐を打つであらう』 と、群をなして一時に突進して來た。吉童は悠然として體を飜し、忽ち空中に登つて風を起し、無數の矢を放つたので、妖怪共は暫し應戰はしたものの、漸く、吉童の神術の前に屈伏せざるを得なかつた。

길동은 여러 종류의 환약(丸藥[4])을 가지고 있었는데, 약 주머니에

서 독약을 꺼내어 서둘러 뜨거운 물에 풀어서 이것을 마시게 했다. 얼마 안 있어 거의 조금 지났을 무렵, 독이 차차 골수로 전달된 듯 요괴는 배를 어루만지고 허둥지둥하며 큰 소리를 지르고, 괴로운 듯 몇 번이고 뛰어 돌아다니다가 죽어 버렸다. 이것을 바라보던 여러 요괴들이 길동을 향해 칼을 밀어 붙이며,

"음흉한 도적 너의 목을 베어서, 우리 대왕의 원수를 무찌르겠다."

라며 무리를 지어 한꺼번에 돌진해 왔다. 길동이 유유히 몸을 날리어 갑자기 공중에 올라가 바람을 일으키고 수많은 활을 쐈다. 요괴들은 모두 잠시 동안 맞서서 싸우기는 했지만, 차차 길동의 신기한 술법 앞에 굴복하지 않을 수 없었다.

吉童は妖怪どもを打ち滅ぼし、さて樓を入つてよく視れば、そこに一つの石門があつて、其の裏に二人の少女が互に死なんとする氣色であつた。吉童、これは必定女の妖怪でがなと思ひ、直にさし殺さうとすると、少女等は泣いて憐みを乞ひ、

『妾たちは妖怪ではござりませぬ。妖怪の爲に捕はれて參つた人間でござります。先ほど妾たちが死なうとしてゐるところへ、將軍がお見えになつて、妖怪どもを滅ぼして下さりました。どうか妾たちの命を助けて故鄕に還らせて下さりませ。』と云ふ。

길동이 요괴들을 무찌르고 망루에 들어가 자세히 보니, 그곳에는 하나의 석문이 있었다. 그 안에는 두 명의 소녀가 서로 죽으려는 듯

4 일본어 원문에는 환엽(丸葉)이라고 적혀 있는데 전후 문맥상 환약(丸藥)의 오자인듯하다.

한 얼굴빛을 하고 있었다. 길동은 이것은 필시 여자 요괴가 아닌가 하고 생각하여 바로 찔러 죽이려고 했는데, 소녀들이 울면서 불쌍히 여겨줄 것을 빌며,

"첩들은 요괴가 아닙니다. 요괴에게 붙잡혀 온 사람입니다. 방금 전 첩들이 죽으려고 하던 차에, 장군이 나타나셔서 요괴들을 없애 주셨습니다. 아무쪼록 첩들의 목숨을 살려 주시어 고향으로 돌아가게 해 주십시오."

라고 말했다.

吉童仔細にその顔を視れば、二人いづれも紅唇雪膚、寶玉の眼、蛾蠢の眉、實に傾國の美色であつたから、試みに住所を尋ねると、一は洛川縣の白龍の娘、他は曹哲の女であると判つた。吉童は心中奇異の思ひ抱きながら、やがて二人の少女を伴つて洛川縣に白龍を訪ひ、前後の經過を仔細に物語ると、白龍夫婦の喜は倒へん樣もなく、宛ら醉ふが如く、狂ふが如くに抱き合ふて、泣き且つ歡ぶばかりであつた。

길동은 자세히 그 얼굴을 보니, 두 사람 모두 붉은 입술과 눈처럼 하얀 살갗을 하고 있으며, 보석과 같은 눈과 초승달과 같은 예쁜 눈썹이 실로 전국 최고의 아름다운 미인이었기에, 시험 삼아 주소를 물어보았다. [이에]한 사람은 낙천현(洛川縣)의 백룡(白龍)의 딸이고, 다른 사람은 조철(曹哲)에 사는 여인이라는 것을 알게 되었다. 길동은 마음속에 기이한 생각을 품으면서, 이윽고 두 소녀를 거느리고 낙천현에 있는 백룡을 방문하여, 전후의 사정을 상세히 이야기했다. 그러자 백룡 부부의 기쁨은 꺾일 기세도 보이지 않고, 마치 취한 듯

미쳐 버린 듯 서로 안고 울며 또한 기뻐할 따름이었다.

やがて一族郎黨を聚めて大宴を張り、席上洪吉童を迎へて婿とするに一決した。その婚具の整備せる、その儀式の壯麗なる、王侯も遠く及ばぬ所であつたが、更に新郎新婦が天地に拜禮して坐席に就くのを見ると、實に一双の佳朋である。白龍夫婦の歡びは扨ておき、一座の諸人の嘆賞の言葉はいつ果つるとも見えなかつた。

이윽고 일족의 낭당(郎黨)을 불러 모아 큰 잔치를 열고, 그 자리에 홍길동을 맞이하여 사위로 삼을 것을 결정했다. 그 결혼 준비를 제대로 갖추게 했는데, 그 의식의 웅장하고 화려함은 왕후도 미치지 못하는 바였다. 또한 신랑신부가 하늘과 땅에 절을 하고 예를 갖추어 자리에 앉는 것을 보니, 실로 아름다운 한 쌍이었다. 백룡 부부의 기쁨은 관두고라도, 한 자리에 앉아 있던 여러 사람들이 탄복하여 칭찬하는 말은 끝이 날 기미가 보이지 않았다.

その翌日曹哲の女も救はれた禮を陳べにやつて來た。吉童はこれを側室と定めた。年二十才、未だ鳳凰の契を知らなかつたが、一旦二人の淑女を娶つて繾綣の情比ぶるものがなかつた。が、斯うした新婚の甘き生活の裡にも吉童の胸には故山を想ふの情が鬱勃として湧いた。そこで妻妾と相議して二家の資産と芒塘山にて得た所の寶貨を收給して、奴僕に留守を命じ老少を牽ゐて海路濟島に渡つた。

그 다음 날 조철에 사는 여인도 살려 준 예를 말하기 위해 왔다. 길동은 이를 측실로 삼았다. 나이 스무 살에 아직 봉황(鳳凰)의 서약을 알지 못했지만, 일단 두 사람의 숙녀를 취하여 맺은 정분은 비유할 만한 것이 없었다. 하지만, 이러한 신혼의 달콤한 생활 속에서도 길동의 가슴에는 고향을 생각하는 마음이 왕성하게 일어났다. 이에 처첩과 상의하여 두 집의 재산과 망당산에서 얻은 보화를 수급하여, 노복에게 집을 지키도록 명하고 나이든 사람과 어린 아이들을 거느리고 바닷길을 통해 제도(濟島)로 갔다.

(八) 吉童剃髮す

(8) 길동 체발(剃髮)하다

吉童が妻妾郎黨を率ゐて此の濟島へ來てから最早や星霜十年を數へた。恰も初夏の月白く、風情げなる夕であつた。吉童は妻妾を從へ、後堂に小宴を設けて酌を交し、月色を賞して庭園を徘徊してゐたが、忽然乾象(天文)を仰視して流涕嗚咽止む能はざるものがあつた。夢仙は不審く思つて

『妾の君子に侍すること多年、未だ君子の悲悵されたお顔を仰いだこともありませぬのに、今日は又何とたされてござりませう。』

と問へば、吉童喟然として長嘆し、

길동이 처첩과 낭당(郎黨)을 거느리고 이 제도(濟島)로 온지 어느덧 10년의 세월이 흘렀다. 마침 초여름 밤 달은 밝고 바람은 조용한 저녁이었다. 길동은 처첩을 거느리고 별당에서 작은 잔치를 열어 술잔을 기울이다가 달빛을 칭찬하며 정원을 배회했는데, 갑자기 천체의 형상(천문(天文))을 우러러 보고는 눈물을 흘리더니 멈추지를 않았다. 몽선(夢仙[5])은 의아하게 생각하여,

"첩이 군자를 모시게 된 것도 오래 되었습니다만, 아직 군자의 슬퍼하는 얼굴을 본 적이 없습니다. 하지만 오늘은 어찌된 일이십니까?"

라고 물으니, 길동은 길게 탄식하며,

『予は天地に容れられざる不孝のものである。予や元來此の地のものならず、朝鮮國洪丞相の妾腹に生れ、家中の賤待を免れず、又朝廷に採用せられねば、大丈夫の志氣を展ぶる所なく、父母の膝下を離れて此處に隱居しては居れども、夜每に星斗を察して父母の安否を想ふてゐた。今天上を仰ꟹ見るに、父公病の床に臥し、今や塵世を去らんとせられてある然るに此身は萬里異域の地に在り、何の術か生前能く達し得られよう。』

と、左右の妻妾は其の由來を聞いて悲嘆に勝へず、再三慰めて此夜を打ち明かした。

"나는 천지에 용서받을 수 없는 불효의 몸이오. 나는 원래 이 곳 사람이 아니라, 조선국 홍승상의 첩의 소생으로 태어났소. 집안에서의 천대를 견디지 못하고 또한 조정에 채용되지 못하면 대장부의 지기를 펼칠 곳이 없기에 부모의 슬하를 떠나 이곳에 은거하고 있소만, 밤마다 북두칠성과 남두육성을 살피어 부모의 안부를 생각하고 있

5 전후 문장을 살펴보았을 때 길동의 부인을 지칭하는 듯하나, 원문 40쪽에 무선(無仙)이라고 되어 있는 것과는 달리 여기서는 몽선(夢仙)이라고 적혀 있다.

었소. 지금 하늘을 우러러 보니, 병석에 누워 계시던 아버지가 이제는 속세를 떠나시려고 하시는데, 그럼에도 불구하고 이 몸은 이역만리의 땅에 있으니, 무슨 수로 살아 있는 동안 잘 살 수 있겠소."

라고 말하자, 옆에 있던 처첩은 그 유래를 듣고 비탄한 마음을 이기지 못하고, 재차 위로하며 그 밤을 지새웠다.

翌朝、吉童は諸人を随へて月峰山下に到り、名勝の地を定めて、石物と墳墓とを帝王の陵に擬して造成すべきを命じ、更に諸將の中怜悧にして勇健なる者一人を擇んで、一隻の大船に兵士五十名を搭載し、皆商賈の裝を爲して朝鮮西江に向はしめた。かくて諸將佐に對して、父母に覲謁して歸るから、城地を善守すべき戒めて、最愛の妻妾等と袂別し、頭髮を剃つて、圓頂黑衣に姿をやつし、一隻の小舟に乘じて、遠く海を越えて朝鮮に向つた。

다음날 아침 길동은 여러 사람들을 거느리고 월봉산(月峰山) 아래로 내려가 명승지를 정하고, 석물(石物)과 분묘를 제왕의 능(陵)에 견주어서 조성하도록 명을 내렸다. 그리고 여러 장군들 중에 용감하고 건장한 사람 한 명을 뽑아서 한 척의 큰 배에 병사 50명을 태우고는 모두 상인의 모습으로 꾸며서 조선 서강을 향하도록 했다. 그리고 여러 장교들에게 부모를 찾아뵙고 돌아갈 테니, 성지를 잘 지키도록 명령했다. 그리고 너무나 사랑하는 처첩등과 관계를 끊고 헤어져서, 두발을 깎고 원정흑의(圓頂黑衣)에 몸을 감싸, 한 척의 작은 배를 타고 멀리 바다를 건너 조선을 향했다.

(九) 漫ろに偲ぶ故鄕の空

(9) 왠지 그리워지는 고향하늘

洪丞相は齡已に八十才であつた。久しく病を得てあつたが、秋風淋しく吹く頃から漸く病革りて、重態らしく見られた。家は富貴を極めて、位は三公に居り、ともより何の足らざる所、憾む所あるではなかつたが、但だ心に懸つて痛ましきは吉童のことであつた。假令賤婦の生む所とは曰へ、矢張自分の血を分けた子である。一度家を出でた後、生死の程も知らずに居るが、今や命旦夕に迫るの時、我が子吉童を見ざる遺憾はやる方もなく彼の胸にこみ上げた。

홍승상의 나이는 이미 80세였다. 오래도록 병을 얻고 있었는데, 가을바람이 쓸쓸히 불어 올 무렵부터 차차 병세가 악화되어 위태로워 보였다. 집은 더할 나위 없는 부귀를 누리고, 지위는 삼공에 이르니 어느 것 하나 부족한 바가 없고 근심할 바가 없었다. 하지만 다만 마음에 걸려 아픈 것은 길동의 일이었다. 가령 미천한 신분의 부인이 낳았다고는 하지만, 역시 자신의 피를 나눠 가진 자식이었다. 한번 집을 나간 후 죽었는지 살았는지도 알지 못하고 있는데, 이제는 자신의 목숨 또한 얼마 남지 않았기에, 자신의 자식 길동을 보지 못하는 섭섭한 마음 어찌할 수 없이 그의 가슴을 복받치게 했다.

せめては自分の死後、吉童の生母を格別厚遇してその一生を平安ならしめるやう、若し又吉童が來たならば、慰諭して嫡庶の分を判たず厚く待遇するやう言ひ遺し、吉童が生母の手を執つて、

『余の悲みとするは但だ吉童を見ないで死に臨むことぢや。さりながら彼れ假ひ善からぬ人物なりとするも、必ず汝に背くやうなことはなからう。決してひどく悲しむ勿よ』

と流石に情愛の絀に堪えで、涙の逬るを禁じ得ぬのであつたが、哀れ洪丞相が命數は、此の長嘆一聲を限りとして盡き果てたのだつた。

적어도 자신이 죽은 후에라도 길동의 생모에게 각별히 후한 대우를 하여 그 일생을 평안하게 하도록 하고, 만약 다시 길동이 온다고 하면 위로하고 달래서 적서의 구별을 가리지 말고 후한 대우를 하도록 하라는 말을 남기고는, 길동의 생모의 손을 잡고,

"나의 슬픔이라는 것은 다만 길동을 보지 못하고 죽음에 이르는 것이다. 그렇지만 그가 설령 좋지 않은 사람이라고 하더라도, 반드시 너를 배반하는 것은 하지 않을 것이다. 결코 너무 상심하지 말거라."

고 말하고 과연 사랑하는 인연을 견디지 못하고 눈물이 솟아나오는 것을 금하지 못하고 있었는데, 가여운 홍승상의 운명은 이 탄식의 소리를 끝으로 다해 버렸다.

判書を初めとして、左右の者共驚いて手當をして見たが、死したるものを還らしむる術とてはなかつた。かくて內外に喪は發せられた。哭聲は閭閻を震動した。夫人と判書とは。八道の地相家を集めて、四方に墓山を求めたが、相家の言說一ならずして、墓地を定むることが出來なかつた。

판서를 시작으로 좌우에 있던 모두가 놀라서 치료를 해 보았지만,

죽은 자를 살릴 수 있는 방법은 없었다. 이리하여 안팎으로 상을 당한 것이 알려졌다. 곡소리가 마을에 진동했다. 부인과 판서는 팔도의 지상가(地相家)를 모아서 사방으로 묏자리를 찾았지만, 상가(相家)들의 말이 일치하지 않아 묏자리를 정할 수가 없었다.

折柄門外を徘徊する一人の僧があつた。菅の小笠を眼深かに被り、手に錫杖をつき鳴して、微かな稱名念佛に哀愁の意を現はしつつ、蹌踉として門前を行きつ、戻りつ、幾度か門の裡を窺つては、人の近づくのを待つもののやうであつた。

때마침 문 밖을 배회하던 스님 한 사람이 있었다. 띠로 엮은 작은 삿갓을 눈 아래로 깊이 쓰고, 손에는 승려들이 들고 다니는 지팡이를 짚고 있었다. 희미하게 칭명염불(稱名念佛[6])에 슬픔과 근심을 나타내면서, 비틀거리며 문 앞으로 갔다가 돌아왔다가 하며 몇 번이고 문 안을 엿보고는, 사람이 가까이 오기를 기다리는 듯했다.

軈て僧は一人下男らしい男を捉へて、相公に覲謁して弔問したき由を告げ、その旨喪主に通ぜんことを願ふのであつた。男は內に入つて門前の旅僧に就て仔細を物語つた。喪主は訝しみつつ之を許した旅僧は許さるるがままに緩々と入つて來たが、靈几を見るや、直ちに地に伏して哀哭止むを知らぬ有樣である。稍やあつて流るる涙をふり拂

6 정토교(淨土敎)에서, 아미타불의 본원(本願)에 의해 정토왕생을 결정하는 행업으로, 마음을 집중하여 아미타불의 명호(名號)인 '나무아미타불'을 부르는 일이다.

ひ、喪主に對つて一應弔問の意を述べてから、さて、

『兄上よ、小弟をお判りにはなりませぬか。』

이윽고 스님은 하인과 같은 남자 한 사람을 붙잡아서, 상공을 만나 뵙고 조문을 하고 싶다는 뜻을 전하고 그 뜻을 상주에게 전해달라고 부탁했다. 남자는 안으로 들어와서 문 앞에 있는 행각승에 대해서 상세히 이야기했다. 상주는 수상히 여기면서도 이를 허락했다. 행각승은 허락받은 대로 천천히 안으로 들어왔는데, 영궤(靈几)를 보자마자 바로 땅에 엎드려 슬피 우는 소리가 멈출 줄을 모르는 모습이었다. 잠시 있다가 흐르던 눈물을 닦고, 상주를 마주하며 일단 조문의 뜻을 전한 후에, 그건 그렇고,

"형님, 소제를 모르시겠습니까?"

喪主不審つて仔細に見れば 『[7]これこそ紛ふ方もない庶弟の吉童であつた。判書の胸には又新しい痛哭の情が湧き起つて來た。

『汝はどこに居たのぢや。父生存の砌晝夜汝を慕はれて、殊に臨終に際しては、汝を見ずしては瞑目も適はぬと申されて、汝の爲めに懇ろな遺言までせられてある。人の子たるもの、忍び得ることが。』と哀痛の情更に切なるものがあつた。吉童は悄然として面を上げ得ず、

『小弟朝鮮を離れた後、天文地理を學びまして、父上の御病氣危篤の旨は豫め存じ、急に出發してござれども、遂に臨終の間に合はなかつたのは殘念至極。』とこれも涙瀧の如く流れた。

---

7 전후 문장으로 살펴보았을 때 잘못된 표기이나 일본어 원문 그대로 표기했다.

상주는 수상히 여겨 자세히 보니, 이것이야말로 틀림없는 서제 길동이었다. 판서의 가슴에는 또 다시 새로운 통곡의 정이 솟아올라 왔다.

"너는 어디에 있었느냐? 아버지가 생존해 계실 때 밤낮으로 너를 그리워하셨으며, 특히 임종에 이르러서는 너를 보지 못하고는 눈을 감을 수 없다고 말씀하시며, 너를 위해서 친히 유언까지 남기셨다. 사람의 자식으로 어찌 감당할 수 있겠느냐?"

고 말하자 애통한 마음 더욱 간절했다. 길동은 기운 없이 풀이 죽은 얼굴을 들어오려,

"소제 조선을 떠난 후, 천문지리를 배워서 아버님의 병환이 위독하다는 것은 익히 알고 있었기에 서둘러 출발한다고는 했는데, 결국 임종의 순간을 맞추지 못한 것은 너무나도 유감스럽습니다."

라고 말하고는 눈물을 강물처럼 흘렸다.

判書は吉童を案內して內堂に入り、夫人に拜謁せしめた。夫人は絶えて久しき間の消息を懇ろに問ひ慰めて、侍婢に命じ吉童の生母春蟾を招かしめた。春蟾は吉童が來たと聞くや、あらゆる思ひ一時に湧き起つて、先立つものは淚ばかりであつたが、やがていとしの我子を抱き上げてよよとばかりの痛哭の情、哀れにも又美しかつた。

판서는 길동을 안내하여 내당으로 들어가서 부인을 배알하게 했다. 부인은 너무나도 오래된 소식을 공손하게 물으며 위로하고, 시비에게 명하여 길동의 생모 춘섬을 불러오게 했다. 춘섬은 길동이 왔다는 것을 듣자마자 모든 생각이 한꺼번에 솟아올라 앞서는 것은

눈물뿐이었는데, 이윽고 너무나 사랑하는 자신의 자식을 안고는 흑흑하며 통곡하기만 하는 마음이 애처로웠지만 또한 아름다웠다.

吉童も思慕の情堪えぬもののやうに、母の手を執つて、懇ろに慰むるのであつたが、稍やあつて、側の兄を顧みて、

『小弟を弟と思召さず、どうか地相師(墓山の地相を見る僧侶)とお呼び下さりませ。萬一小弟が家に歸つたと世間に知れたら、禍の門戸に及ぶことなしともかきりませぬ。』

判書はその言葉に從つた。吉童は更らに語を繼いで、

『小弟天下を漫遊して、名墓大地を一ケ所發見いたしました。兄上の御意如何にござるか。一應御見物を仰ざ度いと存じまする。』

길동도 사모의 정을 감당하지 못하는 듯, 어머니의 손을 잡고 공손하게 위로하고 있었는데, 잠시 있다가 곁에 있는 형을 돌아보며,

"소제를 동생이라고 생각하지 말고, 아무쪼록 지상사(地相師, 묏자리의 형세를 보는 승려)라고 불러 주십시오. 만일 소제가 집에 돌아온 것이 세상에 알려진다면, 집안에 미칠 화가 없다고는 볼 수 없습니다."

판서는 그 말을 따랐다. 길동은 더욱 말을 이어가며,

"소제 천하를 한가로이 유람하며, 좋은 묏자리 한 곳을 발견했습니다. 형님의 뜻은 어떠하십니까? 한 번 구경을 하러 갔으면 합니다."

判書は、それは何よりといふので、翌朝家人數十人を隨へ、吉童の案內で某地へと向つた。

そこは石角嵯峨として聳え、絶壁層疊して、迚も遺骸を安葬すべき

場所とは見えなかつた。

『兄上、ここが大地でござります。御意は如何。』と吉童は兄の顔色を窺ひつつ泰然として曰つた。判書はきツとなつて、

『余は愚昧ではあるが、此の磽确の地に父上の遺骸を安葬し得られようとは思はぬ。』と面白からぬ面持であつた。

판서는 그것은 너무나 잘 됐다고 하며, 다음 날 아침 하인 수십 명을 거느리고 길동의 안내로 그곳을 향해 갔다.

그곳은 돌의 모서리로 산세가 높고 험하게 솟아 있으며 절벽이 여러 겹을 이루어, 더욱 유해(遺骸)를 편안하게 묻을 수 있는 장소로는 보이지 않았다.

"형님, 이곳이 대지입니다. 뜻은 어떠하십니까?"

라고 말하며 길동은 형의 안색을 살피며 태연하게 말했다. 판서는 엄숙한 표정을 지으며,

"나는 어리석고 사리에 어둡기는 하지만, 이 척박한 땅에 아버님의 유해를 안장할 수 있다고는 생각하지 않는다."

라고 말하며 관심 없다는 얼굴을 했다.

吉童は平然として、

『兄上は地理を御存知がないから、さる御考へも一應は御尤もでござりますが、ここは正しく大地でござりまする。』とて、鍬をとつて岩石を砕き、一丈許りも堀り下げて見ると、果然土中から紅霧蕩々として湧き、續いて一双の白鶴が飛び出した。判書もこれを見て尠からず愕き、吉童の手を執つて、

『賢弟の奇才は測ることが出來ぬ。では萬事宜敷く賴む。』

길동은 태연하게,

"형님은 지리를 잘 알지 못하시기에 그런 생각을 하시는 것도 당연하다고 생각합니다만, 이곳은 묏자리에 적합한 장소입니다."

라고 말하고, 가래를 들어서 암석을 깨뜨려 일장(一丈) 정도 높이를 파서 보니, 과연 흙 속에서 홍무(紅霧)가 넘쳐흐르고 계속해서 한 쌍의 백학이 날라 왔다. 판서도 이것을 보고 깜짝 놀라서, 길동의 손을 잡고,

"현명한 아우의 기이한 재주는 헤아릴 수 없는 것이구나. 그렇다면 모든 일을 잘 부탁하마."

吉童、

『此處はまだまだ大地と申す譯にはまゐりませぬ。更に此處より十倍も勝つたよい土地がござりまするが、遠路にござれば、兄上の御出で如何かと存じまする—』

『左樣の土地は仲々に得難い、何ぞ萬里を憂ふべき、案內たもれ』 なれど

『水路數百里にござりまする。代々公侯絶えず富貴を極めますれば、兄上は小弟の言を信用され、明日喪柩に侍して出發の上、完全に埋葬されんことを望みまする。』とて、甘して耳語ふには、

『斯くして安葬されますならば、家內も無事でありませうが、これを聽かれませねば、久しからずして禍が至るでござりませう。』

判書は吉童の言ふがままに快諾した。

길동 "이곳은 아직 묏자리라고 말할 수 있는 곳은 아닙니다. 이곳보다 열배나 더 좋은 토지가 있습니다만, 먼 길이기에 형님이 행차하시는 것이 걱정이기는 합니다."

"그러한 토지는 상당히 얻기가 어렵다. 만리라 하여 걱정하지 말고 안내해 주거라."

그렇기는 하지만,

"물길이 수백리입니다. 대대로 공후(公侯)가 끊이지 않고 부귀를 다하고자 하신다면 형님은 소제의 말을 믿으시고, 내일 상구(喪柩)를 모시고 출발할 때까지 완전히 매장하시지 않기를 바랍니다."

라고 귓속말로 감언을 하며,

"이렇게 안장하시기만 하면 집안도 무사하겠지만, 이것을 들으시지 않으면 오래지 않아 화가 닥칠 것입니다."

판서는 길동이 말하는 대로 흔쾌히 승낙했다.

其翌日、吉童は兄と生母とを伴ひ、喪柩に侍して西江口へ向つて出發した。西江口には吉童部下の諸將が船を艤して待つてゐたから、一行の着するや、直ちに柩を載せて解纜した。船は順風に帆を擧げて、矢のやうに駛つた。晝夜行進して十餘日も經た頃、名も知れぬ一つの島に掟泊した。そこからは數十の船舶が伺候して喪柩を前後左右から擁護した。更に數日を經て、一つの島が見えて來た、島には無數の將卒雲の如くに出迎へ、喪柩に侍して、山上さして進んだ。その威儀の壯麗なことは、仲々に筆紙の甚し得る所でない。墓の上に登つて見ると、背景の森嚴、石物の雄大、結構眞に帝王の陵と異る所がなかつた。

그 다음날 길동은 형과 생모와 함께, 상구(喪柩)를 모시고 서강 입구를 향해 출발했다. 서강 입구에는 길동의 부하인 여러 장군들이 배를 띄울 준비를 하며 기다리고 있었는데, 일행이 도착하자마자 바로 관을 싣고 출항했다. 배는 순풍에 돛을 단 듯 화살처럼 달렸다. 밤낮으로 행진하여 10여일이 지났을 무렵, 이름도 알지 못하는 섬 한 곳에 정박했다. 그곳에서부터는 수십 척의 선박이 거들어 상구(喪柩)를 앞과 뒤 양옆에서 옹호했다. 또한 수일이 지나니 하나의 섬이 보였다. 섬에는 무수히 많은 장졸들이 구름과 같이 마중을 나와서, 상구(喪柩)를 모시고 산위로 나아갔다. 그 위의(威儀)의 웅장하고 아름다움은 좀처럼 붓과 종이로 얻을 수 있는 곳이 아니었다. 묏자리에 올라가서 보니, 배경의 삼엄함과 석물(石物)의 웅대함이 참으로 제왕의 능과 다를 바가 없었다.

判書は大いに驚いて、
『これは何事であるか。』と訝むを、
『兄上、少しも御心配には及びませぬ。』とて悠々軍卒を督勵して埋棺の式を了へた。

판서는 크게 놀라서,
"이것은 무슨 일이냐?"
고 말하며 수상히 여기는 것을,
"형님, 조금도 걱정하실 것은 없습니다."
라고 말하며 유유히 군졸을 독려하여 관을 묻는 식을 마쳤다.

そこで吉童は喪服のまヽ生母と兄とを案內して本府に歸つた。妻妾等は已に遠來の珍客を遇する爲に、山海の料理を配膳して待つてゐたのであつた。判書は吉童のする事爲す事、事毎に意表の外に出づるに驚嘆した。

その翌日には江府門外の男女賓客、雲霞のやうに聚つて、弔問の意を述べた。その威儀の莊重なる有樣は、判書も生母も未だ嘗て見たことがなかつた。

이에 길동은 상복을 입은 채로 생모와 형을 안내하여 본부로 돌아갔다. 처첩 등은 이미 먼 길에서 오신 귀한 손님을 맞이하기 위해서, 산해진미를 차려놓고 기다리고 있었다. 판서는 길동이 하는 일 이루는 일, 그 모두가 전혀 미리 예상하지 못했던 것이기에 경탄했다.

그 다음날에는 강부(江府) 문밖의 남녀 손님들이 구름과 같이 모여 조문의 뜻을 전했다. 그 위의(威儀)의 장중(莊重)한 모습은, 판서도 생모도 아직 일찍이 본적이 없는 것이었다.

判書は數旬を此の島に送つたが、或日、

『此の地に父上の遺骸を留めて、ひとり、離れ去るは忍びぬことなれども、又母上を久しく見奉らず、倚門の情自ら堪え難いものである。—噫。』と嘆息久しく、又語を繼ざ

『今此の地を去れは、關山疊々、海水洋々、又更らに御墓を弔ふの時機もあるまいが……。』とて、涙雨の如くであつた。

판서는 여러 달을 이 섬에서 보냈는데, 어느 날,

"이 땅에 아버님의 유해(遺骸)를 남기고 홀로 떠나가야 하는 것은 견딜 수 없는 일이다. 하지만 또한 어머님을 오래도록 봉양하지 않고 자식을 기다리는 어머니의 정을 스스로 감당하는 것 또한 어려운 일이다. 오호라."

고 말하며 오래도록 탄식을 하다가, 다시 말을 이어,

"지금 이곳을 떠나면, 관산이 첩첩하고 바다가 양양하여, 또한 다시 묏자리를 조문하는 시기가 없을 것인데……"

라고 말하며 비처럼 눈물을 흘렸다.

吉童も亦感窮まり、軈て慰めて曰ふには、

『これも亦定まる運命、人力の及ぶ所ではござりませぬ。凡そ天下に墓地を求むればとて、此處に優る處ありとは思はれませぬ。道路の遠い位は何の嫌ふ所でござりませう。兄上は父君の御生存中に十分侍養されたこと故、死後は小弟之を弔ふは道の致す所と心得まする。望むらくは兄上、悲悵を歇めて御歸國あり、專ら母君を慰勞遊されよ。今別るるとて後日必ず相見るの時節はござりまする。』とて眞情面に溢れた。

길동도 또한 감정이 복받쳐서, 이윽고 위로하며 말하기를,

"이것도 또한 정해진 운명, 사람의 힘으로 어찌할 수 있는 것이 아닙니다. 무릇 천하에 묏자리를 구한다고 하더라도, 이곳보다 뛰어난 곳이 있다고는 생각지 않습니다. 길이 먼 정도는 꺼려할 어떠한 이유도 되지 않습니다. 형님은 아버님 살아생전에 충분히 봉양하셨으니, 사후는 소제가 이것을 조상하는 것이 마땅합니다. 바라건대 형님, 슬픔을 거두시고 나라로 돌아가서 오로지 어머님을 위로하도록

하십시오. 지금 헤어지지만 후일 반드시 서로 만날 때가 있을 것입니다."

라고 말하는 것이 얼굴에 진심이 넘쳐 났다.

判書はこれを快諾し、

『賢弟よ、愚兄をして必ず再び父の墓を見せしめよ』 とて痛哭止むことがなかつた。吉童は判書の悲嘆するを慰めて、

『小弟不敏と雖も、どうして兄上を欺くことが出來ませうか、時あらば是非とも小弟から兄上を御訪問いたすでござりませう。』とて兄と共にしばし離別の涙に咽んだが、軈て船人を招いて、平安に陪行すべきを命じた。

판서는 이것에 흔쾌히 승낙하며,

"현명한 동생이여, 어리석은 형에게 꼭 다시 아버지의 묘를 보여주게나."

라고 말하며 통곡을 금하지 못했다. 길동은 판서가 슬퍼하며 탄식하는 것을 위로하며,

"소제 불민(不敏)하다고는 하나, 어찌 형님을 속일 수가 있겠습니까? 시간이 된다면 꼭 소제가 형님을 찾아 뵐 것입니다."

라고 말하며 형과 함께 한동안 이별의 눈물을 삼키더니, 이윽고 뱃사람을 불러서 평안히 모시고 갈 것을 명했다.

判書は最後に父の墓前に展謁して港口に到つた。その時已に行船の準備は全くととのつてゐた。判書の來れるを見て直に解纜し、累日を

經て本國に到泊、直ちに本府に入つた。そして大夫人に見謁して、吉童前後の事情と大地を得て父親を安葬したことを逐一告げたので、大夫人も吉童の心事を喜んだといふ。

판서는 마지막으로 아버지의 묘를 참배하고 항구에 도착했다. 그때는 이미 배가 떠날 준비를 완전히 마치고 있었다. 판서가 오는 것을 보고 바로 출항하였는데, 여러 날이 지나서 본국에 도착하여 바로 본부(本府)로 들어갔다. 그리고 대부인을 만나 뵙고 길동의 전후 사정과 좋은 묏자리를 얻어서 아버지를 편안히 장사지냈다는 것을 남김없이 말하자 대부인도 길동의 생각을 기뻐한다고 했다.

兄を送つた後の吉童は家事を整理して、妻妾等と倶に母親を養ひ、朝夕父親の靈筵に奉祀することを怠らなかつた。かくて家道豊裕となり、家庭の内外和睦して、春風和氣の一室に蕩然たるものがあつた。—斯うした雰圍氣の裡に最早や三年の喪期も過ぎた。その間にも、諸將卒を聚めて業を勤め、武を練つた。數年の間には兵糧足り餘つて、富國强兵の實を擧げた。

형을 보낸 후 길동은 집안일을 정리하고, 처첩 등과 함께 어머니를 봉양하며, 아침저녁으로 아버지의 영연(靈筵)을 받들어 제사하는 것을 게을리 하지 않았다. 이리하여 집안은 풍족해 지고 가정 안팎으로 화목하며, 봄날의 화창한 기운이 방안 가득했다. 이러한 분위기 속에서 어느덧 3년 상의 기간도 지났다. 그러는 사이에도 여러 장졸을 취합하여 과업을 부지런히 하고 무를 익혔다. 수년 동안 병사들의 양식은 남을 정도로 충분하여, 부국강병의 열매를 맺었다.

(一〇) 吉童の琉球征伐

(10) 길동의 유구(琉球)정벌(征伐)

琉球といふ國があつた。面積數千方里、人口六七百萬算へた。國豊かに、民足つて、金城千里、眞に天附の國であつた。

유구(琉球)라는 나라가 있었다. 면적이 수천만 리. 인구는 육칠백만을 헤아릴 정도였다. 나라는 풍요롭고 백성이 충분하여 금성천리(金城千里)가 참으로 천부(天附)의 나라였다.

吉童は常に此國に就いて留意してゐたが、或日のこと、諸將を會同して大宴を催し、酒未だ數巡を過ぎざるに、吉童は親しく盞を諸將に勸めて曰ふには、

『今日の宴を貴公等は知るや、知らずや。なれど、予今にして平生の寃を雪ぎ得た。父公の墓を此處に定めて三年の喪を終り、母親を一室に借養して、吾が願ふ處ほぼ足りたといふべきである。さりながら、大丈夫世に出でては一度志氣を宇內に伸張すべし。苟も小島を守つて草木と等しく朽つべきでない。貴公等の所見如何。』

と微かに決心の程を語つた。

길동은 이 나라에 머무를 것을 마음에 담아두고 있었다. 그러던 어느 날의 일로 여러 장군들을 회동하여 큰 잔치를 열어 술이 아직

수차례 돌지도 않았는데, 길동은 친근하게 여러 장군들에게 잔을 권하며 말하기를,

"오늘의 잔치를 그대들이 알던 모르던, 나는 이제야 평생의 원통함을 씻게 되었다. 아버지의 묘를 이곳으로 정하여 3년의 상도 끝나고, 어머니를 위해 한 집을 빌려 공양했으니, 내가 바라는 바는 거의 다 충족되었다고 말할 수 있다. 그렇기는 하지만 대장부가 세상에 나온 이상 한 번 그 뜻한 바를 온 세상에 펼쳐 볼 만한다. 적어도 작은 섬을 지키며 초목처럼 썩어가서는 안 된다. 그대들의 소견은 어떠한가?"

라고 말하며 어렴풋이 결심의 정도를 이야기했다.

諸將は相顧て交々

『今將軍の言を聽けども、其の何の意たるかを知りませぬ。たゞ小將等不敏と雖、水火を辭さぬ覺悟だけはもつて居ります。』

吉童聽いて、

『予四方に周遊するに當り、久しく琉球國に留意して居た。今天文雲氣を觀て、國の興亡を察するに、該國を取るは今が恰好の時機と見えるぢや。』

여러 장군은 서로 물끄러미 돌아보며 교대로,

"지금 장군의 말을 듣기는 했지만, 그 뜻이 무엇인지 알 수가 없습니다. 다만 아무리 소장 등이 불민하다고 하더라도, 물불을 가리지 않을 각오만큼은 가지고 있습니다."

길동이 듣고,

"나는 사방으로 주유하면서도, 오래도록 유구국(琉球國)에 뜻을

남겨두고 있었다. 지금 천문(天文) 운기(雲氣)를 보고 나라의 흥망을 살펴보건대, 그 나라를 취하는 것은 지금이 절호의 시기인듯하다."

吉童は悠然として言ふ。天文を觀じ、雲氣を察して、直ちに國家の興亡人事の盛衰を知るは、彼が天賦の才であつた。

『實に人智に絶えたる御烱眼、小生唯推服の外はござりませぬ。小生共が將軍に隨ふは名を竹帛に垂るるの段階と心得て居りまする。何ぞ此の小島に在つて草木と倶に同腐すべき。願はくば將軍、速やかに出師して、時機を逸せざらんことを。』

길동은 침착하고 여유 있게 말했다. 천문(天文)을 보고 운기(雲氣)를 살펴보며, 바로 국가의 흥망과 인사의 성쇠를 아는 것은 그가 가진 천부(天賦)의 재주였다.

"실로 인간의 지혜에 끝이 없는 밝은 눈이십니다. 소생은 다만 경탄해 마지않습니다. 소생 모두가 장군을 따르는 것은 이름을 죽백(竹帛)에 드리우는 과정이라고 이해하고 있습니다. 이 작은 섬에 계신다면 초목과 함께 썩어가게 될 것입니다. 바라건대 장군, 속히 출사하시여 시기를 놓치지 마시기를."

吉童は諸將の心の一致を見て、衷心の喜悦に堪えず、日を擇んで出師することとした。先づ李長春を先鋒とし、許萬達を別先鋒とし、これに連るに、左翼將、右翼將、軍糧官、典軍校尉、護軍將、救雁使、監軍等の部署を定めて旗幟を鮮明に造り、精兵三萬を調發し、洪々蕩々として進軍した。

길동은 여러 장군의 마음이 일치하는 것을 보고, 진심으로 기쁜 마음을 감당할 수가 없었다. 날을 잡아서 출사하기로 했는데, 우선 이장춘(李長春)을 선봉으로 하고 허만달(許萬達)을 다른 선봉으로 하였다. 이들을 따르는 자로는 좌익장(左翼將), 우익장(右翼將), 군량관(軍糧官), 전군교위(典軍校尉), 호군장(護軍將), 구안사(救雁使), 감군(監軍) 등으로 하였다. [이에]부서를 정하고 깃발을 선명하게 만들어 우수하고 강한 군사 3만을 모아서 넓고 광대하게 진군했다.

濟島の留守隊には白龍を總督に任じて、軍士四千を給した。吉童は自身を指揮して諸將を引率し、牛馬を撲殺して、天地を祭り、諸軍將を分發した先鋒李を呼んで、
『貴公は艨艟十艘に軍兵五百を率ゐて、寶貨財帛を滿載し、琉球國境に到泊したならば、皆商賈の扮裝を爲して、其國の百姓と交遊し、その國情を察知し、民心を買ひ、極めて愼重に軍兵の心の怠慢を未前に防遏して、他日大軍到るの時の應援に備ふべきである。かくて第一の功を奏して、同じく富貴を享け、名を竹帛に垂れよ。』

제도(濟島)를 지키고 있던 부대는 백룡(白龍)을 총독(總督)으로 임명하여 군사 4천을 더했다. 길동은 스스로 지휘하여 여러 장군을 인솔하고, 소와 말을 박살내며 천지(天地)에 제사지내고, 여러 군장(軍將)으로 따로따로 나누어 떠나게 했던 선봉 이(李)를 불러서,

"그대는 몽동(艨艟[8]) 10척에 군병 5백을 인솔하여, 보화 재백(財帛)

8 고대 전투선 중 하나로 몽충(艨沖)이라고도 한다. 선체가 그다지 크지 않으며 뱃전에 전투병들을 보호할 여장(女墻)을 설치했다. 여장 아래는 노 젓는 구멍이 있

을 가득 싣고 유구(琉球)의 국경에 도착하여 머물게 된다면, 모두 물건을 파는 사람으로 분장을 하여 그 나라의 백성과 교류하며 그 나라의 형편을 잘 살피어 민심을 얻을 것이며, 신중함을 다하여 군병의 마음이 태만해지는 것을 사전에 방지하고 후일 대군이 도착했을 때 마땅히 맞이할 준비를 해야만 한다. 이리한다면 가장 큰 공을 물어 그에 맞는 부귀를 누리게 될 것이며, 이름을 죽백에 드리우게 될 것이다."

先鋒總督李長春は卽ち軍士を率ゐて先行した。此時已丑の年秋九月の夜である。月皎々と冴えて出師の前途を照すが如く見られた。この夜から次々と諸將卒は吉童の指圖のままに分發した。斯しく吉童諸軍の分發の畢つた後、中軍を引き具して自ら發した。旗幟天を蔽ひ、劍戟森嚴、隊伍整肅、その紀律の嚴肅なること古今に比ぶるものとてなかつた。運糧官趙衝は軍士三千を率ゐて、諸軍の殿を承り、軍糧二萬石を積載し、錦帆を高く懸げて隨行する。中軍の吉童は水寨戰艦に帆を懸けて風樂を陳奏するなど、洪々蕩々たる有樣、雄麗とも豪壯とも、英雄の心事只比ひもなく淸げに見られた。

선봉 총독 이장춘은 바로 군사를 인솔하여 앞서 나아갔다. 이때가 이축년(已丑年) 가을 9월 밤이었다. 달이 훤하게 밝아 출사의 앞날을 밝혀 주는 듯이 보였다. 이날 밤으로부터 차례로 여러 장졸은 길동의 지시대로 따로따로 나누어 떠나게 되었다. 이리하여 길동은 모든 군이 따로따로 나누어 떠나고 난 후에, 중군(中軍)을 이끌고 스스로

어 노를 장착할 수 있었고 뱃전 곳곳에는 필요에 따라 쇠뇌 창문과 작은 구멍을 설치했다. 2층으로 된 배의 선체에는 소의 날가죽 같은 보호물로 덮었다.

도 출발했다. 깃발로 하늘을 뒤덮고 삼엄한 검극으로 군대의 대열을 엄숙하게 하니, 그 기율의 엄숙함이 고금에 비유할 만한 것이 없었다. 운량관(運糧官) 조형(趙衡)은 군사 3천을 이끌고 모든 군을 이어, 군량 2만석을 적재하고 비단으로 된 돛을 높이 달며 뒤따라갔다. 중군을 지휘하던 길동은 수군의 근거지에서 전함에 돛을 달고 풍악을 연주했는데, 그 넓고 광대한 모습은 웅장하며 아름답다고 할 수도 있고, 호화로우며 웅장하고도 할 수 있는데, 영웅의 마음은 다만 비유할 바가 없이 맑게 보였다.

先鋒李長春の船は三十有餘日を經て琉球の國に達した。港の人出でで問ふ。答へて曰ふには、

『我等は中原の人で、商賈を業と爲すものであるが、忽ち颶風に遭うて萬死に一生を得、今半年振りに貴地へ着泊したのである。願くば各位の御情けにより、親しく一度觀光せしめられよ。』と、人々又、何を商賈とするかと問ふ。

『我等は重寶商にて、舟中に滿載するもの、皆金銀彩帛と、飾物の類でござる。諸公等船に來つて隨意に觀覽あれ。』

선봉 이장춘의 배는 30여일을 지나 유구국에 도착했다. 항구에 사람들이 나와서 물었다. 대답하기를,

"우리들은 중원(中原)의 사람으로 물건을 파는 것을 업으로 하는 사람이오만, 갑자기 구풍(颶風)을 만나서 만 번 죽다가 한 번 생을 얻어, 지금 반 년 만에 그대들의 땅에 도착하여 머물게 된 것이오. 바라건대 여러분의 동정으로, 다정하게 이곳의 풍물을 즐기게 하여주시오."

라고 말하자, 사람들은 또한 무엇을 파는 것인가 하고 물었다.

"우리들은 중요한 보물을 파는 상인으로, 배안에 가득 실은 것은 모두 금은 채백(彩帛)과 장신구 종류요. 여러분들 배로 와서 마음껏 보시게나."

人々船に入つて見るに、果してその言葉の如く、輝煌燦爛、眼も眩むばかりであつた。許萬達笑つて曰ふには、

『我等海中に飄沒すること半年にして、貴地へ到着いたしたもの。就ては船中に寶は有れども、之を用ふる處とてもない。諸公等我等に憐憫の情を垂れられ、數軒の房舍を借して下さるならば、御禮として一庫の寶貨を進上するでござりませう、成るべくは數日靜養して歸國致したき所存、貴意如何にござる。』と眞しやかに述べたので、諸人皆快諾して房舍を貸すことを約した。

사람들이 배에 들어와서 보니, 과연 그 말대로 휘황찬란하여 눈이 아찔할 정도였다. 허만달은 웃으며 말하기를,

"우리들은 바다 가운데 표류한지 반년이 지나, 그대들의 땅에 도착한 것이오. 그러므로 보배가 배안에 있기는 하지만 이것을 쓸 곳이 없소. 여러분들이 우리들에게 불쌍한 마음을 가져 여러 칸의 집을 빌려 주기만 한다면, 답례로서 보화 창고 하나를 진상하고자 하오. 가능한 여러 날 조용한 곳에서 쉬며 몸과 마음을 안정시키고 나라로 돌아가고 싶소만 그대들의 뜻은 어떠하오?"

라며 진지하게 말을 하기에, 여러 사람들은 모두 흔쾌히 승낙하며 집을 빌려 줄 것을 약속했다.

許萬達は李長春と倶に高處に登り、遠近を窺望するに、山川秀麗にして峰巒高く聳え、街路往來の繁盛にして、耕地の肥沃なる、實に天富の國である。長春和かに萬達を顧みて、

『山川の此の如く秀麗なる、蓋し天湯と申すべきである。洪將軍の神機は諸葛武侯の再生と申すも敢て過言ではござるまい。』

허만달은 이장춘과 함께 높은 곳에 올라 원근을 엿보았더니, 산천은 수려하고 산봉우리가 높이 솟아 있으며, 도로는 왕래가 번성하고, 농경지는 비옥하여 실로 천부(天富)의 나라였다. 장춘은 조용히 만달을 돌아다보며,

"산천이 이와 같이 수려함은, 생각건대 가히 하늘의 온천이라고 할 만 하오. 홍장군의 신묘한 기략은 제갈무후(諸葛武侯)가 살아 돌아왔다고 말해도 감히 과언이 아닐 것이오."

とて命のままに四方を周行して、詳かに人心を察し、山川道路を視察した。城廓堅固にして市街繁華、處々に絃誦の聲が聞える。土人に地名を問へば此處は沛興縣と云ひ、縣尉孟瀘厚、賢明にして廣く學校を設け、子弟を教へ、曾て官庭の訟事がないといふ。さればこそその聲譽遠近に傳播して、一邑の百姓父母の如くに之を崇め、鼓腹擊壤して泰平を謳歌しつゝあるのであつた。かくて二人は尚も仔細に四邊の狀況を探つたが、賢明なる官長もあれば、百姓を强制束縛して民心を苦しむるものもあり、或は名もない財稅を課される爲、人民の流離するものも多かつた。

라고 말하며 명령대로 사방을 주행(周行)하여 자세히 민심을 살피고 산천도로를 시찰했다. 성곽은 견고하고 시가는 번화하며, 곳곳에서 거문고를 타면서 시를 읊는 소리가 들렸다. 원주민에게 지명을 물으니 이곳은 패흥현(沛興縣)이라고 하며, 현위(縣尉) 맹온후(孟溫厚)는 현명하여 널리 학교를 마련해서 자제(子弟)를 가르치니, 일찍이 관정(官庭)에 송사가 없다는 것이다. 생각했던 대로 그 명성과 명예가 멀고 가까운 곳에 널리 퍼져 있었다. 고을의 백성을 부모와 같이 공경하니, 고복경양(鼓腹擊壤)의 태평한 세상을 칭송하며 노래를 불렀다. 이리하여 두 사람은 더욱 자세히 사방의 상황을 엿보았는데, 현명한 관장(官長)도 있지만, 백성을 강제로 속박하여 민심을 괴롭히는 자도 있었다. 어떤 때는 명분도 없는 세금이 부과되기에 떠나가는 백성도 많았다.

(十一) 吉童琉球王となる

(11) 길동유구왕(琉球王)이 되다.

かくて吉童、大軍を指揮して琉球團鐵峯山下に到つた。鐵峯の太守金賢忠、思ひも寄らぬ大軍を見て大に驚き、直ちに王に報告すると共ひ、軍を率ゐて迎へ戰つた。が、何うして吉童に敵することが出來よう。數合に及ばずして大に敗れ、本陣に歸つて後は、壁を堅くして出て來ない。吉童諸將に向つて曰ふ、『吾等の糧食は十分でない。もしグズグズして居ると大事を成すことが出來なくなる。今のうちに計略を以て鐵峯太守を捕へ、その糧食を奪つて都を攻めなければならない。』

이리하여 길동은 대군을 지휘하여 유구단(琉球團) 철봉산(鐵峯山) 아래에 도착했다. 철봉(鐵峯) 태수(太守) 김현충(金賢忠)은 생각지도 못했던 대군을 보고 크게 놀라서, 바로 왕에게 보고함과 동시에 군을 이끌고 맞서 싸웠다. 하지만, 아무리해도 길동에 대적할 수가 없었다. 숫자상으로도 맞지를 않아 크게 패하고, 본영으로 돌아간 후는 벽을 굳게 하고 나오지를 않았다. 길동이 여러 장군들을 향해서 말하기를,

"우리들의 양식은 충분하지 않다. 혹 머뭇거리고 있다가는 큰일을 이룰 수가 없게 된다. 지금 당장 계략을 세워서 철봉 태수를 붙잡고 그 양식을 빼앗아서 수도를 공격하지 않으면 안 된다."

そこで諸將に命じて四方に潛伏せしめ、精兵五千を馬叔に與へて密かに策を授けた。馬叔乃ち命を奉じ、軍を率ゐて戰を挑んだ。如何なる策略のあるとも知らぬ賢忠は、遁ぐる馬叔の後を追うて、城外に出ると吉童空中に向つて何やら呪文を唱へる。と同時に四方から軍勢一時に起つて、忽ち賢忠の馬を刺し、大聲を發して曰ふ

『汝、死を惜むならば速かに降れ。』賢忠 『どうか命だけはお助け下さい。』

吉童その降服せるを見て縛を解き、之を慰めて、引きつづき鐵峯を守らしめ、軍を駈りて都城を攻擊した。

이에 여러 장군들에게 명하여 사방에서 잠복하게 시키고, 우수하고 강한 병사 5천을 마숙(馬叔)에게 주고 조용히 책략을 주었다. 마숙은 곧 목숨을 받들어 군을 인솔하여 전쟁에 도전했다. 어떠한 책략

이 있는 줄도 모르던 현충은 달아나는 마숙의 뒤를 쫓았는데, 성 밖으로 나오니 길동이 하늘을 향해 무언가 주문을 외우고 있었다. 그러는 동시에 사방에서 한꺼번에 군대가 일어나서, 갑자기 현충의 말을 찌르고 큰 소리를 지르며 말하기를,

"너는 죽음이 아깝다면 어서 내려오너라."

현충 "아무쪼록 목숨만은 살려 주십시오."

길동이 그 항복하는 것을 보고 밧줄을 풀어 이를 위로하고 계속해서 철봉을 지키게 하며, 군을 몰아서 도성을 공격했다.

で、檄文を琉球王に送つて曰ふ

『凡そ王は一人の爲の王にあらず、天下の爲の王である。されば湯は桀を伐ち、武王は紂を伐つ。これ天道自然の理である。今予兵を起して鐵峯を降し、過ぐるところ風を望んで歸順せざるはない、王もし戰はんと欲するならば戰へ、然らざれは速かに降れ。』

그리고 격문(檄文)을 유구왕(琉球王)에게 보내어 말하기를,

"무릇 왕은 한 사람만을 위한 왕이 아니라, 천하를 위한 왕이다. 그러므로 탕(湯)은 걸(桀)을 치고, 무왕(武王)은 주(紂)를 친 것이다. 이것이 하늘의 도이고 자연의 이치인 것이다. 지금 내가 병사를 일으켜 철봉을 항복시키고 [이곳에]왔으니 외경심을 갖고 투항하지 않으면 안 될 것이다. 왕이 혹시 싸우고자 한다면 싸우고, 그렇지 않다면 서둘러 항복하거라."

王之を見て大に驚き、『頼みとする鐵峯が破れては、所詮如何ともすることができない。』とて自殺してしまつた。世子及び王妃また之に倣つて自害した。そこで吉童城中に入り、人民を按撫し諸將を犒ひ、初めて王位に就いたのは乙丑正月の初九日であつた。

왕이 이것을 보고 크게 놀라서,

"의지하던 철봉이 패했다는 것은, 어차피 아무것도 할 수가 없다는 것이다."

라고 말하며 자살해 버렸다. 세자 및 왕비 또한 이를 따라 자해했다. 이에 길동은 성 안으로 들어가서 백성들의 사정을 살피고 어루만지며 위로하고, 여러 장군들에게 음식을 보내서 군사를 위로했다. 처음 왕위에 오른 것은 을축(乙丑) 정월(正月) 초구일(初九日)이었다.

かくて諸將に爵を封じ、夫人白氏を王妃とし、亡父を追崇して賢德王に封じ、母夫人を賢德王妃として、之を迎へた王位に卽いてから三年、國治まり民安んじ、盛德いやが上に高かつた。

이리하여 여러 장군들에게 작위를 내리고, 부인 백씨를 왕비로 삼으며, 돌아가신 아버지를 추숭(追崇)하여 현덕왕(賢德王)에 봉하고, 모부인을 현덕왕비(賢德王妃)로 삼았다. 왕위에 오른 지 3년에 이르러, 나라를 잘 다스리고 백성을 편안하게 하니, 성덕(盛德)이 점점 높아졌다.

一日王、昔をしのび歎じて曰く、『われもし家にあるの日、刺客の刺すところとなつて死んだならば、今日あるを得たらうか,』 とて流るゝ涙を袖で拭いた。やがて白龍を呼び、『予今王位居れども、元來は朝鮮の人である。偶然今日あるを得たのは實に過分の光榮であるが、曩に朝鮮王、予の爲に籾千石を賜ふた。その恩を忘れていゝ筈はない。今予卿を使して謝禮しようと思ふ。一つ御苦勞だが往つて來ては吳れまいか』と、そこで表を上つて、洪家に傳ふる手紙と共に白龍に渡し、籾千石を船に積んで朝鮮に向はしめた。

하루는 왕이 옛날을 그리워하며 탄식하여 말하기를,

"내가 만약 집에 있던 어느 날 자객에게 찔려 죽었다고 한다면, 오늘 같은 날이 있을 수 있었겠느냐?"

고 말하며 흐르는 눈물을 소매로 닦았다. 이윽고 백룡을 불러,

"내가 지금 왕위에 있기는 하지만, 원래는 조선의 사람이오. 우연히 오늘 같은 날을 얻은 것은 실로 과분한 광영이오만, 예전에 조선왕은 나를 위해서 벼 천석을 하사해 주었소. 그 은혜를 잊을 리가 없소. 지금 나는 경으로 하여 사례를 하고자 생각하오. 조금 고생이 되겠소만 갔다 와 주지 않겠소."

라고 말하고 그 자리에서 표(表)를 올려, 홍가에 전달할 편지와 함께 백룡에게 건네고, 벼 천석을 배에 싣고 조선을 향하게 했다.

朝鮮では國王、曩に吉童の請ふままに正組千石を與へてから十年になるが、爾來杳として更に吉童の消息は分らなかつた。然るに或る日、琉球王から表文があつたので、何事かと披き見ると、その文に曰く

조선에서는 국왕이 예전에 길동이 청하는 대로 조세 천석을 내준 후 10년이 지났는데, 그 뒤로 더욱 길동의 소식은 알 수 없었다. 그러

던 어느 날 유구왕(琉球王)으로부터 표문(表文)이 왔기에, 무슨 일인가 하고 펼쳐 보았더니, 그 문에서 말하기를,

前任兵曹制書、琉球王臣洪吉童頓首百拜して朝鮮國聖上陛下に言上す。臣本賤人の出、心偏狹にして夙に聖慮を惱まし奉れり。不忠またと無かるべく、臣が父また賤子の爲に病を得たり、不幸の極と言ふべし。然るに陛下、臣の罪を赦し給ひ、官爵を下し籾千石を賜へり。天恩何を以てか報いん。今や臣琉球國に入り、一擊其國を得て王位に就けり。恨み無しといふべし。然れども常に聖上の大德を慕ひ奉る。今その籾千石を返送す。伏して願はくば聖上、臣が潛越を宥し給はんことを。

"전임(前任) 병조제서(兵曹制書) 유규왕(琉球王) 신 홍길동 돈수백배(頓首百拜)하여 조선국 성상 폐하에게 말씀을 아뢰옵니다. 신은 본디 미천한 출신으로, 마음이 편협하여 일찍이 임금을 근심하게 했습니다. 이보다 더한 불충은 마땅히 없을 것입니다. 신의 아버지 또한 미천한 자식 때문에 병을 얻었으니, 그 불행이 이루 다 말할 수 없습니다. 그럼에도 불구하고 폐하는 신의 죄를 용서하시어 관직과 작위를 내려 주시고, 벼 천석을 하사해 주셨습니다. 천은을 어찌하여 갚을 수 있겠습니까? 지금 신이 유구국(琉球國)에 들어가서, 한 번의 공격으로 그 나라를 얻어 왕의 자리에 오르게 되었습니다. 원망이 없다고 할 수 있습니다. 그렇기는 하지만 항상 성상의 큰 덕을 그리워하고 있었습니다. 지금 그때의 벼 천석을 돌려드리고자 합니다. 엎드려 바라건대 성상, 신의 잠월(潛越)을 용서하여 주십시오."

聖上之をみそなはして大に驚き、直に洪參判を呼んで、吉童の神奇を讃め給うた。參判地に伏し奏して曰ふ、『臣が弟吉童、他國に往きて貴人となれるも。一に皆聖上大德の然らしむる所にござります。ただ往日彼の請を容れて臣が父の墓所を琉球の近くに定めました。願はく此の間の情を察し一年の暇を賜はらんことを』

성상은 이것을 보시고 크게 놀라, 바로 홍참판을 불러서 길동의 신기(神奇)를 칭찬했다. 참판은 땅에 엎드려 아뢰어 말하기를,

"신의 동생 길동이 타국에 가서 귀인이 된 것도, 모두 다 성상의 큰 덕 때문입니다. 다만 지난 날 그의 청을 받아들여서 신의 아버지의 묘소를 유구(琉球) 가까이에 정했습니다. 바라건대 그동안의 정을 살피시어 1년간의 시간을 내려 주셨으면 합니다."

かくて參判は母夫人を伴つて琉球に往くと、王初め王妃等威儀を正して出て迎へた。やがて母夫人そこで死に、參判は悲みを遺して朝鮮に歸つたが、琉球王の盛德は益々高く、三男二女を儲けて、一族いよ<榮えた。

이리하여 참판이 모부인과 함께 유구로 가니, 왕을 시작으로 왕비 등은 위의(威儀)를 바로하고 나와서 맞이했다. 이윽고 모부인이 죽음을 맞이하여, 참판은 슬픔을 남기고 조선으로 돌아갔는데, 유구왕의 성덕은 더욱 높아지고, 3남 2녀를 얻어 일족은 드디어 영화를 이루었다.

영웅소설

임경업전

제1장

일본인 통역관 호세코 시게카츠의 〈임경업전 일역본〉(1882)

金華山人 著, 寶迫繁勝 譯述, 「林慶業傳」, 『朝鮮新報』 8~12, 1882. 4. 5 ~ 5.15

▌해제▐

「朝鮮林慶業傳」은 1882년 부산항 내 일본 거류민의 집회소, 재조선국 부산항 상법회의소에서 발행한 『朝鮮新報』에 게재된 작품이다. 『朝鮮新報』는 현재 제5호부터 12호까지만 전해지고 있다. 이러한 자료적 여건의 한계로 「朝鮮林慶業傳」은 『朝鮮新報』 제8호~12호까지의 첫 4회분만을 볼 수 있을 따름이다. 저자의 필명인 金華山人이 구체적으로 어떤 인물을 지칭하는지는 현재까지 알려진 바가 없다. 금화산인의 작품을 번역한 인물은 일본의 통역관인 호세코 시게가츠(寶迫繁勝)는 한국어학습서 『交隣須知』(1883)를 산정했으며, 초학자를 위한 한국어 회화서 『訂正 隣語大方』를 인쇄한 바 있다. 또한 『韓語入門』(1880)이라는 당시로서는 획기적인 형식이라고 볼 수 있는 책인데, 일본인을 위한 서구식 한국어 학습서를 저술한 인물이었다. 호세코의 <임경업전 일역본>이 지닌 특징은 여느 <임경업전>의 이본에도 볼 수 없는 임경업 부친의 행점담이다. 여기서 임경업 부친에 대한 기술은 사실에 근거한 기술이 아니라 허구적 창작으로, 기존 <임경업전>이 배제한 家系 소개 단락을 보완하여 개작한 형태이다. 또한 부친을 주인에 대한 의리가 철저한 인물로 묘사함으로 다분히 일본적인 취향을 반영하고 있으며, 일본 고유의 관용적인 표현과 조선의 문화에 어두운 일본인 독자를 위한 편집자적인 논평과 주석이 존재한다는 점이다.

참고문헌

니시오카 켄지「일본에 있어서의 한국문학의 전래양상」, 『국학연구논총』 1, 2008.
이강민, 「개화기 일본의 한국어 학습서」, 『일본학보』 67, 2006.
이강민, 「『한어입문』과 『선린통어』」, 『한국언어문학』 54, 2005.
심보경, 「『교린수지』의 서지와 음운론적 특징」, 『한국언어문학』 54, 2005.
이복규, 『임경업전연구』, 집문당, 1993.
이복규, 김기서, 「일역본 「임경업전」에 대하여」, 『국어국문학연구』 14, 1991.
이윤석, 『임경업전연구』, 정음사, 1985.
최영철, 허재영, 「근대 계몽기 일본인의 한국어에 대한 관심과 한국어 학습서의 변화」, 『어문논총』 57, 2014.

[第一回] 朝鮮國林慶業傳

往昔大明崇禎の末にあたり朝鮮國忠淸道達川と云へる処に姓は林名は鳳岳といへる人あり其家常に貧しくしてちかの浦邊にたく鹽のそれならなくに朝夕にたつる煙りもたにだにのからき月日を送るうち鳳岳

やうやう十二歳の春をむかへしが性質怜俐しきうまれゆえ稚なごころの健気にも父母が貧苦にせまるをばいとと心にうれへつつ

옛날 대명(大明) 숭정(崇禎) 말 조선국 충청도 달천(達川)이라는 곳에 성은 임(林) 이름은 봉악(鳳岳)이라는 사람이 있었다. 그 집은 항상 가난하여서 지가노우라에서 불을 때는 소금도 아닌데, 아침저녁으로 불을 지피는 연기가 드문드문하였다.[1] 힘든 세월을 보내는 사이에 봉악은 점점 성장하여 12세의 봄을 맞이하였다. 타고난 본성이 현명했기에[2] 어린 마음에도 갸륵하게[3] 부모가 가난으로 고생하는 것을 매우 염려하였다.

一日両親にむかひいひけるは小子もはや十二歳てふはるにもなれば何がなちからをはげまして嚴父や慈母が養育のあつき恵みに酬はんとおもへどいまだ若年のなすことさへもあらぎれば此村の李祥賢が家に雇れて聊かおこころを安めたしあな聞てよと云ければ父母は涕の目をしばたたき其志ぎしに感じつつかれがまにまに任せければよろこぶ事一かたならず

1 그 집은~드문드문하였다.: 가난함을 묘사한 표현으로, 지가노우라(千賀浦)란 미야자키현(宮城県) 시오가마시(塩竈市)에 있는 고대시대의 항구를 말하는 것으로, 메이지 유신 이전 제염업으로 번창한 도시였다. 현재 센다이(仙台)의 시오가마항(塩釜港)이 이에 해당한다.

2 타고난 본성: 일본어 원문은 '性質'이다. 타고난 본성이라는 뜻이다(棚橋一郎·林甕臣編, 『日本新辞林』, 三省堂, 1897).

3 갸륵한: 일본어 원문은 '健気'다. 부지런하다, 신묘하다, 특별히 뛰어나다와 같은 뜻이다(松井簡治·上田万年編, 『大日本国語辞典』02, 金港堂書籍, 1916).

하루는 양친을 향하여 말하기를,

"소자도 이제는 12세가 되었기에, 무엇이든 힘을 북돋아 주시는 엄한 아버지와 자애로운 어머니가 양육해 주신 뜨거운 은혜에 보답하려고 생각하였지만, 지금껏 [보통의] 젊은 사람이 하는 것조차도 하지 못하고 있습니다. 이 마을에 이상현(李祥賢)의 집에서 일하며 조금이라도 마음을 편안하게 하고자 합니다."

라고 전하니 부모는 눈물을 글썽이며 그 마음에 감동하여 그가 하고자 하는 대로 맡기었더니, 기쁨이 이만저만이 아니었다.

翌日より李祥賢の家に至りてなにくれとなくまめだちていと慇懃につとめけりさても此李祥賢といふ人は常に書藉を鬻ぐをもつて業ひとし麻中の蓬の直きやおのづと博く諸書に通じほとり稀なる識者にてことに家とみ榮へつ、素性慈善の人なれは彼の新参の鳳岳を我子の如く愛しみ夜は読書に昼は又家のつとめの

다음날부터 이상현의 집으로 가서 여러모로 열심히 공손하게 일하였다. 그런데 이상현이라는 사람은 항상 서적을 파는 것을 업으로 하였는데, 사람도 선한 사람과 교제하면 그에 감화되어 선인이 되듯이 자연스럽게 널리 여러 책에 능통한 인근에 보기 드문 지식인이었다. 게다가 집도 번영하고 본래 타고난 성품도 자비로운 사람이기에, 새로 온 신참 봉악을 자신의 아이와 같이 사랑하며 저녁에는 독서를 낮에는 또한 집안일을 하게 하였다.

隙ごとに手習その他なにくれと心をこめて教しがうまれつきたる敏

捷と倦み怠たらぬこころから書筆の道にいとたけて古参の人の上にたつ身とぞなりぬる誉れころ勉強敢為に外ならず実に才士ころ頼母しけれされば夥多の雇れ人も彼の新参の鳳岳が古参の人の上にたつをねたましき事にや思ひけん何がな彼に愆たせそを誣らに信たてて此家の内を逐出さんとその淺間しき心から初めの程は色々とよからぬ事のみ工みしもそを争はぬ鳳岳が爽かなりし心根にはぢていつしか朋友の浪風もなく暮しける夫光陰は矢の如く隙ゆく駒の止間なく荏き苒かれ玆に十年の月日を送りしかば【以下次號】

시간이 있을 때마다 수업을 하여 그밖에 이것저것을 가르쳤는데, 타고나기를 민첩하고 게으르지 않았기에 서필 분야에서 매우 뛰어나 고참들보다 낫다고 칭찬을 받았으며, 공부에 있어서는 실로 재주가 있는 남자라고 촉망받았다. 그러자 무수히 많은 고용살이를 하는 자들도 그 신참 봉악이 고참들보다 위에 서는 것을 시샘하며, 무언가 그에게 허물을 찾아서 이 집에서 쫓아내려는 비열한 마음으로 처음에는 여러 가지 좋지 않은 일을 꾸몄다. 하지만, 싸우지 않는 봉악의 시원시원한 마음씨[4]에 [자신들을]부끄럽게 여기게 되고 [그리하여]어느새 친구들 사이에서 분란 없이 지내게 되었다. 그 시간이 화살과 같이 훌쩍 흐르고 세월이 덧없이 지나가 이에 10년의 시간이 흘렀다. 【이하 다음 호】

4 마음씨: 일본어 원문은 '心根'이다. 이는 마음속 혹은 마음씨라는 뜻이다(松井簡治·上田万年編, 『大日本国語辞典』02, 金港堂書籍, 1916).

[第二回] 林慶業傳　(前號之読)
임경업전　(지난 호를 참조)

鳳獄も已に壯年つ、殊に此家にいりてより長の年月励みたるその功しの現はれて其名は四方に轟きつ尋常ならぬ学者とはなりぬ然ば此事追追政府にや達しけん京城の幹林学校の訓導に徴れければ主人祥賢の喜び一方ならずさながら我子の出立のごとく吉日を撰び酒饌など調へ暇の席を設けいと懇懃に祝しければただ凰岳は喜し涕にむせびつつ此年月の厚恩を謝し我家に帰りて近隣の人々へも別れの酒を酌しかばみな鳳岳が勉強を讃めはやし其出立をぞ見送りける

봉악도 이미 장년이 되었는데, 특히 이 집에 들어와서 긴 세월을 열심히 일한 그 공이 드러나 그 이름은 사방으로 알려져서 보통이 아닌 학자가 되었다. 그러자 이 일이 차차 정부에 이르러 경성 한림학교의 소학교 교사가 되었다. 주인 상현의 기쁨은 이만저만이 아니었다. 마치 자신의 아이가 떠나가는 것과 같이 길일을 택하여, 술과 안주 등을 갖추어서 자리를 마련하고 정중하게 축하하였다. 봉악은 그저 기쁨의 눈물에 목이 멨다. 이 세월의 두터운 은혜에 감사드리며, 자신의 집으로 돌아가서 이웃 사람들에게도 이별의 술을 따르자, 모두 봉악의 공부를 칭찬하고 그 떠나가는 것을 배웅하였다.

頓て鳳岳は都に着し夫夫の手数もはてて幹林学校の教官となり日々生徒を教ふるにも前の日その身が祥賢の深き恵みに預りて斯る出世をせし事を一瞬時間も忘れずしていと懇懃に教へしかば美名漸く輝きて

広き都に隈もなく人訪ふ者とぞなりにける

이윽고, 봉악은 수도에 도착하여 이런저런 수고[5]를 하며 한림학교의 교관이 되어 매일 학생들을 가르쳤는데, 지난 날 자신이 상현의 두터운 은혜를 받아서 이러한 출세를 하게 되었다는 것을 한 순간도 잊지 않았다. 정중하게 가르치자 명예스러운 이름[6]은 점차 수도 구석구석까지 널리 빛나게 되며 사람들이 찾아왔다.

案下休題爰に又洛中に住める者にて故幹林院侍講学士金有徳といふ人あり二人の子有て長は男次は女なり此少女の名を梅少女と呼て其容貌こそ花も羞ぢ月も閉ぢなん美少女の殊に知恵さへ人にこえ閨の深きに育しも破瓜てふ年の花の春梅の笑顔にいづちより彼のいたづらな鶯のさ、なきかけぬ其内によきむこがなと両親の思ふ折柄鳳岳の人となりをば聞傳へ婿にほしいと思ふ内

한편 수도에 살고 있는 사람으로 이전의 한림원 시강학사(侍講學士) 김유덕(金有德)이라는 사람이 있었다. 아이가 둘 있었는데 첫째는 아들이고 둘째는 딸이었다. 이 소녀의 이름은 매소녀(梅少女)라고 불렀는데, 그 용모야말로 꽃도 부끄러워하고 달도 숨을 정도의 미소녀로 특히 지혜로움조차도 다른 사람들보다 뛰어났다. 깊숙한 규방에서 성장하여 여자 나이 16세에 이르자, 봄에 피는 매화나무 꽃의 웃

5 이런저런 수고: 일본어 원문은 '手数'다. 품과 시간을 뜻한다(金沢庄三郎編, 『辞林』, 三省堂, 1907).
6 명예스러운 이름: 일본어 원문은 '美名'이다. 좋은 명성이라는 뜻이다(棚橋一郎·林甕臣編, 『日本新辞林』, 三省堂, 1897).

는 얼굴에 어딘가로 부터 장난스러운 꾀꼬리가 울려고 하였다.[7] 그러던 중 좋은 사위가 있었으면 하고 양친이 생각하던 차에, 봉악의 사람됨을 듣고는 사위로 삼고 싶다는 것을 전하고자 하였다.

幸によき媒妁有て程よく縁談をも整へつ吉日をえらび祝言の式も畢り一家睦じく打過ける陳も日去月往て翌年辛丑の仲の秋凰岳夫婦の中に一人の男子を擧り是なん後に慶業と其名輝く者にこそ其後年月を徑て又二人の男子と一人の女子を擧りとぞ

다행이 좋은 중매쟁이[8]가 있어서 적당히 연담을 갖추고 길일을 택하여 혼례식을 마쳤다. 일가는 화목하게 지내었다. 그리하여 시간이 흘러 이듬해 신축(辛丑)년 가을에 봉악 부부 사이에 아들 하나가 태어났는데 그가 바로 훗날 그 이름도 빛나는 경업(慶業)이었다. 그 후 시간이 흘러 다시 두 명의 아들과 한 명의 딸을 얻었다.

除題凰獄の人となり遂に議政府李廷儀の聞に達し官を尙書侍郎に進め位を四品に除せられつ闕下を辭るとき其身は賜花を垂らしつつ輿に乘り右と左は大楽小楽の伶人に花のかざしを冠りたる童子の数多付添ひて下卒も亦多く前後を圍み先を拂はせ門を出れば許多の生徒等今や遲しと待かねつ先師の出るを見るや否吾ぞ先にと争ひて彼が寓にぞ送りける侍郎は古郷出て三年の内に斯る人とはなりぬるに

7 봄에 피는~울려고 하였다. : 매화와 꾀꼬리를 호응시킴으로 남녀 관계를 비유적으로 표현하는 모습은 주로 일본 시가에 흔히 발견되는 관습적인 표현이다.
8 중매쟁이: 일본어 원문은 '媒妁'이다. 남녀의 인연을 맺어주는 것 또는 그 사람을 뜻한다(松井簡治·上田万年編, 『大日本国語辞典』04, 金港堂書籍, 1919).

이리하여 봉악의 사람됨은 마침내 의정부(議政府) 이정의(李廷儀)의 귀에 이르렀는데, 상서시랑(尙書侍郞)의 관직에 추천하여 사품(四品)의 지위를 하사하였다. 궁중을 떠날 때 그 몸에는 사화(賜花)를 드리우고 가마에 올라탔다. 좌우에는 대악과 소악의 연주자들과 관머리에 꽂을 꽂은 동자 여러 명이 붙었으며, 군졸 또한 많이 앞뒤를 에워쌌다. 앞을 열어 문을 나서자 대단히 많은 학생 들이 이제나 저제나 하고 기다리고 있었다. 선사(先師)가 나오는 것을 보자마자 앞을 다투며 그의 거처까지 배웅을 하였다. 시랑은 고향을 나서 3년 안에 이러한 사람이 되었다.

時移り星轉る中彼を愛たる祥賢は慈悲の人にも似合ずて八字あしく妻子にも離れて今は身ひとつに立る煙りも絶え絶えの苦しき身とはなり果つ其名も高き学者さへいつの程にか名も堙滅て訪ふ人さへもなかりける是そ世の俚言に千里の馬も疲たる時は駑馬にも劣るとは最も哀しき事ぞかし【以下次號】

시간이 지난 어느 날 그를 귀여워하였던 상현은, 자비로운 사람에게 어울리지 않게 불행하게도 부인과 자녀와 헤어지고, 지금은 홀로 연기도 드문드문한 괴로운 몸이 되었다. 그 이름도 높은 학자였는데, 어느새 명성도 사라지고 찾아오는 사람조차 없었다. 이것은 세상의 속담에 천리마도 쇠해지면 노마(駑馬)가 이에 앞선다와 같이 지극히 슬픈 일이었다. 【이하 다음 호】

[第三回] 君上批答

군주의 비답(批答)

傳訛失実更不煩疏

유통과정 속에서 변질된 부분이 있으나 별도로 각주를 두지 않음

林慶業傳(前々号の続)却説祥賢は何ひとつ手に取る業も中々に貧すれば猶どんするの例言にもれず落はてて人の情もあらし男の轎舁とまで零落つ京城邊をさすらへて僅の賃錢にやうやくも今日と暮して飛鳥川水の流れと人の身の定めなきこそうたて臯

임경업전(전전 호의 계속). 각설하고, 상현은 무엇 하나 손에 쥐고 있는 기술도 좀처럼 없었다. 가난하면 바보가 된다는 말에 예외는 없었다. 몰락하니 사람의 정도 끊기었다. [이에]가마꾼으로 몰락하여 서울 변두리를 유랑하며 조금 안 되는 품삯으로 간신히 오늘을 지냈다. 아스카(飛鳥)의 강물의 흐름과 사람의 불안정함은 점점 심해졌다.

案下除題世の中はいづれの国を問はずして其蒼生の中にしは貴賤尊卑の差別あり尊ふき人は平坦なる道も車や轎に乗り賤しき人は凸凹みたださへつらき谷坂もたつきの為に舁く駕籠の過去の由縁の可否善悪で尊卑の別のある中に殊にあはひの隔たりし朝鮮国の節にていかに富貴の人とても其身官吏にあらざれば轎に乗りつつ往道も最早官吏に逢ふ時は轎を降るの風慣にて実に不自由の事にこそ

그것은 그렇다 치더라도 세상은 그 어떠한 나라도 불문하고, 그 백성 중에는 귀천존비(貴賤尊卑)의 차별이 있어 지위가 높은 사람은 평평한 길에서도 가마를 타고, 미천한 사람은 울퉁불퉁한 곳도 [걷기가] 힘든데 골짜기나 비탈길에서도 가마를 메야했다. 과거의 관계의 옳고 그름으로 존비의 차별이 있었는데, 그 중에서 특히 형편에 차이가 있었다. 조선국의 절도에는 아무리 부귀한 사람이라도 그 몸이 관리가 아니면 가마를 타고 가다가 가는 길에 관리를 만났을 때는 가마에서 내리는 풍습이 있는데 실로 불편한 것이었다.[9]

一日洛中を数多の下僕を引卒れたる兩班の先を拂はせ過るあり兎角朝鮮の癖として兩班に付添ふ者は下僕まで虎の威をかり人をまた虫蝨のごとく賤視なしつ少しの事にも悶着をつけ賄賂を取るいとも賎しき風習なり

어느 날 도성에서 수많은 하인을 인솔한 양반이 앞에 방해되는 것을 제거하며 지나고 있었다. 어쨌든 조선의 습관으로 양반에게 붙어 있는 자는 하인까지 호랑이의 위세를 빌려서 사람을 또한 벌레처럼 천시하고, 조그마한 것에라도 분쟁을 일으켜 뇌물[10]을 취하는 저속한 풍습이 있었다.[11]

---

9 그것은~불편한 것이다 : 작품의 배경인 조선의 문화나 제도에 대한 설명을 통해 일본인 독자의 작품의 이해를 돕기 위한 편집자적인 논평과 주석이라고 볼 수 있다.

10 뇌물: 일본어 원문은 '賄賂'이다. 사례로 선사하는 물품이라는 뜻이다(金沢庄三郎編, 『辞林』, 三省堂, 1907).

11 어쨌든~저속한 풍습이 있었다. : 작품의 배경인 조선의 문화나 제도에 대한 설명을 통해 일본인 독자의 작품의 이해를 돕기 위한 편집자적인 논평과 주석이

折から向ふより轎に乗つつ来れる人あり下卒どもは其轎に乗れる人の町人なる事を能も熟知得一術きと心に工み能と声高に其轎より降らぬを厳しく咎めつつ轎を透して覗てやれば爰に有名有福家の隠居にて年は八十じの老衰に耳も聞えず眼も見えぬ老人にぞありければよき僥倖と下卒等は密密心に喜びつ猶声高に雷鳴うち何事やらんと侍郎は轎の垂幔をば褰上て暫く覗み居たりしが何おもひけん早くも轎を降りつつ下卒を制して官服を脱ぎ平服に着替つつ親しく其轎夫の前に寄り最も慇懃に手をつかへ三拜したる其姿最ど怪しき事なれば下僕等は得も云ず有とありあふ人人は暫時し目瞬口呆ていたり梟〔以下次號〕

때마침 건너편에서 가마를 타고 오는 사람이 있었다. 군졸들도 그 가마에 타고 있는 사람이 장사꾼이라는 것을 잘 알고 있었기에, 잠시 분발하여 궁리를 짜내어 일부러 소리를 높여 그 가마에서 내리지 않는 것을 엄하게 훈계하였다. 가마를 통해서 엿보니 이것은 유명하고 유복한 집에서 은거하는 자로 나이는 80세가 되는 늙은 노인이었다. 귀도 들리지 않고 눈도 보이지 않는 노인이었다. 뜻밖의 행운이라 생각하며 군졸 등이 몰래 기뻐하며 더욱 소리를 높여 큰 소리를 내자, 무슨 일인가 하고 시랑은 가마에 드리운 발을 올리고 잠시 엿보고 있었는데, 무언가를 생각했는지 서둘러 가마에서 내려서 군졸들을 제어하고 관복을 벗어서 평복으로 갈아입고, 친근하게 그 가마꾼 앞에 다가가서 매우 공손하게 손을 받치고 삼배를 하였다. 그 모습은 더욱더 기이하였기에, 하인 등은 [무언가]말을 하려고 해

라고 볼 수 있다.

도 말할 수 없었다. 모든 사람들은 한동안 어이가 없었다. [이하 다음 호]

[第四回] 林慶業傳 (前編之読)
임경업전 (지난 호를 참조)

陳兩班のいと穏かに云けるは陳々大老は何なる事にて斯は零落たまひしぞ下卒どもが無禮のかずかず何とぞ平に御免をと詫る言葉にさてもさても訝ぶかしき事をのたまふものかな傖父は生れつきての下素下郎いまだ出世は致さねど零落し事さらになく轎夫の子が轎を舁くを何おちぶれたとはのたまふぞとまれかくまれ傖父が無禮の罪を尤めなくお赦免なされて下さらば此上もなき御高恩ひたすら願ひたてまつるといへば猶更兩班は腰折り屈めことばを早げ其御不審はさることながら

그리하여 양반은 매우 온화하게 말하였다.

"저런 당신은 어떠한 일로 이렇게 몰락하셨습니까? 군졸들의 여러 가지 무례함을 부디 제발 용서해 주십시오."

라고 사과하는 말에,

"그런데 참으로 놀라운 일입니다. 소생은 태어날 때부터 신분이 낮은 사람으로 아직 출세를 하지 못하였기에 몰락할 것도 없습니다. 가마꾼이 가마를 들고 있는 것을 보고 무엇을 몰락하였다고 하십니까? 어쨌든 소생의 무례한 죄를 책망하지 마시고 용서하여 주신다면 더할 나위 없겠습니다."

한 결 같이 높은 은혜를 바란다고 말하니, 한층 더 양반은 허리를

굽혀서 말을 서둘렀다. 그 수상함은 말할 것도 없었는데,

斯申す小生は大老が深き恩恵にて人となりたる鳳岳なり数多の人にかしづかれ何不自由なき今の身は完く大老の賜ものと寐ても覚ても道芝の葉末における露ほども忘るる隙はなけれども兎角公務に支へられ思ひながらの踈遠の罪を許してと詫入し言葉に礑とこころづきあな鳳岳よな懐しやと云んとせしが今の身の果敢なき姿に耻入て先達ものは涕なり鳳岳猶も慇懃にちとおこがましき事なれど

"이렇게 말하는 소생은 당신의 깊은 은혜를 받은 봉악입니다. 많은 사람들의 뒷바라지로 지금은 무엇 하나 불편함이 없는 몸이 되었습니다만, 이것은 모두 당신이 베풀어주신 은혜라는 것을 잠잘 때도 깨어있을 때도 길에 난 잔디의 잎 끝에 있는 이슬만큼도 잊은 적이 없습니다. 어쨌든 공무를 수행하느라 생각은 있으면서도 소원하였던 죄를 용서하여 주십시오."

라고 정중하게 사과하는 말을 알아차리고,

"봉악이로구나, 반갑구나."

라고 말하려는 듯하였지만, 지금 자신의 덧없는 모습이 부끄러워 눈물이 앞섰다. 봉악은 더욱더 공손히 좀 주제넘기는 하지만,

有為轉變は世のならひ朝歌の市に牛を屠りし呂望は周の大将となり武勇剛毅の項王も烏江に命を縮めたり世間に例しも多き事なるに今大老の御零落さのみな歎きたひぞと己が着替をきせ代へつ去来おんたちと進められ嬉しさあまりし悲さとまた耻かしさに詳賢は只口ごもり涕

にむせぶのみなるを漸く介抱し下卒どもに誘はせ己が寓にぞ連帰り舃されば

"인간세상의 무상함은 세상의 관습으로, 조가(朝歌)의 시장에서 소를 잡던 여망(呂望)은 주나라의 대장이 되었습니다. 용맹하고 굳은 의지를 지닌 항왕(項王)도 조강(烏江)에서 수명을 단축하였습니다. 세상에 전례가 많이 있습니다만, 지금 당신의 몰락은 개탄스럽습니다."

라고 말하며 자신이 입고 있던 옷으로 갈아입혀 주려고 하니, 너무 기쁘기도 하고 슬픔과 부끄러움에 상현은 그저 우물우물 거리며 흐느껴 울뿐이었다. 얼마동안 [우는 상현을]돌보고 군졸들에게 앞장을 서게 하여 자신의 집으로 데리고 갔다.

往来の人もいと多き洛中の事なれば又千態萬状の噂をたて誹るも有ば賞るもあり一時は風説まちまちなり鳳岳は恩人を我萬に連れ帰りてより真の親と尊ふとみついとねんころに待接せば誰れいひ彼のかたりてや徳の報ひはいつしかに国王殿下の上聞に達し一日鳳岳を御前に徴れ李祥賢の一伍一什を聞せられ殿下叡感斜めならず殊に鳳岳が祥賢に逢ひしとき官服を脱て見えしをいとも喜みさせ玉ひつ、実に寡人が肱股の臣忠臣なりや義士なりと即日官を禮曹参議に進められ位を正三品にぞ除したまふ鳳岳いたく涕感し再三辭して止ざれども聴せ玉はぬ叡慮に恩を謝しつつ罷りけり【以下次號】

왕래하는 사람도 많은 도성이기에 또한 천태만상의 소문이 나서 비방하는 자도 있었지만 찬양하는 자도 있었다. 한 때의 입소문은 제각기 달랐다. 봉악은 은인을 자신의 집으로 데리고 돌아가서는 친부모와 같이 소중하게 생각하고 공손하게 접대하였는데, 그의 이야기는 어느새 국왕전하에게까지 들어갔다. 하루는 봉악을 어전으로 불러서 이상현에 대한 자초지종을 물었다. 전하는 감동하여 몹시 좋아했다. 특히 봉악이 상현을 만났을 때 관복을 벗고 만난 것에 대해 매우 기뻐하며,

"실로 과인의 수족이라 할 수 있는 충신이며 의사(義士)로구나."

라고 하며 그날로 관직을 예조참의(禮曹參議)로 추천하고, 정삼품의 지위를 하사하였다. 봉악은 몹시 감동하여 눈물을 흘리고 거듭 사양하며 물러나려고 하였으나, 듣지를 않으시니 임금의 마음에 감사하며 물러났다.

영국성공회 선교사 랜디스의 〈임경업전 영역본〉(1898)

- 한국독립의 선구자

E. B. Landis, "A Pioneer of Korean Independence", *The Imperial & Asiatic Quarterly Review* 26, 1898.

랜디스(E. B. Landis)

▌해제▐

랜디스(E. B. Landis, 1865~1898)는 인천에서 활동한 영국성공회 소속 선교사로, 미국 펜실베이니아대학 의과대학을 졸업 후 전문의 과정을 수료한 1890년 한국에 내한한 인물이다. 그가 한국에 머문 기간은 그리 길지는 않았지만, 그는 다수의 한국학 저술을 남겼다. 또한 그는 1891년 영어학교를 개설, 40명의 학생을 모집하여 영어교육을 실시한 인물이기도 하다. 이러한 선교활동을 통한 한국인과의 접촉으로 그는 자연스레 한국의 고소설을 알게 되었던 것이며, <임경업전>을 번역하여 그 족적을 남긴 셈이다. 랜디스 <임경업전 영역본>의 저본은 등장인물의 인명과 지명 등을 감안해보면 경판본 <임경업전>(20장본, 21장본, 27장본)이다. 번역에 있어 가장 큰 특징은 랜디스가 <임경업전>을 한 편의 역사기록으로 인식한 모습이며, 한국문화와 역사를 전하기 위한 그의 많은 보충설명을 볼 수 있다는 사실이다.

참고문헌

이복규, 『임경업전연구』, 집문당, 1993.
이윤석, 『임경업전연구』, 정음사, 1985.

There was born, in the prefecture of Tan Quel in Chyoung Chyeng To, in the year 1600, a child who was destined to play an important part in the history of his own native state, as well as in that of China, Of the ancestry and early history of Im Kyeng Ep we know very little. He was, as indeed the children of Korean nobility all are, sent to school at an early age, but he cared little for the sedentary life of a student. His early training was therefore almost entirely due to his widowed mother, and she certainly deserves much praise for her success. He was very fond of her, and whenever he was appointed to an official position or entrusted with a mission far from home, his first act was to visit his mother, some of these interviews and farewells being very touching. Such conduct is the more remarkable in the far East, because a rigid system of propriety represses the growth of natural affection, the relations between parent and child being there fixed by rule, so that the principle of duty and responsibility take the place (especially amongst the educated classes) of parental love and filial affection.

1600년 충청도 단월현에서 한국의 역사에서 뿐만 아니라 중국의 역사에서도 중요한 역할을 할 운명을 지닌 아이가 태어났다. 임경업의 조상과 그의 어린 시절의 내력에 대해 알려진 바가 거의 없다. 한국의 모든 귀족 자제들이 그러하듯 그는 어린 나이에 학교에 가게 되었지만 앉아서 하는 공부에는 별로 관심이 없었다. 그러므로 홀어머니가 그의 어린 시절의 교육을 거의 전적으로 담당하였는데, 그녀는 자식 교육을 잘 시켰다는 칭찬을 받을 만했다. 그는 어머니를 매우 좋아해서 공직에 임용되거나 집에서 멀리 떨어진 곳으로 발령을 받았을 때는 언제나 가장 먼저 어머니를 방문했고, 이때 그와 어머니의 몇몇 만남과 이별은 매우 감동적이었다. 이러한 행동은 매우 두드러지는데 극동 지방에서는 엄격한 예의법도가 자연스러운 애정의 발생을 억제하는 곳이기 때문이다. 부모와 자식 간의 관계가 규칙으로 정해져 있어 부모의 사랑과 자식의 애정의 자리에 의무와 책임의 원리가 들어선다(특히 식자층이 그러하다).

Im's family, although belonging to the class of patricians, were poor, an supported themselves by farming, an occupation which is regarded in the East with respect, and as second only to that of the scholar. Being poor, and seeing that her son gave promise of great things, the mother can scarcely be blamed for instilling into his mind, from his earliest years, the following lesson:

"Men are born that they may aspire to great things, and serving the king with fidelity attain a name that will find an honourable place in the records of the nation. Why should they be content to be born, live, and die, like the trees of the forest?"

임의 가문은 비록 귀족 계층에 속하기는 하나 가난하여 농사를 직접 지어 생계를 유지해야 했다. 동양에서 농업은 존경받는 직업으로 학자 다음으로 좋은 직업으로 여겼다. 집이 가난했지만 어머니는 아들이 앞으로 큰일을 할 인물로 보고 아주 어릴 때부터 다음의 교훈을 그의 마음속에 주입시켰는데, 그것은 비난받을 만한 일이 아니었다.

"남자는 위대한 일을 열망하고, 충성으로 임금을 섬겨 그 나라의 역사에 명예로운 이름을 남기기 위해 태어나는데, 어찌 숲의 나무들처럼 태어나 살고 죽는 데 만족할 수 있겠느냐?"

At the age of 13 we find the youth practising archery and horsemanship by day, and at night neglecting the orthodox classics for treatises on the art of war. We are not surprised therefore to hear that at 18 years of age he was successful in passing the examination in archery which was held periodically in the capital: but to come out, as he did, at the head of the list of successful candidated was remarkable for a youth of his age.

우리는 13세의 그 소년이 낮에는 궁술과 승마를 연습하고 밤에는 유교경전 대신 병서를 읽는 것을 발견한다. 그가 나이 18세에 수도에서 정기적으로 개최되는 궁술 시험에 합격했다고 했을 때 그것은 그리 놀랄만한 소식이 아니다. 그러나 합격자의 명단에서 장원을 차지한 것은, 그것은 정말이지 그 나이의 청년으로서는 놀랄만한 성과였다.

After this success, he received an appointment as one of the Guards of the Royal Prison in which he was doomed in after years to meet an untimely death. After a short visit home to acquaint his mother with his success, he entered on his duties, and held this post for a few years, during which he led an uneventful life. He was next appointed to the Lieutenacy of Paik Ma Kang in his native province. Here he found more scope for his ambition, and soon succeeded in making a name for himself by his wise and good administration, and the encouragement which he gave to agriculture, a merit which is most highly regarded in Korea as well as in China. The Board of War was about this time seeking for a suitable person to hold an important military position on the mountain of T'yen Ma, near Song To, and repair the fortifications which had been destroyed by the Japanese some thirty year before. Quen Tou P'yo, who the Minister of the Right suggested to the king the name of Im Kyeng Ep, and the king approving he was appointed to the charge of this fortress and ordered to repair it as quickly as possible.

그는 시험에 합격한 후 왕실 감옥 수비대원의 직위를 맡게 되었다. 운명인지, 그 후 수년이 흐른 뒤 그는 이 감옥에서 때 이른 죽음을 맞게 된다. 그는 어머니에게 자신의 성공을 알리기 위해 잠깐 집에 들른 후에 임무를 시작했다. 그는 몇 년간 이 직위에 있었는데, 이 기간 동안 무사 평온한 삶을 영위했다. 그 다음 그는 고향 지방에 있는 백마강 위관에 임명되었다. 이곳에서 그는 야망을 실현할 더 큰 기회를 얻었고, 얼마 후 현명하고 탁월한 행정력 그리고 농업 장려로 이름을 떨치는 데 성공했다. 그의 이런 능력은 중국뿐만 아니라 한국에서도 매우 높이 평가되는 덕목이다. 병부는 이때쯤 송도 근처 천마산의 주요 군사직을 맡으면서 약 30년 전 일본이 파괴한 요새를 수보할 적임자를 찾고 있었다. 당시 우상이었던 원두표는 왕에게 임경업을 천거하였고 왕은 임을 요새의 책임자로 임명하고 빠른 시일 내에 요새를 책임지고 수리하라 명령했다.

Before leaving his former post at Paik Ma Kang he gave a feast to his soldiers, sitting sown in their midst and drinking with them. This, and similar acts, explain the affection and good-will which Im Kyeng Ep always won amongst his soldiers. He mixed with them, joining in their pleasures and sharing their burdens, with an absence of reserve rare indeed in an Oriental official. After this feast he took charge of the fortress, but before commencing the repairs he again gave a feast to the workmen. In Korea it is the invariable rule to begin an important work with feasting, and so far Im was only following the custom of the labouring classes. But we read of an action following the feast which we can scarcely believe to have taken place in Korea, where patriotism is practically non-existent. We are told that "Im killed a white horse, and that he and his men drank its blood whilst taking an oath to be faithful to each other and to the king."

백마강 위관의 직을 떠나기 전 그는 군사들에게 연회를 베풀고 그들 사이에 앉아 함께 술을 마셨다. 이런 행동과, 이와 유사한 행동들은 임경업이 항상 그의 군사들의 애정과 호의를 얻었음을 설명해준다. 임경업은 정말이지 동방의 관리에게는 보기 드물게 거리낌 없이 부하들과 어울려 기쁨을 함께 하며 고통을 나누었다. 이 연회 후에 그는 요새를 담당했다. 그러나 요새 수리를 시작하기 전 그는 다시 일꾼들에게 잔치를 베풀었다. 한국에서는 중요한 일을 시작하기 전에 잔치를 하는 것이 불변의 규칙이기 때문에 임의 이런 행동은 아직까지는 노동 계층의 관습을 따른 것일 뿐이었다. 그러나 잔치 후에 발생한 행동은 애국심이 사실상 존재하지 않는 한국이라는 곳에서 일어났다고는 믿기 어렵다. "임은 백마를 죽였고, 그와 그의 부하들은 그 피를 마시면서 서로에게 충성하고 임금에게 충성할 것을 맹세했다."고 한다.

After more feasting they set to work, the Government at Seoul aiding Im by sending skilled workmen and everything needful. The historians say that each one laboured "as if he were doing his own work instead of that of the Government," a phrase which contains a world of meaning to any foreigner who has lived in Korea and been under the necessity of employing natives by the day. The youthful

Commander of the Garrison laboured with his men, making himself useful in every possible way, and even carrying stones, so that in less than a year's time the fortifications were in perfect order. Another feast and gifts to the workmen followed, with complimentary speeches on both sides. It is said that the king was filled with admiration for his new servant when he heard of the energy displayed by him.

잔치를 더 한 후에 그들은 일에 착수했는데, 한국의 정부는 숙련된 일꾼과 필요한 모든 물자를 보내 임경업을 도왔다. 역사가들은 각 일꾼들이 모두 "마치 정부의 일이 아니라 자기 자신의 일을 하고 있는 것처럼" 일을 했다고 말한다. 이 말은 한국에 살면서 일당을 주고 한국인을 고용해야 했던 적이 있는 외국인이라면 누구라도 이해할 수 있는 많은 의미를 담고 있다. 요새의 젊은 지휘관은 부하들과 함께 일했고 가능한 모든 방법으로 그들을 도왔으며 심지어 돌도 날랐다. 그 결과 요새는 1년도 채 안되어 완벽하게 수리되었다. 일꾼들을 위한 또 한 번의 향연과 선물이 이어졌고, 양측은 모두 상대를 치하하는 연설을 했다. 왕은 임경업이 보여준 능력을 전해 듣고 그의 새로운 신하에 대해 크게 감탄했다고 한다.

The eighth moon had now arrived, and with it the time for the transmission of the annual tribute to China, an acknowledgment of allegiance which Korea had continued with few interruptions for more than a thousand years. The tribute mission usually started from the peninsula about the eighth moon so as to allow a sufficient period for unforeseen delays in the journey and yet arrive before the winter solstice, when the tribute was offered to the Emperor. As tribute-bearer this year the king appointed Yi Si Paik. The journey to Nanking, the capital of China at that time, was not a trifling one, for it will be remembered that Korean craft were very frail and utterly unseaworthy. Add to this the distance to Nanking and the frequency of storms at that time of the year, and we have a journey which few would care to undertake voluntarily. Yi Si Paik being commanded by the king could not decline: and it is an indication of the confidence placed in Im Kyeng Ep that he begged him to accompany the mission. Nothing we more to the liking of an adventurous spirit like Im than a journey of this kind, and he required little urging.

이제 음력 8월이 되었는데, 이때는 한국이 중국에 충성한다는 표시로 매년 조공을 중국으로 보내는 시기로, 한국은 1천년 이상을 거의 빠짐없이 이 일을 했다. 조공 사절단은 보통 음력 8월경에 반도를 떠나는데, 이는 수송 도중 발생할 수 있는 예기치 못한 지연에 대비할 충분한 기간을 확보하고 황제에게 조공을 바치는 동지가 되기 전에 도착하기 위해서였다. 조공 운반 사신으로 그 해에는 이시백이 임명되었다. 그 당시 중국의 수도인 남경으로 가는 길은 쉽지 않았다. 우리가 기억해야 할 점은 그 당시의 한국 배는 매우 부서지기 쉽고 항해에 적합하지 않았다는 것이다. 여기에 남경까지의 거리와 일년의 그 시기에 발생하는 태풍의 빈도를 더해보면 어느 누구도 자발적으로 그 여정을 떠맡으려고 하지 않았음을 알 수 있다. 이시백은 왕의 명을 받고 거절할 수 없었다. 그가 임경업에게 사절단에 동행해 달라고 간청한 것은 바로 그를 신뢰하고 있다는 표시였다. 임처럼 모험심이 있는 이들은 이런 류의 여행을 특히 좋아하므로 그에게 강권할 필요가 없었다.

After obtaining the king's consent and paying a farewell visit to his mother, he started with the tribute-bearer and reached Nanking safely in the ninth moon. This was in 1624, and deputies from the now rising State of the Manchus(which at this period of history was always known in Korea as Ho Kouk or the Land of the Northern Barbarians) arrived with tribute about the same time; bring also an earnest request for troops to aid them in an expedition against the Ka Tal, a tribe of nomadic Turks from the valley of the Oxus, who constantly threatened Northern China. These requests for troops by tributary states from their suzerain are a recognised privilege, and we frequently read of them in the history of far Eastern States, especially of Korea. The requests were always complied with, unless there were good reasons to the contrary.

왕의 허가를 얻고 어머니에게 고별 인사를 드린 후 그는 조공 운반자들과 함께 출발하여 음력 9월에 무사히 남경에 도착했다. 이때가 1624년으로서 새로이 떠오르는 만주국(the State of Manchus, 이 시기의 한국사는 만주국을 북방 야만인의 나라라는 의미로 호국[Ho Kouk]이라 불렀다)의 사신들도 거의 같은 시기에 조공을 가지고 도착했다. 당시 옥서스(Oxus) 골짜기에 살던 유목민 투르크족인 가달은 끊임없이 북중국을 위협하였는데, 만주국 사신들은 가달을 물리쳐 줄 원정대를 파견해 줄 것을 바라는 간절한 요청을 가지고 왔다. 조공을 바치는 국가들이 종주국에게 이렇게 군대 파병을 요청하는 것은 승인된 특권이었다. 우리들은 극동 국가들의 역사, 특히 한국의 역사에서 이러한 요청이 빈번히 있었음을 알 수 있다. 종주국은 특별히 반대할 이유가 없으며 그 요청을 언제나 받아들였다.

It is interesting to note in this connection that so late as 1624 the Manchus regarded China in the light of a suzerain power. Hoang Cha Myeng was at this time in charge of the entertainment of the Korean envoys, and he introduced Im Kyeng Ep to the Emperor as a fit man to be placed in command of the Chinese soldiers whom it was intended to send against the Ka Tal. In order to understand why so youthful an officer (of whose abilities neither the Emperor nor Hoang Cha Myeng could have known anything save from report) was entrusted with this difficult and responsible office it is necessary to consider the condition of China at that time. It was near the close of the Ming dynasty, when the brave and warlike spirit of two centuries before had given place to corruption and effeminacy.

이와 관련하여 주목할 흥미로운 점은 1624년이 되어서야 만주국이 중국을 종주국으로 여겼다는 것이다. 황자명은 당시 한국사신단을 접대하는 일을 담당하였는데, 황제에게 가달을 토벌할 중국군을 통솔할 적임자로 임경업을 소개했다. 그렇게 젊은 관리(임의 능력에 대해서는 황제나 황자명 모두 보고가 아니라면 아무 것도 몰랐을 것이다)에게 어째서 이같이 어렵고 막중한 임무가 맡겨졌는가 하는 이유를 이해하기 위해서는 그 당시 중국의 사정을 고려할 필요가 있다. 이때는 명나라의 운명이 다해가던 시기로, 2세기 전의 용감하고도 호전적인 명나라의 정신은 부패와 나약함에 그 자리를 내주었다.

Every Chinese dynasty passes through the same stages. First a time of war, during which they secure the throne by deeds of valour and acts of bravery, which cause admiration in all who read of them. This is followed by a period during which the arts of peace are cultivated, with only an occasional battle or expedition against the border tribes. The third and last stage is one in which the Emperor feeling secure gives himself up to the delights of the harem, leaving the Government to his officials, who use their power only for personal aggrandizement while the State suffers from intrigue and corruption. It was to this stage that the Ming dynasty was reduced in 1624; and it can readily be seen that none of the officials had sufficient patriotism to seek the command of so arduous an expedition. Had one less effeminate than the rest volunteered, he would have excited the apprehensions of the rest lest he should utilize his army in rebellion against the State.

중국의 모든 왕조들이 동일한 단계를 거친다. 첫 번째 단계는, 전쟁기로, 이 시기에 그들은 용맹스러운 행동과 용감한 행위로 왕위에 오르고, 그들과 관련된 글을 읽는 모든 사람에게 존경심을 불러일으킨다. 두 번째 단계는 예술이 장려되는 평화의 시기로, 전쟁이 있더라도 그것은 단지 국경 지역의 부족들을 물리치기 위한 전투 또는 원정대의 파견에 불과했다. 세 번째이자 마지막 단계는, 국가가 안정이 되었다고 생각한 황제가 후궁들과의 쾌락에 빠진 채 국가 통치는 신하에게 맡기고, 신하들은 국가가 음모와 부패로 병들어 가는데도 권력을 단지 사적 이익의 확대를 위해 남용하는 시기이다. 1624년의 명나라가 바로 이 세 번째 단계에 속했다. 공직자 중 어느 누구도 그토록 힘든 원정대를 지휘할 만한 애국심을 가지지 않았다는 것을 쉽게 알 수 있다. 만일 조금 더 용기 있는 자가 자원했었다면, 다른 사람들은 그가 군대를 이용해 반역을 일으키지 않을까하는 걱정을 하였을 것이다.

There was therefore no opposition to Im's undertaking this difficult campaign. It was an expedition from which many might have shrunk, for it involved a long march to the far north against a hostile tribe whose fighting powers, both before and since, China has had good reason to fear; for it gave one dynasty to that country and made several more totter on their thrones. But it suited well the adventurous spirit of Im Kyeng Ep; he foresaw, however, that the Ka Tal might not be his worst enemies, and that the Chinese subordinate officers and men might refuse to be led by a man who was a foreigner, and, as they considered, a barbarian. He frankly told the Emperor that he must be invested with absolute control. The Emperor, whose thoughts were more occupied with his harem than with the outside world, unhesitatingly gave him a sword which carried with it the privilege of capital punishment at the discretion of the wearer. In order to impress the soldiers with his power, Im drew this sword in their presence, warning them that he would tolerate no disobedience to his orders. After thanking the Emperor for his favours, a formality which is always observed upon appointment to office, the expedition started for the Manchu capital, which the historians say was 3,700 li distant.

임이 이토록 힘든 출정을 맡는 것에 대해서 아무도 반대하지 않았다. 이것은 많은 이들이 회피해왔던 원정이었다. 왜냐하면 적대적인 부족과 싸우기 위해 먼 북쪽으로 오랫동안 행군을 해야 했고, 그 부족은 예나 지금이나 중국을 두렵게 만들기에 충분한 전투력을 지니고 있었고, 한 왕조는 그곳으로 원정을 간 이 후 무너졌고, 다른 몇몇 왕조들은 왕위가 위태로워진 전례가 있기 때문이다. 그러나 이 일은 대담한 정신의 소유자인 임경업에게는 아주 잘 맞았다. 임은 가달족이 자신의 최대 적이 아니라는 것을 예상했고, 또한 중국 출신의 부하 장교들과 병사들이 외국인이자 그들이 야만인이라고 생각했던 이의 지휘를 받는 것을 거부할 수도 있다는 것을 알았다. 그는 황제에게 자신에게 절대적인 지휘권을 위임해 달라고 솔직하게 말했다. 황제는 바깥세상보다는 후궁들에게 더 관심이 가 있었기 때문에 망설임 없이 임에게 검을 주었다. 이 검을 지닌 사람은 자신의 재량으로 극형을 내릴 수 있는 특권을 가지게 된다. 임은 병사들에게 그의 위력을 알리기 위해 그들 앞에서 칼을 뽑으며 자신의 명령에 복종하지 않는 것을 참지 않겠다고 경고했다. 임은 관직 임용 시 항상 준수되는 의례에 따라 황제의 은혜에 감사한 후, 원정대는 역사가들이 말하길 3,700리 떨어진 만주의 수도를 향해 출발했다.

The Manchu king came out to meet Im, and escorting him into the Palace, treated him with due honour and respect. The Korean Commander-in-chief was, however, anxious to complete his task, and making his stay in the Mancu Capital as short as was consistent with propriety, he started for the battlefield. The Manchus, with that characteristic which has so often distinguished them since that time, allowed their friends to do the work which should have been done by themselves whilst they stood by and encouraged the allies with empty compliments.

만주 왕이 왕궁에서 나와 임을 맞이하고 왕궁으로 호위한 후 그에게 걸맞은 경의와 존경으로 대접했다. 그러나 한국인 총사령관은 자신의 임무를 완수하기를 열망했으므로 만주 수도에는 예의에 어긋나지 않을 정도로만 잠깐 머문 뒤 전쟁터로 출발했다. 만주인들은 자신들이 해야 할 일을 친구들에게 떠넘기고 그들은 가만히 앉아서 공치사로 동맹군을 격려했다. 이때의 만주인의 태도는 이후에도 빈번히 나타나는 만주인의 뚜렷한 특징이 되었다.

Im Kyeng Ep pitched his camp at a place called Syem Kok, right in th face of the enemy. For a day and a night the opponents faced each other, doing nothing save giving the challenge, and receiving the answer, and in this way working themselves up to the fighting-point of passion. The challenge and its answer are so childish and ridiculous that I will not quote them, but merely give their substance. Chyouk Chai, the Ka Tal Commander, abused Im for his presumption in thinking of coming to battle with him--and advised him to return and spare his own life as well as the lives of the Chinese with him. Im Kyeng Ep retorted in boastful language that Chyouk Chai knew not what he was talking about. Messages passed backwards and forwards until the combatants thinking they had reached a sufficient pitch of passion came to blows. There was heavy fighting for some time, but save that two of the Ka Tal officers were killed no advantage had been gained on either side. Chyouk Chai soon saw that if he wished to win it was necessary to either kill or capture Im, whose constant presence in the thickest of the fight inspired the troops with a courage which it was impossible to overcome. An opportunity soon presented itself when the Commander-in-chief and his bodyguard became separated from the main body of the army. Chyouk Chai took advantage of this, and falling on them forced them still farther back. This was a critical time for Im, for he was separated from the main body of his army, and almost surrounded by the Ka Tal. He was however equal to the occasion, and retired in the direction of a pass, where by a wise forethought he had placed a division of the army previous to the battle. On reaching this pass the Chinese suddenly attacked the Ka Tal from their cover, the onslaught being so sudden that the Ka Tal became confused and were compelled to retreat. The Chinese quickly following up their advantage the retreat became a rout. During the pursuit Im had the satisfaction of laying Chyouk Chai's head at his horse's feet with one blow of the Emperor's sword.

임경업은 적과 바로 정면으로 대치하는 심곡(Syem Kok)이라 불리는 장소에 진을 쳤다. 하루 낮과 밤 동안 적들이 서로 마주보면서 하는 일이라곤 오로지 싸움 걸고 이에 응수하고, 그리고 또 이런 식으로 전투 직전의 흥분 상태로 몰아가는 것이었다. 싸움걸기와 그에 대한 응수는 너무 유치하고 우스우므로, 나는 이를 인용하지 않고 단지 그 요점만을 쓰겠다. 가달군의 지휘관인 죽채(Chyouk Chai)는 임이 자기와 전투를 하러 올 생각을 하다니 무례하다고 욕하면서 임에게 돌아가 중국인들의 목숨뿐만 아니라 그의 목숨도 아끼라고 충고했다. 임경업은 과장된 말로 죽채는 자신이 무슨 말을 하는지도 모른다고 되받아쳤다. 전투병들이 충분히 흥분 상태에 올랐다고 생각하며 주먹다짐을 할 때까지 계속 서로 말을 주고받았다. 어떤 때는 격렬한 싸움이 있었지만 가달 장교 2명이 죽은 것을 제외하고는 양측에 아무런 소득이 없었다. 죽채는 이 전쟁에서 이기려면 임을 죽이거나 사로잡아야 함을 알았다. 교전이 매우 치열할 때마다 계속해서 나타나는 임의 존재는 적군이 극복하기 힘든 용기를 임의 군대에 고취시켰다. 기회는 최고 지휘관과 그의 호위대가 주력 부대에서 분리되었을 때 왔다. 죽채는 이 기회를 잡아 그들을 습격하며 훨씬 더 먼 곳으로 몰아 붙었다. 임은 주력 부대와 분리되었고, 또한 가달군에게 거의 포위되었기 때문에 그에게는 위태로운 순간이었다. 그러나 그는 이 순간을 헤쳐 나갈 힘이 있었고, 선견지명으로 전투 전에 미리 한 분대를 배치시켜 두었던 산길 방향으로 퇴각했다. 여기에 도착하는 즉시 매복해 있던 중국군은 갑자기 가달군을 공격했는데, 이 살상이 너무도 갑작스러운 것이어서 가달군은 당황하여 퇴각하지 않을 수 없었다. 중국군이 이 기세를 몰아붙이자 퇴각하는 가달군은 오합지졸이 되었다. 그들을 추적하는 동안, 임은 황제가 준 칼로 죽채의 머리를 일격에 날려 말발굽 아래로 떨어뜨리는 통쾌함을 맛보았다.

The historians say that the killed were innumerable, but this is only an Oriental way of saying “many.” The losses of the Chinese are not recorded. The tendency to exaggerate the losses of the enemy and minimize those of the narrating nation continues to the present day, as is well known to those who have read either the Japanese of Chinese reports of battles during the late war.

역사가들은 죽은 이를 헤아릴 수 없었다라고 말한다. 그러나 이것은 단지 ‘많음’을 말하는 동양식 표현 방식일 뿐이다. 중국 측의 손실은 기록되지 않았다. 적의 손실은 과장하여 서술하고 자국의 손실은 최소화하는 역사가의 경향은 오늘에도 계속되고 있는데, 최근의 전쟁 동안 기록된 일본이나 중국 측의 전투 보고서를 보면 이를 잘 알 수 있다.

To return however to Im Kyeng Ep. After the battle he generously released all the prisoners taken, but exacted a promise that they would never again take up arms against China or any of its vassal states. Returning to the Manchu Court he was lauded for his bravery, and honours were showered upon him. An iron monument was erected to him, and he received many gifts, which however he divided amongst his soldiers. He also received one of the highest honours which it is possible for an Eastern monarch to bestow on a subject, namely the gift of a cup of wine from the king's own hands.

임경업에게로 되돌아가자. 전쟁이 끝난 후 그는 붙잡힌 모든 죄수들을 관대하게 풀어주었지만, 다시는 중국이나 중국의 속국에 대항해 무기를 들지 않겠다는 약속을 받아냈다. 만주궁으로 돌아오자 그의 용맹은 찬사를 받았고 그에게 훈장이 쏟아졌다. 그를 위한 철조 기념비가 건립되었다. 그는 많은 선물을 받았지만 그것을 병사들에게 나누어 주었다. 그는 동양의 군주가 신하에게 수여할 수 있는 최고의 영예, 즉 왕이 직접 따라 주는 술 한 잔을 선물로 받았다.

Im Kyeng Ep then returned to Nanking, where fresh honours awaited him, and after being feasted and praised at the Chinese Imperial Court, he set out for his native country, and reached it safely after a month's journey. He was the bearer of a letter to the king of

Korea, in which his exploits were fully described. His reputation was now established. He had undertaken a difficult task and accomplished it successfully, receiving great honours from both the Manchu king and the Chinese Emperor. It would have been strange indeed if Korea had not imitated the example of China, to whom she looked as the embodiment of all perfection, in honouring the successful general. Im Kyeng Ep was therefore promoted.

그 후 임경업은 남경으로 돌아왔는데 새로운 환대가 그를 기다리고 있었다. 중국 황궁의 연회와 찬사를 받은 후, 그는 고국으로 떠났고 한 달의 여정 끝에 무사히 고국에 도착했다. 그는 한국 왕 앞으로 보내진 편지를 가지고 있었는데, 여기에는 그의 공적이 세세하게 기술되어 있었다. 그의 명성은 이제 확고부동해졌다. 그는 어려운 과제를 떠맡아 성공적으로 수행하여 만주 왕과 중국 황제 모두로부터 큰 영예를 얻었다. 한국이 임무를 완성한 장군을 기리는 일에 모든 완벽함의 구현으로 간주하는 중국의 예를 따르지 않았다면 그것은 참으로 기이한 일이었을 것이다. 그리하여 임경업은 승진하였다.

It was just about this time that Kim Cha Chyem, the Prime Minister, began to plot against the state, but fearing Im he dared not move as long as the latter remained near the Capital. Circumstances favoured his plans, for the Manchus, with that ingratitude which has always characterized them, had come to spy out Korea preparatory to an invasion. The Governor of Wi Ju, not knowing what course to take, reported the facts to Seoul and asked for instructions. The king hastily summoned his council, who were unanimous in the opinion that there was no man better fitted to deal with the emergency than Im Kyeng Ep, especially as the Manchus knew his ability as a soldier. Im was therefore appointed Governor of Wi Ju, and was also placed at the head of the head of the Coast Defences, whilst Km Cha Chyem was made commander-in-chief of the army. Im lost no time in repairing to his frontier post, the Manchus retiring immediately on his arrival. He was not to be deceived, however, into thinking that they had permanently gone, and drilling his troops daily prepared himself for andy emergency. He had not waited many days before a small body of Manchus again made their appearance, and were speedily captured. After rebuking then for their ingratitude he sent them back with a warning that any future attempt would not be dealt with so leniently.

수상인 김자점이 역모를 꾸미기 시작한 것은 바로 이때쯤이었으나, 임을 두려워하여 임이 수도 근처에 머물러 있는 동안은 감히 실행에 옮기지 못했다. 그러나 상황이 그의 계획에 유리하게 바뀌었다. 이는 배은망덕함이 특징인 만주국이 침략에 앞서 한국을 정탐하러 왔기 때문이었다. 의주 부윤은 어떤 방침을 택해야 할 지 몰라, 서울에 이 사실을 보고하고 지시를 내려줄 것을 요청했다. 왕은 서둘러 회의를 소집했는데, 특히 만주국이 임의 군인으로서의 능력을 잘 알고 있기 때문에 그 같은 위기에 대처할 만한 적임자로는 임보다 더

나은 인물이 없다는 의견을 만장일치로 내었다. 그리하여 임경업은 의주 부윤이자 해안 방위 대장에 임명된 반면에, 김자점은 그 군의 총사령관이 되었다. 임은 지체 없이 국경 지역으로 갔고, 만주군은 그의 도착과 동시에 퇴각했다. 그는 만주군이 아주 물러간 것은 아니라고 생각했기 때문에 매일 군사들을 훈련시키면서 어떤 위기에도 대처할 준비를 했다. 며칠 지나지 않아 소규모의 만주군이 다시 모습을 드러냈는데, 그들은 신속히 생포되었다. 임은 그들의 배은망덕함을 책망한 후, 그들을 돌려보내면서 앞으로 다시 한 번 더 이런 일이 있으면 절대로 용서하지 않겠다고 경고했다.

When the Manchu king heard of this threat he was very angry, and immediately sent 7,000 troops to punish Im "for his impertinence." In due time they arrived at the Yalu, and challenged the Governor of Wi Ju to a battle. The challenge was accepted, and the Manchus were soon put to flight. In their haste to get away many of them fell into the water and were drowned. The Manchus raised another and a larger army, and a Council of War was held which came to the decision that the route by land was inadvisable for several reasons, amongst which the fear of Im was not the least. Yong Kol Tai was therefore placed at the head of an army which was sent by sea. He received strict injunctions to strike a decisive blow as quickly as possible, before even the news of his landing could reach Wi Ju.

만주 왕은 이 같은 협박을 전해 듣고서는 매우 화가 나서, 임경업의 '무례함'을 벌하기 위해 즉시 7천여 군사를 보냈다. 오래지 않아 그들은 압록강에 도착하여 의주 부윤에 싸움을 걸었다. 의주 부윤은 그 도전을 곧 받아들였고, 만주군은 바로 패주했다. 그들 중 다수는 허겁지겁 도망하다가 물속에 빠져 익사했다. 만주군은 또 다시 더 많은 군대를 일으켰고 작전 군사회의를 열었는데, 여기서 육로는 몇 가지 이유, 그중 임경업에 대한 큰 두려움 때문에 현명하지 못하다는 결론에 도달했다. 그리하여 용골대가 수로로 가는 군대의 선봉에 서게 되었다. 용골대는 그들의 상륙 소식이 의주에 채 도착하기 전에 최대한 신속히 결정타를 가하라는 한 치 어긋남이 없는 명령을 받았다.

After the first defeat of the Manchu force Im very well knew that it would not be long before a second army was despatched, so he continued his daily drill of the troops. All the walls of the city and the fortifications of the neighbourhood were repaired where necessary, and the arms and ammunition regularly inspected. The Court, however, were living in a fool's paradise, imagining that as the Manchus were defeated there would be no further trouble. The lessons taught by the Japanese invasion seemed to have been lost, for no sooner had the excitement of the Manchu defeat passed away than the king and nobles abandoned themselves to music, dancing, and plotting. This is characteristic of the Korean at the present day. He is unable to draw lessons from past experience, and pursues his childish pleasures, not thinking of danger when it is not at his gates. It is due to this defect in the national character that the lives of Im Kyeng Ep and a few others a stand out so prominently. Had there been men of this stamp in Korea at the present day the history of the late Japanese invasion might have read differently.

만주군의 첫 번째 패배 후 임은 머지않아 두 번째 군대가 올 것이라는 것을 너무도 잘 알고 있었으므로 매일 군사 훈련을 계속했다. 도시의 모든 담과 인근의 요새들은 필요하면 수리했고 무기와 군수품도 정기적으로 점검했다. 그러나 조정의 신하들은 만주군이 패배했으므로 더 이상 문제를 일으키지 않을 것이라고 상상하며 바보들의 천국에 살고 있었다. 일본의 침략으로 배운 교훈은 잊은 듯 했다. 만주군을 물리친 흥분이 가라앉자마자 왕과 귀족들은 노래와 춤 그리고 당파에 빠졌다. 이것이 오늘날 한국인의 특징이다. 한국인은 과거의 경험에서 교훈을 얻지 못하고, 눈에 보이지 않는 위험은 생각하지 않으며 유치한 쾌락을 쫓는다. 임경업과 몇몇 사람들의 삶이 그렇게 현저하게 두드러진 것은 이 같은 국민성의 결함 때문이다. 오늘날 한국에 임경업과 같은 이들이 있었다면, 최근의 일본침략의 역사는 다르게 쓰였을지 모른다.

In the midst of this feasting and merriment at Court the people of the Capital awoke one morning to find the Manchus before the East gate of the city. "They came," say the historians, "like the incoming tide, carrying death and destruction with them." The people were paralyzed with terror, and knew not what to do. In the confusion which ensued, fathers and sons, husbands and wives, elder and younger brothers, old and young, lost sight of each other in their haste to get away. It was a time of terror and confusion, the people fearing for their lives and the royal Family for their ancestral tables, the loss or destruction of which meant the downfall of the dynasty. The king, however, wisely determining that his life was of more value than the tablets, fled with a small retinue to the fortified mountain of Nam Han. Many of the people, with the soldiers who had not already fled, followed them. The Queen and the three Royal Princes fled to Kang Hoa, taking with them the ancestral tablets, which were temporarily buried on that island. A large number of the people having no place of refuge were compelled to remain at the mercy of the barbarians, and if half the stories related of the Manchus by the historians be true, the title of "barbarians" is more complimentary than they deserve.

조정에서 이렇게 한창 먹고 마시고 즐기는 동안, 수도의 백성들은 어느 날 아침 깨어나 보니 만주군이 수도의 동문 앞에 와 있는 것을 알게 된다. "죽음과 파괴를 몰고, 밀물처럼 그들이 왔다"고 역사가는 말했다. 백성들은 공포로 마비되고, 어떻게 해야 할지 몰랐다. 계속되는 혼란으로 아버지와 아들, 남편과 아내, 형과 동생, 노인과 젊은이들은 허겁지겁 달아나느라 서로를 놓쳤다. 그것은 공포와 혼란의 시간으로, 사람들은 목숨을 잃을까 두려워했다. 왕족은 선조의 위패를 잃을까 두려워했는데, 위패를 분실하거나 파괴할 경우 그것은 왕족의 몰락을 의미하기 때문이었다. 그러나 왕은 위패보다는 목숨이 소중하다는 현명한 결정을 내리고, 소수의 수행원들을 동행하고 남한산성으로 달아났다. 많은 백성들이 미처 도망가지 못한 병사들과 함께 그들을 따라갔다. 왕비와 세 왕자는 선조의 위패를 가지고 강화도로 도망가 위패를 잠시 그곳에 묻었다. 은신처를 찾지 못한 대다수의 백성들은 야만인의 수중에 남을 수밖에 없었다. 역사가들이 기록한 만주군 이야기의 절반이 사실이라면, "야만인"이란 호칭은 오히려 칭찬에 가까운 말이다.

Yong Kol Tai sent a division of the army to Kang Hoa after the Princes, whilst he besieged Nam Han. The Kang Hoa division had no difficulty in landing on the island, for Kim Yeng Chin the Governor at that time, drowned his terrors in drink, leaving the island and the Royal family to take care of themselves. The Queen and the three Princes were taken prisoners without difficulty, and sent under guard to Yong Kol Tai, who had encamped on the plains of Song P'a in front of Nam Han. Yong Kol Tai now made the best of his opportunities and sent a message to the king demanding his surrender, and threatening in case of refusal to put the three Princes to death. Kim Cha Chyem, who, it will be remembered, was Commander-in-chief of the army, was not thinking of defence, but of how he could make the most of this opportunity to further his own ends. The king was indeed in a sad plight. He was besieged by the enemy without, and within all his ministers were divided amongst themselves, thoughts of personal aggrandizement taking the place of loyalty to the king. To add to his difficulties the food was becoming exhausted. One of his ministers advised fighting to the last as more noble than surrender, but he was one amongst many, and his suggestion was treated with scorn.

용골대는 한 부대를 강화도로 보내 왕자들을 뒤쫓게 하고 자신은 남한산성을 포위했다. 강화도로 간 부대는 어려움 없이 섬에 상륙했는데, 그것은 당시 강화도 관찰사였던 김영진이 두려움으로 술독에 빠져 살면서 강화도민과 왕족들이 알아서 목숨을 건사하도록 내버려 두었기 때문이다. 만주군은 왕비와 세 명의 왕자를 별다른 어려움 없이 포로로 잡아 남한산성 앞의 송파 평원에서 진을 치고 있는 용골대에게 호송해 보냈다. 용골대는 이 기회를 최대한 이용하여 왕의 항복을 요구하였다. 그는 왕에게 전갈을 보내 만약 그의 요구를 거절할 경우 세 왕자를 죽이겠다고 위협했다. 기억하고 있듯이, 김자겸은 총사령관이었지만 방어에는 관심이 없고 어떡하면 이 기회를 잘 이용해서 자신의 목적을 이룰 수 있을까만 생각하고 있었다. 왕의 처지가 참으로 가련했다. 밖으로는 적에게 포위되어 있고, 안으로는 조정 대신들이 서로 갈라져 왕에게 충성하기보다 사익을 추구할 생각만 하고 있었다. 그 같은 곤경에 더하여 식량도 고갈되어 갔다. 한 조정대신이 항복하는 것보다는 최후까지 싸우는 것이 더 고귀하다고 충고했지만, 많은 대신들 중 그만이 이런 생각을 하였기에 그의 제안은 조롱의 대상이 되었다.

On the 21st day of the 12th moon of 1636 the king signed a letter of submission and sent it to Yong Kol Tai. The latter had a monument erected on the plain of Song P'a, commemorating the king's submission and lauding his own ability in boastful terms, which was standing until a detachment of Japanese soldiers destroyed it in the late war. The king was permitted to return to his palace in the capital, and the Queen was released and sent with him. Not so the Royal Princes, for they were carried off as prisoners to Peking. The king was compelled to sign articles of submission to China, which were dictated by Yong Kol Tai. What these terms were we are not told, but from others both previous and subsequent, we come to the conclusion that it was simply an acknowledgment of the suzerainty of China with an annual tribute mission and the use of the Chinese calendar.

1636년 음력 12월 21일에 왕은 항복 서한에 서명을 하고 이를 용골대에게 보냈다. 용골대는 왕의 항복을 기념하고 자신의 능력을 과장된 말로 기리는 기념물을 송파 평원에 세우게 했다. 이 기념물은 최근 전쟁에서 한 일본 부대가 파괴할 때까지 존속되었다. 왕은 수도에 있는 왕궁으로 되돌아가는 것이 허용되었고, 왕비도 석방되어 그와 함께 왕궁으로 가게 되었다. 그러나 왕자들은 그러지 못했는데, 그들은 포로로 북경에 끌려갔다. 왕은 용골대가 말하는 대로 중국[청나라]에 항복한다는 문서에 서명하지 않을 수 없었다. 이러한 약정이 무엇인가에 대해서는 우리는 듣지 못했지만, 그러나 전후 사정으로 짐작할 때, 그것은 간단히 말해 중국[청]의 종주권을 인정하고 매년 정기적인 조공 사절단을 보내고 중국 책력을 사용하는 것이라는 결론에 도달하게 된다.

Of all these events Im Kyen Ep, at Wi-Ju, was in profound ignorance. In fact, he was daily expecting the return of the manchu army. Yong Kol had killed all the guards of the signal fires as he marched, and placing some of his own men in charge flashed signals of peace to all the provincial capitals. Such a state of ignorance could not, however, continue when refugees from the capital began to spread the news in the provinces. And when Yong Kol Tai had received the king's submission he rather encouraged the spread of the news, so that in his march back to China the people might fear his power and consequently render his army all the aid possible. We are told that when the news reached Im Kyeng Ep he wept. But he was determined that the Manchus should not return to their country without a blow.

이 모든 사건들에 대해 의주에 있는 임경업은 전혀 모르고 있었다. 사실 그는 만주군이 되돌아가기를 매일 바라고 있었다. 용골대는 전진할 때, 봉화 수비대 모두를 죽여 없애고 수비대에 자기편의 사람을 배치하여 모든 지방 도시에 평화의 신호를 보내도록 했다. 그러나 그와 같은 무지의 상태는 오래가지 못했는데, 그것은 수도에서 온 피난민들이 지방에 그 소식을 퍼뜨리기 시작했기 때문이다.

용골대는 왕의 항복을 받았을 때 오히려 그 소식이 퍼지도록 조장했는데, 중국으로 되돌아갈 때 백성들이 그의 힘을 두려워하여 만주군에 가능한 모든 도움을 제공하도록 하기 위함이었다. 그 소식을 접했을 때, 임경업은 눈물을 흘렸다고 한다. 그러나 그는 만주군이 중국으로 쉽게 돌아가도록 내버려 두지 않겠다고 결심했다.

Having received the king's submission, Yong Kol Tai started for China with the Crown Prince and his two brothers as hostages. There was sorrow in the Royal Family, not so much on account of affection, as because the king was now growing old, and in case harm befell the Princes he could no more hope to have a son to offer up sacrifices to his shade. It must not be understood that Koreans are entirely devoid of love between parent and child. I have met with many instances in which the affection displayed was most touching, but amongst the educated classes as mentioned before this emotion is warped by a false system of education.

왕의 항복을 받아낸 후, 용골대는 태자와 그의 두 동생을 볼모로 삼아 중국으로 출발했다. 왕실은 슬퍼했는데, 정이 있어서라기보다 그보다는 왕이 연로하여 혹시라도 왕자들에게 안 좋은 일이 생기면 그가 죽은 후 제사를 지낼 아들을 더 이상 낳을 수 없기 때문이었다. 한국인들은 부모 자식 간에 사랑이 전혀 없다는 것으로 이해해서는 안 된다. 나는 매우 감동적으로 사랑이 표출되는 경우를 많이 보았지만, 지식층에서는 앞에서 언급했듯이 이러한 감정은 그릇된 교육

제도에 의해 왜곡되어 있다. .

The king was unwilling to trust the Princes to the care of the Chinese alone, and Yi Yeng, a tutor to the Crown Prince, was sent with them and made answerable for their safety with his life. The army, in its march to China, traversed the well-known Peking Road by way of Mo Hoa Koan and Hong Chyei Ouen, passing the prefectural cities of Ko Yang and P'a-Chyou; and crossing the Im Chin River, they soon arrived at Kai Syeng(the modern Song To), where they halted for a day. Resuming their march, they went by way of Pong San to P'yeng Yang, where another halt was made, after which they started in the direction of Wi Ju. Im had placed pickets at intervals along the roads leading into Wi Ju, who were instructed to inform him as soon as Manchus were in sight. It was not long before news of their approach was brought. Hastily assembling his army he marched out to meet them. As they neared Wi Ju, they sounded the drums of victory in a manner most irritating to Im, who was already annoyed at having been outwitted. The Manchus, however, never dreamt that Im would dare to oppose them, for Yong Kol Tai had taken good care to acquaint Im with the fact of the king's submission, and of the presence of the Royal Princes with the army.

왕은 왕자들을 중국의 보호에만 맡기는 것을 꺼려하여 태자의 개인교사인 이영을 함께 보내 목숨을 걸고 그들의 안전을 책임지게 했다. 중국군은 본국으로 가는 행군 때 모화관과 홍제원을 경유하고, 고양과 파주현을 지나, 잘 알려진 '북경로'을 가로질렀다. 임진강을 건너 곧 개성(오늘날의 송도)에 도착했는데, 여기서 그들은 하루를 멈추었다. 다시 행군을 시작하여 봉산을 경유하여 평양으로 갔는데, 여기서 다시 한 번 멈춘 후 의주 쪽으로 출발했다. 임은 의주로 이어지는 길 중간 중간에 초병을 배치해 두고, 만주군이 보이는 즉시 그에게 알리라고 지시했다. 오래지 않아 그들이 오고 있다는 소식이 들어왔다. 그는 서둘러 군대를 소집하고 그들을 만나기 위해 행군했다. 중국군은 의주 근처로 오면서 승리의 나팔을 부르며 이미 선수를 빼앗겨 화가 난 임의 약을 최대한 올렸다. 그러나 용골대가 미리 왕이 항복한 사실과 왕자들이 군대와 함께 있다는 사실을 임이 알 수 있도록 세심하게 손을 썼었기 때문에, 만주군은 임이 감히 그들에게 대적하리라고는 생각지도 못했다.

They were taken by surprise when Im fell upon their army, killing right and left. The attack was so sudden that result can well be imagined. The Manchus were dispersed and fled. Im thinking that he had inflicted sufficient punishment upon them retired to Wi Ju. As soon as Yong Kol Tai could collect his scattered army, he did so, and pitched his camp about 10 li from Wi Ju. A council of war was held, and it was decided to send the king's letter of submission to Im, and demand why he opposed the will of his sovereign. This had not the desired effect, for he accused them of having forged the letter. The Crown Prince was now sent that Im might be convinced of the king's submission. By this time his anger had cooled down somewhat, and he thought of the danger to which the Princes were exposed, so sheathing his sword, he sent word to Yong Kol Tai that he would oppose his no longer. The Manchus, without a moment's delay, crossed the Yalu, and marched towards Peking, doubtless very glad to get beyond the reach of this fiery Korean. Before parting with the Princes, he promised that he would bring them back safely to Korea, a promise which he afterwards fulfilled. When the Manchu king heard of the opposition offered by Im, he was very angry, and threatened Yong Kol with dire punishment for not exterminating this army of Koreans.

임이 만주군을 습격하여 닥치는 대로 죽이자, 그들은 깜짝 놀랐다. 공격이 너무도 갑작스러워서 그 결과는 쉽게 상상된다. 만주군은 뿔뿔이 흩어져 도망쳤다. 임은 그들을 충분히 응징했다고 생각하고 의주로 물러갔다. 용골대는 흩어진 군대를 모을 수 있게 되자 즉시 그렇게 했고, 의주에서 약 10리 떨어진 곳에 진을 쳤다. 작전회의가 열렸고, 임에게 왕의 항복 문서를 보내어 어째서 군주의 뜻에 따르지 않는지 따지기로 결정했다. 그러나 원하던 결과를 얻지 못했는데, 임은 그들이 문서를 위조했다고 비난했던 것이다. 그래서 태자를 보내 임에게 왕의 항복을 확인하게 했다. 이때쯤 그는 화가 이미 어느 정도 가라앉았고 왕자들이 당하게 될 위험을 생각했다. 그는 칼을 거두고는 용골대에게 더 이상 대항하지 않겠다는 서신을 보냈다. 만주군은 잠시도 지체하지 않고 압록강을 건너 북경을 향해 행군했는데, 의심할 여지없이 이 불같은 한국인에게서 벗어나게 된 것을 매우 기뻐했다. 임은 왕자들과 헤어지기 전에 그들을 무사히 한국으로 다시 데려오겠다고 약속했는데, 그는 나중에 이 약속을 지켰다. 만주 왕은 임의 대항 사실을 듣고는 매우 화가 나서, 이런 한국군을 전멸시키지 못한 용골대에게 극형을 내리겠다고 위협했다.

His anger soon cooled, however, for he could not afford at that time to lose his general, nor did he care to undertake another expedition into Korea. He had more important projects on hand. There yet remained Nanking to be conquered before the whole of China was brought under his sway, and he could in truth be called Emperor. Knowing Im's attachment to the Southern Court, and his hatred of the Northern one, he thought of plan by which he could humble and punish this haughty general, and be himself the gainer. He sent an envoy to Korea, which he now reckoned as a vassal state, requesting that Im be sent with 3,000 Korean troops to aid him in his operations against Nanking. The king was in a predicament. To refuse was to incur the displeasure of his suzerain, and expose the country to another invasion: whilst on the other hand he knew Im's value, and did not wish to have him leave the country. He called a Council of his Ministers, who decided that as Korea had given in its allegiance to Peking, the request must be complied with. In this Council Kim Cha Chyem, the Prime Minister, was especially active in advocating the above course, for he wished to get rid of Im in order to have a freer hand amongst the soldiers, who were most loyal to the Governor of Wi Ju. Im therefore set out for Peking, after receiving a charge from the king to send back the Princes if possible.

그러나 곧 그의 화는 누그러졌다. 당시 상황으로는 자신의 장군을 잃을 수가 없었고, 또한 한국으로 다시 원정대를 보내고 싶지 않았기 때문이다. 마침 그에게는 더 중요한 계획이 있었다. 남경을 정복해야만 중국 전체가 그의 지배하에 들어오고, 그래야만 사실상의 중국의 황제로 불릴 수 있었다. 임의 남쪽 황실에 대한 애착과 북쪽 황실에 대한 증오를 알고 있는 그는 이 콧대 높은 장군을 꺾고 벌주면서 자신은 승리자가 되는 계획을 생각했다. 그는 이제 속국으로 여기는 한국에 사신을 보내, 한국군 3천명과 임을 보내 남경을 치기 위한 그의 작전을 도우라고 요구했다. 왕은 곤경에 처했다. 거절을 하면 종주국의 분노를 사서 또 다른 침략을 당할 수 있었다. 다른 한편 그는 임의 가치를 알기 때문에 그를 나라 밖으로 내보내고 싶지 않았다. 그는 조정 대신들을 소집했는데, 그들은 한국은 북경에 충성을 맹세했기 때문에 그 요구를 들어주어야 한다고 결정했다. 이 회의에서 수상인 김자점이 특히 적극적으로 이 방침을 주장했는데, 임을 제거하고 의주 부윤의 매우 충성스러운 군사들을 자기 마음대로 다룰 수 있기를 원했기 때문이었다. 그리하여 임은 가능하면 왕자들을 한국으로 되돌려 보내라는 왕의 임무를 받은 후 북경으로 출발했다.

He arrived safely, and was immediately sent to attack Pi To near Nanking. The Manchu king, however, did not trust this expedition entirely to Im, but sent with it a body of Manchu soldiers as well. Now the defence of Pi To was entrusted to Hoang Cha Myeng, the sworn friend of Im; but the Manchu ruler never dreamt of treachery, for he knew that Im was absolutely in his power. He had, however, reckoned without his host, for as soon as Im approached Nanking, he sent a letter secretly to Hoang, telling him the circumstances of the case, and asking him to make a pretence of submission, after which they could discuss future action. Im then led his army up to that of the Chinese, and, falling into all sorts of traps which were laid for him, the loss to his own army was great. He, however, took good care that these losses should be amongst the Manchu soldiers, and killed quite a number of them with his own sword, pretending afterwards that he was not able to distinguish them from the Chinese in the thick of the fight. The corruptions of the Ming Court had however extended to the army, and there would indeed have been little opposition, had not Im led his men into the traps laid for them in the blindest way. It was not long before the Chinese army offered their submission, and Hoang Cha Myeng signed articles to this effect, and sent them to Pekin. Im, after several days of feasting with his old friend Hoang, led his own soldiers back to Korea.

그는 무사히 도착해서 즉시 남경 근처의 피도를 공격하는 데 보내졌다. 그러나 만주 왕은 이 원정을 전적으로 임경업에게 위임하지 않고, 대신 일단의 만주 병사를 함께 보냈다. 당시 피도의 수비는 임의 친구임을 자처하는 황자명이 맡고 있었다. 만주의 지배자는 임이 자신의 절대적인 힘 안에 있다고 생각했기 때문에 임이 모반할 것이라곤 꿈에도 생각하지 않았다. 그러나 그것은 그의 생각일 뿐이었는데, 임은 남경에 접근하자마자 황자명에게 비밀리에 편지를 보내 사건의 상황을 알리고 항복하는 척하여 앞으로의 행동을 함께 논하자고 했다. 그런 후 임은 자신이 이끄는 군대를 중국군[황자명 군대] 쪽으로 유도하여, 미리 설치된 모든 함정에 빠짐으로써 군대에 큰 손실을 보게 했다. 그러나 그는 각별히 조심하여 이러한 손실이 만주군의 병사들에게 일어나도록 했고, 상당한 수의 만주군을 그의 칼로 죽였는데, 나중에 싸움이 너무도 치열하여 만주군과 중국군을 구별할 수 없었다는 핑계를 댔다. 하지만 명나라 조정의 부패는 군대에까지 파급되었다. 만약 임이 가장 맹목적인 방식으로 자기 부하들을 함정에 빠지도록 이끌지 않았다면, 사실상 중국군의 대항은 거의 없었을 것이다. 얼마 후 중국군은 항복을 제안했고, 황자명은 이러한 취지의 문서들에 서명하고 그것들을 북경으로 보냈다. 임은 오랜 친구인 황과 여러 날 연회를 한 후에 자신의 병사들을 이끌고 한국으로 돌아왔다.

When the Manchu king received the articles of submission signed by Hoang(which it will be remembered were only a pretence in order that Im might get out of his trouble with honour), the Manchu Lieutenant told the king that most of the soldiers who fell in battle were Manchus, and accused Im of treachery. He related how Hoang Cha Myeng, who had the reputation of being an able general, had submitted with scarcely a blow and practically no loss, and, further, that Im had immediately returned to Korea with his men without first reporting to the Manchu king. After inquiry, the Manchu sovereign despatched an envoy at once to Korea, demanding that Im be sent to Peking to answer the charge brought against him. Had the king wished to disobey the order, there is no doubt he would have been able to oppose the Manchus successfully, for the soldiers were to a man loyal to Im, and would undergo any amount of hardship for his sake. But he adopted a course which could only inspire contempt. He decided to send Im back to Peking as a prisoner.

만주 왕은 황이 서명한 항복 문서를 받았다(이 항복 문서는 임이 난처한 상황에서 명예롭게 빠져나오기 위해 항복하는 척한 문서일 뿐이라는 것을 기억해야 한다). 만주군 부관은 왕에게 전투에서 죽은 대부분의 병사들이 만주군이었다고 말하면서 임의 반역을 비난했다. 그는 황자명은 능력 있는 장군으로 명성이 높은데 어떻게 거의 반격도 하지 않고 사실상 손실도 입지 않고 항복할 수 있었는지, 또한 이보다 더 큰 문제로 임이 만주 왕에게 사전 보고도 하지 않고 부하들을 데리고 한국으로 바로 돌아갔는지 자세히 말했다. 조사를 한 다음 만주 왕은 한국으로 사신을 급파하여 임을 북경으로 보내 그에게 씌워진 혐의에 대해 답변할 것을 요구했다. 왕이 이 명령에 불복종하기를 원했다면, 그는 틀림없이 만주에 대항하여 성공할 수 있었을 것이다. 병사들은 임경업에게 충성했고, 그를 위해서라면 어떠한 역경도 감수했을 것이기 때문이다. 그러나 왕은 오직 경멸을 불러일으키는 길을 택했다. 그는 임을 죄인으로서 북경에 돌려보내기로 결정했다.

Im, however, was not going to run the risk of death without an attempt at escape, before leaving for Peking, he managed to secrete a knife in his purse, and one night just before reaching the Yalu River, which separates China from Korea, he cut the cords with which he was bound, and succeeded in escaping. Travelling along the least frequented roads by night, and secreting himself by day, he reached Song Ni San in his native Province. Here he took refuge in a small Buddhist temple. It was a retired spot unfrequented by visitors, and inhabited by only 3 or 4 monks. The abbot, named Tok Pou, thought it strange that so noble looking a man should wish to become a monk, but said nothing, and, shaving his head, admitted him as a disciple. For the sake of safety and solitude it was Im's practice to retire into the forest by day, only appearing in the evening in time for his food, after which he immediately lay down to rest. Such a course naturally evoked curiosity in Tok Pou's mind, who one day asked him the cause of it. The only answer he could elicit was: "Wait, and one day you will know all about it."

그러나 임은 탈출 시도도 하지 않고 앉아서 죽음을 당할 수는 없었다. 그는 북경으로 떠나기 전 주머니에 칼을 숨겼고, 중국과 한국을 분리하는 압록강에 도착하기 바로 전날 밤에 그를 결박해 놓은 밧

줄을 끊고 탈출에 성공했다. 밤에는 사람들이 거의 안 다니는 길을 따라 이동하고 낮에는 몸을 숨기면서 고향 지방의 속리산에 도착했다. 그는 이곳의 작은 불교 사원에 은신했다. 이 사원은 방문객이 뜸하고 3-4명의 수도승만이 거주하는 외떨어진 곳이었다. 덕보라 불리는 수도원장은 매우 고귀해 보이는 사람이 수도승이 되겠다고 하는 것을 이상하게 여겼지만, 아무 말 없이 그의 머리를 삭발하고 제자로 받아들였다. 임은 안전하게 혼자 있기 위해 낮에는 숲속으로 들어갔다 저녁식사 때에 맞추어 나타났다가 식사 후 바로 자며 일과를 보냈다. 그런 행동은 당연히 덕보의 호기심을 불러일으켰고, 그는 어느 날 임에게 그 이유를 물었다. 그가 끌어낸 유일한 대답은 "기다려 주십시오. 언젠가는 모든 것을 알 수 있을 것입니다"이었다.

We must now however return to the envoy who was charged with the duty of taking Im back to China. He searched everywhere, but finding no trace of him was compelled to return to Peking, and report the facts of the case to his Royal master. The latter, it is needless to say, was furious at being again thwarted, but had little time to indulge in vain regrets, for by this time he had found out that Hoang Cha Myeng, far from submitting, was growing more powerful every day, and unless his army was soon conquered, the Manchu dream of Empire would soon pass away. He was therefore kept busily employed in organizing an expedition against Nankin.

여기서 우리는 임을 중국으로 다시 데려가는 임무를 맡은 사신으로 돌아간다. 그는 임을 사방으로 수색했지만, 그의 흔적을 찾을 수 없어 어쩔 수 없이 북경으로 되돌아가 그 사건의 실상을 국왕에게 보고해야 했다. 말할 필요도 없이 만주 왕은 일이 다시 어긋난 것에 분노했으나 헛된 후회에 빠져있을 시간이 없었다. 이때쯤에 이르러, 그는 황자명이 항복을 하기는커녕 하루하루 더 강대해지고 있고, 만약 그 군대를 곧 정복하지 않으면 제국을 이루고자 하는 만주인의 꿈은 곧 사라질 것이라는 것을 알고 있었다. 그리하여 그는 계속 남경을 공격할 원정대를 꾸리는 일로 바빴다.

In the meanwhile Im came up to Sam Kai, and Yong San near Seoul, dressed as a monk, and having made friends with a broker, confided to him that a merchant from Yen An had promised 500 bags of rice for the use of his temple, but that he knew not how to get it to Song Ni San. If the broker would furnish him with a boat and 30 men, he would be glad to give him 250 bags as payment. This was too good a bargain for the broker to refuse, and so soon as it was concluded Im returned to Song Ni San to bring Tok Pou with him-an unwise step, which he afterwards had cause to regret.

한편 임은 수도승 복장을 하고 서울 근처의 삼개와 용산에 이르렀다. 친구였던 중개인에게 연안의 한 상인이 그의 절에 쌀 500석을 주겠다고 약속했는데 그것을 속리산으로 어떻게 가지고 가야 할 지 모르겠다고 털어 놓았다. 만약 중개인 친구가 배 한 척과 30명을 그에게 제공해 준다면 그 대가로 쌀 250석을 기꺼이 주겠다고 했다. 중개인이 거절하기엔 너무 좋은 조건이었다. 이렇게 하기로 결론짓고 임은 덕보를 데려가기 위해 바로 속리산으로 되돌아갔다. 덕보를 데리고 가는 것은 훗날 임이 후회하게 될 현명하지 못한 결정이었다.

They left Yong San ostensibly bound for Yen An, but really for China. Im himself guided the boat past Yen An, whereupon the boatmen demanded an explanation. Throwing aside his overcoat, the boatmen were dumbfounded to see standing before them a man in full armour instead of a monk. Drawing his sword, he made known his identity, telling them that he wanted to go first to Nanking and afterwards to Peking to bring the Princes back to Korea. He also threatened them not only with his vengeance, but with that of the king of Korea in case of their refusal. The boatmen had very little desire of going to China, but Im's threats prevailed. They put out to sea, and in due time reached Nanking. The governor of the maritime province, near Naking, had them thrown into prison as pirates, but Im managed to get a letter delivered to Hoang Cha Myeng, who immediately released them. He soon found that a great change had come over China. The Manchus had absorbed the country little by little until now only a small district remained besides the capital, and a Manchu army was being raised to take this as well. Hoang had no time to amuse himself with Im, so leaving the latter near the Capital, he started to check the advance of the Manchus upon Nanking.

그들은 표면상으로는 용산을 떠나 연안을 향했지만, 사실은 중국으로 갔다. 임이 직접 배가 연안을 지나가도록 이끌자, 선원들은 이에 대해 설명할 것을 요구했다. 임의 외투를 벗긴 선원들은 그들 앞에 수사가 아니라 갑옷으로 무장한 사람이 서 있는 것을 보고 대경실색했다. 임은 칼을 빼어들고 선원들에게 자신의 정체를 밝히면서 먼저 남경으로 갔다가 후에 왕자들을 한국으로 다시 데려오기 위해 북경으로 가기를 원한다고 말했다. 그는 또한 만약 그들이 거절할 경우 그도 복수를 하겠지만, 또한 한국왕도 복수할 것이라고 협박했다. 선원들은 중국으로 가고 싶은 마음이 전혀 없었지만, 임의 위협이 효과가 있었다. 그들은 바다로 나가 예정대로 남경에 도착했다. 남경 부근 연해 지방의 수장은 그들을 해적으로 간주하여 감옥에 가두었지만, 임은 간신히 황자명에게 편지를 전달했고 황은 즉시 그들을 풀어주었다. 그는 큰 변화가 중국을 엄습할 것을 곧 알았다. 만주국이 그 나라를 조금씩 조금씩 삼켜, 이제 수도를 제외하고는 단지 작은 구(district)만이 남았을 뿐이었다. 만주국은 군을 소집하여 이곳 또한 점령하고자 했다. 황은 임과 기쁨을 나눌 시간이 없어 그를 수도 근처에 남겨두고 만주군의 남경 진군을 저지하기 위해 떠났다.

In the meanwhile Tok Pou, the Buddhist monk whom Im had brought with him, was planning treason with the Manchus. He told them all about Im and his plans, and promised to deliver him into their hands for 1,000 ounces of gold. the Manchu king offered 2,000 ounces of gold if Im was delivered to him. Tok Pou forged a letter purporting to be from Hoang Cha Myeng, begging Im to come to his assistance immediately, as he was wounded. This letter was sent by a messenger to Im, who having suspicions that all might not be right imprisoned the messenger. From fear of torture the messenger confessed that Tok Pou had sent him. Im, therefore, had Tok Pou arrested, who on being beaten confessed that he had written the letter. Instead of putting this treacherous monk to death as he fully deserved Im generously released him.

한편 임이 함께 데리고 갔던 불교 수도사 덕보는 만주군과 더불어 반역을 꾀하고 있었다. 그는 만주군에게 임과 그의 계획에 대해 모두 말하고, 1천 온스의 금을 주면 임을 그들 손에 넘기겠다고 약속했다. 만주 왕은 임을 그에게 넘기면 2천 온스의 금을 주겠다고 했다. 덕보는 황자명이 쓴 것처럼 하며, 황자명이 부상을 당했으니 임에게 즉시 와서 도와달라고 부탁한다는 거짓 편지를 적었다. 그는 심부름꾼을 보내 임에게 이 편지를 보냈는데, 임은 모든 것이 거짓일지 모른다고 의심을 하며 그를 감금했다. 심부름꾼은 고문이 두려워 덕보가 자기를 보냈다고 실토했다. 그리하여 임은 병사를 보내 덕보를 체포했는데, 덕보는 매를 맞자 자기가 편지를 썼다고 실토했다. 덕보는 죽어 마땅하지만, 임은 배신자인 이 수도사를 사형에 처하지 않고 관대하게 풀어주었다.

Tok Pou repeated the same ruse a second time. When Im received the second letter, he feared that Hoang might really be in danger, and taking a few men with him started for the Chinese camp. That night about the 3rd watch he was suddenly awakened by a number of Manchu soldiers who had come, according to an arrangement with Tok Pou, to take him. Seizing his sword, he cut right and left before he was finally overcome. He was however captured, and sent as a prisoner to Pekin. The joy of the Manchu king knew no bounds when Im was brought before him, but was soon turned to anger under the taunts of the Korean General. The king demanded service from Im, who scornfully refused it, adding that he would aid the Chinese against him. For that purpose he came to China, and for that purpose he would ever exert himself. Im was ordered out to execution, but the king could not help admiring the indifference and fortitude with which Im regarded this order, and, staying the executioner's hand, had the Korean cast into prison.

덕보는 같은 간계를 두 번 되풀이했다. 임은 두 번째 편지를 받고 황이 진짜로 위험에 빠진 것은 아닐까 염려하여 부하 몇 사람을 데리고 중국군 진영으로 출발했다. 그날 밤 삼경 쯤 그는 덕보의 각본에 따라 그를 잡기 위해 온 많은 만주 병사들 때문에 깨어났다. 그는 검을 잡고 오른쪽 왼쪽 휘두르며 베었지만 역부족이었다. 그는 체포되어 죄인으로 북경에 보내졌다. 만주 왕의 기쁨은 임을 그 앞에 데려오자 끝이 없었으나, 그 기쁨은 한국 장군의 조롱을 받자 곧 분노로 바뀌었다. 왕은 임의 충성을 요구했으나 그는 이를 비웃으며 거절하고는 만주 왕에 대항하여 중국을 돕겠다고 덧붙였다. 그 목적 때문에 중국에 왔으며 그 목적을 위해 항상 분투할 것이라 그는 말했다.

만주 왕은 임을 사형에 처하라는 명령을 내렸지만, 이러한 명령을 대하는 임의 무관심과 강건함을 존경하지 않을 수 없어 사형집행인의 손을 멈추게 하고는 그 한국인을 투옥시켰다.

Although the Manchu king had absorbed most of the Chinese Empire, yet it was far from pacified, and isolated bands of rebels were springing up everywhere. There yet remained a great deal to be done in order to make his throne secure. He therefore wanted able men, and especially did he want Im. The king changed his tactics, and Im was feasted and treated as a prince generally. This was an opportunity which he could not allow to pass, and therefore was constantly entreating the king to allow the Korean Princes to return home. The king, wishing to conciliate him as much as possible, consented. Their joy at returning was, however, tempered with sadness that Im was not permitted to join them. Before leaving Peking the Princes were each told to make a request, and if it was within the power of the king to grant it he would. The Crown Prince begged for some of the gold and silver ornaments and vessels of which he had seen so many at Court. The other Princes united in begging that the Korean prisoners taken during the invasion of a few years before be released and allowed to return home. Great was the joy at the Korean Court at their return. The king however was vexed at the Crown Prince for his covetousness in asking for gold and silver, and, deposing him, elevated his younger brother to that position.

만주 왕이 중국 제국의 대부분을 병합했지만 중국은 여전히 시끄러웠고, 개별적인 반란군 무리들이 곳곳에서 일어났다. 왕위를 견고하게 하기 위해서는 아직 해야 할 일이 많았다. 그래서 그는 유능한 사람을 원했고 특히나 임을 원했다. 왕은 전략을 바꾸어 임에게 연회를 베풀어 주고 그를 여러 면으로 왕자처럼 대했다. 임은 이 기회를 놓칠 수 없었기에 계속해서 왕에게 한국 왕자들을 고국으로 돌아가게 허락해 달라고 탄원했다. 왕은 최대한 그를 회유하고 싶어 이를 허락했다. 그러나 그들이 귀국하는 기쁨은 임과 함께 가지 못하는 슬픔으로 경감되었다. 북경을 떠나기 전 왕자들은 각자 원하는 것을 말하게 되었는데, 왕은 그것이 자신의 권한 내의 일이라면 들어주겠다고 했다. 태자는 왕실에서 아주 많이 보았던 금과 은으로 만든 장신구 및 그릇 중 몇 가지를 부탁했다. 다른 왕자들은 몇 년 전 침략 때 체포된 한국인 포로들을 석방하여 함께 고국으로 돌아갈 수 있게 해 달라고 일제히 부탁했다. 이들의 요구는 승낙되어 왕자들은 고국을 향해 출발했다. 그들이 귀국하게 되자 한국 왕실의 기쁨은 대단했다. 그러나 왕은 금과 보화를 청한 태자의 탐욕에 진노하여 그를 폐위하고는 그의 동생을 그 자리에 올렸다.

In the meanwhile Im had begged that Tok Pou the monk, who had so treacherously betrayed him, should be put to death. This request the Manchu king also complied with. Nothing however could shake Im's loyalty to Korea, and he steadily refused to enter the king's service. Now the Manchu king had a daughter who was of a marriageable age, and her father could think of no more suitable husband than Im. But the latter bluntly refused, saying that he had one wife living in Korea, and that Oriental proprieties forbade two wives. This could not be gainsaid, and after great reluctance, the Manchu king, seeing that it was useless to tamper with Im's loyalty, permitted him to return home.

> 한편 임경업은 그렇게 신의 없이 그를 배신한 수도사 덕보를 사형시켜 달라 간청했다. 만주 왕은 이 요구 또한 들어주었다. 그러나 어떤 것도 한국에 대한 임의 충절을 흔들 수 없었고, 그는 한결 같이 만주 왕의 신하로 들어가기를 거절했다. 때마침 만주 왕에게는 결혼 적령기의 딸이 있었는데, 그녀의 아버지는 임보다 더 적당한 남편을 생각할 수 없었다. 그러나 임은 한국에 아내가 살고 있으며 동양의 예의범절은 두 명의 아내를 얻는 것을 금한다고 퉁명스럽게 말하며 거절했다. 이를 반박하기 힘들었고, 여러 번 망설인 후 만주 왕은 임의 충성심을 꺾을 수 없음을 자각하고 그가 고국으로 돌아가는 것을 허락했다.

Kim Cha Chyem knew well that if Im returned his own plots would be unsuccessful, so he tried by every means in his power to get the king to condemn Im for treason in aiding China against the suzerain power. His efforts were however unsuccessful; he was only censured for his pains. He was completely over-shadowed by Im, and determined to take a decisive step. As Prime Minster and as Commander-in-chief of the army he possessed a great deal of influence, and therefore he sent some of his myrmidons to seize Im as soon as he crossed the Yalu. This was done, and he was secretly hurried off to Seoul and cast into the Royal Prison in utter ignorance of the cause of his arrest. The king however knowing the date of Im's departure from Pekin, was daily expecting news of him, and sent one of the Councillors out to welcome him in the king's name. This man fearing Kim Cha Chyem, did not take the message but simply reported that he could obtain no news of the returning general.

김자점은 임이 돌아오면 자신의 음모가 성공하지 못할 것임을 잘 알고 있었다. 그는 자신의 힘이 미치는 범위 내의 모든 수단을 동원하여 임이 종주국에 반대하여 중국을 도운 반역죄로 임을 기소하도록 왕에게 간했다. 그러나 그의 노력은 성공하지 못했으며 애쓴 보람도 없이 책망만 받았다. 그는 임경업에 완전히 가려지게 되자 결정적인 조치를 취하기로 결심했다. 그는 수상으로서 그리고 군총사령관으로 영향력을 가지고 있었다. 그래서 그는 심복 몇을 보내 임이 압록강을 건너는 즉시 그를 붙잡게 했다. 이 명은 이루어졌고 임은 비밀리에 서둘러 서울로 보내져 왕궁의 감옥 속으로 내던져졌는데, 그는 자신이 체포된 이유에 대해서 전혀 몰랐다. 그러나 왕은 임의 북경 출발 날짜를 알고 매일 그의 소식을 기다렸고, 보좌관(Councillor)을 보내 왕의 이름으로 그를 환영하게 했다. 그러나 이 사람은 김자점을 두려워하여 그 소식을 전하지 않고, 단지 귀국하는 임 장군에 대한 소식을 전혀 들을 수 없었다고 보고하였다.

Now Im, after he was thrown into prison, was refused everything, even water to drink but the following morning the keeper of the prison having pity on him, told him all about Kim Cha Chyem's plots against him and against the throne. Im succeeded in escaping from his confinement and proceeded to the Palace, where the king at that moment was receiving his Ministers. He asked the king to tell him the cause of his arrest and imprisonment. The king was thunderstruck when he heard of the arrest, and demanded of his Prime Minister the cause. Kim Cha Chyem scarcely knowing what to say or do, faltered out that he had given orders to have Im arrested and had meant to inform the king that morning. Acting thus on his own authority the Prime Minister had greatly overstepped his limits and been guilty of a great offence. For this he was ordered to confinement in the Royal Prison and Im was released. But the Prime Minister's influence was not at an end yet, and Im had scarcely left the palace before he was again seized by some of Kim Cha Chyem's fellow conspirators and hurried back to prison, being nearly beaten to death. Both Yi Si Paik and Quen Tou P'yo, the Ministers of the Left and Right, knew of this, but fearing the power of Kim they refrained from telling the king. The Crown Prince(who was grateful for his release as a hostage) would have gone to his benefactor, but the king requested him to wait until the following day as Im was tired after his long journey, and it was right that he should be allowed a day of entire rest. Unfortunately Kim Cha Chyem had ordered Im to be beaten at intervals during the day, and the same night, about the third watch, Im died from the wounds received. This was the 26th day of the 9th moon of 1646.

감옥에 내던져진 후 임은 모든 것, 심지어 마실 물조차, 거절당했으나 그 다음 날 아침 간수가 그를 가엾게 여겨 그에게 그와 왕을 적대하는 김자점의 모든 음모를 말해주었다. 임은 감옥에서 탈출하는데 성공하여 왕궁으로 들어갔는데, 마침 그때 왕은 대신들을 맞이하고 있었다. 그는 왕에게 그의 체포와 투옥의 이유에 대해 말해 달라고 요청하였다. 왕은 그가 체포되었다는 소리에 벼락을 맞은 것처럼 놀라고는 김자점에게 그 이유를 말할 것을 요구했다. 김자점은 무엇을 말하고 어떻게 해야 할 지 거의 모르고 있다가 더듬거리며 자기가 임을 체포하라고 명을 내렸고 그날 아침 왕에게 보고할 생각이었다고 말하였다. 수상이 자신의 권한으로 이렇게 행동하는 것은 그의 권한을 크게 벗어나는 것이고 큰 죄를 짓는 것이었다. 그리하여 왕은 김을 왕궁의 감옥에 감금하라는 명을 내렸고 임은 풀려났다. 그러나 수상의 영향력은 아직 남아 있어 임은 왕궁을 나오는 순간 김자점의 공모자들에게 다시 붙잡혀 거의 죽을 정도로 매를 맞고 급히 감옥으로 다시 보내졌다. 좌상과 우상이었던 이시백과 원도표 두 사람 모두 이 사실을 알았지만, 김의 권세를 두려워하여 왕에게 말하기를 삼갔다. 태자는 (임 덕분에 인질이었던 자신이 풀려난 것이 고마워) 은인을 찾아가 보려 하였으나, 왕은 임이 오랜 여행으로 피곤하고 하루 동안 푹 쉬는 것이 옳은 일이니 그 다음날까지 기다리라고 했다. 불행하게도 김자점은 그 날 수시로 임에게 매질을 하라고 명령하였고, 같은 날 밤 삼경 쯤 임은 매 맞은 상처때문에 죽었다. 이 날이 1646년 음력 9월 26일이었다.

Kim Cha Chyem immediately had the body removed to Im's Seoul residence, and a messenger was despatched to tell the king that Im had committed suicide. When his death became known there was genuine sorrow both at Court and throughout the country. Both the king and the Crown Prince sent some of their own clothing in which to shroud the body, and an edict was issued that he should be buried with Royal honours. The Board of Rites was also ordered to appoint a man to offer sacrifices daily at his tomb for a period of three years.

김자점은 즉시 시체를 임의 서울 집으로 옮기게 하고 심부름꾼을 급파하여 왕에게 임이 자살한 것으로 전했다. 그의 죽음이 알려지자 조정과 온 나라가 큰 슬픔에 잠겼다. 왕과 태자는 자신들의 옷 몇 가지를 보내 시신의 수의로 삼게 했고, 국장으로 장례를 치르라는 포고령이 내려졌다. 또한 의례 위원회에 명하여 3년 동안 매일 그의 무덤에 제를 올릴 사람을 임명하도록 했다.

The king was yet in ignorance of the true cause of Im's death, accepting the statement of suicide. A few days after the funeral however the king was troubled by a dream, in which Im appeared before him and demanded vengeance. On telling this dream to Yi Si

Paik the following morning the latter informed the king as to the real cause of death and the Prime Minister's plots against the throne. This was quite a revelation to the king, and he immediately ordered Kim's arrest, who confessed under torture all that Yi Si Paik had already revealed. All of Kim's relatives, together with those of his wife and mother, were put to death, in accordance with the law for punishing rebels in force in Korea. Kim himself being the murderer of Im was handed over to the family of the latter for vengeance. The result of this can be imagined. He was taken bound before Im's spirit tablet and his crimes enumerated one by one, after which he was disembowelled and his body mutilated in the most savage manner possible. His bones were ground to powder and scattered to the four winds of Heaven. The history of Im is concluded by the suicide of his wife immediately on hearing of her husband's death. A memorial gate and temple were erected to her honour.

그러나 왕은 임이 사망한 진짜 이유를 전혀 모른 채 자살이라는 말을 받아들였다. 하지만 장례식이 지난 며칠 후 왕은 임이 나타나 복수를 요구하는 꿈을 꾸고는 마음이 편치 않았다. 다음 날 이 꿈을 이시백에게 말하자 즉시 그는 왕에게 그의 죽음의 진짜 원인과 왕위를 빼앗고자 하는 수상의 음모에 대해 알려 주었다. 이는 왕에게 엄청난 폭로였고 그는 즉시 김의 체포를 명령했다. 김은 고문을 받고 이시백이 이미 폭로한 모든 것을 실토하였다. 김의 아내와 어머니를 포함하여 그의 모든 친척들은 한국에서 실행되는 반역자 처벌법에 따라 사형에 처해졌다. 임의 살인자인 김은 임의 가족에게 넘겨져 복수를 당했다. 이 일의 결과를 상상할 수 있다. 그는 임의 위패 앞에 묶인 채 끌려갔고 그의 죄가 낱낱이 밝혀졌다. 그런 후 그의 내장을 꺼내고 그의 시체를 상상할 수 있는 가장 잔인한 방법으로 절단했다. 그의 뼈를 갈아 가루로 만들어 사방의 바람에 흩뿌렸다. 임의 이야기는 남편의 사망 소식을 들은 부인의 자살로 종결된다. 기념문과 사당을 건립하여 그녀의 절개를 기렸다.

Thus closes the history of one of the most famous of Koreans. I have made allowance for Oriental imagination, and have avoided giving some of the details which have a strong suspicion of colouring. There yet remains sufficient to show us a strong, though reckless, character, in which there is much to admire.

한국에서 가장 유명한 한 인물의 이야기는 이렇게 끝난다. 일부분은 동양적 상상력이 가미되어 채색된 혐의가 짙은데, 나는 그 부분을 말하지 않았다. 그럼에도 우리는 존경할 이유가 충분한 무모하지만 강한 인물을 잘 알 수 있었다.

I must add that a memorial temple is erected to Im and his wife on the island of Kang Hoa. Here his spear and sword are preserved, as well as a suit of clothing and his portrait.

나는 임경업과 그의 부인을 기린 사당이 강화도에 건립되었음을 덧붙어야겠다. 이 사당에는 임경업의 창과 칼, 초상화와 옷 한 벌이 함께 보존되어 있다.

NOTE

주(註)

In speaking of the lack of affection existing between Korean parents and their children it will be remembered that I only speak of the upper classes, who are educated in the Chinese classics and look up to China as an infallible guide. Amongst the lower classes I have seen many instances of affection displayed equal to, if not superior to, those of the West, I have no doubt but that in the upper classes affection exists, but it is invariably stifled.

한국의 부모와 자식 간에 존재하는 애정 결여에 대해 말할 때, 내가 중국 고전으로 교육을 받고 중국을 절대적인 스승으로 우러러보는 상류층에 한정해서 그렇게 언급했다는 것을 기억해주길 바란다. 나는 하류층에서는 서양보다 우월하지는 않더라도 거의 동등한 정도의 부모 자식 간의 애정의 사례를 보았지만, 상류층에서는 그러한 애정이 존재하지만 그럼에도 그것은 항상 억제되어 있다는 것을 의심하지 않는다.

제4부

영웅소설

조웅전

제1장

언론인 호소이 하지메의 〈조웅전〉 부분역(1911)

細井肇, 「趙雄傳」, 『朝鮮文化史論』, 朝鮮硏究會, 1911.

호소이 하지메(細井肇)

▌해제▐

<조웅전 일역본>은 호소이 하지메가 편찬한 저술, 『조선문화사론』 8편 「반도의 연문학」에 수록된 고소설 일역본 중 한 편이다. 호소이는 <조웅전 일역본> 말미에 원전 <조웅전>의 1/5 정도만을 번역한 것이라고 말했다. 『조선문화사론』에 수록된 다른 고소설 일역본과 달리, <조웅전>은 자유토구사의 새로운 고소설 번역본으로 등장하지 않았다. 『조선문화사론』에서 일회적으로 번역된 작품인 셈이다. 그 이유는 한국사회의 풍속, 한국인의 민족성을 살펴보기에 적합하지 않은 작품으로 인식되었던 사정에 있는 것으로 추론된다. 즉, 중국을 시공간적 배경으로 하며 중국인을 주인공으로 설정한 모습 때문이었을 것이다. 한국인 독자가 애호했던 군담적 요소를 지닌 영웅소설보다는 한국인 사대부의 가정생활, 남녀 간의 풍속을 살필 수 있는

작품들이 한국주재 일본인 민간학술단체가 더욱 선호하는 번역대상 작품이었던 사정도 중요한 이유가 될 것이다.

▌참고문헌

서신혜, 「일제시대 일본인의 古書刊行과 호소이 하지메의 활동-고소설 분야를 중심으로」, 『온지논총』 16, 온지학회, 2007.

윤소영, 「호소이 하지메의 조선인식과 제국의 꿈」, 『한국 근현대사 연구』 45, 한국근현대사학회, 2008.

최혜주, 「한말 일제하 재조일본인의 조선고서 간행사업」, 『대동문화연구』66, 성균관대 대동문화연구소, 2009.

帝既に春秋に富み、老先永からぬを知るにつけ、東宮未だ幼冲にして政を宰するに足たず、外戚丞相李柄、一代の勢道として宮廷にあり、無比の權勢旭日の團々として輝くが如く、満廷の臣僚は皆これ孤媚追随の徒のみ、李柄の鼻息を窺ふを知れど、幼冲なる東宮に忠勤を擢んでで托孤の重任を完ふせんとするものなきを慨し、心未安なる事甚だし、

황제는 이미 나이가 많고, 앞으로의 여생이 길지 않다는 것을 알았다. 하지만, 동궁이 아직 나이가 어려 정사를 주관하기에는 부족하였다. 그리하여 외척 승상 이병(李柄)이 한 세대의 세도가로서 궁정에 있었다. 견줄 데가 없는 권세는 막 떠오르는 아침 해가 점점 빛나는 것과 같았다. 조정에 가득한 신료들은 모두 아첨하여 추종하는 사람들뿐으로 이병의 기분을 살피기만하고, 나이 어린 동궁을 충실히 보필하는 자는 제거되었기에 자식을 맡길 수 있는 중임을 완전히 할 수 있는 자가 없음을 분개하였다. 점점 마음이 불편해 졌다.

一日帝仁政殿に出御し政を議する折柄、辰の時不意に慶化門より白虎一頭闖入し闕内を横行して眼を瞋らし牙を鳴らすにぞ、満廷の臣僚三千の軍卒、唯あれよあれよと驚惶して狼狽為す所を知らず、白虎は右往左往心のままに振舞ひて遂に一人の宮女を叨へ後園を躍り越えいづれへか消え失せたり。帝深く其凶兆なるを憂へて眼食安からず、

하루는 황제가 인정전(仁政殿)에 나아가 정치를 의논하고 있는 바로 그때 진시(辰時)에 느닷없이 경화문(慶化門)으로부터 백호 한 마리가 침범하여 들어와서 궐내를 이리저리 돌아다니며 눈을 부릅뜨고 이를 갈았다. 조정에 가득한 신료와 3천의 군졸은 오직,

"저것이다, 저것이다."

라고 말하며 다만 놀라고 당황해할 뿐 위급한 상황 속에서 어떻게 해야 할지를 몰랐는데, 백호는 우왕좌왕하며 마음 가는 대로 행동하며 결국에는 궁녀 한 사람을 잡아서 후원을 뛰어다니다가 어디론가 사라졌다. 황제는 그 흉조에 대해서 깊이 걱정하며 자는 것도 먹는 것도 편히 하지 못하였다.

時の翰林王烈は王夫人の四寸なり、この變を見て直ちに王夫人に書翰を送りたり、折柄王夫人趙雄に読書を勧め故国の故事なぞ物語りつつありしが下婢の齎らせる王烈の書翰を見て大驚失色良久ふして答書を送りぬ、紙中に曰く、国家此の如き災變ありこれ凶兆なり、久しか

らずして蕭墻の患あらん、汝みだりに仕官を貪らずして早く解官地を乞ふべしと、翰林頓悟するところあり病と稱して朝に出でず遂に故国に帰る、時に丁卯の年春正月二十五日なりき。

당시의 한림(翰林) 왕열(王烈)은 왕부인의 사촌으로, 이 재난을 보고 바로 왕부인에게 서한(書翰)을 보냈다. 때마침 왕부인은 조웅(趙雄)에게 독서를 권하며 나라의 옛일에 대해서 이야기하고 있었는데, 하녀가 가져 온 왕열의 서한을 보고 몹시 놀라 안색이 변하여 한참 있다가 답서를 보내었다. 답서에 적기를,

"국가에 이와 같은 천재지변이 있으니 이는 흉조로다. 얼마 안 되어서 군주와 신하 사이에 재해가 있을 것이니, 그대는 무분별하게 벼슬살이를 탐하지 말고 서둘러 관직에서 물러나야 할 것이니라."

고 하였다. 한림은 깨달은 바가 있어 병이라고 말하고 조정에 나가지 않고 마침내 고국으로 돌아갔다. 때는 정묘년 봄 정월 25일이었다.

其後満廷の諸臣賀禮を行ひし際帝曰く、朕前年趙雄を見しに俊異非凡忠孝奇特なり、東宮の為めに率ゐ来りて朕の眼下に書童となし、追っては国事を習はしめんとす、卿等の所見如何と、諸臣皆李柄を憚りて黙々たり、

그 후 조정에 가득한 여러 신하들은 하례를 치르고 있었다. 황제가 말하기를,

"내가 작년에 조웅을 보니 남달리 뛰어난데다가 비범함과 충효가 특출하였느니라. 동궁을 위하여 데리고 와서 가까이에 두고 서동(書

童)으로 삼아 아울러 국사를 가르치고자 하는데, 경들의 의견은 어떠한가?”

하고 물었다. 여러 신하들은 모두 이병을 꺼리어 침묵하였다.

李柄身を挺して曰く、趙雄は一介の乳臭児のみ、若し人才を擢んずるとならば長安のみにて渠に勝るもの優に百餘名を有す、渠の如きは擧げて斗量にあり、何を苦んで無縁の一童子を抜き政治にたづさはらしめんやと、帝心に其言を憤ると雖も又言はず入御あらせらる丞相侍臺に出で朝臣を顧みて曰く、以後若し趙雄を薦擧する者あらば一律(罪名)を用ふべしと、百官惕惶亦雄を口にするものなし、

이병은 몸을 일으켜 앞장서서 말하기를,

“조웅은 한낱 젖비린내 나는 어린아이일 뿐, 만약 인재를 뽑는다고 한다면 장안(長安) 안에서만 그 사람보다 뛰어난 자가 족히 100여 명이 있으며, 그와 같은 자를 열거하면 두량이나 있습니다. 무엇을 고민하여 연고도 없는 일개 동자를 뽑아서 정치에 관여하게 하려고 하십니까?”

라고 하였다. 황제의 마음은 그 말로 인해 분하였지만, 다시 말하지 않고 좌정하고 있었다. 승상이 시대(侍臺)에 나와 조정의 신하를 돌아보며 말하기를,

“이후 만약에 조웅을 천거하는 자가 있다면 일률(一律, 죄명)을 받게 될 것이다.”

라고 하였다. 모든 관리가 두려워하여 다시 웅을 말하는 자가 없었다.

王夫人この言を耳にして惶れに勝えず、趙雄亦八歳の幼年ながら雙葉にして声ばしき俊才とて痛憤の気禁じあえざりき、然るに爰に帝は聊かばかりの不豫日を遂ふて浸重となりければ長安の民皆患候の平復を望み昊天に號泣して祈願すれども天連無福にして丁卯三月三日薨然として崩御あらせられたり、東宮太子哀痛譬ふるにものなく王夫人と趙雄はわけても悲愁に勝えざりき、恁て四月四日帝の遺骸を西陵に安葬したるが李柄ひそかに簒位の心あり、

왕부인은 이 말을 듣고 두려움을 이기지 못하였다. 조웅 또한 8세의 어린 나이에 떡잎부터 향기로운 준재(俊才)였기에, 원통하고 분한 마음을 금할 길이 없었다. 그런데 이때 황제가 몸이 조금 편치 않아져 날이 갈수록 병상이 깊어졌다. 장안의 사람들은 모두 환후가 회복될 것을 바라며 하늘을 우러러 통곡하며 기원하였지만, 천운이 불행하여 정묘년 3월 3일에 붕어(崩御)하였다. 동궁인 태자의 애통함은 비유할 바가 없었다. 왕부인과 조웅 또한 슬픔과 근심을 이기지 못했다. 이렇게 4월 4일 황제의 유해를 서릉(西陵)에 안장하였는데, 이병은 몰래 왕위를 빼앗으려는 마음이 생겼다.

年の十月十三日文帝の誕辰に方り百官国事を議する際、李柄間ふて曰く、至今東宮年僅かに八歳国事の大任を委ぬべからず、皇帝崩御の際丞相に攝政を托せられたり、乍併国に二王なく民に二君なし之を奈何すべきと、孤媚追随を事とする犬武士を以て満されし百官臣僚は意気地なくも萬口一談李柄のこの言に阿ねりければ、遂に丞相は傳印官を除授せられ玉璽を受けて王位に就く、長安の民九原失望の歎言に餘

り或は哭し或は逃亡し恰も變亂の如くなりき。

그 해 10월 13일은 문제의 탄신(誕辰)이었다. 모든 관료들이 국사를 논할 때 이병이 물어 말하기를,

"지금 동궁의 나이는 불과 8세로, 국사와 같은 중대한 임무를 맡길 수 없소. 황제가 붕어할 때 승상에게 섭정을 맡겼지만, 나라에는 두 왕이 없고 백성에게는 두 임금이 없는 것을 어찌 하리오?"

라고 하였다. 아첨하고 추종을 하는 개와 같은 무사들로 넘쳐나는 백관신료(百官臣僚)는 용기도 없었다. [이에]모든 사람들의 의견이 일치하여, 이병의 이 말에 아첨하였다. 드디어 승상은 제수(除授)하여 옥새를 받아들고 왕위에 올랐다. 장안의 사람들은 실망으로 탄식하는 나머지, 어떤 이는 울고 어떤 이는 도망가니 마치 변란과 같았다.

李柄ここに簒位の慾を滿したれば何條猶豫すべき直ちに東宮を廢して邀客舘に黜け己れに能からざるもの悉く之を除き去れり、王夫人この變を見て大驚失色し旻天に號泣して神の加護を祈る、その狀見るに忍びず、雄傍らより乞ふ豚児の為めに千金の貴體を傷け玉ふと勿れ、一生一死は帝王も之を免れず豈死を怖れて生を辱しめんや、李柄は我が一門の仇讎にして我等は李柄の仇讐にあらず、趙雄幼弱なれどやはか李柄の刄に斃るべしやと、僅かに憤心怒気を抑えて母を慰めたり。

이에 이병은 왕위를 빼앗으려는 욕심을 채웠기에, 아무런 망설임 없이 바로 동궁을 폐하여 객관으로 내치고, 자신에게 좋지 않은 것은 모두 제거하였다. 왕부인이 이 변을 보고 크게 놀라서 실색을 하

고 하늘을 바라보며 울면서 신의 가호를 빌었는데, 그 모습은 차마 볼 수가 없었다. 웅은 곁에서 청하기를,

"저를 위해서 천금같이 귀하신 몸을 상하게 하지 마십시오. 일생의 죽음은 제왕도 이것을 면하지 못합니다. 죽음을 두려워하여 굴욕스럽게 살 수는 없습니다. 이병은 우리 가문의 원수입니다만 우리는 이병의 원수가 아닙니다. 조웅이 유약하다고 하지만 어찌 이병의 칼에 죽겠습니까?"

라고 어머니를 위로하였다.

李柄漸やく心おこり、東宮を壯子舘に封じ、國號を改め、自ら平順皇帝と稱し改元して建武元年とし、邀客舘に封じたる太子を朝臣の復諫により太山桂梁島へ流配し全く消息を断たしめたり。

此日夫人母子之を聞き太子に随ひ参らせんと欲したるも事顯るれば直ちに李柄の為めに殺戮せらるべし、とやせんかくやせんと母子相抱いて痛哭せり、

이병은 차차 마음을 일으켜 장자 관(舘)을 동궁으로 봉하고, 국호를 새롭게 하여 스스로 평순황제(平順皇帝)라고 칭하며 원호를 바꾸어 건무(建武) 원년이라고 하였다. 객관에 가두어둔 태자를 조정의 신하가 다시 간하여 태산(太山) 계량도(桂梁島)로 유배하고 완전히 소식을 끊게 하였다.

이날 부인 모자가 이것을 듣고,

"태자를 따르고자 하나 일이 드러나면 바로 이병에게 죽임을 당할 것이니 어찌할 수가 없구나."

라고 말하며 모자가 서로 안으며 통곡하였다.

一日趙雄報讎の謀策を案じつつありしに憤氣益々加はりて今は勝え難しひそかに中門を脱して長安大道上に周歩するに折柄の月明、満地悉く白し、巷の一角に立てば冠童相会して俗謠を唱ふ。

하루는 조웅이 원수를 갚을 묘책을 생각하다가, 분기탱천한 마음을 참지 못하여 부인 모르게 중문(中門)을 벗어나 장안(長安) 큰 길 위를 두루 걸었다. 이 때 대지에 달이 밝아 하얀 마을 한 곳에 다다르니 관동(冠童)이 모두 모여 노래를 부르거늘,

国は破れて君亡び	苛政虎より甚し
天地所を異にして	山荒れ川は涸れにけり
小人權に嘯きて	常綱五倫毀たれぬ
怨涙凝って雨となり	肅殺として悲鳳鳴る
蒼生適くに所なし	蒼生適くに所なし

나라가 무너지면 군주도 망하고,
사나운 정치는 호랑이보다 심하여,
세상이 달라지니,
산은 거칠어지고 강은 얼어버렸다.
서민의 능력에 호소하여
삼강오륜을 고칠소냐.
원망의 눈물이 엉기어 비가 내리고,

쌀쌀한 기운에 말라 죽어버리니,
창생(蒼生)은 갈 곳도 없다.
창생(蒼生)은 갈 곳도 없다.

と、雄之を聞いて痛憤の涙愈々勝え難く、周歩して慶化門前に赴き大闕を望見するに人跡寥廓として月色満庭に婆娑たり、数雙の鳧雁は池塘に浮ぶ、十二園の佳景絶色皆これ前朝のものに非るはなし、眼を瞑して前朝の事を思へば將にこれ一片の夢也、趙雄今は怒気抑えんとして能はず積憂忽ち勃発し墻園を越えて闕内に入り李柄と死生を決断せんとはやり立ちしも鐵門堅くして入るべからず乃ち筆囊をまざぐり、李柄を罵るの詩数三句を作り、門前に特筆大書して僅かに憤氣を散しその儘家に引返しぬ、

웅이 이것을 듣고 원통하고 괴로운 마음을 이기지 못하고, 두루 걸어 경화문(慶化門) 앞에 다다라 대궐을 바라보니, 인적은 고요하고 월색은 뜰에 가득한데, 너울너울 춤추는 듯 몇 쌍의 오리와 기러기가 못에 떠 있고, 10리나 되는 화원의 아름다운 경치는 전 왕조의 것이 아닌 것이 없었다. 전 왕조의 일을 생각하니 일편단심으로 화난 마음을 억누를 수 없어 쌓이는 근심이 갑자기 생겨나는지라, 조웅은 담장을 넘어 들어가 이병을 만나서 사생결단하고 싶었다. 그러나 문이 굳게 닫혀 있는지라 들어가지 못하고, 이에 필낭(筆囊)에서 붓을 내어 이병을 욕하는 시 수삼구(數三句)를 지어 경화문에 대서특필하고는 자취를 감추어 그대로 집으로 돌아왔다.

斯くとは知らぬ王夫人独り家にありて燈下にまどろむともなく微眼めば暫間にして一夢を得たり。亡夫室内に来って夫人の體を撫し且つ曰く、拂曉大禍あり、雄を伴ふて速かに逃るべし数十里を行かば正に一脉の活路あらんと、言終りて姿消えたり、

이런 것을 알지 못하는 왕부인은 홀로 집에 있으며 등불 아래에서 잘 생각이 아니었지만 잠시 동안 잠이 들며 한 꿈을 얻었다. 죽은 남편이 방에 들어와 부인의 몸을 만지며 말하기를,

"날이 밝으면 큰 화를 당할 것이니 웅을 데리고 급히 도망가시오. 수십 리를 가면 바로 도망갈 길이 있을 테니 떠나시오."

라는 말이 끝나자 모습을 감추었다.

夫人驚き覚めて雄を需むるになし良久ふして雄の帰り来るを見て夢裡の示現を語り且つ雄より宵の一什始終を聞いて大いに驚きその無分別なる軽卒を戒めしが今は瞬時も忽かせにすべからずとて、夜三更行李を整へ忠烈(雄の亡父)の墓より畵像を奉じ来り、雄と共に夫人は歩を促して何処を的と定めもなく、早や数十里を歩み彼の江の滸りに抵るに、水勢天に懸り、月落ち雲暗澹たり、水邊に一隻の渡船を見れど沙工(船頭)は居らず、夫人は後ろの追手に気も張弓、繊手直ちに櫓を掻いやれど船はいつかな思ふに任せず、東は早やほのぼのと明け放れんとす、心矢竹にはやれども、今は詮なし共に相抱いて淵に沈まんとする一切那東南の方より一人の仙童高々と燈火を揚げたる一葉の扁舟に棹して矢の如くに馳せ来り、夫人及び趙の声に船を止めて之を救ひ上げ難なく彼岸に渡しける。

부인은 놀라서 눈을 뜨고 웅을 찾았다. 잠시 후에 웅이 돌아오는 것을 보고 꿈에서 본 이야기를 하였다. 또한 웅으로부터 밤[에 있었던] 이야기를 자세히 듣고는 크게 놀라서 그 무분별하고 경솔한 행동을 훈계하며,

"지금은 잠시라도 소홀히 할 수 없다."

라고 말하며 밤 삼경에 여장을 차리고, 충렬(웅의 죽은 아버지)의 묘에서 화상(畵像)을 받들어 와서, 부인은 웅과 함께 걸음을 재촉하여 어딘가로 목적지도 없이 서둘러 10리를 걸었다. 강에 다다르니 물의 기운은 하늘에 닿았고 달은 떨어져 검은 구름이 하늘을 가렸다. 물가에 한 척의 나룻배가 보였지만 사공은 없었다. 부인은 배에 올라 노를 저어보았지만 배는 언제쯤이면 하고 생각할 정도로 움직이지 않았다. 벌써 동방이 밝아오고 마음은 화살대와 같았지만 지금은 방법이 없어 서로 끌어안고 물에 빠지려 하였다. 마침 동남쪽에서 한 사람의 선동(仙童)이 일엽주(一葉舟)에 등불을 높이 달고 화살같이 달려왔다. 부인 및 웅의 소리에 배를 멈추어 이를 구하고는 어려움 없이 건너편으로 건너게 하였다.

ここに慶化門の守直、門前の詩を見て大いに驚き直ちにこれを伏奏したるに、帝大いに憤激し、慶化門宮員を□入して趙雄を捉へ得ざりし怠慢の罪を鳴らし、決杖の刑を加へて之を放ち、天下に令して長安を邏兵もて周ねく取圍み、趙雄母子を結縛せしめたり、何ぞ知らむ、趙雄母子は既に仙童の扶けを得て三千里外に去れる事なれば、縛に就くべき筈もなし、帝の怒り甚だしく、先づ忠烈廟に趣いて趙正仁の圖像を破棄せしめんとしたるに、早やそれさへ影を止めず、帝震怒して慶化門宮員を梟首し、纔かに怒りの胸を押静め、更に各道別邑に賞を繼けて趙雄母子を物色しぬ。

이때에 경화문을 지키던 자가 문 앞의 시를 보고 크게 놀라서 바로 이것을 엎드려 아뢰니, 황제는 크게 분통해 하며, 경화문의 관원을 불러들여 태만하여 조웅을 붙잡지 못한 죄를 묻고 곤장의 형을 더하여 이를 내치었다. 아무것도 모르는 조웅 모자는 이미 선동의 도움을 얻어, 3천리 밖으로 달아났기에 붙잡을 수가 없었다. 황제의 화는 더욱 심해져 우선 충렬조(忠烈廟)를 향하고 있는 조왕인의 화상을 파괴하려고 하였지만 이미 그림자도 없었다. 황제는 진노하여 경화문 관원의 목을 베어 매달았다. 겨우 화난 마음을 진정하고 각 도 별읍(別邑)에 상을 걸어 조웅 모자를 물색하였다.

枯蘆を渡る風の音にも、心おのづと戦かれつつ、趙雄母子は漸くにして桂梁城下なる百子村といふに辿り附き、一富家に入りてそこに止りぬ。富家には年長けたる一人の老人と一人の二八ばかりなる処女を見るのみ、聞けば妻なる人は夙くに身亡りて今は只忘れがたみの愛娘を相手に老後の餘生を送るとぞ。趙雄母子もこの老人の一方ならぬ歡待に、何時とはなく足をとどめて早や一年を經たり、

마른 갈대를 스쳐가는 바람 소리에도 마음은 저절로 동요하였다. 조웅 모자는 잠시 후 계량성(桂梁城) 아래 백자(百子)라는 마을에 도착하여, 첫째로 가는 큰 부잣집에 들어가서 그곳에 멈추었다. 부잣집에는 나이 든 노인 한 사람과 이팔 정도 된 처녀만이 보일 뿐이었다. 들으니 부인되는 사람은 일찍이 죽어서 지금은 다만 유품과 같은 귀여운 딸을 상대로 하며 노후의 여생을 보낸다는 것이다. 조웅모자도 이 노인의 보통이 아닌 환대에 언제까지고 발을 멈춘 것이 어느덧 1년이 지났다.

一日老主人、声をひそめて夫人に語るらく、蜉蝣の夕べを知らぬにも譬へつべき人の世に何を楽みに残命を送らんとはし玉ふぞ、天地肇造の時、清濁を択びて人類と萬物自づからに別れ、ここに人類は陰陽の楽みを亨受するに至りぬ。老生の四寸に某といふがあり、この村に住み家痛く富めり、芳年にして妻を失ひ廣く配偶を需むれども未だに相應しき縁を得ず、一たび夫人を見て老生媒介のことを請ふて止まず、願はくば夫人、暫らく老生の言に聞いて永雪の操を屈し玉へさすれば生前無窮の楽を得玉はんと、

하루는 늙은 주인이 소리를 조용히 하며 부인에게 이야기하기를, "하루살이의 밤을 모른다고 하더라도 인간 세상에 무엇을 기대하며 남은 목숨을 보내려고 하는 것입니까? 천지가 만들어졌을 때 청탁(淸濁)을 가리어 인류와 만물이 스스로 나뉘어 이곳에서 인류는 음양의 즐거움을 향수하기에 이르렀습니다. 노생(老生)의 사촌에 아무개라는 사람이 있습니다. 이 마을에 살고 있는데 집은 몹시 부유하나 한창 젊은 나이에 부인을 잃었습니다. 널리 배우자를 구하려고 하였으나 아직 어울리는 인연을 얻지 못하고 있습니다. 한 차례 부인을 보고 노생에게 중매를 부탁하였습니다. 원하건대 부인이 잠시 노생의 말을 듣고 오래된 눈과 같은 절개를 굽히기만 한다면 생전에 무궁한 즐거움을 얻을 수 있을 것입니다."

라고 말하였다.

夫人この言を耳にして憤氣に堪えず、額自づからにして冴へ、声もふるひ勝ちに、一子趙雄の成長をこそ冀へ、仇し心は露程もなし、某の身に餘る御情けはさる事ながら、平に御許しあれと言下に之を謝絶しけるが災の其身に及ばんことをおそれ、匇々に趙雄を伴ひ同家に暇乞して再びさすらひの旅に上りぬ。

부인은 이 말을 듣고 분한 마음을 견디지 못하여, 이마가 절로 차가워지며 소리도 떨리는 것이 견딜 수가 없었지만,

"외아들 조웅의 성장을 바라며 원망하는 마음은 이슬만큼도 없습니다. 아무개의 가분한 동정도 물론이지만 부디 용서하여 주십시오."

라고 말하며 일언지하에 그것을 거절하였다. 그러나 재앙이 그 몸에 미치지 않을까 걱정하여 부랴부랴 조웅과 함께 작별을 고하고 다시 유랑 길에 올랐다.

定めなき身なれば、暗をさまよふにも等しき心して、果敢なき旅路をつづけ行くに一日村人等の高らかに語りて過ぐるを物蔭にて聞けば、新皇帝趙雄母子を需め、これが賞として千金を賜はるのみか、萬石侯に封ぜらるるとぞ、いかで天運のめぐり来り趙雄母子を捉ふることもあらば、我等とて仕官の叶ふ身とならんと云ふ。趙雄母子膽を冷やし、急ぎ驛村をのがれ、痛き足を引摺りながら生きたる心地も泣く泣く深く山中に分け入り、崖下にかくれ其夜は徹宵母子共に涙の乾く

暇とてはあらざりき。されば眼蓋は重く腫れ上り、顔色は憔悴して見る影もなく、且つ飢餲に責められて今は起つべき力もなし、

불안정한 몸이 되자 어둠을 헤매는 것과 같은 마음으로 덧없는 여행길을 계속해 갔다. 하루는 마을 사람들이 소리 높여 말하는 것을 숨어서 듣자하니,

"새로운 황제가 조웅 모자를 찾는다는데, 이것이 상으로 천 냥을 받을 수 있을 뿐만 아니라 만석의 제후로 봉하여진다네. 어떻게든 천운을 만나서 조웅 모자를 잡는다면 우리들은 관직에 오르게 될 것이야."

라고 말하였다. 조웅 모자는 간담이 서늘해져 서둘러 역촌(驛村)을 벗어나서 아픈 다리를 질질 끌며 살아 있는 기분도 없이 울면서 깊은 산중으로 들어갔다. 벼랑 아래에 숨어서 그날 밤을 새웠는데, 모자는 함께 눈물이 마를 겨를이 없었다. 그리하여 눈꺼풀은 무겁게 붓고 얼굴색은 초췌하여 볼품이 없어졌다. 배고픔에 고통 받으며 이제는 일어날 힘도 없었다.

さる程に山谷の夜も明け放れたるに、突然跫音人語の近づくを聞き、切えたる心に之を窺へば尼僧の五六人通り懸りけるなり、趙雄母子は事情を訴えて飯なぞを請ひ受け、辛うじて餓死をまぬかれ、尚一策を案出し、夫人は女の生命とも頼む黒髪ふつりと断ち切りて昨日に代る尼の扮装となりぬ、變り果てたる母の俤面を揚げては眺め得ず、よよとばかり泣き咽ぶ趙雄を引立てつつ山谷を出で、趙雄をして黒髪をなにがしかの阿賭物に代へしめ、其夜は酒店に投宿したるに、

산골짜기의 밤이 밝아오자 갑자기 발소리와 사람의 말소리가 가까이 들리어 왔다. 무서운 마음에 이를 엿보니 여승 5-6명이 지나갔다. 조웅 모자는 사정을 호소하고 밥을 청하여 간신히 굶어 죽는 것을 면하였다. 또한 한 가지 방책을 생각해냈는데, 부인은 여자의 생명이라고도 하는 흑발을 뚝 잘라서 어제와 달리 여승의 분장을 하였다. 아주 변해 버린 어머니의 모습을 올려보지 못하고 흐느껴 울고 있는 조웅을 일으켜 세워서 산골짜기를 나섰다. 조웅으로 하여 흑발을 금전으로 바꾸게 하여 그날 밤은 술집에 투숙하였다.

弱り目には祟り目の諺に洩れず、其夜酒店に盜賊闖入し、棍棒を振って打って懸るにぞ、夫人は大いに驚き身を躍らして先づ墻を越えて逃亡し趙雄は負袱、錢嚢を奪はれ僅かに乞ふて父の畵像のみを止めつづいて身を遁れたるも、咫尺をわかぬ暗夜とて何れを的に進むべきか、母上は如何になり果て玉ひけるぞと氣も心も轉動し、道々痛哭して行き行くに、とある碑閣のほとりにて夫人にめぐり会ひぬ。

설상가상이라는 속담에 예외 없듯이, 그날 밤 술집에 도적이 침입하여 곤봉을 휘둘러 두들겨 팼다. 부인은 크게 놀라 급히 몸을 피하여 우선 담장을 넘어 도망갔다. 조웅은 짊어진 보자기와 돈주머니를 빼앗기고, 간신히 청하여 아버지의 화상(畵像)만을 남기고는 몸을 피하였다. 지척을 알 수 없는 어두운 밤에 무엇을 목적으로 나아가야 할지, 어머니는 어떻게 해야 할지 정신도 마음도 떨리어 줄곧 통곡하면서 나아갔는데, 어느 비각(碑閣) 근처에서 부인을 만났다.

母子は大いに喜び、拂曉碑閣のほとりを去らんとして顧れば碑石の面には思ひも懸けず、大国忠臣兵部侍郎兼各道鎮撫御史趙正寅萬古不忘碑と記されたり、趙正寅は乃ち趙雄の亡父なりければ、夫人は亡き夫の甦りたるが如く、且つ喜び且つ悲み、

모자는 크게 기뻐하며 날이 밝을 무렵 비각 근처를 떠나려고 하며 뒤를 돌아보니, 비석의 한 면에 생각지도 못하게, 대국충신(大國忠臣) 병부시랑(兵部侍郎) 겸 각 도 진무어사(鎭撫御使) 조정연(趙正寅) 만고(萬古) 불망비(不忘碑)라고 적혀 있었다. 조정인은 바로 조웅의 죽은 아버지였기에 부인은 죽은 남편이 살아 돌아온 것처럼 한편으로는 기뻐하고 한편으로는 슬퍼하였다.

過ぎ来し方の流落一時に胸を衝いて暫しは顔をもたげ得ず、斯くてあるべきにあらねば遂に碑閣に禮拜して別れを告げ、覚束なくもさすらひの旅に一日一日を消し、行く先々の寺を訪ねて宿りを需め早くもここに三年を過ぎて雄の年十一歳となりぬ。

지난 시절 여기저기 떠돌아다니던 한 때를 생각하면 가슴이 아파서 잠시 동안 얼굴을 들지도 못하고 이렇게 있을 수밖에 없었다. 하지만, 마침내 비각에 예를 다하여 절을 하고 이별을 고하며, 불안하게도 유랑여행으로 하루하루를 지워가며 가는 곳곳마다 절을 방문하여서 잠잘 곳을 찾았는데, 어느덧 3 년이 지나서 웅의 나이 11세가 되었다.

斯くて一日、さる山谷に差懸り、飢餓連りに迫る折柄、鐵杖を突き

たる一大山僧の来るに会し、趙雄窮を訴えけるに件の山僧は快く茶菓なぞを出して振舞ひぬ。夫人と趙雄は厚くその恩恵を謝しけるに山僧哄々と打笑ひ、これ程の事に御禮は無用なり、拙僧は夫人より千金を得たりと云ふに、母子は曩の日の村人の言葉を思出でで打驚くを山僧は一向に頓弱なく、夫人は趙正公の夫人におはすべしと云ふ、

이리하여 하루는 어느 산골짜기 아래에서 굶주림에 고통 받고 있을 때, 쇠로 만든 지팡이를 짚고 오는 아주 큰 산승(山僧)을 만났다. 조웅이 곤란함을 호소하였기에 산승은 흔쾌히 다과를 내어서 대접하였다. 부인과 조웅은 그 은혜를 깊이 감사해 했는데, 산승은 떠들썩하게 웃으며 이 정도의 일로 인사를 하는 것은 쓸데없는 일이라며,

"소승은 부인으로부터 천 냥을 얻었습니다."

라고 말하였다. 모자는 지난 날 마을 사람들의 말을 생각해내고 깜짝 놀랐지만 산승은 전혀 개의치 않으며,

"부인은 조정공의 부인이 아니십니까?"

라고 말하였다.

この一言に気も絶えぬべう打驚き母子相抱いて山僧の膝下に命を乞ふ、山僧愈々打笑ひ、夫人は拙僧を見忘れ玉ひしなるべし、まづ気を静めて聞き玉へ拙僧は危害を加へんとて来れるに非ず、往年丞相の畵像を畵きて之を送りたるに夫人は拙僧に千金を賞賜されし事あり、拙僧こそ彼の折の月鍾なりとありければ、母子の喜び如何ばかりぞ、地獄に佛とはこれをしも云ふなる、山僧は向くさぐ々の物語りしける後ち、夫人及び趙雄を伴ひ、己が山寺へと伴ひ帰りぬ。

이 한마디에 마음을 견디지 못하고 깜짝 놀란 모자는 서로 안고 산승의 무릎 아래에서 목숨을 구걸하였다. 산승은 더욱 크게 웃으며,

"부인은 소승을 잊어버리신 것입니까? 우선 마음을 편안하게 하고 들어 주십시오. 소승은 해를 끼치러 온 것이 아닙니다. 지난 날 승상의 화상을 그리어 그것을 보냈더니 부인은 소승에게 천 냥을 하사하였습니다. 소승이야말로 그때의 달빛 거울이 되어 보면 모자의 기쁨이 어느 정도일지, 지옥에 부처님이란 이것을 말하는 것일 것입니다."

산승은 더욱 이야기한 후에, 부인 및 조웅을 데리고 산사로 함께 돌아갔다.

ここは淨灑を極盡せる別乾坤とて、追手の憂へもなく、わけて、山僧に師事せる諸僧等も舊面識の如く趙雄母子を歡侍するものから、母子は心置なくここに止まり、趙雄は学術を脩め、兼ねて武藝をも究め、歳月流るるが如くにして早や趙雄は十五歳の春を迎えぬ、

이곳은 극진히 깨끗한 별세계로, 추격자에 대한 근심도 없고 특히 산승들에게 가르침을 받던 여러 승려들도 오래 알고 지내던 사람처럼 조웅 모자를 환대해 주었기에, 마음 둘 곳도 없던 모자는 여기에 머물렀다. 조웅은 학술을 닦고 겸하여서 무예도 다하였는데, 세월이 흘러감에 따라 어느새 15세의 봄을 맞이하였다.

趙雄元来俊異の村なれば気力絶倫、骨格雄壯文武の術藝日に長じて、志頗る高邁なり、惟へらく男児正に乾坤一擲の挙なかるべからず、空しく山谷に老ゆるに忍びずと、遂に山僧及び夫人の許しを得

て、四方に遊ぶ事となれり。

조웅은 원래 남달리 뛰어난 재주를 지녔다. 기력이 월등히 뛰어나고 골격이 웅장하며, 문무 예술이 나날이 성장하였으며 뜻이 대단히 고결하였다. 생각하기를 남자라면 당연히 건곤일척(乾坤一擲)을 하여야 하는데 공허하게 산골짜기에서 늙어가는 것을 참지 못하였다. 드디어 산승과 부인의 허락을 얻어 사방으로 노닐 수 있었다.

以上は、趙雄傳の五分の一ばかりを意訳せるに過ぎず、趙雄ここに発奮して四方に遊び、時に或は才媛を得て恋を語り、時に或は難に遇ふて文武の才を試み功名日に高く遂に李柄に報複するに至るといふ、故にここにこの篇の筆を擱くは、単に緒言を紹介せしに過ぎざるが如き感あれども。これ以下の原本を得ざりしが為め遂にここに止むるの已むなきに至れり。

이상은 조웅전의 5분의 1을 의역하는 것에 지나지 않는다. 조웅은 이에 분발하여서 사방으로 놀러 다니며, 때로는 어떤 재능이 있는 젊은 여자를 얻어서 사랑을 이야기하기도 하고, 때로는 어떤 어려움을 만나서 문무의 재를 시험하기도 하며, 나날이 공명을 높여 드디어 이병에게 보복하기에 이르렀다고 한다. 여기에 이 책의 글을 두는 것이 단순히 여러 말을 소개하는 것에 지나지 않는 것과 같지만, 이 이하의 원본을 얻지 못하였기에 결국 부득이하게 여기에서 멈출 수밖에 없다.